KB162440

을 유 세 계 문 학 전 집 · 6 7

프랑켄슈타인

을유세계문학전집 · 67

프랑켄슈타인

FRANKENSTEIN

메리 셸리 지음·한애경 옮김

을유문화사

옮긴이 한애경

이화여자대학교 영어영문학과를 졸업하고, 서울대학교 영어영문학과에서 석사와 박사 학위를 받았다. 미국 코네티컷 대학교, 예일 대학교, 퍼듀 대학교, 노스캐롤라이나(채플 힐) 대학교 등에서 연구한 바 있으며, 현재 한국기술교육대 교양학부 교수다. 박사 학위 논문은 『조지 엘리엇과 여성 문제』이며, 『위대한 개츠비』와 『사일러스 마너』, 『플로스 강의 물방앗간』(공역)을 번역했다.

을유세계문학전집 67

프랑켄슈타인

발행일·2013년 12월 30일 초판 1쇄 | 2021년 8월 20일 초판 4쇄
지은이·메리 셸리 | 옮긴이·한애경
펴낸이·정무영 | 펴낸곳·(주)을유문화사
창립일·1945년 12월 1일 | 주소·서울시 마포구 서교동 469-48
전화·02-733-8153 | FAX·02-732-9154 | 홈페이지·www.eulyoo.co.kr
ISBN 978-89-324-0399-1 04840 978-89-324-0330-4(세트)

차례

1818년판 서문 • 11

제1부 • 15

제2부 • 103

제3부 • 175

주 • 263

해설 타자로서의 괴물, 타자로서의 여성 • 267

판본 소개 • 293

메리 셸리 연보 • 295

제가 부탁했습니까? 창조주여, 흙으로 빚어 나를 인간으로 만들어 달라고? 제가 애원했습니까, 어둠에서 끌어 올려 달라고?

— 존 밀턴, 『실낙원』

『정치적 정의』와 『케일럽 윌리엄스의 모험』의 저자
윌리엄 고드윈을 존경하는 마음으로 이 책을 바칩니다.

일러두기

본문에 나오는 외국의 지명 및 인명 등은 역자의 의견에 따랐습니다.

1818년판 서문*

다윈* 박사와 몇몇 독일 생리학 저자들은 이 이야기의 토대가 되는 사건을 전혀 불가능하다고 여기지 않았다. 그렇다고 해서 내가 그런 공상을 진지하게 신봉하는 사람이라는 인상을 주고 싶지는 않다. 하지만 그것을 공상 소설의 기본으로 가정하면서, 나 자신이 그런 초자연적 공포를 그냥 엮어 내는 사람이라는 생각은 하지 않았다. 이 소설을 흥미롭게 만드는 사건에는 그저 유령이나 주술에 관한 황당한 이야기에 있게 마련인 약점이 전혀 없다. 이 소설은 전개되는 상황이 참신하기 때문에 추천할 만하다. 물리적 사실로써는 아무리 불가능한 일이라 해도 인간의 열정을 그려 내는 상상력 면에서 보자면 실제 사건을 서술한 평범한 이야기보다 더 포괄적이며 인상적인 관점을 제공하고 있다.

이와 같이 나는 인간 본성의 기본 원칙들이 지닌 진실을 애써 그대로 간직하는 한편, 그런 원칙들의 조합에는 개선의 노력을 아끼지 않았다. 그리스의 비극 시인 『일리아스』 ― 셰익스피어의 『템페스트』와 『한여름 밤의 꿈』 ― 그리고 특히 밀턴의 『실낙원』은 이런 원칙을 따르고 있다. 아무리 겸손한 작가라 해도 글 쓰는 수고에 즐거움을 부여하거나 글 쓰는 일에서 즐거움을 얻으려 한다면, 주제넘지 않은 한도에서 이런 자유, 아니 이런 규칙을 산문 소설에 적용해도 좋을 것이다. 이런 규칙을 적용하여 인간의 감정을 매우 정교하게 조합시킨 결과, 수많은 최고의 시 작품들이 나오게 되었다.

나는 우연히 대화를 나누다가 이 이야기를 쓰게 되었다. 이 이야기는 그저 재미 삼아, 혹은 전에 해 보지 않았던 정신 능력을 발휘하기 위한 하나의 방편으로 시작되었다. 글쓰기 작업이 진행되면서 다른 동기도 섞였다. 나는 내 소설에 들어 있는 정서나 등장인물의 도덕적 감성이 독자에게 미칠 영향에 무심한 사람이 아니다. 하지만 이 점에서 주 관심사는 지금 읽히는 다른 소설들처럼 독자를 무기력하게 만들기를 피하고 가족 간의 애정이 얼마나 사랑스러우며 보편적 미덕이 얼마나 탁월한 것인지를 보여 주는 정도에 머물렀다. 주인공의 성격과 상황에서 자연스럽게 도출되는 의견이 늘 내가 확신하는 의견으로 받아들여진다면 곤란한 일이다. 다음 이야기에서 자연스레 나오게 될 여러 추론 역시 내가 편파적으로 지지하는 철학적 입장으로 받아들인다면 곤란하다.

또 이 이야기가 주 배경인 그 장엄한 지역에서 아쉬운 마음이 가시지 않은 교제를 통해 시작되었다는 것은 나에게 특별한 의미가 있다. 나는 1816년 여름을 제네바 근처에서 보냈다. 그해 여름 날씨가 쌀쌀하고 비도 많이 와서, 우리는 우연히 손에 들어온 독일 유령 이야기를 즐겁게 같이 읽곤 했다. 이런 괴담 때문에 이를 모방해 보겠다는 장난기가 발동했다. 다른 두 명의 친구(그중 한 명이 쓴 이야기는 내가 쓰려는 이야기보다 훨씬 좋은 대중의 반응을 불러일으켰을 텐데)와 나는 초자연적 현상에 근거한 괴담을 각자 하나씩 쓰기로 했다.

하지만 갑자기 날씨가 청명해져서 두 친구는 알프스 여행을 떠났고, 눈앞에 펼쳐지는 장엄한 풍경에 사로잡혀 괴담을 쓰기로 했던 약속을 까맣게 잊어버렸다. 다음 이야기만이 유일하게 완성된 괴담이다.

제1부

편지 1

영국에 있는 새빌 부인에게
(상트페테르부르크) 17××년 12월 11일*

얼마나 위험할까 염려하던 이 탐험이 시작되었는데 아무 재난도 일어나지 않았다는 소식을 듣고 누나는 기뻐하시겠지요. 어제 이곳에 도착했습니다. 사랑하는 누나에게 제가 잘 있으며 점점 이 탐험이 성공할 거란 확신이 든다는 걸 알리는 게 제 첫 번째 일입니다.

저는 이미 런던에서 멀리 떨어진 북쪽에 있어요. 이곳 상트페테르부르크 거리를 거닐 때면, 뺨을 스치는 차가운 북방의 바람을 느낄 수 있어요. 그 바람 덕분에 정신이 번쩍 들고 온몸이 기쁨으로 충만해요. 이런 느낌을 이해하실는지요? 제가 가려는 곳에서 이곳으로 부는 바람을 통해 저 추운 나라를 미리 맛보는 거지요. 그리고 이 약속의 바람 덕인지 제 백일몽은 점점 더 강하고 생생해지네요. 북극은 온통 서리뿐인 황량한 장소라는 게 도통 믿어지지 않을 정도예요. 아름답고 즐거운 지역이라고 상상되거든요. 마거릿 누나, 그곳에서는 늘 태양이 보여요. 넓고 둥근 태양이 지평선을 에워싸고 항상 빛을 발하지요. 그곳에서 —누나가 허락한다면 이전에 항해한 자들이 있었다고 믿고 싶어요—눈과 서리는 사라져 그림자도 없어요. 잔잔한 바다를 계속 항해하다 보면, 이제까지 사람들이 지상에서 거주한 어떤 곳보다 놀랍고 아름다운 땅으로 가게 될지 몰라요.* 분명 저 고독한 미지의 땅에도 천체 현상이 일어날 테니 그 지역의 산물과 모습에 전례가 없을 거예요. 영원한 빛의 나라에서 무엇인들 기대를 못하겠어요? 거기서 나침반의 바늘*을 끌어당기는 저 놀라운 힘을 발견할 수도 있고, 천 개나 되는 천체 관측을 통제할 수도 있을 거예요. 이 여행이 끝나면 여태까지 이상해 보이던 현상들이 실은 매우 일관되어 있다는 것까지 밝힐 수 있을 겁니다. 이전에 누구도 가 보지 못한 세상을 일부나마 보면서 열렬한 호기심을 충족시키고, 누구도 직접 밟아 보지 못한 땅을 거닐어 볼 겁니다. 저는 바로 이런 생각에 사로잡혀 있어요. 이런 생각으로 위험이나 죽음에 대한 두려움은 까맣게 잊은 채 즐거운 마음으로 이 탐험을 한답니다. 마치 휴일에 고향의 강을 탐색하려고 친구랑 작은 배를 타고 다니면서 즐거워하는 어린아이처럼 말이죠. 하지만 혹시 이런 추측이 전부 다 틀렸다 해도, 인류 최후 세대까지 온 인류에게 이루 헤아릴 수 없을 만큼 크게 이바지할 겁니다. 지금은 여러 달이 걸려야 갈 수 있는 나라에 이르는 극점 근처 항로를 발견하거나, 자기장의 비밀을 규명해서 말이죠. 혹시나 그런 성취를 한다면, 저처럼 모험을 해야만 이루어 낼 수 있지요.

이런저런 생각을 하다 보니 처음 편지를 쓰기 시작할 때 느꼈던 흥분은 어느새 사라지고, 천국으로 올라가듯 제 마음이 열정으로 활활 빛나는 것 같아요. 꾸준한 목표만이 제 마음을 가라앉혀 주기 때문이죠. 영혼이 그 지적인 눈으로 응시하는 목표 말이에요.

어린 시절부터 늘 이 탐험을 하게 되길 꿈꾸어 왔어요. 극점을 둘러싼 바다를 지나 북태평양에 이르는 여러 가지 모험담을 열심히 읽었지요. 누나도 기억할지 모르겠지만, 토머스 삼촌의 서재에는 온갖 미지의 땅을 발견하는 모험담이 가득했지요. 저는 공부엔 무심했지만, 독서는 무진장 좋아했지요. 밤낮 이런 모험담을 읽고, 모험에 대해 알면 알수록 점점 더 안타까워졌어요. 어릴 때 아버지가 돌아가시면서 제가 선원 생활을 하지 못하게 해달라고 삼촌에게 신신당부했다는 사실을 알았기 때문이죠.

감정을 토로하며 영혼을 사로잡아 천상으로 고양시키는 시인들의 시를 처음 정독하고 나서야 비로소 이런 꿈을 잊을 수 있었죠. 저는 시인이 되어서 처음 1년간은 자작시를 짓느라고 낙원에서 살았지요. 호메로스와 셰익스피어의 이름이 봉헌된 신전에 저도 한 자리 얻었다고 상상했어요. 누나는 제가 얼마나 어렵게 실패와 실망을 견디어 냈는지 잘 아시잖아요. 하지만 바로 그 무렵 사촌에게 유산을 물려받게 되자, 어린 시절 그토록 열망하던 쪽을 다시 바라보게 되었어요.

지금 하고 있는 모험을 떠나기로 결심한 이후로, 6년이란 세월이 흘렀어요. 지금도 기억나요. 이 위대한 모험에 헌신하겠다고 결심한 때가. 고통에 익숙해지게 몸을 단련하는 것부터 모험 준비를 했지요. 북극 탐험 고래잡이배에 몇 번 승선하기도 했고요. 추위와 기근, 갈증 그리고 수면 부족도 참고 견디어 냈죠. 낮에는 다른 선원보다 더 열심히 일했고, 밤이면 수학과 의학 이론 그리고 해상 모험가에게 실질적인 도움이 될 만한 물리 과학 분야를 공부하기도 했지요. 실제로 그린란드 포경선의 보조 항해사로 두 번인가 취직해 동료들에게 칭찬받을 만큼 일하기도 했지요. 부선장 자리를 제안하면서 배에 남아 달라는 선장의 간청을 받았을 때는,

조금 우쭐했음을 고백해야겠군요. 그 선장은 제가 한 일을 높이 평가해 준 거지요.

사랑하는 마거릿 누나, 이런 저야말로 위대한 목적을 달성할 만한 자격을 갖춘 사람이 아닐까요? 저는 그간 인생을 편하고 사치스럽게 살았어요. 하지만 제 길에 부유함이 뿌려 놓은 그 어떤 유혹보다 저는 영광이 더 좋았어요. 오, 제가 옳다고 누군가 격려의 화답을 해 주면 좋겠어요! 제 결심과 용기는 확고하답니다. 하지만 이따금 희망이 흔들리기도 하고 간혹 낙담할 때도 있어요. 이제 저는 어려운 장거리 원정을 떠나려고 해요. 그 원정에서 비상사태가 일어난다면 제 인내가 필요할 겁니다. 다른 선원들에게 용기를 북돋아 줄 뿐 아니라, 가끔 그 선원들이 실패할 때는 저 자신을 지탱해야 하니까요.

지금이 러시아 항해에 적합한 시기예요. 러시아 사람들은 썰매를 타고 재빨리 눈 위로 달리지요. 썰매는 경쾌하게 달리는데도 영국 역마차보다 훨씬 쾌적한 것 같아요. 털옷을 걸치면 추위는 그리 심하지 않아요. 저도 이미 털옷 한 벌을 준비했어요. 갑판을 거니는 것과 여러 시간 꼼짝없이 앉아 있는 건 전혀 다르니까요. 몸을 움직이지 않으면 정말 피가 혈관 속에서 얼어붙을 수도 있어요. 상트페테르부르크와 아르한겔스크를 잇는 우편 수송 도로에서 죽고 싶진 않거든요.

2~3주 뒤면 아르한겔스크로 떠날 겁니다. 거기서 배를 한 척 빌릴 생각이에요. 배 주인에게 보험료를 주면 쉽게 빌릴 수 있다고 해요. 그리고 함께 갈 선원은 고래잡이에 익숙한 자들 가운데서 필요한 만큼 최대한의 인원을 뽑을 생각입니다. 그런데 6월까지는 항해를 떠나지 않을 생각이에요. 언제 돌아올 거냐고요? 사랑하는 누나, 뭐라고 대답해야 할까요? 성공한다면 우리가 다시 만나

는 데 여러 달, 어쩌면 여러 해가 걸릴지도 몰라요. 실패한다면 금방 다시 만나겠죠. 아마 영원히 못 만날지도 모르고요.

안녕, 사랑하는 훌륭한 마거릿 누나. 하느님께서 누나를 풍성하게 축복해 주시고, 제 생명을 구해 주시길. 그래서 베풀어 준 모든 사랑과 친절에 감사하는 마음을 하느님께 거듭 고백할 수 있기를. 하느님께서 누나를 축복하고, 제 생명도 구해 주시길.

사랑하는 동생 R. 월턴

편지 2

영국의 새빌 부인에게
아르한겔스크, 17××년 3월 28일*

눈과 서리에 둘러싸인 이곳에서는 시간이 얼마나 더디게 흘러가는지 몰라요. 하지만 탐험의 두 번째 단계에 들어섰어요. 배를 한 척 빌려서 열심히 선원을 모집 중이에요. 이미 모집한 선원들은 모두 불굴의 용기를 지닌 듯한, 믿을 수 있는 자들이에요.

하지만 한 가지 부족한 게 있어요. 지금 그 부재가 무엇보다 치명적인 불행으로 느껴져요. 제게는 친구가 없어요, 마거릿 누나. 탐험에 성공하겠다는 열정에 불타는 지금, 즐거움을 함께할 만한 친구가 없어요. 실망에 사로잡혔을 때 절망한 저를 격려해 줄 사람도 없고요. 실은 제 생각을 종이에 기록할 생각이지만, 글은 감정을 전달하기엔 빈약한 수단이지요. 제게 공감해 줄 친구가 한 명 있었으면 좋겠어요. 눈빛이 통하는 그런 친구 말이에요. 제가 좀 낭만적인 녀석이구나 생각하겠지만, 누나, 전 친구가 없어서 지금 아주 힘들어요. 가까이 아무도 없어요. 친절하지만 용감하고, 넓은 마음뿐 아니라 교양도 있고, 제 계획에 찬성하거나 고쳐 줄 만큼 취향이 비슷한 친구 말이에요. 그런 친구라면 이 딱한 동생의 부족한 점을 잘 고쳐 줄 텐데요! 저는 탐험을 수행하는 것에 빠져서 다른 어려움을 잘 못 참아요. 하지만 제가 독학한 것은 더 큰 결함이에요. 제 인생에 있어 처음 14년간, 멋대로 꿈꾸며 토머스 삼촌이 보았던 탐험기만 읽었으니 말이에요. 그즈음 유명한 우리나라 시인들을 알게 되었지요. 하지만 그런 생각을 통해 최대한 혜택을 얻을 힘을 잃고서야 비로소, 모국어 말고도 여러 나라 언어를 반드시 알아야 한다는 걸 깨달았지요. 이제 제 나이 스물여덟인데, 실은 열다섯 살짜리 학생보다 아는 게 없어요. 실은 그런 학생보다 생각도 많이 했고 스케일도 훨씬 크고 장대한 꿈도 지녔지만, 제 꿈에는 (화가의 표현처럼) 관점이 부족해요. 저를 낭만주의자라고 경멸하지 않을 만큼 사려 깊고, 제 마음을 붙잡아 줄 친구가 꼭 필요해요.

하긴 이건 쓸모없는 불평이에요. 넓고 넓은 망망대해나, 여기 아르한겔스크나, 상인들과 선원 사이에서는 진짜 친구를 한 사람도 찾기 어려워요. 그런데 이들의 거친 가슴에도 더러운 인간 본성과는 무관한 감정이 뛰고 있더군요. 가령 우리 항해사는 놀랄 만큼 용기 있고 진취적인 사람이에요. 미친 듯이 영광을 추구하지요. 국가나 직업에 대한 편견을 지닌 영국인인데, 세련된 교양은 없지만, 아주 고귀한 인간성은 좀 있어요. 포경선에 탔을 때 처음 그를 알게 되었지요. 그가 이 도시에서 자리를 못 잡은 걸 알고는, 제 탐험을 도와 달라고 했지요.

선장은 성격 좋은 데다 친절하고도 온화한 동솔릭 넉문에 이 배에 딱 맞는 인물이지요. 사실 상냥한 성격이라 다들 좋아하고, (거의 유일한 선상 오락인) 사냥도 하지 않아요. 피 흘리는 걸 견디지 못하기 때문이죠. 게다가 영웅처럼 너그러운 인물이에요. 몇 년 전에는 재산이 별로 없는 러시아 처녀를 사랑했대요. 상당한 포획 분배금*을 모았기 때문에, 처녀의 아버지도 그 결혼에 동의했고요. 운명의 결혼식을 올리기 전에 약혼녀를 딱 한 번 만났대요. 하지만 온통 눈물범벅이 된 그 처녀가 자기 발아래 몸을 던지고는 자신을 자유롭게 풀어 달라고 간청하더래요. 자신은 다른 남자를 사랑하는데 그 남자가 가난해서 자기 아버지가 그 결혼을 허락해 주지 않는다고 고백한 거예요. 너그러운 제 친구는 그런 사실을 알았으니 포기하겠다고, 애원하는 처녀를 안심시켰지요. 그는 이미 농장을 하나 사 두고, 거기서 여생을 보낼 계획이었지요. 하지만 그는 주식을 사고 남은 포획 분배금과 농장을 연적(戀敵)에게 모두 줬대요. 그러고는 처녀와 그 처녀 애인의 결혼을 허락해 주라고 처녀 아버지에게 간청했대요. 하지만 노인네는 제 친구와 한 명예로운 약속을 생각하고 단호히 거절했지요. 약혼녀 아버지가 고집불통임을 보자, 즉각 자기 나라를 떠나서는 약혼녀가 원하던 대로 결혼했다는 소식을 듣고서야 돌아왔어요. 누나도 "정말 고귀한 친구로군!" 하고 감탄하겠지요. 그는 그런 사람이에요. 그는 평생 선상에서 지내 왔고, 로프와 돛대 밧줄밖에 모르는 사람이지요.

하지만 제가 조금 투덜대고, 가상의 인물이 제가 겪을 고생을 위로해 줄 거라 상상했다고 해서 제 결심이 흔들렸다고는 생각하지 마세요. 제 결심은 운명처럼 요지부동이에요. 좋은 날씨에 승선하려고 당분간 항해를 연기했을 뿐이에요. 이번 겨울 날씨는 혹독했지요. 하지만 봄의 전조가 좋네요. 예년보다 봄이 빠르다고들 해요. 그래서 예상보다 빨리 출발하게 될지도 몰라요. 그 무엇도 조급하게 서두르진 않을 거예요. 타인의 안전을 책임져야 할 때 제가 얼마나 신중하고 사려 깊게 행동하는지 믿으셔도 좋아요.

모험에 임박한 느낌이 어떤지 설명할 길이 없네요. 즐거움과 두려움이 반반 섞인 상태로 출발을 준비하는 이 떨리는 느낌을 어떻게 전달해야 할지요. 미탐험 나라인 '안개와 눈의 나라'로 갈 거예요. 하지만 앨버트로스(albatross)를 죽이진 않을 거예요. 그러니 제 안전에 대해 너무 걱정하지 마세요.

드넓은 바다를 횡단하고 아프리카나 미국의 최남단 곳을 거쳐 돌아오면, 누나를 다시 만날 수 있을까요? 감히 그런 성공은 기대하지도 않지만, 반대 경우를 상상하면 견딜 수가 없네요. 기회 있을 때마다 계속 편지를 보내 줘요. (그럴 가능성은 적지만) 용기를 더 내기 위해 누군가의 편지가 가장 필요할 때 누나의 편지를 받게 될지도 모르니까요. 누나를 진심으로 사랑해요. 제 소식을 계속 못 듣게 되더라도, 다정하게 날 기억해 줘요.

사랑하는 동생, 로버트 월턴

편지 3

영국의 새빌 부인에게
17××년 7월 7일

사랑하는 누나.

저는 안전하며 앞으로 항해 중임을 알리려고 급히 몇 줄 적어요. 이 편지는 아르한겔스크를 떠나 고향으로 돌아가는 상인 편에 영국으로 전해질 거예요. 아마도 그 상인은 앞으로 몇 년간 고향 땅을 보지 못할 저에 비해 얼마나 운이 좋은 자인지요. 하지만 지금 제 기분은 무척 좋아요. 제가 데리고 있는 선원들은 모두 용감하고 분명한 목적의식도 있어요. 우리 배 곁에 계속 떠다니는 얼음덩어리가 우리가 아주 위험한 지역으로 간다는 걸 암시하는데도, 선원들은 놀라지 않는 것 같아요. 이미 상당히 높은 위도에 도착했어요. 하지만 지금은 한창 여름이에요. 영국처럼 따뜻하지는 않아도, 강한 남풍이 뜻밖에 새로운 온기를 주고 있어요. 이 남풍 덕분에 제가 그토록 가고 싶어 하는 저 해안으로 우리는 빨리 질주하는 중이에요.

편지에 쓸 만큼 특별한 사건은 아직 일어나지 않았어요. 심한 강풍이 한두 번 불어 돛대가 부서졌는데, 이런 일쯤이야 경험이 많은 노련한 선원들은 거의 기억도 못하는 소소한 일상이죠. 항해 중에 더 나쁜 일만 일어나지 않는다면, 저는 대만족이에요.

사랑스러운 마거릿 누나, 안녕. 틀림없이 누나뿐 아니라 저 자신을 위해서도 섣불리 위험을 무릅쓰진 않을 거예요. 저는 냉정하고 참을성 있으며 신중하게 행동할 겁니다.

영국에 있는 친구들 모두에게 안부 좀 전해 주세요.

진심으로 누나를 사랑하는 동생

R. W.

편지 4

영국의 새빌 부인에게
17××년 8월 5일

아주 이상한 사건이 우리에게 일어나서 그 일을 쓰지 않을 수 없네요. 이 편지가 누나 손에 들어가기 전에 저를 보게 될지도 모르지만 말이에요.

지난 월요일*에 우리는 거의 얼음에 둘러싸였어요. 사방으로 얼음에 에워싸여 배가 움직일 틈이 전혀 없었죠. 특히 한 치 앞도 안 보이는 짙은 안개에 둘러싸여서 꽤 위험한 상황이었죠. 바람 부는 쪽으로 뱃머리를 돌리고 나서 대기와 날씨가 나아지기만 바라는 상황이었죠.

2시경에 안개가 걷히자 사방에 크고 울퉁불퉁한 빙원이 보였는데, 그 빙원은 끝없이 펼쳐져 있는 것 같았어요. 게다가 몇몇 동료가 끙끙 신음 소리를 내는 바람에 걱정스러워 신경이 곤두섰지요. 갑자기 바로 그때 눈앞의 기이한 광경을 바라보았어요. 고립된 우리 상황이고 뭐고 다 잊었어요. 개 몇 마리가 끄는 썰매에 묶인 마차가 보였어요. 8백 미터쯤 멀리서 북쪽을 향해 달려가고 있었어요. 아주 커다란 사람 같은 존재가 썰매에 앉아 개들을 몰고 있었어요. 저 멀리 울퉁불퉁한 설원 사이로 사라질 때까지, 우리는 망원경으로 그 낯선 존재의 모습을 지켜보았지요.

이런 등장이 뜻밖인지라 정말 놀랐지요. 우리는 육지에서 몇백 킬로쯤 떨어져 있다고 믿고 있었거든요. 그런데 이 유령 같은 존재가 실은 우리 생각만큼 지금 우리가 육지에서 멀리 떨어져 있지 않다는 걸 알려 주는 것 같았어요. 하지만 얼음 때문에 그 존재의 자취를 뒤따라갈 수가 없었어요. 우리가 아주 유심히 살펴보긴 했지만요.

이런 사건이 있은 지 약 두 시간 뒤에, 해빙되는 바다 소리가 들렸어요. 밤이 되기 전에 얼음이 부서져서 우리 배도 풀려났지요. 하지만 부서져서 둥둥 떠다니는 커다란 얼음덩어리들과 깜깜한 어둠 속에서 충돌할까 봐 전전긍긍하면서 아침까지 뱃머리를 바람 부는 쪽으로 고정시켰지요. 이 틈에 단 몇 시간이라도 좀 쉬려고 말이에요.

그러나 날이 밝자마자 갑판에 올라갔더니 선원들이 배 한쪽에 모여서 바다 위 누군가와 이야기하느라 바빴어요. 실은 전에 본 듯한 썰매였어요. 썰매가 어젯밤 큰 얼음 조각을 타고 우리 쪽으로 떠내려온 모양이에요. 개 한 마리만 살아남았더군요. 하지만 그 썰매엔 사람이 타고 있었어요. 선원들이 그 사람한테 우리 배로 옮겨 타라고 설득하는 중이었어요. 그는 지난번 우리가 보았던 다른 여행객처럼 미지의 섬에 사는 야만인이 아니라, 유럽인이었어요. 제가 갑판에 나타나자, 선장이 이렇게 말했어요. "우리 대장님이 오시네요. 대장님은 이 넓은 바다에서 당신이 얼어 죽도록 내버려 두지 않으실 거예요."

낯선 사람은 저를 보자마자 조금 이상한 악센트의 영어로 말했어요. "당신 배에 타기 전에 목적지가 어딘지 좀 알려 주시겠어요?"
다 죽어 가는 사람한테 그런 질문을 받고 제가 얼마나 놀랐을지 누나는 상상할 수 있겠지요. 그 사람에게는 제 배가 지상에서 그 어떤 보물과도 바꿀 수 없는 가장 값진 선물이었을 테니까요. 하지만 저는 북극점을 향해 탐험하는 중이라고 대답했어요.
제 대답을 듣자마자 그는 흡족한 기색으로 배에 오르기로 했어요. 하느님 맙소사! 마거릿 누나, 누나가 자기 일신의 안전을 완전히 포기한 이 사람을 보았다면 깜짝 놀랐을 거예요. 사지는 거의 얼어붙을 지경에, 피곤함과 고통으로 끔찍할 만큼 여위었어요. 그렇게 비참한 몰골은 평생 본 적이 없어요. 그를 선실로 데려가려고 했지만 그는 신선한 공기가 없는 곳으로 가자마자 기절해 버렸어요. 그래서 다시 갑판으로 데려와 브랜디로 몸을 마사지하고 브랜디 몇 방울을 억지로 마시게 해서 원기를 회복시켰지요. 살아 있다는 걸 확인하자마자, 몸에 담요를 둘러 부엌 화덕의 굴뚝 가까이 데려갔지요. 그는 조금씩 의식을 회복하더니 겨우 수프를 먹을 정도가 되었지요. 그 수프 덕분에 그는 놀랄 만큼 빠르게 회복되었어요.
이런 식으로 이틀이 지나서야 그는 겨우 말할 수 있게 되었어요. 가끔은 그동안 겪은 고초 때문에 영영 이해력을 잃지나 않을까 염려되기도 했죠. 어느 정도 회복되자, 그를 제 선실로 데려와서 일에 방해가 되지 않는 한도에서 돌봐 주었어요. 누구 못잖게 흥미로운 인물이었어요. 몹시 황폐한 눈에는 광기마저 서려 있었지요. 하지만 누군가가 친절하게 대해 주거나 아주 하찮은 친절이라도 베풀어 주면, 얼굴 전체가 다정하고 친절한 표정으로 가끔 환하게 빛났어요. 하지만 거의 대부분 우울하고 절망적인 상태였지요. 가끔은 무거운 고뇌에 짓눌려 견딜 수 없다는 듯 이를 갈기도 했지요.

손님이 기력을 되찾자 오만 가지 질문을 하고 싶어 안달이 난 선원들로부터 그 손님을 떼어 놓았어요. 그가 선원들의 어리석은 호기심에 시달리게 놔두고 싶지는 않았거든요. 심신의 회복이란 휴식을 온전히 취할 수 있느냐 없느냐에 달려 있으니까요. 하지만 한번은 항해사가 이런 질문을 하더군요. "왜 그렇게 이상한 썰매를 타고 이 먼 빙원까지 오게 됐나요?"

그의 안색이 금세 어둡고 절망적인 표정으로 바뀌더니 이렇게 대답했어요. "저한테서 도망친 놈을 찾기 위해서요."

"그럼 선생님이 쫓는 사람도 똑같이 썰매를 타고 갔나요?"

"그럼요."

"그렇다면 그자를 본 것도 같군요. 선생님을 구하기 전날, 개 몇 마리가 끄는 썰매랑 어떤 사람이 그 썰매를 타고 빙하를 건너는 모습을 보았으니까요."

낯선 손님은 이 말에 관심을 보였어요. 그 손님 말대로 그 악마가 어떤 길로 갔는지에 관해 이것저것 많이 묻더군요. 곧 저와 단둘이 남게 되자 그가 말했어요. "분명 이 착한 선원들뿐 아니라 대장님도 제게 호기심이 많았을 텐데요. 하지만 대장님은 배려심이 많은 분이라 아무것도 묻지 않더군요."

"물론이죠. 호기심 때문에 선생님을 괴롭힌다면 그건 정말 무례하고 비인간적인 행동일 겁니다."

"하지만 이상하고 위험한 상황에서 저를 구해 주셨어요. 친절하게도 제 생명을 구해 주셨죠."

그러고는 곧이어 빙하가 깨지면서 우리가 본 그 썰매가 바다에 빠졌을지를 물었어요. 저는 뭐라 확실히 대답할 수 없다고 했어요. 그 얼음은 자정 무렵까지 깨지지 않았으니, 아마 그 여행자는 자정이 되기 전에 안전한 장소로 대피했을지도 모르죠. 하지만 저는 뭐라 확신할 수는 없었거든요.

이때부터 안달이 난 그 손님은 갑판으로 나가 우리가 보았던 썰매를 찾으려는 것 같았어요. 하지만 저는 선실에 남아 있으라고 설득했지요. 그렇게 병약한 몸으로는 그 거친 공기를 견딜 수 없을 테니까요. 대신 지켜보다가 새로운 물체가 눈에 띄면 즉시 알려 주겠다고 약속했지요.

이것이 지금까지 일어난 이 이상한 사건에 관한 제 일지예요. 그 손님의 건강은 차츰 회복되었지만, 말이 별로 없었어요. 저 말고 누군가가 선실에 들어오면 불편해 보였어요. 하지만 워낙 다정하고 친절해서, 그와 직접 이야기를 못해 본 선원도 모두 그에게 관심을 가졌지요. 저로 말하자면, 그를 형제처럼 아끼게 되었고요. 늘 깊이 절망한 그의 모습을 보고 있으려니 제 마음에는 연민과 동정이 가득했지요. 비참한 현재 상황에서도 매력적이고 사랑스러운 손님의 모습을 보니, 좋았던 시절에는 분명 고귀한 인물이었을 것 같았어요.

사랑하는 마거릿 누나, 넓은 바다에 친구 한 명 없다고 지난번 편지에서 말씀드렸죠. 하지만 불행한 일 때문에 정신만 무너지지 않았다면 의형제로 함께해도 좋을 만한 사람을 이제야 만났어요.

새로 기록할 만한 사건이 있으면, 가끔 이 손님에 관해 계속 일지를 쓸 생각이에요.

17××년 8월 13일

손님에 대한 제 애정이 나날이 자랍니다. 놀라울 정도로 금방 저는 이 사람에 대해 칭찬하고 연민도 느끼게 됐어요. 그처럼 고귀한 사람이 불행한 일을 겪느라 무너진 모습을 어찌 쓰라린 고통 없이 볼 수 있겠어요? 그는 친절했지만 지혜로운 사람이었어요. 교양도 넉넉하고요. 단어를 신중하게 고르고 골랐지만, 말만 하면 그 단어들이 신속하고 유례없는 달변이었죠.

그의 병은 이제 많이 나았고, 계속 갑판에 머무르며 분명 앞서 지나간 썰매를 찾는 눈치예요. 행복하지는 않아도 늘 불행에 빠져 있진 않아요. 다른 사람 일에 깊은 관심을 갖기도 하고요. 제 계획에 관해 이것저것 묻더군요. 그래서 저는 솔직하게 제 과거를 조금 이야기해 주었죠. 제 신뢰에 그의 기분이 좋아진 것 같았어요. 제 계획을 몇 가지 고쳐 보라고 제안했는데, 아주 유용한 제안이라는 걸 깨달았죠. 그의 태도에는 잘난 척하는 구석이 없었어요. 하지만 그의 행동은 전부 본능적으로 주변 사람의 행복만 생각하는 것 같았어요. 그는 가끔 울적해졌어요. 그럴 때면 홀로 앉아서 언짢거나 비사교적인 기질을 모두 극복하려 했지요. 태양 앞에 구름이 사라지듯 이런 발작이 조금씩 줄어드네요. 절망에서 완전히 벗어나지는 못해도 말이죠. 저는 그의 신뢰를 얻으려 애썼는데, 성공한 것도 같아요. 어느 날 늘 품고 있던 제 소망을 이야기했죠. 즉 항상 맞장구치고 충고해 줄 만한 친구를 찾고 있다는 소망 말이에요. 저는 친구의 충고를 듣고 화를 내는 그런 사람은 아니라고 말했지요. "저는 독학을 했기 때문에 제 힘만 의지할 수 없습니다. 그래서 친구는 저보다 더 지혜롭고 경험이 많았으면 해요. 진실한 친구를 못 찾을 거라고는 생각지 않고요."

"대장님 생각에 저도 찬성이에요." 그 손님이 맞장구를 쳤어요. "우정이 바람직할 뿐 아니라 우정을 얻을 거란 믿음 말이에요. 한때는 제게도 누구 못잖게 고귀한 친구가 있었죠. 그래서 서로 존중하는 우정에 관해 판단할 자격이 충분히 있다고 생각합니다. 대장님에게는 희망도 있고 앞에 펼쳐진 세상도 있으니, 절망할 이유가 없죠. 하지만 전 모두 잃고 말았어요. 다시 인생을 시작할 수가 없어요."

이렇게 말하면서, 그의 얼굴이 절망적인 표정으로 바뀌어서 마음이 아팠어요. 하지만 그는 아무 말 없이 곧 선실로 들어갔어요.

이렇게 기분이 울적할 때조차, 그는 누구보다도 자연의 아름다움을 깊이 느꼈어요. 별이 총총한 하늘과 바다 그리고 이 놀라운 북극의 모든 풍경에는 여전히 그의 영혼을 지상에서 하늘로 비상하게 만드는 힘이 있는 것 같아요. 그런 인간은 이중적인 존재예요. 그는 불행을 겪고 실망스러운 일로 당황했지만, 그가 자신에게 침잠해 있을 때는 주위를 두루 비추는 천상의 영혼처럼 어떤 슬픔이나 어리석음도 그에게 범접할 수 없답니다.

이 신성한 방랑자를 묘사한 제 열렬한 표현에 누나가 비웃을까요? 그랬다면 틀림없이 한때 누나 특유의 매력이었던 소박함을 잃어버린 거예요. 하지만 꼭 웃고 싶다면 제 표현에 배어나는 따뜻함을 보고 미소 지으세요. 뜨거운 찬사를 바칠 만한 이유를 매일 새롭게 찾아내고 있으니까요.

17××년 8월 19일

어제 그 손님이 말했어요. "월턴 대장님, 제가 더할 나위 없이 엄청난 불행을 겪었다는 사실을 한눈에 눈치채셨을 겁니다. 한때는 제가 죽을 때 이런 불행한 기억도 함께 영원히 사라져야 한다고 결심했었죠. 하지만 대장님 때문에 마음이 바뀌었어요. 지난날의 저처럼, 대장님도 지식과 지혜를 추구하죠. 그리고 대장님의 소원이 성취되었을 때 저처럼 그게 대장님을 괴롭히는 뱀을 만난 꼴이 되지 않기를 간절히 바랍니다. 제가 겪은 불행이 대장님에게 도움이 될지도 모르겠네요. 하지만 듣고 싶다면 제 이야기를 들어 보세요. 이 이야기에 관련된 이상한 사건들이 자연을 보는 하나의 관점을 제공해 줄 거예요. 그 관점 때문에 대장님의 능력과 이해력이 넓어질 겁니다. 불가능하다고 믿었던 힘과 사건을 듣게 될 거예요. 하지만 제 이야기를 계속 들으면, 틀림없이 그 사건들이 서로 연결되어 진실임을 밝혀 줄 거예요."

자기 이야기를 해 주겠다는 그의 제안에 제가 얼마나 기뻤는지 누나도 쉽게 상상할 수 있을 거예요. 다시 고통스럽게 불행한 과거 이야기를 반복할 그의 모습은 견디기 어려웠지만 그의 이야기를 듣고 싶어 몸살이 날 지경이었지요. 그럴 만한 힘이 있다면 그의 운명을 바꿔 주고 싶은 강한 열망과 호기심 때문이었지요. 그래서 이런 감정을 솔직히 말했어요.

그가 이렇게 말하더군요. "대장님께서 동정해 주시는 건 고맙지만 소용없어요. 제 운명은 이제 다 끝났어요. 한 가지 사건만 기다리고 있어요. 그다음에는 평화롭게 쉴 거예요. 대장님 마음은 이해합니다." 제가 중간에 말을 가로막으려는 것을 눈치채고 그가 말을 이었어요. "하지만 이렇게 불러도 좋다면 친구여, 잘못 생각했어요. 그 무엇으로도 제 운명을 바꿀 수는 없어요. 제 이야기를 들어 보면 왜 운명을 돌이킬 수 없는지 알게 될 겁니다."

그러고 나서는 내일 여유가 있으니 자기 이야기를 들려주겠노라고 했어요. 이 약속에 진심으로 감사했어요. 별다른 일만 없다면 매일 밤마다, 그가 낮에 들려준 이야기를 최대한 토씨 하나 빠뜨리지 않고 기록하기로 결심했어요. 일이 생긴다면, 최소한 메모라도 해 둬야죠. 분명 누나는 이 원고에 그 무엇보다 기쁠 겁니다. 하지만 그를 알고, 그의 입으로 직접 이야기를 듣는 저는 먼 훗날 이 이야기를 얼마나 흥미진진하게 공감하면서 읽게 될까요!

제1장

나는 제네바에서 태어났고, 우리 집안은 그 공화국의 최고 명문 가문이다. 우리 조상은 오랜 세월, 변호사이자 제네바 행정 장관을 지냈다. 아버지는 공무를 수행하면서 좋은 평판과 명예를 얻었다. 아버지를 아는 사람이라면 모두 성실함과 공무에 대한 집중력 때문에 아버지를 존경했다. 젊은 시절, 아버지는 계속 공무에 몰두하며 지냈다. 인생 후반기에 들어서야 비로소 결혼을 하여 자신의 미덕과 이름을 후세에 이어 갈 아들을 국가에 바쳐야겠다는 생각을 하게 되었다.

아버지가 결혼하게 된 상황이 아버지의 성격을 단적으로 보여 주기 때문에, 아버지의 결혼 이야기를 하지 않을 수 없다. 아버지의 절친한 벗 가운데 한 분은 상인이었다. 그 친구는 잘나가다가 여러 가지 불운을 겪으면서 가난해졌다. 하지만 보포르라는 이 친구는 자존심이 강하고 단호한 성격이라, 이전에 높은 지위와 영화를 누리던 나라에서 모두의 기억 속에 사라진 채 가난하게 살아야 한다는 사실을 못 견뎌 했다. 그래서 가장 명예로운 방법으로 빚을 다 갚고 딸과 함께 루체른이라는 마을로 가서 아무도 몰래 비참하게 살고 있었다. 진정한 우정으로 보포르를 아끼던 아버지는, 이 불행한 상황 때문에 친구가 은둔하게 된 것을 매우 애석하게 여겼다. 또 친구를 잃게 된 것이 슬퍼서, 친구를 찾아내어 자신의 신용과 도움으로 삶을 다시 시작해 보라고 설득할 참이었다.

보포르는 용의주도하게 신분을 숨겨서 아버지가 친구의 거처를 찾아내는 데 열 달이나 걸렸다. 친구를 찾아 너무나 기뻤던 아버지는 서둘러 로이스 강 근처에 있는 초라한 그 집을 찾아갔다. 하지만 비참함과 절망만이 그 집에 들어선 아버지를 맞이해 주었다. 보포르는 파산한 자기 재산에서 아주 적은 금액만 건진 것이었다. 그러나 몇 달간 지탱하기에 충분한 돈이었기에, 그동안 무역 상인 가게에서 일자리를 얻었으면 했다. 그 바람에 아무것도 하지 않은 채 세월만 후딱 지나갔다. 생각할 여유만 생기면, 깊은 슬픔에 울화가 치밀었다. 결국 울분에 사로잡힌 그는 석 달이 지나자, 아무 노력도 못해 본 채 병석에 드러누워 꼼짝 못하는 신세가 되고 말았다.

딸은 아버지를 지극정성으로 간호했다. 하지만 그녀는 얼마 안 되는 돈이 급속히 줄어드는데 달리 후원받을 만한 전망도 없다는 사실을 지켜보면서 절망했다. 그러나 캐롤라인 보포르는 비상한 정신력의 소유자였다. 곤경 속에서도 용기를 잃지 않고 버텼다. 간단한 바느질거리를 찾기도 하고, 밀짚을 엮기도 했다. 그리고 생계를 유지하는 데에 충분치는 못하나마 온갖 수단을 통해 몇 푼이라도 더 벌어 보려고 발버둥을 쳤다.

이런 식으로 몇 달이 지나갔다. 아버지의 상태는 점점 더 악화되어 그녀는 점점 더 많은 시간을 아버지 간호에 매달려야 했다. 그녀의 생계 수단은 점차 줄어들었다. 열 달 뒤 딸을 고아이자 무일푼으로 남긴 채, 딸의 품에 안겨 아버지가 돌아가셨다. 이 마지막 타격에 그녀는 쓰러졌다. 나의 아버지가 그 방에 들어섰을 때, 그녀는 자기 아버지 관 옆에 무릎을 꿇은 채 엉엉 울고 있었다. 우리 아버지는 그 불쌍한 소녀에게 수호천사 같은 존재였다. 그리고 그녀는 아버지에게 자신을 맡겼다. 친구 장례식을 치른 아버지는 그 소녀를 제네바로 데려와 친척 집에 맡겼다. 2년 뒤, 캐롤라인은 아버지의 아내가 되었다.

아버지가 남편이자 부모가 되었을 때, 새 상황에 따른 의무를 이행하려면 많은 시간이 필요함을 깨달았다. 그래서 아버지는 공직을 포기하고 자녀 교육에 헌신했다. 그중에서 나는 맏이였고, 아버지 일과 재산을 모두 물려받을 아들이었다. 우리 부모님은 세상에서 누구 못잖게 다정했다. 특히 나는 몇 년 동안 외동아들이었기에, 부모님은 나의 발전과 건강에 지속적인 관심을 갖고 보살펴 주었다. 그러나 이야기를 계속하기 전에, 네 살 때 일어난 사건을 기록해야 한다.

아버지에게는 몹시 아끼는 여동생이 하나 있었는데, 일찍이 이탈리아 신사와 결혼했다. 고모는 곧 남편의 고향으로 갔고, 몇 년간 누이와 연락이 거의 두절되었는데 그즈음에 고모가 돌아가셨다. 그리고 몇 달 뒤, 아버지는 이탈리아 여성과 결혼할 계획이라는 매제의 편지를 한 통 받았다. 그리고 매제는 아버지에게 죽은 누이의 유일한 혈육인 엘리자베스라는 아기를 맡아 달라고 부탁하면서 이렇게 말했다. "그 아이를 딸처럼 여겨 교육시켜 주는 게 제 소원입니다. 아내의 유산은 그 아이에게 남겼고, 저는 그 서류를 형님에게 맡겨 보관하겠습니다. 이 제안을 잘 생각해 보세요. 계모가 기르는 것보다 형님이 손수 조카를 교육시키는 게 나을지 아닐지 결정해 주세요."

아버지는 망설이지 않고 즉시 이탈리아로 가서 어린 엘리자베스를 장차 그녀가 자랄 집으로 데려왔다. 종종 해 주던 어머니 말씀이 기억난다. 그 아이는 당시 어머니가 본 아이들 가운데 가장 예뻤으며, 그때에도 이미 상냥하고 다정한 성격이었다고 했다. 이런 이유로, 그리고 가능하다면 가족 간의 사랑이라는 끈을 단단하게 묶고 싶어서, 어머니는 엘리자베스를 장차 내 신붓감으로 정했다. 어머니는 단 한 번도 그 계획을 후회할 만한 이유가 없었다.

그때부터 엘리자베스 라벤자는 함께 노는 소꿉동무가 되었고, 자라서는 친구가 되었다. 그녀는 온순하고 착했지만, 여름날 곤충처럼 즐겁고 쾌활하기도 했다. 그녀는 생기발랄했지만, 강하고도 깊이 있는 감성에 남달리 따뜻한 성품이었다. 누구보다 자유를 만끽했지만, 또한 누구보다 우아하게 구속과 변덕에 순종했다. 상상력이 풍부했지만, 놀랍게도 잘 적응하는 편이었다. 그녀의 외모는 정신을 그대로 반영했다. 새처럼 활기 있었지만 개암색 눈에는 매력적인 다정함이 깃들어 있었다. 가냘프고 가벼운 모습이었다. 피로를 잘 참지만, 세상에서 가장 연약한 사람처럼 보였다. 나는 그녀의 이해력과 상상력을 칭찬하는 한편, 아끼는 애완동물처럼 기꺼이 그녀를 돌봐 주었다. 그렇게 가식적이지 않으면서도 몸과 마음이 우아한 사람은 본 적이 없다.

엘리자베스라면 누구나 좋아했다. 하인들은 항상 그녀를 통해 우리에게 뭔가 부탁했다. 우리에게 불화나 논쟁 따위는 없었다. 우리는 전혀 달랐지만, 바로 그 차이에서 조화를 찾았다. 나는 내 단짝보다 더 조용하고 침착했지만 고분고분한 성격은 아니었다. 나는 근면했고 참을성이 훨씬 많았다. 하지만 몰두할 일이 있으면 그렇게 힘들지 않았다. 나는 현실 세계와 관련된 사실을 탐구하는 게 즐거웠다. 반면에 그녀는 시인들이 창조한 꿈같은 세계를 좇느라 바빴다. 세상은 마치 비밀 같아서, 나는 그 비밀을 알아내고 싶었다. 그녀에게는 세상이 텅 빈 방 같아서, 그 방을 자신의 상상력으로 채우고 싶어 했다.

남동생은 나보다 꽤 어렸으나, 학교 친구들 중 한 명이 나와 친해서 이 빈자리를 채워 주었다. 헨리 클러벌은 아버지의 절친한 벗인 제네바 상인의 아들로, 뛰어난 재능과 상상력을 지닌 소년이었다. 아홉 살 때 동화를 써서 친구들이 모두 깜짝 놀라고 기뻐했던 일이 기억난다. 그가 좋아하는 공부는 주로 기사도와 로맨스였다. 어릴 때, 그가 특히 좋아하는 책을 연극으로 만들어 공연했던 일이 기억난다. 오를란도*와 로빈 후드, 아마디스* 그리고 성 게오르기우스가 주요 등장인물이었다.

나는 누구보다 행복한 어린 시절을 보냈다. 부모님은 관대했고, 친구들은 사랑스러웠다. 우리는 공부를 하라고 강요당한 적이 없었다. 그러나 항상 눈앞에 목표가 있어서, 우리는 열심히 공부에 매진했다. 경쟁심이 아니라, 바로 이런 식으로 공부했다. 엘리자베스는 친구들이 자기보다 잘 그릴까 봐 두려워서가 아니라, 자기 손으로 좋아하는 장면을 그려 외숙모를 즐겁게 해 주고 싶은 열망으로 그림을 배웠다. 우리는 라틴어와 영어로 쓰인 책을 읽도록 라틴어와 영어를 배웠다. 체벌을 통해 배우는 불쾌한 공부와는 달리, 우리는 공부하는 게 좋았다. 우리에게는 즐거운 공부가 다른 아이들에게는 힘든 노동이었을 것이다. 아마 보통 방식대로 공부한 아이들만큼 우리가 책을 많이 읽거나 언어를 빨리 배우지는 못했을 것이다. 하지만 우리가 배운 내용은 기억에 더 깊이 새겨졌다.

이렇게 우리 가족을 묘사하면서 헨리 클러벌도 넣어야 한다. 왜냐하면 그는 늘 우리와 함께했기 때문이다. 나랑 학교에 갔고, 오후에는 우리 집에서 보냈다. 그는 외아들이라 같이 놀 만한 친구가 없어서, 그의 아버지는 아들이 또래 친구가 있는 우리 집에 있는 걸 좋아했다. 클러벌이 없으면, 우리 행복에 뭔가 빠진 것 같았다.

어린 시절을 회상하면 마음이 즐겁다. 내 마음이 불행으로 오염되어, 세상에 널리 도움이 되겠다는 밝은 꿈이 나 자신에 대한 우울하고 편협한 회상으로 바뀌기 전이니까 말이다. 하지만 어린 시절이라는 그림을 그릴 때, 나도 모르는 사이에 훗날 조금씩 비참해진 사건 이야기도 빠뜨리지 말아야 한다. 나중에 내 운명을 가른 열정의 탄생을 설명할 때, 마치 산에서 흐르는 강물처럼 미미하고 거의 잊고 있던 원천에서 그 열정이 생겼음을 깨달았으니까. 하지만 그 냇물은 급류가 되었고, 그 급류가 도도히 흘러 나의 희망과 즐거움을 몽땅 휩쓸고 가 버렸다.

자연 과학*은 내 운명을 통제한 거대한 힘이다. 때문에 이 이야기를 하면서 내가 특히 과학을 좋아하게 된 계기를 언급하고 싶다. 열세 살이 되던 해, 우리 모두 토농(Thonon) 근처의 온천으로 가족 여행을 갔다. 쌀쌀한 날씨 때문에 우리는 호텔에 갇혀 있어야 했다. 이 호텔에서 우연히 코르넬리우스 아그리파*의 책을 한 권 발견하고 그 책을 들춰 보았다. 그가 증명하려는 이론과 그가 서술한 놀라운 사실들 덕분에 이 무심한 감정은 즉시 열광으로 바뀌었다. 마치 새로운 빛이 내 마음에 비친 것 같았다. 기쁨에 들떠서 아버지에게 내가 발견한 것을 말씀드렸다. 여기서 선생님들이 학생들의 관심을 유용한 지식으로 이끄는 많은 기회를 가지고 있음을 언급하지 않을 수 없다. 하지만 선생님들은 이것을 전적으로 무시한다. 아버지는 내가 읽은 책의 표지를 힐끗 보더니 이렇게 말했다. "아! 코르넬리우스 아그리파! 얘, 빅터, 이런 책에 시간 낭비하지 마라. 이건 한심한 쓰레기란다."

이렇게 말하는 대신 고대 과학의 힘은 현실과 동떨어진 것이지만 현대 과학은 현실적이고 실용적이며 고대 과학보다 훨씬 더 큰 힘이 있다고 아버지가 설명해 주었더라면 정말 좋았을 텐데. 그런 상황이었다면, 나는 아그리파를 단호하게 던져 버리고 뜨거운 상상력으로 현대 발견의 결과물, 한층 이성적인 화학 이론에 몰두했을 것이다. 심지어 내 마음에서 솟아난 생각이 결국 내 신세를 망친 그 치명적인 충동으로 이어지는 일이 없었을 것이다. 하지만 내 책을 힐끗 본 아버지의 눈길을 보니 그 책 내용을 잘 아는 것 같지도 않아서, 나는 더욱더 열심히 그 책을 파고들었다.

집에 돌아왔을 때, 첫 번째 관심은 이 저자의 전집을 구입하고 나중에는 파라셀수스*와 알베르투스 마그누스*의 책을 구입하는 것이었다. 나는 이 저자들의 황당한 상상을 읽고 연구하는 즐거움에 빠졌다. 그들은 나 말고도 몇몇 소수 독자에게만 알려진 보물 같았다. 가끔 이 비밀스러운 지식 보따리를 아버지에게 털어놓고 싶었지만, 아그리파에 대한 아버지의 막연한 혹평 때문에 늘 망설였다. 그래서 엘리자베스에게 비밀을 지키겠다는 엄숙한 약속을 받고서야 내가 발견한 사실들을 털어놓았다. 하지만 그녀는 이런 문제에 별로 관심이 없어서, 나는 그녀 곁에서 혼자 계속 연구했다.

18세기에 알베르투스 마그누스의 제자가 되었다는 것이 매우 이상한 사실로 보일지 모른다. 하지만 우리 집은 과학자 집안이 아닌 까닭에, 나는 제네바 학교들에서 가르치는 강의를 전혀 들어 본 적이 없었다. 그래서 내 꿈은 현실에 좌절되지 않았다. 나는 아주 부지런히 과학자의 돌과 불로장생약을 찾아 나섰다. 하지만 곧 한눈팔지 않고 불로장생약에만 전념했다. 재물은 부차적인 목표였다. 그러나 인체에서 질병을 추방하고, 무엇보다 기혹한 죽음 외에 어떤 질병에도 끄떡없는 인간을 만들어 낸다면, 그 발견 뒤에는 얼마나 큰 영광이 따를 것인가!

이런 것이 나만의 꿈은 아니었다. 유령이나 악마를 불러내는 것은 내가 좋아하는 저자들이 너그러이 허용한 것으로, 나는 누구보다 열렬히 이것을 해 보려고 애썼다. 주문이 실패하면, 그 실패에 대해 스승들의 기술 부족이나 부정확함을 탓하기보다 늘 경험이 부족하고 실수 잘하는 나 자신을 탓했다.

매일 눈앞에서 일어나는 자연 현상도 빠뜨리지 않고 탐구했다. 증류 작용과 놀라운 증기력의 효과 그리고 내가 좋아하는 저자들이 전혀 몰랐던 현상은 아주 놀라웠다. 그러나 무엇보다 지극히 놀라운 것은 공기 펌프에 관한 몇 가지 실험이었는데, 우리가 자주 방문했던 어떤 신사가 그 펌프를 쓰는 걸 보았었다.

이런 현상들과 몇 가지 다른 문제에 관해 초기 과학자들이 무지한 탓에 그 저자들을 좀 믿지 못하게 되었다. 하지만 몇 가지 다른 체계가 내 마음을 채우기 전에, 그들을 저버릴 수는 없었다.

열다섯 살쯤 되던 해 벨리브 근처의 우리 집에 들어가 살 때, 매우 격렬하고 끔찍한 폭풍우를 목격했다. 그 폭풍은 쥐라 산맥 너머에서 시작되었는데 하늘 여기저기서 엄청난 소리를 내면서 천둥이 쳤다. 폭풍우가 몰아치는 동안, 나는 호기심 때문에 남아서 그 폭우가 진행되는 과정을 즐거이 지켜보았다. 문간에 섰을 때, 갑자기 우리 집에서 20미터쯤 떨어진 멋진 아름드리 참나무 고목에서 불꽃이 튀었다. 눈부신 불꽃이 사라지자마자, 참나무는 없어지고 벼락 맞은 그루터기만 남았다. 다음 날 아침에 가 보니 이상하게 부서진 나무가 보였다. 충격으로 산산조각 난 게 아니라, 가느다란 나무 리본처럼 완전히 쪼그라들었던 것이다. 그토록 처참하게 부서진 물체는 한 번도 본 적이 없었다.

이 커다란 고목에 닥친 재앙을 보고 매우 놀라, 아버지에게 천둥과 번개가 어떻게 생기는지 그 성질과 기원에 대해 여쭈어 보았다. 아버지는 '전기'라고 대답하면서 전기력으로 발생하는 여러 가지 효과를 묘사해 주었다. 그리고 작은 전기 기계를 만들어 몇 가지 실험을 보여 주기도 하고 철사와 가는 끈이 달린 연을 만들어 구름에서 번개를 끌어내기도 했다.

이 마지막 타격으로 그렇게나 오랫동안 나의 상상력을 지배해 왔던 코르넬리우스 아그리파와 알베르투스 마그누스, 파라셀수스가 완전히 무너졌다. 그러나 운명 때문인지 현대 과학을 공부하고 싶은 마음은 전혀 없었다. 다음 상황 때문에 이런 마음이 들지 않았던 것이다.

아버지는 내가 자연 과학 강의를 들었으면 했고, 나는 흔쾌히 동의했다. 하지만 몇몇 사건이 생겨서 그 강의가 끝날 때까지 거의 참석할 수 없었다. 그래서 마지막 강의 가운데 하나는 전혀 이해할 수 없었다. 교수는 칼륨과 붕소, 황산염과 산화 효소를 아주 유창하게 설명했는데, 나는 그 용어들을 전혀 이해할 수 없었다. 그래서 자연 과학이라는 학문이 싫어졌다. 여전히 대(大)플리니우스와 뷔퐁이라는, 내가 보기에는 둘 다 똑같이 흥미롭고 도움이 되는 저자*들을 즐겨 읽긴 했지만 말이다.

이즈음 나는 주로 수학을 공부했고, 대부분의 학문은 수학과 관련되었다. 또 언어를 배우느라 바빴다. 라틴어는 이미 익숙했고, 몇몇 그리스 작가의 쉬운 책은 사전의 도움을 받지 않고도 읽기 시작했다. 영어와 독일어도 완벽하게 이해했다. 이것이 열일곱 살에 이룬 성취다. 내가 이 다양한 문학 지식을 얻고 익히는 데 시간을 모두 바쳤음을 알 수 있을 것이다.

또 다른 일이 맡겨졌는데, 바로 두 남동생을 가르치는 것이었다. 어니스트는 나보다 여섯 살이 어려, 내가 주로 그 아이를 가르쳤다. 그 아이는 어릴 때부터 병약하여 엘리자베스와 나는 늘 그 아이를 간병하곤 했다. 다정한 성격이었지만, 힘든 공부는 못했다.

우리 집 막내인 윌리엄은 아직 어린, 세상에서 가장 예쁜 아가였다. 발랄한 파란 눈과 보조개 파인 뺨 그리고 사랑스러운 태도 덕에 많은 애정을 불러일으켰다.

우리 가족은 이와 같았고, 우리 집에는 근심과 고통이 영원히 발붙일 데가 없을 듯싶었다. 아버지는 공부를 봐 주었고 어머니는 즐거움을 함께 나누었다. 누구도 다른 사람보다 우월하다는 생각은 하지 않았다. 우리 사이에서는 명령조 말소리를 들을 수 없었다. 하지만 모두 애정을 갖고 따랐으며, 아무리 사소한 요구도 서로 순순히 들어주었다.

제2장

내가 열일곱이 되자, 부모님은 나를 잉골슈타트 대학교에 보내기로 결정했다. 나는 그때까지 제네바 대학에 다녔지만, 아버지는 교육을 제대로 시키려면 내가 조국이 아닌 다른 나라 관습에 익숙해질 필요가 있다고 생각했던 것이다. 그래서 나는 일찍 출발하기로 했다. 하지만 그날이 오기 전에, 처음으로 내 인생에 불행한 사건이 일어났다. 말하자면 장차 닥쳐올 불행한 운명의 전조였다.

엘리자베스가 성홍열에 걸린 것이다. 하지만 심한 병세는 아니어서 금방 회복되었다. 그녀가 누워 있는 동안, 많은 사람이 어머니에게 엘리자베스의 간병을 하지 말라고 만류했다. 처음에는 어머니도 우리 간청을 따랐다. 하지만 아끼는 수양딸이 회복됐다는 소식을 듣고, 더 이상 그 방에 들어가지 않을 수가 없어 전염병의 위험이 미처 사라지기도 전에 그 방에 들어갔던 것이다. 이런 경솔한 행동의 결과는 치명적이었다. 3일째 되는 날, 어머니는 앓아누웠다. 어머니가 걸린 열병의 징조는 매우 안 좋았다. 어머니를 돌보는 의사의 표정은 최악의 사태를 예견하는 듯했다. 임종 자리에서도 어머니의 훌륭한 인내심과 다정함은 사라지지 않았다. 어머니는 엘리자베스와 내 손을 맞잡고 이렇게 말했다. "얘들아, 장차 행복을 꿈꾸던 나의 가장 큰 소원은 너희 둘이 결혼하는 것이었단다. 내 소원은 이제 네 아버지에게 큰 위로가 될 거야. 엘리자베스, 나 대신 어린 사촌들을 돌봐 줘야 해. 아! 너희를 떠나게 되어 유감천만이란다. 그동안 행복하고 사랑받던 사람인데, 너희를 두고 떠나는 게 어디 쉽겠니? 하지만 이런 생각은 나답지 않구나. 기쁜 마음으로 죽음을 맞이해야지. 저세상에서 너희를 만나길 빌게."

어머니는 조용히 돌아가셨다. 그 순간에도 사랑이 가득한 얼굴이었다. 보상받을 길 없는 불행 때문에 가장 사랑하는 사람을 잃은 심정이 어떤지는 굳이 묘사할 필요도 없을 것이다. 영혼에 드리운 허무함과 그 표정에 나타난 절망감을 말이다. 매일 마주치며, 우리의 분신 같았던 어머니가 영원히 떠나 버렸다는 사실을 마음으로 받아들이는 데는 꽤 오랜 세월이 필요했다. 즉 사랑스러운 밝은 눈동자가 감기고, 그토록 익숙하고 다정했던 목소리가 잠잠해져 더 이상 귓가에 들리지 않는다는 사실 말이다. 이런 것들이 처음 며칠간 든 생각이다. 그러나 시간이 흘러 비참한 현실이 드러나면, 진짜 비참한 고통이 시작된다. 하지만 그 무자비한 손에 사랑하는 사람을 잃어 보지 않은 사람이 어디 있으랴? 모두가 느끼고 느껴야만 하는 슬픔을 내가 왜 묘사해야 하나? 마침내 때가 되면 슬픔은 필연이라기보다 차라리 자기만족이 된다. 신성 모독으로 보일지 모르겠으나, 입가에 떠오른 미소가 사라지지 않는 그런 날이 온다. 어머니는 돌아가셨지만, 우리에게는 아직 의무가 있었다. 우리는 살아남은 사람과 계속 일상생활을 하면서, 저승사자의 손에서 벗어난 사람도 있으니 스스로 행운아라 여기는 법을 배워야 한다.

이런 사건들 때문에 연기되었던 잉골슈타트 대학으로 출발할 날짜가 다시 정해졌다. 몇 주간 출발을 늦춰도 좋다는 허락을 아버지에게 받았다. 이 기간은 슬픔 속에 훌쩍 지나갔다. 어머니의 죽음과 성급한 나의 출발 때문에 모두들 마음이 울적했다. 하지만 엘리자베스는 우리 집안을 다시 명랑하게 만들려고 애썼다. 외숙모가 돌아가신 뒤, 그녀는 마음을 굳게 먹고 다시 기운을 냈다. 그녀는 자기에게 맡겨진 의무를 정확히 다하기로 결심했다. 외삼촌과 사촌들을 행복하게 해 줄 중요한 의무가 자신에게 달려 있다고 생각했다. 그녀는 나를 위로했고, 외삼촌을 즐겁게 해 주었으며, 내 동생들을 가르쳤다. 이때의 그녀는 가장 아름다워 보였다. 이때 그녀는 끝없이 다른 사람들을 행복하게 해 주느라고 정작 자기 자신은 까맣게 잊어버렸다.

마침내 출발 날짜가 다가왔다. 나는 지난밤을 우리와 함께 보낸 클러벌만 빼고 친구 모두에게 작별을 고했다. 클러벌은 나와 함께 가지 못하는 자기 신세를 몹시 한탄했다. 그러나 아무리 설득해 보았지만 그가 자기 아버지를 떠날 수는 없었다. 그의 아버지는 평범한 사업을 하는 데 학문이 필요 없다는 지론에 따라 아들을 사업 파트너로 만들 생각이었다. 헨리의 마음은 세련된 교양인의 그것이었다. 그는 빈둥거리며 놀고 싶지 않았고, 기꺼이 아버지 사업을 도울 생각이었다. 하지만 훌륭한 상인이 되어도 교양과 이해력을 겸비할 수 있다고 믿었다.

우리는 밤늦도록 앉아서 클러벌의 불평을 듣고 장래를 기약하는 여러 가지 소소한 약속을 했다. 다음 날 아침 나는 일찌감치 출발했다. 엘리자베스의 눈에서 눈물이 흘러내렸다. 내가 떠나는 게 슬프기도 하고, 한편으로는 석 달 전이라면 어머니의 축복을 받으며 떠날 수 있었다는 생각에 눈물을 흘렸던 것이다.

나는 이륜마차에 몸을 던지고, 울적한 회상에 잠겼다. 이제껏 사랑스러운 친구들에게 둘러싸여 늘 다른 사람을 즐겁게 하던 내가 이제는 혼자가 된 것이다. 내가 가는 대학에서는 혼자 알아서 친구를 사귀고 스스로 나 자신을 지키는 보호자가 되어야 했다. 이제까지의 삶은 매우 호젓하고 가정적인 편이었다. 때문에 낯선 얼굴을 극복하기 힘들어 하는 반감이 있었다. 나는 두 남동생과 엘리자베스 그리고 클러벌을 좋아했다. 이들은 예전부터 익숙한 얼굴들이었다. 하지만 낯선 사람들과는 전혀 어울리지 못할 것 같았다. 이런 생각으로 여행을 시작했다. 그러나 여행을 하면서 기운도 나고 희망도 생겼다. 내게는 지식에 대한 열망이 있었다. 집에 있을 때면 한 장소에 갇혀 청춘을 보낼 수는 없다고 가끔 생각하곤 했다. 세상 속에 들어가, 세상 사람들 사이에서 해야 할 일을 하고 싶었다. 내 소망을 이루었는데, 이제 와서 후회한다면 사실 어리석은 행동일 것이다.

잉골슈타트에 가는 동안 이런 생각을 비롯하여 다른 생각을 할 만큼 여유가 생겼다. 장거리 여행인 데다 피곤했다. 마침내 그 도시의 높고 흰 첨탑이 시야에 들어왔다. 마차에서 내린 뒤 나 혼자 쓰는 집으로 안내받아 마음대로 저녁 시간을 보낼 수 있었다.

다음 날 아침, 나는 소개장을 들고 몇몇 중요한 교수님을 방문했는데 그중에는 자연 과학 교수인 M. 크렘페도 있었다. 그 교수는 점잖게 나를 맞이하며, 자연 과학 관련 분야에서 얼마나 공부했는지 알아보려고 몇 가지 질문을 던졌다. 나는 솔직히 두려움에 떨면서 그 분야에 관해 이제껏 읽은 저자들을 읊어 댔다. 교수는 나를 물끄러미 바라보더니 말했다. "정말 그런 엉터리 공부에 그렇게 많은 시간을 낭비했단 말인가?"

나는 그렇다고 대답했다. 크렘페 교수는 따뜻하게 말을 이었다. "자네가 그런 책들에 허비한 순간순간은 정말 낭비야. 자넨 틀렸다고 타파된 제도와 쓸데없는 이름만 잔뜩 외웠군. 큰일 났군! 어디 황무지에 살았나? 그곳에선 자네가 그토록 열심히 받아들인 이런 망상이 천 년이나 됐고 고대인들만큼이나 케케묵었다고 알려 줄 만큼 친절한 사람이 단 한 명도 없었단 말인가? 이런 계몽 과학 시대에 알베르투스 마그누스와 파라셀수스의 제자를 만날 줄은 몰랐네. 자네, 공부를 몽땅 다시 시작해야겠어."

교수는 그렇게 말하면서 옆으로 가더니 내가 구입해야 할 몇몇 자연 과학책 목록을 적어 주었다. 그는 다음 주 초에 자연 과학의 일반 원리 강의가 시작될 예정이며, 자신이 강의하지 않는 날에는 M. 발트만이라는 동료 교수가 화학 강의를 해 줄 거라고 말한 뒤 나를 배웅해 주었다.

실망한 상태로 집에 돌아온 것은 아니었다. 왜냐하면 나도 이미 오래전부터 그 교수가 그토록 강력하게 비난하는 저자들을 쓸데없는 무용지물로 생각해 왔기 때문이다. 그렇다고 해서 그의 추천 도서를 읽을 마음도 내키지 않았다. 크렘페 교수는 무뚝뚝한 목소리와 못생긴 얼굴을 지닌, 작고 땅딸막한 인물이었다. 그래서 그의 학문에도 별다른 호감을 느끼지 못했다. 게다가 나는 현대 자연 과학을 쓸모없는 것으로 무시하고 있었다. 과학의 대가들이 불멸과 힘을 추구했던 것과는 전혀 달랐다. 그런 관점은 무익하지만 위대했다. 하지만 이제는 과학계가 바뀌었다. 과학 연구자는 애초에 내가 과학에 흥미를 갖게 만든 이런 꿈을 없애려고만 하는 듯했다. 나는 무한히 원대한 영광의 꿈을 버리고 보잘것없는 현실을 받아들이라는 요구를 받은 셈이다.

처음 2, 3일 동안은 거의 혼자 그런 생각을 하면서 지냈다. 하지만 다음 주가 시작되자, 크렘페 교수가 자기 강의에 대해 했던 말이 생각났다. 나는 우쭐대는 그 작은 땅딸보가 교단에서 하는 강의를 가서 들을 생각이 별로 없었지만, 발트만 교수에 관한 그의 이야기가 기억났다. 발트만 교수는 도시를 떠나 있었던 관계로, 아직 만나 보지 못했던 것이다.

반은 호기심으로, 반은 심심풀이로 강의실에 들어갔고 잠시 뒤 발트만 교수가 들어왔다. 이 교수는 동료와는 전혀 달랐다. 그는 쉰 살가량 되어 보였지만, 아주 너그러워 보였다. 관자놀이에 백발이 몇 가락 흘러내렸지만, 뒷머리는 거의 까맸다. 체구는 작았지만, 놀라울 만큼 꼿꼿한 자세였다. 이제껏 들어 본 목소리 중에서 가장 감미로운 목소리였다. 그는 화학의 역사와 여러 학자들이 이룬 다양한 업적을 요약하면서 강의를 시작했다. 가장 뛰어난 발견자들의 이름을 열정적으로 나열했다. 다음으로 과학의 현 상태를 대강 개관한 다음, 많은 기본 용어를 설명했다. 몇 가지 준비 실험을 설명한 뒤, 그는 현대 화학에 대한 찬사로 강의를 마무리했다. 나는 그 말을 결코 잊을 수 없을 것이다.

그는 이렇게 말했다. "이 고대의 과학 스승들은 불가능한 것들을 약속했지만, 하나도 이루지 못했습니다. 현대의 대가들은 거의 아무 약속도 하지 않습니다. 금속의 성질을 바꿀 수 없으며, 인간의 불로장생약이 헛된 꿈임을 알고 있습니다. 이 과학자들은 두 손으로 흙을 잠깐 만지고, 눈으로는 현미경이나 도가니를 들여다보는 것 같지만, 이들이야말로 실은 기적을 만들어 내고 있습니다. 그들은 깊이 숨겨진 자연을 구석구석 들여다보고, 자연이 그 은신처에서 어떤 일을 하는지 보여 줍니다. 그들은 천상에 오르기도 하고, 피가 어떻게 순환하는지, 우리가 대기의 자연을 어떻게 호흡하는지 발견해 냈습니다. 거의 무한한 새로운 힘을 얻었지요. 하늘의 천둥을 마음대로 지배하고, 가짜 지진을 일으키며, 그늘에 가려 보이지 않는 세상까지 모방할 수 있게 되었지요."

나는 그 교수님과 그의 강의에 아주 흡족해서 떠났고, 그날 저녁 그를 방문했다. 사적인 자리에서 그분의 태도는 대외적인 자리에서보다 한층 더 부드럽고 매력적이었다. 강의하는 동안 그의 태도에는 위엄이 있었지만, 자기 집에서는 매우 상냥하고 친절했기 때문이다. 그는 연구에 대한 나의 시답잖은 이야기를 주의 깊게 들어주었으며, 코르넬리우스 아그리파와 파라셀수스의 이름을 듣고는 미소를 지었다. 하지만 그 미소에는 크렘페 교수처럼 경멸을 내비치지 않았다. 그는 이렇게 말했다. "바로 이들 현대 과학자들은 대부분 이들의 지칠 줄 모르는 열정에 지식의 토대를 신세졌지. 그들은 우리에게 더 쉬운 과제를 남겼네. 즉 상당 부분 그들이 밝혀낸 사실을 새로 명명하고 상호 연관시켜 분류해 정리하는 일 말이야. 천재들의 노력이 아무리 잘못되어도 결국은 인간에게 유익을 공고히 하는 법이라네." 나는 그의 말에 귀를 기울였다. 그의 말에는 허세나 가식이 없었다. 나는 교수님의 강의 덕분에 현대 화학에 대한 편견이 사라졌다고 덧붙였다. 동시에 구입해야 할 도서 목록에 대해서도 충고를 구했다.

발트만 교수님이 말했다. "제자를 얻게 되어 기쁘군. 자네가 지닌 재능만큼 노력한다면, 반드시 성공할 거라 확신하네. 화학은 자연 과학 가운데서도 가장 발전해 왔고 장래에도 크게 발전할 분야지. 바로 이 때문에 화학을 특별히 연구해 왔지. 하지만 그렇다고 해서 다른 과학 공부를 게을리하진 않았네. 인간의 지식 가운데 화학에만 힘쓰면 그저 한심한 화학자가 될 거야. 자네가 그저 시시한 실험이나 하는 연구원이 아니라 진짜 과학자다운 과학자가 되고 싶다면, 수학을 비롯해 자연 과학 분야를 공부하라고 충고하겠네."

그러고 나서 나를 실험실로 데려가 다양한 기계의 사용법을 설명해 주었다. 내가 구입해야 할 물품을 알려 주고, 내가 그 기계를 망치지 않을 만큼 과학 공부에 큰 진전을 보인다면 자기 기계를 사용하게 해 주겠다는 약속도 했다. 또 내가 요청한 도서 목록도 주었다. 나는 인사를 하고 떠났다.

이렇게 잊을 수 없는 그날 하루가 끝났다. 그날이 장래 내 운명을 결정지은 셈이다.

제3장

이날부터 자연 과학, 특히 가장 광범위한 의미에서 거의 화학만 연구했다. 이런 주제에 관해 충분히 천재성과 분별력을 갖고 쓴 현대 연구자들의 책을 열심히 읽어 나갔다. 강의에도 참석하고 대학교에 있는 과학자들과 인맥도 쌓았다. 심지어 크렘페 교수에게서도 실질적인 이성과 좋은 정보를 많이 얻어 냈다. 그가 못생긴 데다 태도도 밉살스러웠지만, 그렇다고 해서 이런 것들의 가치가 덜하지는 않았다. 발트만 교수는 진정한 나의 친구였다. 그의 친절은 독단적 주장에 전혀 물들지 않았다. 그는 솔직한 태도와 좋은 심성으로 가르쳤기에 현학적인 구석이라곤 조금도 없었다. 그가 가르치는 자연 과학에 그렇게 이끌린 것은 과학에 대한 본질적인 사랑이라기보다 그의 상냥한 성격 덕분이었던 것 같다. 그러나 이런 마음 상태는 지식을 대하는 첫 단계였을 뿐이다. 학문의 세계에 점점 더 깊이 들어갈수록, 점점 더 학문 자체를 추구하게 되었다. 처음에는 의무와 결단의 문제였던 근면함이 이제는 열성과 열심으로 바뀌어, 실험실에서 연구에 몰두해 있다 보면 아침 햇살에 별들이 사라지는 일도 종종 있었다.

그토록 면밀히 연구한 관계로 내가 얼마나 빨리 진전했는지 쉽

사리 짐작할 수 있을 것이다. 학생들은 내 열정에 놀랐다. 대가들도 나의 기량에 놀라워했다. 크렘페 교수는 종종 교활한 미소를 지으며 코르넬리우스 아그리파가 어떻게 지내는지 묻곤 했다. 반면 발트만 교수는 진심으로 나의 진전을 기뻐했다. 이런 식으로 2년이 흘렀다. 그동안 제네바에 가 보지는 못했지만, 몸과 마음을 모두 바쳐 발견하고 싶은 몇 가지 연구에 몰두했다. 이렇게 연구에 매진해 보지 못한 사람은 과학의 매력을 이해할 수 없을 것이다. 다른 연구에서는 선구자들이 했던 만큼 연구할 수 있으며, 더 이상 알아야 할 게 없다. 하지만 과학적 탐구를 하다 보면 계속 발견하고 놀랄 일이 있다. 능력 있는 사람이 한 가지 연구에 정진하다 보면, 반드시 그 분야의 탁월한 대가가 되기 마련이다. 한 가지 연구 주제에 계속 매진하고 오로지 여기 몰두한 나는 너무나 급성장해서 2년이 지날 무렵에는, 화학 실험 도구의 개선에 관한 몇 가지 발견으로 대학에서 상당한 평가와 칭찬을 받았다. 이즈음에는 잉골슈타트의 교수들이 가르치는 자연 과학의 이론과 실습에 통달했기에, 그곳에 머무는 게 나의 발전에는 별 도움이 되지 않아서 친구들이 있는 고향으로 돌아가기로 했다. 그즈음 한 가지 사건이 일어나는 바람에 좀 더 그곳에 체류하게 되었다.

특히 나의 주의를 끈 한 가지 현상은 인체, 아니 생명을 부여받은 동물의 구조였다. 나는 가끔 생명의 원리가 대체 어디서 나오는지 스스로 묻곤 했다. 그것은 대담한 질문이었으며, 여태까지 하느님의 섭리로 간주되던 질문이었다. 그러나 우리의 탐구가 소심함과 부주의의 제약을 받지 않는다면, 얼마나 많은 것들이 밝혀질 뻔했을까? 나는 마음으로 이런 상황들을 곰곰 생각한 뒤, 생리학과 연관된 자연 과학 분야에 특별히 더 관심을 갖기로 결심했다. 거의 초자연적인 열정에 이끌리지 않았더라면, 이 분야에 대한 연구는 지루하고 견디기 힘들었을 것이다. 생명의 원인을 조사하기 위해서는 먼저 죽음을 알아야 한다. 해부학을 잘 알게 되었지만, 이것만으로는 충분치 않았다. 또한 인체의 자연스러운 부패를 관찰해야 했다. 아버지는 어떤 초자연적인 공포에도 두려워하지 않도록 특별히 신경을 써서 날 교육시켰다. 미신 이야기를 들으며 덜덜 떨거나 유령이 출현했다고 해서 겁을 먹은 기억은 없다. 어둠은 나의 상상력에 아무 영향도 미치지 않았다. 교회 앞마당은 아름답고 힘센 권좌에서 쫓겨나 벌레의 먹이가 된, 그저 생명을 빼앗긴 시체들을 모아 둔 장소에 불과했다. 이제 이런 부패의 원인이 무엇인지, 그리고 어떻게 진행되는지 그 진행 상태를 살피려면 며칠 동안 밤낮 지하 납골당이나 시체 안치소에서 보내야 했다. 섬세한 인간의 감정으로는 가장 감당하기 어려운 대상에게 나의 주의가 집중되었다. 인간의 아름다운 육신이 어떻게 부패해서 침식하는지 목격했다. 생기발랄한 붉은 뺨이 사후에 어떻게 부패하는지도 보았다. 어떻게 벌레가 경이로운 눈과 뇌를 먹어 버리는지도 보았다. 생명에서 죽음으로, 죽음에서 생명으로 바뀌는 과정의 인과 관계를 자세히 살피고 분석했다. 마침내 이 깊은 어둠 속 한가운데서 갑작스레 한 줄기 빛이 나타나 내 마음에 비추었다. 그 빛은 매우 밝고 놀라웠지만 단순해서, 그 빛이 제시하는 엄청난 전망에 현기증이 나기도 했다. 한편 같은 과학을 연구하는 수많은 천재 가운데 나만 이렇게 놀라운 비밀을 발견했다는 사실이 놀랍기도 했다.

기억하라. 내가 미친 사람의 망상을 기록하는 게 아니라는 사실을. 하늘에서 태양이 빛나는 것처럼 내가 지금 사실이라고 확신하는 사건도 확실히 일어난 일이다. 무슨 기적이었는지 모르겠지만, 발견의 단계는 분명하고 확실했다. 믿을 수 없을 만큼 밤낮으로 열심히 일한 덕분에, 드디어 발생과 생명의 원인을 발견했다. 아니, 그보다 무생물에 생명을 부여할 능력을 갖게 되었다.

이 발견을 하고 처음에는 놀랐지만, 놀라움은 곧 기쁨과 환희로 바뀌었다. 고통스러운 노동에 그토록 많은 시간을 보낸 결과로 금세 욕망의 정상에 이르다니, 내 수고에 대한 최고의 보상이었다. 하지만 이 발견은 너무나 위대하고 굉장한 것이어서, 그동안 점진적으로 밟아 온 단계를 다 잊고 결과만 바라보았다. 세상이 창조된 이후 가장 현명하다는 사람들이 바라고 연구하던 것이 지금 내 손안에 있었다. 그 모든 일이 마법처럼 즉시 펼쳐진 것은 아니었다. 내가 얻은 정보는 이미 이룬 성과에 대한 것이 아니라, 차라리 연구 목적을 얻기 위해 어떤 방향으로 노력해야 할지 알려 주었다. 마치 죽은 자들과 함께 매장되었다가 그저 희미하고 미약한 빛의 도움으로 탈출구를 발견한 아랍인과도 같았다.

친구여, 그대 눈빛에 나타난 열정과 놀라움 그리고 희망을 보니, 내가 알고 있는 비밀을 털어놓길 기대하는 눈치지만, 그럴 수는 없다. 내 이야기를 끝까지 참을성 있게 들어 보면, 왜 그 이야기를 할 수 없는지 이유를 알 것이다. 그 당시 나처럼 경솔한 열정에 불탔던 자네를 파멸과 피할 수 없는 불행으로 이끌지는 않겠다. 내 가르침을 듣지 않겠다면 적어도 내 일을 거울 삼아 배우도록. 지식의 획득이 얼마나 위험한 일인지, 본성이 허용하는 한계 이상으로 위대해지려는 사람보다 자기 고향을 세상 전부로 아는 사람이 얼마나 더 행복한지를 말이다.

그런 놀라운 능력이 내게 있다는 걸 알았을 때, 그 능력을 어떻게 쓸 것인지 그 방법에 대해 한참 망설였다. 생명을 부여할 힘은 있었지만, 복잡한 섬유 조직과 근육, 혈관을 갖춘 살아 있는 몸을 준비하려면 상상할 수 없이 어렵고 수고스러운 작업이 아직 남아 있었다. 처음에는 나 같은 존재를 만들어야 할지, 아니면 더 단순한 생물을 만들어야 할지 알 수가 없었다. 하지만 첫 번째 성공에 상상력이 한껏 고무되어, 인간처럼 복잡하고 놀라운 동물에게 생명을 부여할 능력이 내게 있는지에 관해서는 스스로 의심조차 하지 않았다. 지금 수중에 있는 재료로는 그렇게 힘든 과제를 할 수 없을 것 같았다. 하지만 결국은 성공하리라는 것을 믿어 의심치 않았다. 나는 스스로 수없이 실패할 거라고 미리 예상했다. 나의 수술은 끝없이 실패할 수도 있고, 결국 불완전할 수도 있다. 그러나 매일 이루어지는 과학과 기계학 분야의 진보를 생각해 볼 때, 현재 내가 하는 시도가 적어도 장차 거둘 성공의 토대가 될 거라는 희망은 품어 볼 수 있었다. 내 계획이 아주 거창하고 복잡하긴 하지만, 실행할 수 없다는 생각은 들지 않았다. 이렇게 생각한 나는 인간을 만들기 시작했다. 부속이 너무 미세한 터라 속도 조절에 방해가 되어, 원래 의도와는 달리 체구가 거대한 존재를 만들기로 했다. 즉 키가 2.5미터쯤 되고, 그 큰 키에 맞추느라 거대한 체구를 갖게 된 것이다. 이런 결정을 내리고 나서 몇 달간 재료를 구하고 정리한 뒤, 드디어 작업을 시작했다.

첫 성공에 흥분한 가운데 태풍처럼 휘몰아친 다양한 감정은 누구도 상상하지 못할 것이다. 생명과 죽음의 경계야말로 이상적인 목표 같았다. 나는 그 경계를 처음으로 뚫고 어두운 세상에 폭포처럼 빛이 쏟아지게 했다. 새로운 목표로 종(種)이 생겨 나를 창조자이자 존재의 근원으로 축복할 것이다. 내 덕분에 행복하고 탁월한 본성을 지닌 수많은 존재가 생겨날 것이다. 나처럼 자식에게 완벽한 감사를 받을 만한 자격 있는 아버지도 없을 것이다. 이런 생각을 하다 보니 무생물에 생명을 불어넣을 수만 있다면, (지금은 불가능해도) 분명 죽어 부패한 시신에도 시간이 흐르면 새로운 생명을 부여할 수 있겠다는 생각이 들었다.

끈질긴 열정으로 작업을 해 나가면서, 이런 생각을 하니 기운이 났다. 연구하느라 뺨이 창백해졌고, 집 안에만 갇혀 있어 몸이 쇠약해졌다. 가끔은 다 되어 가는 듯싶다가 실패하기도 했다. 하지만 다음 날이면, 아니 한 시간 뒤면 연구가 성공할 거라는 희망에 매달렸다. 나 혼자만 아는 비밀에 희망을 갖고 전념했다. 쉬지도 못하고 숨 가쁘게 열심히 자연의 은신처까지 연구하는 동안, 달빛이 한밤중에 하는 나의 작업을 내려다보았다. 무덤 습지를 돌아다니거나 생명 없는 진흙에 생명을 불어넣겠다고 살아 있는 동물을 고문할 때, 내가 몰래 하는 일이 얼마나 끔찍한지 어느 누가 상상이나 할 수 있었을까? 지금도 그 생각을 하면 온몸이 떨리고 눈에 현기증이 난다. 하지만 당시에는 저항할 수 없는, 거의 광기 같은 충동이 나를 밀어붙였다. 이 한 가지 추구 외에 영혼이나 감각에서 다른 것은 모두 사라진 듯했다. 초자연적인 자극이 멈춰 옛 습관으로 돌아가자마자, 바로 덧없이 황홀한 감정이 날카로운 감정을 다시 느끼게 했다. 납골당에서 유골을 모았다. 불경한 손으로 인체의 엄청난 비밀을 어지럽혔다. 회랑과 계단 때문에 다른 집과는 완전히 분리된 외딴 꼭대기 방에, 아니 감옥의 독방에 추악한 창조의 작업실이 있었다. 세심한 작업으로 인해 눈알이 빠질 지경이었다. 해부실과 도살장에서는 필요한 재료를 대량으로 공급해 주었다. 가끔 인간의 본능으로 내가 하는 작업에 혐오감이 들어 고개를 돌리기도 했지만, 나를 계속 재촉하는 샘솟는 열망 덕분에 내 작업은 거의 마무리 단계에 이르렀다.

이와 같이 온 마음과 영혼을 바쳐 한 가지 연구에 몰두해 있는 동안, 여름 몇 달이 훌쩍 지나갔다. 매우 아름다운 계절이었다. 들판에서는 예년보다 풍요로운 수확을 거두었고, 포도밭에서는 따놓은 포도가 넘쳐 났다. 하지만 그런 아름다운 자연이 눈에 들어오지 않았다. 그리고 주변 풍경에 무심해진 바로 그런 감정 때문에, 그토록 멀리 떨어져, 그렇게나 오랫동안 보지 못한 친구들도 잊었다. 나의 침묵 때문에 불안해하는 그들의 심정을 알고 있었다. 아버지가 해 주던 말도 잘 기억하고 있었다. "너 스스로 아무리 만족해도, 다정하게 우리 생각을 하리라 믿는다. 정기적으로 네 소식을 듣고 싶구나. 편지를 안 하면 다른 의무에도 소홀하다고 생각할 테니 그런 줄 알렴."

아버지 마음이 어떨지 잘 알고 있었지만, 연구에 대한 생각을 떨칠 수가 없었다. 연구 자체는 혐오스러웠으나, 어느새 저항할 수도 없을 정도로 내 상상력을 사로잡고 있었다. 그래서 내 본능을 전부 삼켜 버린 그 위대한 목표를 이룰 때까지 가족과 관계된 일도 모두 미뤄 두고 싶었다.

그 당시에는 무심하다고 해서 타락하거나 잘못된 행동을 한다고 여기는 아버지의 처사가 부당하다고 생각했다. 하지만 지금 생각하니 내가 비난받아 마땅하다는 아버지의 생각이 분명 옳았다. 완벽한 인간은 늘 평온하고 평화로운 마음을 유지해야 하며, 열정이나 잠시 잠깐의 욕망에 자기 평온을 방해받아서는 안 된다. 지식의 추구라고 해서 이런 법칙에 예외는 아닌 것 같다. 몸 바쳐 하는 연구가 애정을 약화시키고 불순물이 전혀 섞이지 않은 소박한 즐거움을 누리는 마음을 없애 버렸다면, 분명 뭔가 잘못되었으며 인간의 마음에도 적합지 못한 것이다. 이런 법칙을 늘 지켰다면, 뭔가 추구하기 때문에 다정한 가족이 주는 평안을 버리지 않았다면 그리스는 노예국가로 전락하지 않았을 것이고, 카이사르는 로마를 망치지 않았을 것이며, 미국은 좀 더 천천히 발견되어 멕시코와 페루 제국이 멸망하는 일도 없었을 것이다.

하지만 가장 흥미로운 부분에서 깜빡 설교하고 말았네. 대장 얼굴을 보니 계속 이야기를 해야겠네.

편지에서 아버지는 조금도 나를 비난하지 않았다. 그저 전보다 더 자세히 내 연구에 관해 물어보는 것으로 내 침묵에 주목했을 뿐이다. 힘들게 연구하는 동안 겨울과 봄 그리고 여름이 흘러갔다. 하지만 꽃이 활짝 피거나 잎이 피는 광경을 지켜보지 못했다. 예전에는 늘 이런 광경이 무척 즐거웠다. 하지만 연구에 그토록 깊이 몰두했던 것이다. 그해의 낙엽이 지고 나서야 비로소 작업도 거의 끝났다. 이제 얼마나 멋진 성공을 거둘지 하루하루 더 분명해졌다. 그러나 또 한편으론 걱정이 열정을 가로막았다. 나는 좋아하는 일에 몰두하는 예술가라기보다 광산 노동이나 건강에 이롭지 못한 노동을 하는 노예 같은 꼴이었다. 매일 밤 미열에 시달렸고, 고통스러울 만큼 신경이 예민해졌다. 이제까지 타고난 건강과 튼튼한 신경을 자랑해 왔기에, 이런 질병은 더욱 괴로웠다. 하지만 운동도 하고 오락을 하면 그런 증상이 곧 없어질 것이다. 그래서 이 창조 작업이 끝나면 운동과 오락을 하겠노라고 스스로 다짐했다.

제4장

바로 11월*의 어느 음침한 밤에, 노동의 성과를 보게 되었다. 고통스러울 만큼 걱정이 되어 주변에 흩어진 생명의 도구들을 끌어모아, 발치에 놓인 생명 없는 물체에 생명의 불꽃을 주입시키려 했다. 새벽 1시였다. 우울한 빗줄기가 창문을 두드렸고, 촛불은 거의 타 버렸다. 바로 그때 반쯤 꺼진 희미한 촛불에 느릿느릿 누런 눈을 뜨는 피조물의 모습이 보였다. 그 피조물이 간신히 숨을 들이쉬자, 온몸에 경련이 일어났다.

이 재앙 앞에서 어떤 느낌이었는지 묘사할 수 있을까? 또는 온갖 노력으로 정성 들여 만든 그 비참한 존재를 어떻게 묘사할까? 사지는 적당한 비율로 만들어졌고, 외모는 아름다운 것으로 골랐다. 아름답다니! 맙소사! 피부 아래 근육과 동맥은 누런 피부에 거의 가려지지 않았다. 검은 머리칼은 빛나고 찰랑거렸다. 이빨은 진주처럼 희었다. 하지만 이런 화려한 외모는 허연 눈구멍만큼이나 칙칙해 보이는 눈과 주름진 피부 그리고 일직선의 검은 입술과 끔찍한 대조를 이룰 뿐이었다.

살면서 일어나는 온갖 사건도 인간의 감정만큼 변덕스럽지는 않다. 무생물에 생명을 불어넣겠다는 단 한 가지 목적으로 거의

2년간 열심히 노력해 왔다. 이 일을 위해 휴식이나 건강도 포기했다. 지나칠 정도로 열렬히 염원해 왔다. 하지만 작업이 끝나자, 아름다운 꿈은 사라지고 숨 막히는 공포와 혐오감만 마음에 가득했다. 내가 만들어 낸 존재의 외모를 견딜 수가 없어, 방에서 뛰쳐나갔다. 오랫동안 침실을 서성거렸지만 진정하고 잠을 잘 수가 없었다. 마침내 처음의 흥분이 지나가자 나른한 무력감이 찾아들었다. 잠시라도 다 잊고 싶어서 옷을 입은 채 침대에 몸을 던졌지만, 허사였다. 잠이 들었나 했는데 다시 끔찍한 악몽에 시달렸다. 활짝 피어난 엘리자베스가 잉골슈타트 거리를 지나는 모습을 본 것도 같다. 놀라고 반가워서 그녀를 껴안았다. 하지만 그녀의 입술에 키스를 하자 그 입술이 죽음의 잿빛으로 변했다. 그녀의 모습이 변하는 것 같더니 죽은 어머니의 시신을 팔에 안고 있는 내 모습이 보였다. 어머니 시신에 수의가 싸여 있었는데, 플란넬 천의 주름 사이로 기어 다니는 무덤 벌레가 눈에 띄었다. 소름이 끼쳐 꿈에서 벌떡 깨어났다. 이마에서는 식은땀이 났고 이가 딱딱 부딪치며, 팔다리 마디마디에서 경련이 일어났다. 겉창 사이로 비친 희미한 달빛에 괴물의 모습이 보였다. 내가 만들어 낸 그 비참한 괴물 말이다. 괴물이 침대 커튼을 들추었다. 그걸 눈이라고 부를 수 있을지 모르겠지만, 괴물의 눈길은 내게 고정되어 있었다. 벌어진 턱으로 알아들을 수 없는 소리를 몇 마디 중얼거리자, 히쭉이며 웃는 그의 뺨에 주름이 생겼다. 나는 내게 말을 붙이려는 괴물의 말을 듣지 않았다. 아마 손을 뻗어 나를 붙잡으려 한 모양이지만, 그 손을 피해 계단을 내려가 집 안뜰에 숨었다. 거기서 지극히 불안한 마음으로 밤새 오르락내리락하며, 귀를 바싹 기울여 듣고, 바스락 소리가 날 때마다 그토록 비참하게 생명을 부여한 악마 같은 시체가 다가올까 봐 공포에 떨었다.

아! 누구도 그런 무서운 얼굴을 견딜 수 없으리라. 미라가 다시 살아난다 해도 그 괴물처럼 추악하지는 않을 것이다. 물론 미완성 상태에서도 괴물을 보긴 했다. 그때도 괴물은 추악했다. 하지만 근육과 관절이 움직이게 되니, 단테도 상상하지 못할 만큼 흉측한 모습이 되었다.

그날 밤을 꼬빡 지새웠다. 가끔 맥박이 거칠게 뛰어서 동맥의 고동을 하나하나 느낄 수 있을 정도였다. 나른함과 피곤함으로 땅바닥에 주저앉을 지경이었다. 이런 공포와 함께 쓰라린 실망도 느꼈다. 그렇게 오랫동안 나의 양식이자 즐거운 휴식처였던 꿈이 이제는 지옥이 되어 버린 것이다. 너무나 빠른 변화이자 철저한 파멸이었다!

음울하고 축축한 대로 마침내 아침이 밝았고, 잠 못 이루어 따가운 눈에 잉골슈타트 교회의 하얀 첨탑과 시계가 보였다. 시계는 6시를 가리키고 있었다. 문지기가 간밤에 정신 병원 같았던 안뜰 문을 열어 주었다. 거리로 나온 나는 잰걸음으로 걸었다. 골목을 돌아설 때마다 나타날까 두려운 괴물을 피하려는 듯이. 내가 살던 집으로 돌아갈 수는 없었다. 시꺼멓고 쓸쓸한 하늘에서 쏟아지는 장대비에 홀딱 젖는 한이 있더라도, 급히 어디론가 가야 한다는 생각뿐이었다.

잠시 이런 식으로 걸으면서 바삐 움직여 마음을 짓누르는 무거운 짐을 덜어 보려고 애썼다. 어디 있는지, 무슨 행동을 하는지 아무 생각 없이 거리를 가로질렀다. 마치 두려움이라는 병에 걸린 듯, 심장이 쿵쾅쿵쾅 뛰었다. 감히 주위를 살피지도 못하고 비틀비틀 황급히 걸어갔다.

외로운 길을 두려움에 떨면서

걷는 사람처럼,
주위를 한 번 둘러보고 계속 걸으면서
다시는 고개를 돌리지도 않는다.
끔찍한 악마가
뒤에 바싹 붙어 걷고 있음을 알기에.*

이렇게 계속 걷다가 마침내 온갖 합승 마차와 사륜마차가 멈추는 여인숙 맞은편에 이르렀다. 여기서 잠시 멈췄는데, 이유는 모르겠다. 하지만 거리 끝에서 내 쪽으로 다가오는 사륜마차에 시선을 고정시킨 채 잠시 서 있었다. 마차가 점점 더 가까이 다가오자, 스위스 승합 마차임을 깨달았다. 바로 내가 서 있는 곳에서 마차는 멈추었다. 문이 열리더니 헨리 클러벌의 모습이 보였다. "이런, 프랑켄슈타인." 그가 외쳤다. "여기서 자넬 만나다니 정말 반갑군! 내가 내리는 바로 이 순간에 자네가 여기 있다니, 운이 너무 좋아!"

클러벌을 만난 기쁨은 그 무엇과도 비교할 수 없었다. 친구 덕분에 아버지와 엘리자베스 그리고 소중한 고향 장면이 모두 떠올랐다. 친구의 손을 붙잡고 잠시 내가 겪고 있는 공포와 불행을 잊었다. 몇 달 만에 처음으로 갑자기 차분하고 평온한 기쁨을 느꼈다. 그래서 나는 친구를 반갑게 맞으며, 내가 다니는 대학 쪽으로 함께 걸어갔다. 클러벌은 우리가 아는 친구의 소식과, 운 좋게 잉골슈타트로 오도록 허락받은 자신의 행운을 계속 이야기했다. 그가 말했다. "상인이라고 해서 부기만 알아야 하느냐고 아버지를 설득하는 게 얼마나 어려운 일이었을지 짐작할 수 있겠지. 실은 아직도 내 말을 믿지 않는데 아버지를 떠난 것 같아. 끈질기게 간청하는데도 아버지의 대답은 한결같이 『웨이크필드의 목사』에 등장하는 네덜란드 교장 같았다니까. '난 그리스어 몰라도 1년에 1만 플로린을 벌고, 그리스어 몰라도 잘 먹고 잘 사는데'*라고 하셨다니까. 하지만 자식을 끔찍이 사랑하다 보니 마침내 학문에 대한 불신을 버리고, 지식의 나라로 탐구 여행 떠나는 걸 허락해 주셨어."

"자넬 보니 정말 기뻐. 하지만 자네가 떠날 때 아버지와 동생들 그리고 엘리자베스는 어땠는지 소식 좀 알려 줘."

"다들 건강하고 행복해. 다만 자네 소식이 별로 없어서 조금 불안해하고 있지. 말이 났으니 말인데, 그 문제라면 내가 잔소리 좀 해야겠어. 하지만 프랑켄슈타인." 그가 말을 하려다가 잠깐 멈추고 내 얼굴을 빤히 쳐다보았다. "자네 얼굴이 얼마나 아파 보이는지 말하지 않았지. 이렇게 마르고 창백하다니. 며칠 밤을 꼬박 새운 것처럼 보여."

"바로 맞아. 요즘 한 가지 일에 몰두해서 보다시피 충분히 쉬질 못했어. 하지만 바라기는, 정말로 바라기는 이제 모든 게 끝나 일에서 해방되었으면 해."

몸이 몹시 떨렸다. 전날 밤 일을 생각하는 것은 물론이고 언급하는 것만으로도 견딜 수 없었다. 워낙 잰걸음으로 급히 걸어서 우리는 곧 집에 도착했다. 그때 집에 두고 떠난 괴물이 아직도 살아서 거닐고 있을지 모른다는 생각에 온몸이 오싹했다. 괴물을 보는 게 두려웠다. 하지만 헨리가 그 괴물을 볼지 모른다는 생각에 더 두려워졌다. 그래서 잠시 계단 밑에서 기다리라 하고는 내 방으로 달려갔다. 이미 무심결에 자물쇠를 손으로 잡고 잠시 가만히 있었다. 몸에 차가운 전율이 흘렀다. 마치 아이들이 방 저편에 서서 기다리는 귀신을 떠올릴 때처럼, 문을 강제로 열어젖혔다. 하지만 아무도 나타나지 않았다. 두려움에 휩싸인 채 걸어 들어갔다. 집 안은 텅 비어 있었다. 내 침실도 그 끔찍한 손님의 손아귀에서 벗어나 있었다. 그런 커다란 행운이 일어나다니 믿을 수가 없었다. 하지만 적이 정말 도망쳤다는 확신에, 너무나 기뻐 손뼉을 치며 클러벌에게 달려 내려갔다.

우리는 방으로 올라갔다. 하인이 곧 아침 식사를 내왔다. 하지만 나는 자제할 수가 없었다. 내가 기쁨에만 사로잡힌 것은 아니었다. 지나친 신경과민으로 피부가 따끔거렸고, 맥박이 쿵쾅쿵쾅 뛰는 것 같았다. 잠시도 한곳에 가만히 있을 수가 없었다. 나는 의자 위로 뛰어다니기도 하고, 손뼉을 치는가 하면, 큰 소리로 웃기도 했다. 처음에 클러벌은 이 별난 내 기분이 친구의 도착을 기뻐하기 때문이라 생각했다. 그러나 좀 더 유심히 살펴보고는, 내 눈에서 정체 모를 광기를 발견했다. 그는 절제 못하는 내 큰 웃음소리를 듣고 놀라면서도 두려워했다.

"이런, 빅터." 그가 외쳤다. "맙소사, 대체 무슨 일이야? 그렇게 웃지 마. 얼마나 아픈 거야! 왜 이렇게 됐어?"

"묻지 마." 나는 두 손으로 눈을 가리며 외쳤다. 방에 스르르 미끄러져 들어오는 그 무서운 괴물을 본 것 같았기 때문이다. "저 친구가 말해 줄 거야. 아, 살려 줘! 살려 달라고!" 나는 그 괴물이 나를 붙잡았다고 착각했다. 나는 결사적으로 저항하다가 발작을 일으키며 기절하고 말았다.

가여운 클러벌! 그의 심정이 어땠을까? 그렇게나 이 만남을 고대했는데, 이 만남이 이렇게 기이하게 슬픈 일이 되어 버리다니. 하지만 나는 슬퍼하는 그의 모습을 보지 못했다. 나는 오래, 아주 오랫동안 의식을 잃고 회복하지 못했으니까 말이다.

이것으로 나의 신경성 열병이 시작되었고, 이 열병 때문에 몇 달 동안 바깥출입도 못했다. 그동안 헨리가 혼자서 나를 돌봐 주었다. 나중에야 알았지만, 그는 연로한 나의 아버지가 장기 여행을 할 수 없으며, 내 병을 알면 엘리자베스가 얼마나 슬퍼할지 알고 있었기에, 내 병이 얼마나 심각한지 가족에게 알리지도 않았다. 그는 자기만큼 친절하고 주의 깊은 간병인을 구할 수 없다는 걸 알고 있었다. 그는 나의 회복을 굳게 믿었으므로, 우리 가족에게 나쁜 짓을 하는 게 아니라 최대한 친절을 베풀고 있다고 확신했다.

나는 많이 아팠지만 친구의 끝없는 간호 덕분에 조금씩 회복되었다. 내가 만들어 낸 괴물의 모습이 눈앞에 어른거려 계속 괴물에 관한 헛소리를 해 대었다. 아마 헨리는 내 헛소리에 놀랐을 것이다. 처음에는 종잡을 수 없게 혼란스러운 상상력의 소산이라 믿었을 것이다. 하지만 계속해서 끈질기게 똑같은 주제를 반복하자, 뭔가 끔찍하고 이상한 사건 때문에 내가 병에 걸렸다고 생각하게 되었다.

친구를 놀라게 하고 절망시킬 만큼 자주 재발하기는 했지만, 병은 서서히 회복되었다. 처음으로 바깥세상을 즐겁게 관찰하던 때가 기억난다. 낙엽이 다 사라지고 창문을 가린 나무에서 움트는 어린 새싹이 보였다. 멋진 봄이었다. 봄이라는 계절 덕분에 몸도 많이 회복되었다. 내 가슴에도 즐겁고 사랑스러운 감정이 되살아나는 것 같았다. 울적했던 마음이 사라지고, 그 치명적인 열정의 공격을 받기 전처럼 곧 다시 명랑해졌다.

"사랑하는 클러벌." 나는 외쳤다. "넌 정말 친절하고 착하구나. 스스로 다짐했던 연구 대신 이 겨울 내내 나를 간병하며 보내다니. 어떻게 보답해야 하지? 나 때문에 실망스러운 일을 겪어서 정말 미안해. 하지만 날 용서해 주겠지."

"이제 불안에 떨지 말고 최대한 빨리 회복하는 게 내게 보답하는 길이야. 기분이 좋아 보이니까 하나 물어봐도 될까?"

몸이 떨렸다. 질문이라니! 대체 무슨 이야기일까? 생각조차 하기 싫은 그 괴물 이야기를 하려는 걸까?

"마음을 편히 가져." 클러벌이 한순간에 안색이 바뀐 나를 보고 말했다. "심란하다면 말하지 않을게. 하지만 네가 직접 쓴 편지를 받으면 아버님이랑 사촌이 무척 좋아할 거야. 그분들은 네가 얼마나 아팠는지 전혀 모르고, 오랫동안 소식이 없어서 마음이 편치 않을 거야."

"그게 다야? 친구, 내가 아끼고 아무리 사랑해도 아깝지 않은 가족 말고 대체 누굴 맨 처음 생각했겠어?"

"지금 네 기분이 그렇다면, 여기 너 읽으라고 며칠간 놓여 있던 이 편지를 보고 기뻐하겠네. 사촌한테서 온 편지 같아."

제5장

클러벌은 내 손에 편지를 쥐여 주었다.

V. 프랑켄슈타인에게

사랑하는 사촌.

우리 모두 네 건강에 대해 얼마나 불안했는지 표현할 길이 없어. 네 친구 클러벌이 네 병에 관해 숨긴다는 생각을 하지 않을 수 없었어. 왜냐하면 네가 직접 쓴 손 편지를 받아 본 지가 벌써 몇 개월이나 되었으니까. 내내 헨리가 대신 썼지. 빅터, 틀림없이 몹시 아팠던 모양이야. 그래서 우리 모두 사랑하는 네 어머니가 돌아가셨을 때만큼 불행해. 네가 몹시 위독하다고 너희 아버지가 잉골슈타트로 가시겠다는데 말릴 수가 없어. 클러벌은 계속 네가 회복 중이라고 해. 직접 쓴 손 편지로 이 사실을 확인해 주면 좋겠어. 실은, 실은, 빅터, 우리는 모두 이런 이유로 아주 불행하기 때문이야. 이 두려움에서 벗어나게 해 줘, 그럼 우린 세상에서 가장 행복한 사람들이 될 거야. 너희 아버지는 지금 너무 건강하셔서 지난겨울 이후 10년은 젊어 보이셔. 어니스트는 많이 자라서 알아보지도 못할 거야. 그 아이는 이제 열여섯 살이 되었는데 병약하던 몇 년 전 모습은 사라졌어. 이젠 건장하고 활발한 소년이 됐어.

어젯밤 너희 아버지와 나는 어니스트가 어떤 직업을 택해야 할까 오래 이야기를 나누었어. 그 아이는 어릴 때 늘 병치레하느라 공부를 제대로 못했지. 이제는 건강이 좋아져서 언덕을 오르거나 호수에서 노를 저으며 지내고 있어. 그래서 그 아이가 농부가 되었으면 좋겠다고 말씀드렸어. 빅터, 너도 알다시피 그건 내가 좋아하는 계획이지. 농부의 생활은 아주 건강하고 행복한 삶이야. 남에게 아무 해도 끼치지 않고 오히려 누구에게나 도움이 되는 직업이지. 너희 아버지는 그 아이에게 법조인 교육을 시켜 보고 흥미 있어 하면 판사가 되는 게 어떻겠냐고 하셨어. 하지만 그 아이는 그런 직업에 전혀 어울리지 않는 데다, 인간의 악에 관해 듣고 판결하기보다는 생계를 위해 땅을 경작하는 게 훨씬 낫지. 판사란 바로 그런 범죄를 듣고 가끔은 공모자가 되는 거잖아. 그래서 명예는 없어도 넉넉한 농부가 판사보다 더 행복한 직업이라고 말씀드렸지. 판사란 인간의 어두운 본성을 다뤄야 하는 불행한 직업이지. 너희 아버지는 미소를 지으시더니 나야말로 법조인이 되어야겠다고 말씀하셨어. 그날 이야기는 그렇게 끝났어.

그리고 이제 기쁘고도 재미있는 이야기를 하나 해 줄게. 저스틴 모리츠*를 기억해? 아마 기억 못하겠지. 그래서 간단히 그 아이 이야기를 해 줄게. 그 아이 어머니인 모리츠 부인은 아이가 넷 달린 과부였는데, 그중에서 저스틴은 셋째였지. 그 아이 아버지는 이 딸을 늘 예뻐했지. 하지만 무슨 이상 심리 탓인지 어머니는 그 앨 못 견뎌 했대. 모리츠 씨가 죽은 뒤 그

앨 몹시 학대했지. 눈여겨보시던 너희 어머니가 저스틴이 열두 살이 되었을 때, 우리 집에 살도록 그 아이 어머니를 설득한 거야. 위대한 이웃 왕국보다 우리 나라는 공화국 제도 덕분에 더 소박하고 좋은 풍습이 생겼지. 그래서 국민 간에 몇몇 계급으로 나뉘었어도 차별이 별로 없지. 하층 계급도 가난하거나 무시받지 않고, 더 세련되고 도덕적인 매너를 지녔지. 제네바의 하인은 영국이나 프랑스의 하인과는 달라. 저스틴은 우리 집에 와서 하녀로 지켜야 할 의무를 배웠지. 행복한 우리 나라에서 하녀는 무식하다는 관념도 없고, 인간의 존엄성을 희생할 필요도 없어.

아까 했던 말인데, 내 이야기의 여주인공을 잘 기억할 거라 믿어. 왜냐하면 저스틴이라면 네가 무척 좋아했으니까. 기분이 나쁠 때 저스틴을 보면 기분이 좋아진다던 네 말이 기억나. 마치 아름다운 아리오스토가 안젤리카*를 보았을 때와 같은 이유로 말이야. 그 아이 태도가 아주 솔직하고 행복해 보인다고 말이야. 너희 어머니는 그 아이를 많이 아끼셔서 원래 계획하던 것보다 교육을 많이 시켜 주셨지. 그 은혜는 다 보상받았어. 저스틴은 누구 못잖게 이 은혜에 감사하는 아이가 되었거든. 그 아이가 말로 표현했다는 말은 아니야. 그 아이가 그런 말을 하는 걸 들어 본 적은 한 번도 없어. 하지만 그 아이가 주인마님을 거의 여신처럼 숭배했다는 것은 눈빛만으로도 알 수 있지. 그 아이는 쾌활한 성격에 여러 가지 면에서 경솔하기도 했지만, 너희 어머니의 일거수일투족에 누구보다도 세심하게 주의를 기울였지. 너희 어머니를 최고 모델로 생각해서 너희 어머니의 말씨와 몸가짐을 애써 모방했지. 그래서 지금도 그 앨 보면 가끔 너희 어머니 생각이 난다니까.

사랑하는 너희 어머니가 돌아가시자, 모두들 자기 슬픔에 만 빠져 불쌍한 저스틴 따위는 아랑곳하지 않았어. 그 아이가 병상에 계신 너희 어머니를 누구보다 걱정하며 간호했는데 말이야. 그 일로 불쌍한 저스틴은 몹시 앓았지만, 또 다른 시련이 그 아이를 기다리고 있었어.

그 아이 남매가 모두 죽은 거야. 그 아이 어머니는 방치하던 딸만 빼고 자식 하나 없이 달랑 혼자 남았지. 아이 어머니는 양심의 가책을 느꼈던 거야. 사랑하는 자식들이 죽은 게 자신의 편애를 하늘에서 심판한다고 생각했어. 로마 가톨릭 신자였거든. 그리고 그 여자의 고해 성사를 들은 신부님도 그 생각이 맞다고 거든 모양이야. 결국 네가 잉골슈타트로 떠난지 몇 달 뒤 저스틴은 잘못을 뉘우친 자기 어머니가 불러 집에 돌아갔지. 불쌍한 아이야! 그 아이는 우리 집을 떠나면서 엉엉 울었어. 그 아이는 너희 어머니가 돌아가신 뒤에 딴사람이 됐어. 전에는 남달리 활발했는데 그 슬픔으로 태도가 많이 부드러워지고 온화해졌거든. 자기 어머니 집에 살게 되었지만 예전의 명랑함을 되찾진 못했어. 그 가련한 부인은 잘못을 뉘우치다가도 오락가락했나 봐. 가끔은 저스틴에게 냉정하게 굴었던 자기 잘못을 용서해 달라고 빌기도 했지만, 그보다 더 자주 그 아이 때문에 다른 자식이 죽었다고 비난했나 봐. 계속 안달하다가 드디어 모리츠 부인 몸이 쇠약해졌어. 처음에는 짜증이 심해지더니, 이제는 영원히 안식을 찾았지. 지난해 초겨울, 첫추위가 닥쳤을 때 돌아가셨어. 그래서 저스틴이 우리 집에 돌아왔지. 난 정말 그 아이를 아꼈어. 그 아이는 아주 똑똑한 데다 친절하고도 예뻤거든. 전에 말했듯이 그 아이 태도와 표정을 보면 사랑하는 외숙모님 생각이 계속 난다니까.

사랑하는 사촌, 윌리엄에 관해 몇 마디 할게. 네가 그 앨 보면 좋을 텐데. 그 아이는 나이에 비해 큰 키에 사랑스럽게 웃음 짓는 푸른 눈과 짙은 눈썹 그리고 곱슬머리야. 그 아이가 미소를 지으면 건강한 장밋빛 뺨에 작은 보조개가 생기곤 해. 벌써 '아내'가 한두 명 있지만, 이쁜 다섯 살짜리 루이자 바이런이 제일 좋대.

사랑하는 빅터, 착한 제네바 인사들 소식을 듣고 싶어 할 것 같아서 말이야. 영국 청년인 존 멜번 씨와 결혼을 앞둔 어여쁜 맨스필드 양은 벌써 여러 번 축하 방문을 받았대. 못생긴 언니 마농은 지난가을에 부자 은행가인 뒤비야르 씨와 결혼했지. 클러벌이 제네바를 떠난 뒤, 네가 좋아하던 학교 친구 루이 마누아르에게는 몇 가지 불행한 일이 벌어졌어. 하지만 이내 기운을 회복하고 예쁘고 활기찬 타베르니에라는 프랑스 숙녀와 곧 결혼할 모양이야. 마누아르보다 훨씬 연상의 과부야. 하지만 칭송이 자자하고 모두들 좋아해.

편지를 쓰니까 기분이 좀 나아졌어, 사촌. 하지만 글을 마치려니 다시 네 건강에 대한 걱정을 떨칠 수 없어. 사랑하는 빅터, 많이 아프지 않으면 손 편지를 보내서 아버지와 우리 모두를 행복하게 만들어 줘. 반대로 많이 아픈 경우는 생각하기도 싫어. 벌써 눈물이 흐르네. 사랑하는 사촌, 안녕.

17××년 3월 18일, 제네바에서
엘리자베스 라벤자

"사랑스러운 엘리자베스!" 나는 그녀의 편지를 읽고 나서 외쳤다. "즉시 편지를 써서 식구들 걱정을 덜어 줘야지." 편지를 쓰고 나니 녹초가 되었다. 하지만 몸이 회복되기 시작했고 점차 좋아졌다. 두 주 만에 외출도 할 수 있었다.

회복되자마자 제일 먼저 클러벌에게 몇몇 대학 교수님을 소개해 주었다. 그런데 소개해 주면서 내 마음의 상처를 덧나게 하는 험한 꼴을 겪었다. 그 운명적인 밤, 내 연구가 끝나 불행이 시작된 그 밤 이후로, 자연 과학이라는 말만 들어도 반감이 생겼다. 건강을 되찾았지만, 화학 실험 도구만 보아도 과민해지는 신경 증상이 재발하곤 했다. 이를 본 헨리가 내 시야에서 실험 도구를 모두 치워 버렸다. 또한 집도 옮겼다. 전에 실험실로 쓰던 방을 내가 아주 싫어한다는 걸 눈치챘기 때문이다. 하지만 클러벌의 이런 배려도 교수님을 방문할 때면 아무 소용이 없었다. 과학 분야에 있어 내가 이룬 놀라운 성과를 발트만 교수가 친절하고 따뜻하게 칭찬할 때는 거의 고문을 당하는 것 같았다. 교수님은 내가 그 주제를 싫어한다는 걸 이내 눈치챘지만 진짜 원인을 모르니까, 겸손해서 그런 줄 알고 나의 성과에서 과학으로 주제를 바꾸었다. 분명 나를 대화에 참여시키려는 것이었다. 하지만 내가 어찌 그럴 수 있겠는가? 교수님은 나를 즐겁게 해 주려 했으나 오히려 괴롭힌 셈이다. 마치 나를 잔인하게 죽일 때 쓰려고 눈앞에 고문 도구를 하나하나 조심스레 갖다 놓는 꼴이었다. 교수님이 말씀하실 때마다 괴로워 몸부림쳤지만, 나의 고통을 감히 드러낼 수도 없었다. 타인의 감정에 항상 민감한 클러벌은 아무것도 모른다는 핑계로 화제를 바꾸었다. 그래서 대화가 더 일반적인 화제로 바뀌었다. 친구에게 진심으로 고마웠지만 아무 말도 하지 않았다. 그는 놀라면서도, 내게 비밀을 추궁하려고 캐묻지 않았다. 나는 한없는 애정과 존경심으로 그를 아꼈지만, 불쑥불쑥 떠오르는 그 사건을 털어놓을 수는 없었다. 남에게 그 사건을 자세히 털어놓으면, 상처가 더 깊어질까 두려웠던 것이다.

크렘페 교수는 그다지 순순하지 않았다. 당시 견딜 수 없을 만큼 예민했던 나는 발트만 교수의 호의적인 칭찬보다 그의 거칠고 무뚝뚝한 칭찬이 한층 더 괴로웠다. "이런 못된 친구 같으니라고!" 크렘페 교수가 외쳤다. "클러벌 군, 단언컨대 저 친구가 우리 모두를 뛰어넘었지. 아무렴, 잘 봐 둬. 하지만 그럼에도 불구하고 사실이야. 몇 년 전만 해도 코르넬리우스 아그리파를 진리처럼 신봉하던 젊은이가 이젠 스스로 대학의 석학으로 자리를 잡았다니까. 서둘러 그를 끌어내리지 않으면, 우리 체면이 다 구겨질 거야. 그렇다니까." 그는 일그러진 내 얼굴을 살피더니 다시 말을 이었다. "프랑켄슈타인은 겸손하기도 하지. 겸손이야말로 젊은이가 갖춰야 할 아주 훌륭한 자질이지. 클러벌 군도 알겠지만 젊은이들이라면 겸손해야 해. 젊었을 땐 나도 겸손했지만, 그런 건 금방 없어진다니까."

크렘페 교수가 자화자찬하는 바람에, 다행히 그렇게나 골치 아픈 화제에서 벗어났다.

클러벌은 자연 과학자가 아니었다. 꼼꼼한 과학을 하기에는 상상력이 너무나 풍부했다. 그의 전공은 언어였다. 그는 언어의 기초를 공부한 뒤 제네바에 돌아가 독학으로 새로운 분야를 연구할 계획이었다. 그리스어와 라틴어를 완벽하게 정복한 다음에는 페르시아어와 아랍어 그리고 히브리어에 관심을 가졌던 것이다. 나는 게으르게 빈둥대는 것이 무척 싫었다. 나는 과거의 상념에서 도망치고 싶은 데다 예전 공부가 끔찍이도 싫었으므로, 친구와 같이 공부하는 데서 큰 위안을 얻었다. 동양 학자의 서서에서 지식뿐 아니라 위로도 얻었다. 그 학자들의 애수에서 위로를 얻었고, 외국 작가를 공부할 때 이전에는 느껴 보지 못했을 만큼 그 학자들의 즐거움 덕분에 기분이 더욱 좋아졌다. 그들의 글을 읽을 때면,

인생이란 것이 따뜻한 태양이 비치는 장밋빛 정원 같았다. 정정당당한 적의 미소와 찡그린 인상 그리고 마음을 태우는 불꽃 속에 인생이 있는 것 같았다. 그리스나 로마의 씩씩하고 영웅적인 시와는 전혀 달랐다.

이렇게 공부하면서 여름이 지나갔고, 늦가을쯤 제네바에 돌아가기로 했다. 그러나 몇 가지 사건이 일어나 출발이 지연되고 겨울이 되면서 눈이 오고 길이 막혀, 늦봄까지 여행을 미루어야 했다. 여행이 지연되니 마음이 몹시 아팠다. 고향과 사랑하는 친구들이 몹시 보고 싶었기 때문이다. 그곳 주민과 낯을 익히기 전에 클러벌을 낯선 타향에 혼자 남겨 두고 싶지 않은 마음에, 귀환이 그렇듯 오래 지연되었던 것이다. 하지만 겨울을 즐겁게 보냈다. 유난히 봄이 늦었지만, 그 대신 꾸물댄 걸 보상이라도 하듯 더욱더 아름다웠던 것이다.

이미 5월이었다. 나는 출발 날짜를 정해 줄 편지를 매일 고대하고 있었다. 그때 헨리가 잉골슈타트 근교를 도보로 여행하면서 오래 머물렀던 나라에 개인적으로 작별을 고하는 게 어떻겠냐고 제안했다. 나는 이 제안에 기꺼이 따랐다. 나는 운동을 좋아했고, 예전에 고국의 자연을 둘러볼 때도 클러벌은 늘 좋은 친구였기 때문이다.

우리는 2주 동안 도보 여행을 했다. 오래전에 건강과 원기를 회복했지만, 몸에 좋은 공기와, 여행하면서 자연스레 겪게 된 사건들, 그리고 친구와 나누는 대화 덕분에 더욱 힘이 났다. 이전에 하던 연구는 나를 고립시켜 친구들과 만나지 못하게 하고, 비사교적인 사람으로 만들었다. 하지만 클러벌은 내 안에 있는 좋은 감정을 끌어냄으로써 내가 다시 자연과 밝은 어린이 얼굴을 사랑하는 법을 가르쳐 주었다. 훌륭한 친구! 진심으로 나를 사랑하면서, 내 정신을 쾌활한 자기 수준으로 끌어올리려고 얼마나 애썼던가. 이기적인 연구에 몰두해 내 마음은 답답하고 편협했었다. 하지만 친구의 애정 덕분에 내 마음도 따뜻해져서 오감이 새로 열렸다. 나는 주위 사람을 두루 사랑하고, 사랑받으며, 아무 근심 걱정 없던 몇 년 전의 행복한 소년으로 되돌아갔다. 마음이 행복해지니 무생물인 자연에서도 큰 즐거움을 얻었다. 구름 한 점 없는 하늘과 초록빛 들판 덕분에 마음은 황홀했다. 지금 계절이 신성하다고 여길 정도였다. 울타리에 봄꽃이 만발했고, 이미 여름 꽃에는 싹이 났다. 작년에는 아무리 떨치려 해도 이길 수 없던, 무겁게 짓누르던 생각에 이제는 더 이상 시달리지도 않았다.

내가 즐거워하자 헨리도 기뻐하며 진심으로 나와 공감했다. 그는 자기 영혼을 채우는 느낌을 표현하면서 나를 즐겁게 해 주려고 애썼다. 이럴 때 그의 자질은 놀라울 만큼 풍성했다. 그의 이야기에는 상상력이 풍부했다. 페르시아와 아랍 작가들을 모방하여 상상력이 풍부하고 열정적인 신기한 이야기를 자주 지어냈다. 어떤 때는 내가 좋아하는 시들을 반복해서 읊어 주거나, 나를 논쟁에 끌어들여 놀라운 상상력을 보여 주기도 했다.

어느 일요일 오후, 우리는 대학으로 돌아왔다. 농부들은 춤추는 듯했고, 만나는 사람마다 행복해 보였다. 내 마음도 들떠 고삐 풀린 듯 흥겹게 가슴이 뛰었다.

제6장

집에 돌아오자마자, 아버지가 보낸 편지를 보았다.

V. 프랑켄슈타인에게

사랑하는 빅터.

아마도 돌아올 날짜를 정해 줄 우리 편지를 안절부절못하며 기다리고 있겠지. 애초에 네가 도착할 날짜를 알려 줄 편지를 몇 줄만 쓰려고 했다. 하지만 그건 친절하긴 해도 잔인한 행동 같아서 그럴 수가 없었단다. 행복하고 즐거운 환대를 기대했다가 반대로 눈물과 비참한 일만 보게 된다면, 아들아, 얼마나 놀라겠니? 빅터, 우리에게 닥친 불행을 어떻게 이야기해야 할까? 집에 없다고 하여 슬프거나 기쁜 일에 너도 무심할 수는 없겠지. 하지만 어찌 타향에 있는 아들을 괴롭히겠니? 슬픈 소식을 받아들일 마음의 준비를 시키고 싶지만, 어차피 불가능하겠지. 지금도 눈으로 이 편지를 급히 훑으며 전하려는 소식이 뭘까 찾고 있겠지.

윌리엄이 죽었단다! 방긋 웃으며 내 마음을 기쁘고 훈훈하게 해 주던, 다정하고 명랑한 그 귀여운 아이가! 빅터, 그 아이가 살해되었단다!

애써 네 마음을 위로하려 들진 않겠다. 그저 그 일이 일어난 정황만 이야기하마.

지난 목요일,* 조카랑 네 두 동생을 데리고 플랭팔레 공원으로 산책을 갔지. 저녁 무렵에는 따뜻하고 평온해서 여느 때보다 좀 많이 걸었단다. 어둑어둑해져서야 돌아갈 생각을 했다. 그제야 우리 앞장을 섰던 윌리엄과 어니스트가 보이지 않는다는 걸 깨달았지. 그래서 아이들이 돌아올 때까지 쉬면서 기다렸어. 곧 어니스트가 오더니 윌리엄을 못 봤냐고 묻더구나. 그 아이 말로는 함께 놀다가 도망가서 숨기에, 찾았는데 못 찾았다는 거야. 그래서 한참이나 기다렸지만 돌아오지 않았다는구나.

그 말에 깜짝 놀란 우리는 밤늦도록 윌리엄을 찾아 헤맸단다. 그때 엘리자베스가 그 아이가 집에 갔을지 모르겠다더구나. 하지만 그 아이는 집에도 없었어. 우린 다시 횃불을 들고 돌아왔지. 귀여운 내 아들이 길을 잃고 축축한 밤이슬을 맞는다는 생각에 쉴 수가 없었으니까. 새벽 5시경 사랑스러운 아들을 찾았지. 전날 밤 그렇게 활짝 피어 건강했던 아이가 잔디밭에 쓰러진 채 잿빛 시체로 변해 꼼짝도 않더구나. 그 아이 목에는 살인자의 흔적이 있었단다.

그 아이를 집에 데려왔지. 걱정스러운 내 얼굴을 보고 엘리자베스가 비밀을 눈치챘지. 시체를 꼭 보아야겠다고 하더구나. 처음에는 못 보게 하려 했지만, 고집을 부리더구나. 시체가 놓인 방 안에 들어가 황급히 아이의 목을 살펴보더니 두 손을 맞잡고 이렇게 외치더구나. "맙소사, 제가 사랑하는 동생을 죽인 거예요!"

엘리자베스는 기절했다가 겨우 깨어났지. 깬 뒤에도 계속 울면서 한숨만 쉬더구나. 엘리자베스 말로는 그날 저녁 자기가 걸고 있던 소중한 네 어머니의 초상화 목걸이를 윌리엄이 걸겠다고 졸랐다는구나. 목걸이가 없어진 걸 보니, 아마 목걸이 때문에 살인자가 그런 몹쓸 짓을 저지른 모양이야. 계속해서 놈을 찾으려 애썼지만, 아직까진 찾지 못했단다. 하지만 찾아봤자 사랑하는 윌리엄이 살아나지도 않겠지.

어서 오너라, 사랑하는 빅터. 엘리자베스를 위로할 사람은 너밖에 없다. 그 아이는 계속 울면서 윌리엄이 죽은 건 자기 때문이라고 무고한 자신만 탓하는구나. 엘리자베스의 말이 내 맘을 찌른다. 우린 지금 다 불행하단다. 하지만 아들아, 네가 돌아와 우리를 위로해야 하지 않겠니? 네 어머니로 말하자면! 아, 빅터! 이제 하는 말이지만, 네 어머니가 살아서 잔인하고 비참하게 죽은 막내아들 모습을 못 본 게 다행이다 싶구나!

어서 오너라, 빅터. 암살자에 대한 복수심이 아니라, 평화롭고 친절한 마음을 갖고 오너라. 우리 마음의 상처가 곪지 않고 치유될 수 있도록 말이다. 아들아, 초상집에 오렴. 하지만 적에 대한 증오 말고 널 사랑하는 사람들에 대한 다정한 애정을 품고 오려무나.

널 사랑하지만 슬픔에 잠긴 아버지가

17××년 5월 12일, 제네바에서
알폰세 프랑켄슈타인

편지를 읽는 동안 내 안색을 살피던 클러벌은 가족들 소식을 읽으면서 내 얼굴에 떠오른 기쁨이 절망으로 변하자 깜짝 놀랐다. 나는 그 편지를 탁자에 던져 버리고 얼굴을 두 손에 파묻었다.

"친애하는 프랑켄슈타인." 비통하게 우는 내 모습을 보고 헨리가 외쳤다. "네 운명은 왜 늘 불행해야 하는 거야? 친구, 대체 무슨 일이야?"

나는 극도로 흥분한 상태에서 방 안을 왔다 갔다 하며, 그에게 편지를 집어서 읽으라고 손짓했다. 내 불행한 사연을 읽은 클러벌의 눈에서도 눈물이 흘렀다.

"뭐라 위로할 말이 없구나, 친구." 그가 말했다. "돌이킬 수 없는 불행을 당했구나. 어쩔 셈이야?"

"곧장 제네바로 가야지. 헨리, 같이 가서 마차 좀 빌려야겠어."

걷는 동안 클러벌은 나를 위로하려 애썼다. 그는 평범한 위로 대신 진심 어린 연민을 갖고 위로했다. "가련한 윌리엄!" 그가 말했다. "그 사랑스러운 아이가. 그 아이는 이제 천사 같은 어머니와 함께 잠들었군. 아이 친구들이 애도하며 슬피 울지만, 그 아이는 이제 쉬고 있어. 그 아이는 이제 살인자의 손길도 느끼지 않아. 부드러운 그 아이 몸이 잔디로 덮였으니, 이젠 고통을 모르겠지. 그 아이는 더 이상 동정받을 대상이 아니야. 남은 사람들이 가장 고통스러운 법이지. 시간만이 남은 자들을 위로해 주겠지. 스토아학파에서는 죽음이 나쁜 게 아니며 사랑하는 사람이 영원히 없어졌을 때의 절망감을 이길 수 있을 만큼 인간의 정신이 강해야 한다고 주장했지만, 이 주장을 강요할 수는 없어. 카토*조차도 동생의 시신 앞에서는 울었으니까 말이야."

황급히 거리를 지나면서 클러벌이 말했다. 그 말이 내 마음에 아주 인상적이어서, 훗날 혼자 있을 때 곱씹어 보곤 했다. 하지만 말이 도착하자마자, 급히 카브리올레*에 올라 친구에게 작별을 고했다.

여행은 매우 우울했다. 처음에는 서둘러 갈 생각이었다. 왜냐하면 애통해하는 가족을 위로하며 함께 슬퍼하고 싶었기 때문이다. 하지만 고향이 다가오자 서두르던 발길을 늦추었다. 마음속에 들끓는 복잡한 감정을 견딜 수가 없었다. 어릴 때는 친숙했지만 거의 6년간 못 본 장면들이 스쳐 지나갔다. 그동안 모두 얼마나 많이 변했을까? 갑자기 불행한 사건이 일어났다. 하지만 수천 가지 사소한 상황이 조금씩 변하면서 다른 변화도 일어났겠지. 조용히 변했다고 하여, 결정적인 변화가 일어나지 않았다고 할 수는 없을 것이다. 두려웠다. 뭔지 모르겠지만, 알 수 없는 수천 가지 악 때문에 온몸이 떨려 감히 앞으로 발을 내디딜 수가 없었다.

이런 고통스러운 심정으로 이틀간 로잔에 머물렀다. 호수를 응시했다. 수면은 평온했다. 주위 만물이 조용했고, "자연의 궁정"* 인 눈 덮인 산맥에는 아무 변화가 없었다. 평온하고 천국 같은 장면을 보니 차츰 회복되어 제네바로 향했다.

호숫가로 이어지는 길은 고향에 가까워질수록 좁아졌다. 쥐라 산맥의 검은 경사면과 빛나는 몽블랑의 정상이 더욱 또렷이 보였다. 나는 어린아이처럼 엉엉 울었다. "사랑하는 산들아! 아름다운 호수여! 떠도는 방랑자를 이렇게 반가이 맞아 주다니! 정상은 선명하고 푸른 하늘과 호수는 잔잔하구나. 이게 평화를 예고하는 것일까, 아니면 내 불행을 비웃는 것일까?"

친구여, 사전 상황을 이렇게 장황스레 늘어놓아서 지루하게 만들었을까 걱정이야. 하지만 당시는 비교적 행복하던 때라 그 시절을 회상하는 게 즐겁다. 내 조국, 사랑하는 내 조국! 조국의 시내와 산, 무엇보다 아름다운 호수를 다시 보았을 때 느낀 즐거움이란 그곳에서 태어나 자란 사람만 알 수 있겠지.

하지만 집에 가까워질수록 다시 절망과 두려움에 휩싸였다. 게다가 천지 사방이 깜깜한 밤이었다. 캄캄한 산맥이 거의 보이지 않자, 더욱 절망적인 기분이었다. 천지 사방이 거대한 악의 소굴 같았다. 내가 이 세상에서 가장 비참한 인간이 되리라는 예감이 들었다. 아! 내 예언이 적중했는데, 한 가지 정황만 틀렸다. 온갖 불행을 상상하고 두려워했지만, 내가 감내해야 할 운명의 백분의 일도 몰랐던 것이다.

아주 깜깜해진 뒤에야 제네바 근교에 도착했다. 시내 문은 닫혀 있었다. 나는 시내 동쪽에서 2.5킬로미터쯤 떨어진 세슈롱(Secheron)이라는 마을에서 그날 밤을 지내야 했다. 하늘은 고요했다. 나는 도저히 쉴 수가 없어 불쌍한 윌리엄이 살해된 장소에 가 보기로 했다. 시내를 통과할 수가 없어서, 배를 타고 호수 건너 플랭팔레로 가야 했다. 이 짧은 항해 중에 몽블랑 정상에서 번쩍이는 번개가 보였다. 폭풍우가 빠르게 다가오는 듯했다. 그래서 배에서 내리자마자 낮은 언덕으로 올라가 폭풍우가 어디로 진행될지 살펴보았다. 폭풍우가 더 가까워졌다. 하늘에 구름이 덮이고 곧 커다란 빗방울이 서서히 다가오더니 빗방울이 굵어졌다.

매 순간 어둠과 폭풍우가 거세어지고 머리 위에 무섭게 쳤지만, 그 자리를 떠나 계속 걸었다. 살레브와 쥐라 그리고 사부아의 알프스 산맥에 천둥이 쳤다. 번쩍번쩍하는 번갯불에 눈이 부셨다. 번갯불이 호수를 비추자 커다란 불바다 같았다. 그러자 한순간 만물이 칠흑처럼 깜깜해지더니, 아까 번갯불로 상한 눈이 어둠에 익숙해졌다. 가끔 스위스에서 그렇듯이, 하늘 여기서기서 폭풍우가 한꺼번에 몰아쳤다. 가장 거센 폭풍이 마을 북쪽의 벨리브 낭떠러지와 코페 마을 사이에 있는 호수 위쪽에 몰아쳤다. 다른 폭풍우는 희미한 번갯불에 쥐라 산을 비추었고, 또 다른 폭풍우는 호수

동쪽에 뾰족하게 솟은 몰 산을 희미하게 가렸다가 가끔 비추었다.

아름답지만 무시무시한 폭풍우를 지켜보며, 나는 초조해서 허둥댔다. 하늘에서 벌어지는 이 장엄한 전쟁에 흥분했던 것이다. 나는 두 손을 모으고 크게 외쳤다. "윌리엄, 사랑스러운 천사! 이게 네 장례식이구나. 널 위해 부르는 비가로구나!" 내가 이렇게 말할 때, 가까운 나무 덤불 뒤로 몰래 지나가는 물체가 흘깃 어둠 속에 보였다. 나는 꼼짝 않고 서서 뚫어지게 쳐다보았다. 잘못 보았을 리 없었다. 번갯불이 번쩍하자 그 모습이 분명히 드러났다. 거대한 키와 인간이라기에는 너무나 추악한 그 모습을 보자, 즉시 내가 생명을 부여해 준 더러운 악마, 그 불행한 괴물임을 깨달았다. 놈은 거기서 뭘 하던 걸까? 놈이 바로 동생을 죽인 살해자(생각만 해도 온몸이 부르르 떨렸다)란 말인가? 그 생각이 머리에 떠오르자마자, 그걸 사실로 확신하게 되었다. 이가 딱딱 부딪치고 몸이 심하게 떨려 나무에 기대어 몸을 지탱해야 했다. 놈이 잽싸게 나를 지나치는 바람에 어둠 속에서 놈의 모습을 놓쳤다. 인간의 탈을 썼다면 누구라도 그 어여쁜 아이를 죽일 수는 없다. 바로 놈이 살인자였던 것이다! 추호도 의심의 여지가 없었다. 그런 생각이 떠올랐다는 것 자체가 움직일 수 없는 증거였다. 그 악마를 뒤따라 갈까 하는 생각도 해 보았다. 하지만 그 추적은 헛될 것이다. 플랭팔레의 남쪽 경계를 이루는 몽살레브의 거의 수직으로 깎아지른 바위 사이에 매달린 그의 모습이 번갯불에 다시 비쳤기 때문이다. 놈은 금방 산 정상에 이르더니 사라져 버렸다.

나는 꼼짝하지 않았다. 천둥이 멈추었지만 비는 계속 내렸고, 한 치 앞도 보이지 않는 어둠에 둘러싸였다. 나는 이제껏 잊으려 했던 사건들을 마음속으로 하나하나 되짚어 보았다. 창조하기까지의 모든 과정을 비롯해 내 손으로 만든 존재가 침대 곁에 살아 나타났다가 사라진 일까지. 놈이 생명을 부여받은 그날 밤 이후, 거의 2년이란 세월이 흘렀다. 이것이 놈이 저지른 최초의 범죄일까? 이럴 수가! 살육과 불행한 일을 저지르고 기뻐하는 저런 사악한 괴물을 내가 세상에 풀어 놓았구나. 바로 그놈이 동생을 죽이지 않았던가?

아무도 그날 밤 바깥 추위와 습기와 싸우며 꼬빡 지새운 나의 고통을 짐작도 못할 것이다. 하지만 날씨가 얼마나 안 좋은지 느낄 겨를도 없었다. 내 머리는 죄악이나 절망스러운 장면에 대한 상상으로 바빴다. 내가 인간 세상에 보낸 괴물에게는 지금 저지른 살인처럼 두려운 일을 저지를 의지와 능력이 있었다. 그 괴물은 거의 나 자신의 흡혈귀, 무덤에서 나온 나 자신의 영혼처럼, 내게 소중한 존재라면 모조리 죽여 버릴 것이다.

이윽고 날이 밝아 시내로 발걸음을 옮겼다. 성문은 열려 있었다. 나는 서둘러 아버지 집으로 갔다. 처음에는 살인자에 관해 아는 바를 다 털어놓은 뒤 즉시 수색을 시작하게 할 작정이었다. 하지만 발길을 멈추고 내가 할 이야기를 생각해 보았다. 내가 만들어 생명을 부여한 존재가 한밤중에 사람이 갈 수 없는 벼랑에서 나와 딱 마주쳤다니. 또 내가 괴물을 창조한 바로 그날 신경성 열병에 걸렸으니, 그렇지 않아도 믿기 힘든 이야기가 정신 착란처럼 보일 것이다. 누군가 그런 이야기를 한다면, 나 역시 미친 사람의 잠꼬대쯤으로 여길 것이다. 게다가 친척들을 설득하여 수색에 나선다 해도, 워낙 비범한 능력을 지녔으므로 괴물은 추적을 요리조리 피할 것이다. 게다가 그렇게 추적한들 무슨 소용이 있겠는가? 몽살레브의 가파른 절벽을 기어오를 수 있는 놈을 대체 누가 잡을 수 있겠는가? 이런 생각이 들어 나는 아무 말도 하지 않기로 결심했다.

새벽 5시경에 아버지 집으로 들어섰다. 하인들에게 식구들을 깨우지 말라고 이른 뒤, 서재로 들어가 평소에 식구들이 일어나는 시간까지 기다렸다.

단 하나 지울 수 없는 흔적을 남기고 6년이라는 세월이 꿈처럼 흘러갔다. 나는 잉골슈타트로 출발하기 전, 아버지와 마지막으로 포옹했던 바로 그 자리에 서 있었다. 사랑하고 존경하는 부모님! 아버지는 아직도 내게 그런 분이었다. 어머니 초상화를 바라보았는데, 그 초상화는 벽난로 선반에 걸려 있었다. 그것은 아버지가 원하는 대로 그려진 초상화로, 돌아가신 친아버지의 관 옆에 무릎을 꿇은 채 고통스러운 절망에 빠진 캐롤라인 보포르의 모습이 그려져 있었다. 촌스러운 옷을 걸친 어머니의 뺨은 창백했다. 하지만 그 모습에는 감히 동정을 허락지 않는 기품이 깃들어 있었다. 어머니의 초상화 아래에는 윌리엄의 작은 초상화가 놓여 있었다. 그 초상화를 보니 눈물이 흘러내렸다. 이렇게 있는 동안, 어니스트가 들어왔다. 형이 도착했다는 소리를 듣고 급히 맞으러 나온 것이었다. 나를 본 동생은 슬픈 와중에도 기쁜 기색이었다. “잘 왔어, 형.” 동생이 말했다. “아! 형이 석 달 전에 왔더라면 좋았을 텐데. 그럼 즐거움과 기쁨에 찬 우리 모습을 봤을 텐데. 하지만 이제 우린 행복하지 않아. 미소 대신 눈물로 형을 맞을 수밖에 없어. 아버진 너무나 슬퍼하셔. 이 끔찍한 사건 때문에 돌아가신 어머니에 대한 슬픔까지 아버지 마음속에 되살아난 것 같아. 불쌍한 엘리자베스 누나도 달랠 길이 없어.” 어니스트는 말하면서 울기 시작했다.

내가 말했다. “이런 식으로 날 맞지 마. 마음을 좀 더 진정시키렴. 오랫동안 집을 떠났다가 아버지 집에 들어선 순간 너무 비참하지 않게 말이야. 하지만 아버지가 이 불행한 사태를 어떻게 견디시는지, 불쌍한 엘리자베스는 어떻게 지내는지 말 좀 해 봐.”

"누나에게는 정말 위로가 필요해. 누나는 자기 때문에 동생이 죽었다고 하면서 몹시 괴로워하고 있어. 하지만 살인자를 찾아냈으니……."

"살인자를 찾아내다니! 맙소사! 어떻게 된 거야? 누가 놈을 쫓을 수 있어? 불가능한 일이야. 그럴 리가 없어. 차라리 바람을 잡거나 지푸라기로 계곡물을 막는 게 낫지."

"형이 무슨 말을 하는지 모르겠네. 하지만 범인이 발견되었을 때 우리 모두 끔찍했어. 처음에는 누구 하나 믿으려 하지 않았어. 증거가 다 나왔는데도 말이야. 엘리자베스 누나는 지금도 믿으려 하지 않아. 사실 그렇게 사랑스럽고 가족을 아끼던 저스틴 모리츠가 갑자기 그렇게 사악해졌다고 누가 믿을 수 있겠어?"

"저스틴 모리츠라고! 불쌍한 아이 같으니라고, 그 아이가 고발당했다고? 하지만 틀렸어. 모두가 아는 사실이야. 아무도 안 믿을걸, 그렇지, 어니스트?"

"처음엔 아무도 안 믿었어. 하지만 여러 가지 드러난 정황 때문에 믿지 않을 수가 없었어. 드러난 증거에 힘을 실어 줄 만큼 그 아이 행동이 혼란스러워서 믿지 않을 수가 없었어. 하지만 오늘 그 아이 재판이 있으니, 형도 다 듣게 될 거야."

어니스트의 말에 따르면, 살해된 윌리엄의 시신이 발견된 날 아침에 저스틴은 아파서 침대에 누워 있었다고 한다. 며칠 뒤 윌리엄이 살해된 날 밤에 그녀가 입었던 옷을 우연히 살피던 하인이 그녀의 호주머니에서 우리 어머니의 초상화 목걸이를 발견했다고 한다. 그 목걸이 때문에 윌리엄을 죽일 마음을 품은 모양이다. 하인은 즉시 다른 하인에게 그걸 보여 주었고, 그 하인은 가족에게 한마디 의논도 없이 치안 판사에게 갔던 것이다. 두 하인의 증언에 따라, 저스틴은 체포되었다. 살해죄로 고소당한 그 가련한 소녀는 지극히 혼란스러운 태도로 자신의 혐의를 대부분 인정했다.

이상한 이야기였지만, 그렇다고 해도 나의 확신은 바뀌지 않았다. 나는 열심히 말했다. "모두 잘못 알고 있는 거야. 살인자는 내가 알아. 저스틴, 불쌍한 저스틴에게는 죄가 없어."

바로 그 순간 아버지가 들어왔다. 얼굴에 깊은 불행이 드리웠지만, 아버지는 애써 맏아들을 밝게 맞으려 했다. 서글프게 인사를 나눈 뒤 당면한 불행 말고 다른 이야기를 하려 했으나, 어니스트가 소리를 질렀다. "아버지! 불쌍한 윌리엄을 죽인 살인자가 누군지 형은 안대요."

"불행하지만 우리도 알고 있단다." 아버지가 대답했다. "그렇게 좋게 생각했던 아이가 그렇게 못되고 배은망덕했다는 걸 아느니 차라리 영원히 모르는 편이 나았을 거야."

"아버지, 잘못 아시는 거예요. 저스틴은 무죄예요."

"그렇다면 죄인으로 고통당하지 않도록 하느님께서 막아 주시겠지. 오늘 재판이 있으니 바라기는, 진심으로 바라기는 그 아이가 무죄로 방면되었으면 좋겠구나."

그 말을 들으니 마음이 편해졌다. 저스틴이, 사실 인간이라면 모두 이 살인에 무죄라고 마음속 깊이 확신하고 있었다. 그래서 저스틴에게 유죄를 선고할 만큼 확실한 정황 증거가 있다고는 생각지 않았다. 이런 확신을 갖고 마음을 진정시키며 열심히 재판을 기다렸지만, 나쁜 결과가 나올 거라는 예상은 전혀 못했다.

곧이어 엘리자베스가 합류했다. 그녀를 마지막으로 본 이후로 세월이 흘러 그녀의 모습도 많이 변해 있었다. 6년 전에는 예쁘고 착한 소녀였으며, 누구나 그녀를 좋아하고 귀여워했다. 이제는 키와 얼굴 표정으로 볼 때, 다 커서 눈에 확 띄는 아름다운 여성이 되었다. 훤하고 넓은 이마는 솔직한 성격과 더불어 풍부한 이해력을 암시했다. 최근 겪은 슬픔에 자책감까지 더해 온화한 개암색 눈을 지녔다. 숱 많고 짙은 황갈색 머리와 생기 넘치는 안색에 날씬하고 우아한 자태를 지니고 있었다. 그녀가 반가이 나를 맞으며 말했다. "사촌, 네가 도착하니 내 마음속에 희망이 샘솟네. 너라면 죄 없는 불쌍한 저스틴을 변호할 방법을 찾아내겠지. 아! 그 아이가 범죄자로 기소된다면 누군들 무죄겠어? 내가 무죄인 것처럼, 그 아이는 틀림없이 무죄야. 이번 일로 겪는 불행이 우리에게는 두 배나 힘들어. 사랑스러운 윌리엄뿐 아니라 이 불쌍한 아이까지 잃어야 하다니. 진심으로 아끼던 아이가 그렇게나 가혹한 운명에 시달려야 하다니. 그 아이가 유죄 판결을 받는다면, 더 이상 즐거움이란 모르게 될 거야. 하지만 그 아이는 그렇게 되지 않을 거야. 분명 그럴 리가 없어. 슬프게도 우리 윌리엄이 죽었지만, 그럼 우린 다시 행복해질 거야."

"그 아이는 죄가 없어, 엘리자베스." 내가 말했다. "그리고 무죄가 입증될 거야. 아무것도 두려워하지 마. 하지만 그 아이의 무죄 방면을 믿고 기운을 내."

"정말 친절하구나! 모두 다 그 아이가 유죄라고 해서 마음이 괴로웠어. 그런 일이 있을 수 없다는 걸 아니까. 모두 그 아이에게 끔찍한 편견을 가진 걸 보니, 희망을 가질 수 없어 절망했었거든." 그녀가 눈물을 흘렸다.

"사랑스러운 엘리자베스." 아버지가 말했다. "눈물을 닦으려무나. 네 생각대로 그 아이가 무죄라면, 재판관들의 정의를 믿어 보자꾸나. 조금도 편파적이지 않도록 나도 애써 보마."

제7장

우리는 재판이 시작될 11시까지 몇 시간을 슬픔 속에서 보냈다. 아버지와 다른 가족은 증인으로 참석할 의무가 있었으므로 법정까지 따라갔다. 안타깝게도 이렇게 정의를 비웃는 과정을 계속 지켜보고 있자니, 생지옥이 따로 없었다. 호기심 때문에 법을 지키지 않은 괴물을 만든 결과, 내가 아끼던 두 사람을 죽이게 될지 아닐지가 곧 결판날 것이다. 한 사람은 순진하고 기쁨에 넘쳐 방실대던 어린아이였고, 다른 사람은 생각만 해도 끔찍한 살인을 저질렀다는 오명을 뒤집어쓴 채 훨씬 더 끔찍하게 처형되려는 참이었다. 저스틴은 착한 소녀였으며, 장차 행복한 인생을 누릴 수 있는 성격의 소유자였다. 이제 모든 것이 불명예스러운 무덤 속으로 사라지려는 순간이었다. 바로 내가 원인 제공자라니! 저스틴이 뒤집어쓴 살인죄의 범인은 바로 나라고 천 번이라도 자백하고 싶었다. 하지만 그 사건이 일어났을 때, 나는 현장에 없었다. 따라서 그렇게 말해 봐야 미친놈의 헛소리로 여길 테고, 나 때문에 고통받는 그녀의 무고한 죄도 벗겨 주지 못할 것이다.

저스틴은 평온해 보였다. 상복 차림이었는데, 항상 상냥하던 그녀의 얼굴이 엄숙한 감정 때문인지 더 아름다웠다. 그녀는 자신의 무죄를 확신하는 듯했다. 그래서 수천 명이 그녀를 바라보며 저주해도 떨지 않았다. 다른 때 같았으면 그녀의 아름다움에 호감을 보였겠지만, 그녀가 저지른 범죄가 너무 엄청나다고 상상해서인지 구경꾼들에게서 호감은 찾아볼 수 없었다. 그녀는 평온했지만, 한편으론 분명 긴장하고 있었다. 이전의 혼란스러운 태도 때문에 유죄로 오해받았으므로, 용기 있게 보이려고 마음을 다잡았던 것이다. 주변을 둘러보던 그녀는 우리가 앉은 장소를 발견했다. 우리를 보자 그 아이 눈에서 눈물이 흘러 시야를 뿌옇게 가리는 것 같았다. 하지만 이내 마음을 진정시켰고, 다정하면서도 슬픈 그녀의 눈길은 완벽한 결백을 증명하는 듯했다.

재판이 시작되었다. 검사의 기소가 낭독된 뒤, 증인 몇 명이 소환되었다. 몇 가지 이상한 사실이 꼬여 그녀에게 불리했는데, 나처럼 그녀의 무죄를 확신하지 못하는 사람이라면 깜짝 놀랄 만한 내용이었다. 살인 사건이 일어난 날 밤에 그녀는 줄곧 밖에 있었으며, 새벽녘에 살해된 윌리엄의 시신이 후일 발견된 지점에서 그리 멀지 않은 곳에서 시장의 여자 장사꾼 눈에 띄었다. 그 여자가 저스틴에게 거기서 뭘 하느냐고 물었지만, 그녀는 아주 이상해 보였고 횡설수설하며 앞뒤가 안 맞는 대답을 했다는 것이다. 그녀는 아침 8시경 집에 돌아왔다. 어디서 밤을 지냈느냐고 누군가 묻자, 밤새 윌리엄을 찾아다녔다면서 뭐 들은 게 없느냐고 애타게 물었다. 아이의 시신을 보여 주자, 심한 발작을 일으킨 그녀는 며칠간 드러누웠다. 그때 하인이 그녀의 주머니에서 발견한 초상화 목걸이가 증거로 제시되었다. 엘리자베스가 떨리는 목소리로 그 초상화는 윌리엄이 실종되기 한 시간 전쯤 그 아이 목에 자신이 둘러준 바로 그 목걸이라고 증언하자, 군중의 두려움과 분노로 법정이 소란해졌다.

변론을 위해 저스틴이 소환되었다. 재판이 진행되면서, 그녀의 안색이 변했다. 놀라움과 공포 그리고 불행이 강하게 드러났다. 가끔은 애써 눈물을 참기도 했다. 하지만 변론을 해 보라고 하자, 그녀는 온 힘을 모아 떨리지만 똑똑히 들리는 목소리로 말했다.

"제게 아무 죄도 없다는 건 하느님께서 아실 겁니다. 하지만 부인한다고 해서 석방될 거라고는 생각하지 않습니다. 제게 불리한 사실들을 간단명료하게 설명해야 무죄가 입증되겠지요. 정황이 의심스럽거나 미심쩍으면, 제 평소의 성격을 보고 재판관님들께서 호의적으로 판단해 주시기 바랍니다."

살인이 일어난 날 밤, 그녀는 엘리자베스의 허락을 받아 제네바에서 약 5킬로미터 떨어진 센이라는 마을에 사는 숙모님 댁에서 보냈다고 했다. 9시경 돌아오다가, 그녀는 잃어버린 윌리엄을 보았느냐고 묻는 남자를 만났다. 그 말에 놀란 그녀는 몇 시간 동안 아이를 찾아 헤맸다. 그때 제네바 성문이 닫혀서, 어떤 오두막에 딸린 헛간에서 몇 시간을 보내야 했다. 평소 잘 아는 그곳 주민을 불러내 신세를 지고 싶지 않았기 때문이다. 휴식을 취할 수도, 잠을 이룰 수도 없어서 그녀는 다시 윌리엄을 찾아보려고 아침 일찍 헛간을 떠났다. 아이의 시신이 있는 장소에 가까이 갔다면, 그것은 아무것도 모르고 한 행동이다. 시장 통 여자 장사꾼의 질문에 당황한 것은 당연한 일이다. 밤새 한숨도 못 잔 데다 불쌍한 윌리엄의 생사도 아직 밝혀지지 않았으니까. 하지만 초상화 목걸이에 관해서는 아무 설명도 못했다.

"이 한 가지 정황이 제게 얼마나 불리하고 치명적인 사실인지 잘 압니다." 불행한 희생자가 말을 이었다. "하지만 제게는 그 상황을 해명할 능력이 없습니다. 전혀 모른다고 했으니, 누군가 제 호주머니에 그걸 넣었을 거라고 추측할 따름입니다. 하지만 제 힘으로는 설명할 수 없어요. 저는 누구의 원한을 산 적도 없고, 제 주변에는 아무 이유 없이 저를 파멸시킬 만큼 악한 사람도 없어요. 그 살인자가 왜 그 목걸이를 제 호주머니에 넣었을까요? 제가 알기로는 그런 기회를 준 기억이 없거든요. 그랬다면 왜 그 보석을 숨기지 않았을까요?

정의로운 재판관님들께 제 소송을 맡기지만, 희망의 여지가 없네요. 몇 명의 증인이 제 성격에 관해 증언하도록 허락해 주세요. 그들의 증언으로 제 혐의가 벗겨지지 않는다면, 틀림없이 유죄가 선고되겠죠. 무죄이니 구원될 거라고 아무리 맹세해도 말이에요."

몇 명의 증인이 소환되었다. 오랜 세월 그녀를 알고 있던 증인들은 그녀에 관해 좋은 말을 해 주었다. 하지만 그녀가 뒤집어쓴 살인죄를 두려워하고 증오한 나머지, 겁을 먹고 앞으로 나서려 하지 않았다. 엘리자베스는 이 마지막 보루, 즉 그녀의 착한 성격과 나무랄 데 없는 행동조차 피고에게 큰 도움이 되지 못하는 걸 보고 몹시 흥분한 상태에서 법정 발언을 요청했다.

엘리자베스가 말했다. "저는 살해당한 아이의 사촌입니다. 차라리 누나라고 해야겠네요. 그 아이가 태어난 이후, 아니 그보다 오래전부터 그 아이 부모님께 교육받고 쭉 함께 살았으니까요. 그래서 이런 때 제가 나서는 게 부당해 보일지도 모르겠습니다. 하지만 친구인 척하던 사람들의 비겁함 때문에 피고가 지금 죽게 된 마당에, 제가 아는 피고의 성격을 말씀드리려 하니 허락해 주시기 바랍니다. 저는 피고를 잘 압니다. 그녀와 같은 집에서 살았는데, 한 번은 5년간, 또 한 번은 거의 2년간 같이 살았죠. 그녀는 누구보다 사랑스럽고 친절했어요. 그녀는 제 외숙모인 프랑켄슈타인 부인의 마지막 병상을 지키며 지극정성으로 간호했지요. 나중에는 오랜 기간 병에 시달리던 자기 어머니도 간호했는데, 어찌나 잘 돌보았던지 그녀를 아는 사람이라면 모두 칭찬할 정도였지요. 그 후 그녀는 제 외삼촌 집으로 돌아와 살면서 온 가족의 사랑을 받았지요. 그녀는 지금 죽은 윌리엄과 각별한 애정으로 맺어져 있었고, 다정한 어머니처럼 보살펴 주었죠. 단언컨대 온갖 증거가 그녀에게 불리해도, 저는 그녀의 결백을 믿습니다. 그런 짓을 할 이유가 없으니까요. 제시된 목걸이로 말하자면, 정말 그녀가 원했다면 기꺼이 줬을 겁니다. 그만큼 그녀를 존중하고 높이 평가하지요."

훌륭한 엘리자베스! 군중이 웅성대며 칭찬하는 소리가 들렸다. 하지만 그것은 너그럽게 나선 그녀의 행동에 감탄한 것이지, 불쌍한 저스틴에 대한 호감은 아니었다. 오히려 한층 더 분노한 군중은 저스틴을 못되고 배은망덕한 아이라고 비난했다. 저스틴은 엘리자베스가 발언할 때 흐느꼈지만, 아무 대답도 하지 않았다. 재판 과정 내내 내가 느낀 동요와 괴로움은 이루 말할 수가 없었다. 나는 그녀가 무죄임을 믿었다. 나는 안다. 내 동생을 살해한 그 악마가 (한순간도 그 사실을 의심하지 않았다) 못된 장난으로 이 무고한 소녀를 죽음과 치욕으로 몰아넣었단 말인가. 내가 처한 끔찍한 상황을 견디기가 어려웠다. 군중의 목소리와 재판관들의 얼굴이 불행한 피고에게 이미 유죄 판결을 내렸다는 걸 깨닫자, 더 이상 고통을 견디지 못하고 법정을 뛰쳐나갔다. 피고의 고통에 비할 수는 없다. 그녀는 무죄라는 사실로 버텼지만, 회한의 날카로운 이빨은 내 가슴을 찢고 끝내 놔주지 않았다.

절망에 빠진 상태로 하룻밤을 보내고 아침에 법정으로 갔다. 입술과 목구멍이 바싹 말랐다. 생사에 관한 질문은 감히 던질 수 없었다. 하지만 사람들은 나를 알고 있어서, 직원은 내가 온 이유를 짐작했다. 투표를 했다. 전원이 검은 표에 투표해서 저스틴은 유죄 선고를 받았다.

그때 내가 느꼈던 감정을 도저히 묘사할 길이 없다. 전에도 공포가 어떤 것인지 느껴 본 적이 있다. 그래서 표정 관리를 하려고 애써 보았지만, 그때 느꼈던 먹먹한 절망감은 이루 말로 표현할 수가 없다. 내게 말을 건넨 직원은 저스틴이 자기 죄를 자백했다고 덧붙였다. "이렇게 뻔한 사건에서는 증거도 거의 필요 없지만, 그래도 기뻐요. 정황 증거가 아무리 결정적이라 해도, 그것만으로 유죄 선고를 내리려는 재판관은 없으니까요."

집에 돌아가자, 엘리자베스가 재판 결과를 몹시 궁금해하며 물었다.

"엘리자베스." 내가 대답했다. "네 예상대로 판결이 났어. 재판관들은 죄인 한 명을 풀어 주느니 무고한 열 명에게 고통을 주기로 했어.* 하지만 그 아이가 자백을 했대."

저스틴의 무죄를 확신하는 엘리자베스에게 이것은 끔찍한 충격이었다. "세상에!" 그녀가 말했다. "인간의 선의를 어떻게 다시 믿지? 여동생처럼 사랑하던 저스틴이, 그렇게 순진한 미소를 지으면서 우리를 배반할 수 있어? 가혹하거나 나쁜 짓이라곤 전혀 못할 것 같은 순한 눈빛이었는데, 살인을 저지르다니."

이후 그 불쌍한 희생자가 내 사촌을 만나고 싶어 한다는 전갈이 왔다. 아버지는 엘리자베스가 가지 않았으면 했지만, 그녀의 판단과 감정에 맡기겠다고 말했다. "갈게요." 엘리자베스가 말했다. "그 아이에게 죄가 있어도 가겠어요. 빅터, 나랑 같이 가. 혼자는 못 가겠어." 내게는 고통스러운 방문이었지만, 그렇다고 거절할 수도 없었다.

우리는 음침한 감방에 들어가서 짚 더미에 앉아 있는 저스틴을 보았다. 수갑을 찬 채 머리를 무릎에 묻고 있었다. 우리가 들어오는 모습을 보고 그녀는 자리에서 일어났다. 우리만 남게 되자, 그녀가 엘리자베스 발치에 몸을 던지더니 엉엉 울었다. 엘리자베스도 같이 울었다.

"오, 저스틴!" 엘리자베스가 말했다. "왜 나의 마지막 위안까지 빼앗아 가니? 난 네가 무죄라고 믿었어. 전에도 비참하긴 했지만, 지금처럼 비참하진 않았단다."

"제가 그렇게까지 나쁜 사람이라고 생각하세요? 아가씨도 저를 짓밟으려는 적과 한통속인가요?" 흐느낌으로 그녀의 목이 잠겼다.

"일어나, 불쌍한 아이야." 엘리자베스가 말했다. "결백하다면 왜 무릎을 꿇어? 난 적이 아니야. 아무리 증거가 있어도 죄를 자백했다는 이야기를 듣기까지는 네가 무죄라고 확신했어. 그 이야기가 거짓이라는 거니. 저스틴, 자백만 아니라면, 단 한순간도 네가 무죄라는 확신이 흔들린 적은 없었어."

"자백하긴 했지만 거짓이었어요. 방면될 수 있을까 싶어 거짓 자백을 했던 거예요. 하지만 지금은 다른 죄보다 그 거짓말 때문에 마음이 무거워요. 하늘에 계신 하느님께서 용서해 주시기를. 유죄 선고를 받은 뒤로, 고해 신부님이 제게 강요했어요. 저를 하도 위협하고 협박하기에 정말 신부님 말씀대로 제가 괴물이 아닐까 하는 생각까지 들었어요. 계속 고집을 부리면, 최후 순간에 저를 파문하고 지옥 불에 던지겠다고 협박했어요. 사랑하는 아가씨, 어느 누구도 저를 도와주지 않았어요. 모두 저를 치욕이나 당하고 죽을 나쁜 사람으로 여겼어요. 그런 상황에서 제가 뭘 할 수 있었겠어요? 끔찍한 순간에 거짓말을 했어요. 이젠 정말 비참해요."

그녀는 흐느끼느라 말을 멈추었다가 다시 이었다. "친절한 아가씨, 생각만 해도 두려웠어요. 착한 숙모님이 그토록 아끼고 아가씨가 그리 사랑해 주던 저스틴이, 악마만이 할 수 있는 그런 죄를 저질렀다고 생각하면 어쩌나 하고요. 사랑하는 윌리엄! 가장 예쁜 우리 아기! 하늘나라에서 곧 만나겠지요. 거기선 모두가 행복할 거예요. 여기서는 불명예스럽게 죽지만, 그런 생각을 하면 위로가 되어요."

"오, 저스틴! 잠시라도 널 믿지 못했던 나를 용서해 주렴. 왜 자백했니? 하지만 얘야, 슬퍼하지 마. 내가 여기저기 다니며 네 무죄를 알리고 증명해 볼게. 하지만 네가 죽어야 하다니. 넌 소꿉동무이자 친구이며 여동생, 그 이상의 존재였는데. 이런 끔찍한 불행을 겪고도 살아갈 자신이 없구나."

"다정한 엘리자베스 아가씨, 울지 마세요. 더 좋은 천국이나 생각하라고 격려하면서, 이 불의와 반목하는 보잘것없는 세상 걱정에서 벗어나라고 해야죠. 좋은 친구인 아가씨께서 저를 절망으로 몰고 가시면 안 되죠."

"위로하려고 애써 볼게. 하지만 두렵게도 불행이 너무 깊고 사무쳐서 그럴 수가 없구나. 희망이 없으니 말이야. 사랑하는 저스틴, 하느님께서 네게 체념과 이승을 초월할 수 있는 확신을 갖도록 축복해 주시길. 오! 이 세상의 허식과 조롱이 너무 싫어! 한 사람은 살해당하고, 다른 사람은 서서히 고통당하면서 죽어 가는데, 사형 집행인들은 죄 없는 사람의 피를 손에 묻히고 자기들이 대단한 일을 했다고 믿겠지. 이걸 '천벌'이라고 부르겠지. 가증스럽기 짝이 없는 이름이지! '천벌'이라고 말할 때, 가장 나쁜 폭군이 복수심을 충족시키려고 여태 고안해 낸 것보다 훨씬 더 사악하고 끔찍한 벌을 내리려 한다는 걸 내 알지. 하지만 저스틴, 이건 위로가 못 되는구나. 정말 그토록 비참한 동굴을 벗어나는 게 영광이라면 모를까. 아! 나도 숙모님과 사랑스러운 윌리엄과 함께 평화롭게 잠들고 싶어. 끔찍한 세상과 보기도 싫은 사람들 얼굴을 안 봐도 되니 말이야."

저스틴은 힘없이 웃었다. "아가씨, 이건 체념이 아니라 절망이에요. 아가씨 가르침은 듣지 말아야겠어요. 뭔가 다른 이야기, 저를 더 불행하게 만드는 것이 아닌, 마음이 평안해질 이야기 좀 해 봐요."

두 사람이 대화를 나누는 동안, 나는 감방 구석으로 물러나서 나를 사로잡은 끔찍한 고통을 감추었다. 절망이라고! 누가 감히 절망에 대해 말할 수 있겠는가? 내일이면 삶과 죽음의 섬뜩한 경계를 넘어설 불쌍한 희생자인 저스틴조차 나만큼 깊고 쓰라린 고통에 시달리지는 않았을 것이다. 나는 이를 악물고 갈면서 깊은 영혼 속으로부터 신음했다. 저스틴이 깜짝 놀랐다. 내가 누구인지 알아보고, 다가와 말했다. "도련님, 저를 찾아 주시다니 친절하시군요. 도련님은 제가 유죄라고 생각하지 않았으면 좋겠어요."

나는 아무 대답도 못했다. "아니야, 저스틴." 엘리자베스가 말했다. "도련님은 나보다도 더 네 무죄를 확신하고 있어. 네가 자백했다는 이야기를 들었을 때도 도련님은 믿지 않았어."

"정말 고마워요. 최후의 순간까지 저를 좋게 생각해 주시는 분들께 진심으로 감사드려요. 저처럼 비참한 사람에게 다른 사람의 애정이란 얼마나 소중한지요! 덕분에 제 불행이 반 이상 사라졌어요. 평안하게 죽을 수 있을 것 같아요. 아가씨와 도련님이 제 무죄를 알아주시니까요."

이처럼 불쌍하게 고통받는 그 아이는 오히려 다른 사람과 자신을 달래 주려고 했다. 그녀는 사실 그토록 바라던 체념을 얻은 것이다. 하지만 진짜 살인자인 내 가슴에는 결코 죽지 않는, 어떤 희망이나 위로도 허용치 않는 벌레가 살아 있는 것 같았다. 엘리자베스도 같이 울며 슬퍼했다. 하지만 그녀의 불행은 결백한 자의 불행이었다. 밝은 달 위로 스쳐 지나가는 구름처럼, 그 불행이 잠시 달을 감추지만 달빛을 완전히 가릴 수는 없었다. 나는 마음속 깊은 곳까지 밀려드는 고통에 절망했다. 마음속에는 지옥이 있었고, 무엇으로도 그 지옥 불을 끌 수 없었다. 우리는 저스틴과 몇 시간을 머물렀다. 엘리자베스는 간신히 그녀와 헤어졌다. "너랑 함께 죽고 싶어. 이 비참한 세상에선 더 이상 못 살 것 같아." 그녀는 이렇게 말하면서 울었다.

저스틴은 비통한 눈물을 가까스로 참으면서도 명랑한 척했다. 그녀는 엘리자베스를 꼭 껴안고 감정을 반쯤 억누른 목소리로 말했다. "안녕, 상냥한 아가씨, 사랑스러운 엘리자베스, 아가씨는 제가 사랑하는 유일한 친구예요. 하느님께서 무한히 축복하고 보호해 주시기를. 이것이 아가씨의 마지막 불행이 되기를. 행복하게 살면서, 다른 사람도 행복하게 해 주세요."

우리가 돌아올 때, 엘리자베스가 말했다. "빅터, 저스틴이 무죄라는 확신이 들어 얼마나 안심했는지 몰라. 그 아이가 내 믿음을 배반했다면, 다시는 마음의 평안을 얻지 못했을 거야. 그 아이가 유죄라고 믿는 순간, 견딜 수 없을 만큼 고통스러웠어. 이제 마음이 가벼워졌어. 그 죄 없는 아이는 고통을 받겠지. 하지만 그 아이는 네 믿음을 배신하지 않았어. 그게 위로가 돼."

상냥한 사촌! 넌 그렇게 생각했겠지. 네 사랑스러운 눈빛과 목소리처럼 부드럽고 친절한 생각이었지. 하지만 나는, 나는 정말 비참한 존재였다. 내가 그때 어떤 고통을 겪었는지는 아무도 상상조차 못할 것이다.

제2부

제1장

잇달아 일어난 여러 가지 사건으로 감정이 고조되었다가 뒤이어 이렇다 할 일이 없는 죽음과도 같은 고요가 찾아와서 영혼에 희망과 두려움을 앗아 가는 것만큼 인간의 정신에 고통스러운 일은 없다. 저스틴은 죽었다. 안식에 들어간 그 아이와 달리, 나는 살아남았다. 자유로운 피가 혈관에 흘렀지만, 마음을 짓누르는 절망과 죄책감은 그 무엇으로도 지울 수가 없었다. 눈에서 잠이 달아났다. 나는 악령처럼 배회했다. 묘사할 수 없는 끔찍한 죄를 저질렀을 뿐만 아니라, 아직도 더한 일이, 훨씬 더한 일(내게는 그렇게 생각되었다)이 남아 있었기 때문이다. 하지만 한때는 내 심장에도 친절과 미덕을 사랑하는 마음이 흘러넘쳤었다. 선한 의도로 인생을 시작했으며, 그 호의를 베풀고 동료 인간에게 내가 유용한 존재가 될 순간을 애타게 기다렸었다. 하지만 이제 모든 것이 무너졌다. 흐뭇하게 과거를 돌아보고 거기서 새로운 희망의 약속을 이끌어 내는 조용한 양심 대신 후회와 죄의식에 사로잡혀, 어떤 언어로도 표현할 길 없는 지옥 같은 극심한 고통 속에 빠져들었다.

이런 정신 상태 때문에 처음 받았던 충격에서 완전히 벗어나 회복되었던 건강이 다시 나빠졌다. 나는 사람을 피했다. 즐거운 소리나 만족스러운 소리나 모두 다 고통스러웠다. 고독만이 나를 위로해 주었다. 깊고 어둡고 죽음과도 같은 고독만이.

아버지는 눈에 띄게 내 성격과 습관이 변한 걸 보고는, 고통 때문에 지나치게 슬퍼하는 것은 어리석은 일이라고 내가 알아듣기 좋게 말했다. "빅터." 아버지가 말했다. "난들 괴롭지 않겠니? 어느 누구도 나만큼 네 동생을 사랑하진 않았을 거다." (이 말을 하면서 아버지 눈에는 눈물이 고였다) "하지만 지나친 슬픔을 드러내지 않고 살아남은 사람들을 더 불행하게 만들지 않는 게 남은 사람들에 대한 의무가 아니겠니? 또 너 자신에 대한 의무이기도 하지. 왜냐하면 지나친 슬픔은 발전이나 즐거움 또는 일상생활까지 방해해서 사회 부적응자로 만들어 버리니까 말이야."

그 말이 옳은 충고이긴 하지만, 내 경우에는 전혀 해당되지 않았다. 다른 감정에 쓰라린 죄책감이 뒤섞인 게 아니었다. 나는 누구보다 먼저 슬픔을 감추고 친구들을 위로했을 것이다. 다만 지금은 절망적인 표정으로 아버지에게 대답하고, 아버지 눈에 띄지 않으려 애썼다.

그 무렵 우리는 벨리브의 별장으로 가서 지냈다. 이 변화가 특히 마음에 들었다. 매일 10시면 규칙적으로 성문을 닫아 그 시간 이후로는 호수에 머물러 있을 수가 없었기 때문에, 성안에 사는 게 매우 번거로웠던 것이다. 그러나 이제는 자유였다. 다른 가족이 자러 간 이후에도 가끔 호수에서 여러 시간 배를 타며 지낼 수 있었다. 가끔은 돛을 올리고 바람에 맡긴 채 유유자적하게 흘러가기도 했다. 또 호수 가운데로 노를 저어 간 뒤 배가 제멋대로 흘러가게 내버려 둔 채 혼자 불행한 회상에 빠지기도 했다. 호숫가로 접근할 때 거칠게 울며 방해하는 개구리나 박쥐 소리만 아니라면, 주변 모든 만물이 평화롭고 천국과 같이 아름다울 때면 조용한 호수로 뛰어들고 싶은 유혹을 느꼈다. 나와 내가 겪는 불행이 호수물에 영원히 잠겨 버리도록 말이다. 하지만 내가 몹시 사랑하는, 하나로 결합된, 영웅적으로 고통을 감내하는 엘리자베스를 생각하고 참았다. 또 아버지와 아직 살아 있는 남동생 생각도 했다. 내가 놓아준 괴물의 악의에 가족을 무방비 상태로 방치한 채 어찌 비겁하게 그들을 저버릴 수 있겠는가?

이럴 때면 마음껏 울음을 터뜨리고, 그저 가족을 위로하고 행복하게 해 줄 수 있는 평안한 마음을 다시 가질 수 있었으면 싶었다. 하지만 불가능한 일이었다. 죄책감 때문에 모든 희망이 사라졌다. 고칠 수 없는 악을 만들어 낸 장본인이 바로 나였던 것이다. 내가 만들어 낸 괴물이 다시 나쁜 짓을 저지르지나 않을까 두려워하면서 하루하루 살았다. 아직 모든 게 끝난 것이 아니며, 놈이 엄청난 힘으로 과거의 기억을 몽땅 지워 버릴 만큼 엄청난 죄를 저지르고야 말 거라는 막연한 예감이 있었다. 사랑하는 대상이 있는 한, 항상 두려움도 남는 법이다. 내가 이 악마를 얼마나 증오했는지 아무도 상상조차 할 수 없을 것이다. 놈 생각만 하면, 이가 갈리고 눈에서 불이 번쩍였다. 그렇게 아무 생각 없이 부여한 생명을 속히 없애야겠다는 마음뿐이었다. 놈이 저지른 죄와 악의를 생각하면, 놈에 대한 증오심과 복수심이 자제심을 잃고 폭발했다. 놈을 안데스 산맥 정상에서 바닥으로 밀칠 수만 있다면, 최정상으로 순례 여행이라도 떠났을 것이다. 놈을 다시 만나 놈의 머리에 엄청나게 화풀이하고 윌리엄과 저스틴의 죽음에 대해 복수하고 싶었다.

우리 집은 초상집 같았다. 최근 일어난 끔찍한 사건들로 아버지의 건강이 몹시 악화되었다. 엘리자베스는 슬픔과 절망에 빠졌다. 이제 평범한 일상이 더 이상 즐겁지 않았다. 즐거워한다는 것 자체가 죽은 자들을 모독하는 것 같았기 때문이다. 당시 그녀는 계속 슬퍼하고 눈물을 흘리며 애도하는 것만이 그렇게 시들어 죽은 순수한 사람들에게 바쳐 마땅한 조의라고 생각했다. 엘리자베스도 이제 더 이상 어린 시절 나와 호숫가 둑을 거닐며 장래를 이야기하던 행복한 사람이 아니었다. 진지하게 변한 그녀는 종종 운명과 인간의 생명이 너무나 변덕스럽고 불안정하다고 이야기했다.

"빅터, 저스틴 모리츠의 불행한 죽음을 생각하면 전처럼 세상을 볼 수가 없어. 예전에는 악과 불의에 관한 이야기를 책에서나 읽고, 다른 사람에게 그런 이야기를 들으면 옛날이야기이거나 지어낸 이야기 같았어. 까마득히 멀어서 상상보다 이성에 익숙한 이야기였지. 그러나 이제 우리 집에 그런 불행한 일이 닥치고 보니, 사람들이 모두 피에 굶주린 괴물 같아. 하지만 나도 떳떳하진 않아. 모두들 그 불쌍한 아이가 유죄라 믿었지. 그 아이가 정말 죄를 지었다면 최악의 패륜아겠지. 보석 몇 알 얻으려고 은인이자 친구였던 숙모님의 아들을, 태어날 때부터 돌봐 주고 친자식처럼 사랑하는 것 같았던 아이를 죽였으니 말이야! 어떤 인간의 죽음에도 동의할 수 없지만, 분명 인간 사회에 그런 패륜아가 남아 있으면 안 된다고 생각했을 거야. 하지만 그 아이는 무죄야. 난 알아. 내 생각에 그 아이는 무죄야. 너도 나와 같은 생각일 거야. 그래서 더욱더 확신해. 아아! 빅터, 거짓말이 그렇게나 진짜 같다면, 과연 누가 행복을 장담할 수 있을까? 마치 낭떠러지 끝을 걷고 있는 나를 수천 명이 닥쳐서 심연으로 떠밀린 기분이야. 윌리엄과 저스틴은 살해되고, 살인자는 도망쳤어. 놈은 세상을 자유롭게 활보하며 어쩌면 존경받고 있을지도 몰라. 하지만 내가 똑같은 살인죄로 교수대에 서는 한이 있더라도, 그런 악한과 내 자리를 바꾸진 않겠어."

나는 아주 고통스러운 심정으로 이 말에 귀를 기울였다. 직접 죽인 것은 아니지만, 실제로는 내가 그들을 죽인 살인자인 셈이다. 엘리자베스가 내 얼굴에서 고통을 읽어 내고는 다정하게 내 손을 잡고 말했다. "사랑하는 사촌, 진정해. 이 사건에 엄청나게 큰 영향을 받았고, 얼마나 깊은 영향을 받았는지는 하느님만 아시겠지. 하지만 난 너처럼 비참하진 않아. 네 절망스러운 얼굴과 복수하려는 표정 때문에 가끔 두려워. 사랑하는 빅터, 진정 평안해진다면 목숨이라도 바칠 거야. 분명 우린 행복할 거야. 세상과 동떨어져 고향에서 조용히 살면, 누가 우리 평안을 방해하겠어?"

말은 이렇게 했지만, 자신이 내게 한 위로를 스스로 불신하듯 그녀는 눈물을 흘렸다. 하지만 동시에 내 마음속에 숨어 있는 악마를 쫓아내기라도 하듯 미소를 지었다. 아버지는 내 얼굴에 깃든 불행을 그저 당연히 느낄 만한 슬픔이 지나치게 과장되었기 때문이라 여기고, 내 취향에 맞는 소일거리를 찾으면 최대한 빨리 예전처럼 평온을 회복할 거라고 생각했다. 이런 연유로 아버지는 시골로 이사했다. 그리고 같은 이유로 다 같이 샤모니 계곡으로 소풍을 가자고 제안했다. 나는 예전에 그곳에 가 봤지만, 엘리자베스와 어니스트는 가 본 적이 없었다. 두 사람은 가끔 이 계곡 풍경이 아주 멋지고 장엄하다는 이야기를 들었다. 따라서 우리는 8월 중순경 제네바를 떠나 여행을 시작했다. 저스틴이 처형된 지 거의 두 달 만이었다.

드물게 날씨가 좋았다. 잠시 환경을 바꾸어 내 슬픔을 덜 수 있다면, 확실히 이 소풍은 아버지가 원하는 만큼 효과가 있었을 것이다. 사실대로 말하자면, 나는 그 풍경에 조금 마음이 끌렸다. 물론 내 슬픔을 다 없앨 수는 없었지만, 가끔은 마음을 달래 주었다. 첫날은 마차를 타고 여행했다. 아침에 우리는 멀리서 그 산을 보았고, 점점 더 그 산으로 다가갔다. 우리가 가는 꼬불꼬불한 길은 아르브 강을 따라 뻗어 있었고, 강이 만들어 낸 계곡이 점차 우리를 에워쌌다. 해가 지자, 사방에 우리를 에워싼 엄청난 산과 절벽이 보였고 바위 가운데 분노한 듯 콸콸 흐르는 강물 소리와 거센 폭포 소리가 들렸다.

다음 날은 노새를 타고 여행했다. 높이 올라갈수록 더 장엄하고 놀라운 계곡의 자태가 드러났다. 소나무가 우거진 절벽 위로 다 무너져 가는 폐허처럼 보이는 성이 있었다. 나무 사이로 힐끗힐끗 보이는, 사납게 흐르는 아르브 강과 오두막은 뛰어나게 아름다운 장관을 연출했다. 게다가 거대한 알프스 산맥 덕분에 한층 더 아름답고 장엄했다. 빛나는 하얀 피라미드와 둥근 지붕 모양의 산맥이 딴 세상에 속한 듯 만물 위에 솟아 있어서, 사람이 아닌 외계인이 사는 장소 같았다.

우리는 펠리시에 다리를 지났는데 강이 빚어낸 협곡이 눈앞에 펼쳐졌다. 그 협곡 위로 솟은 산을 오르기 시작했다. 우리는 곧 샤모니 계곡에 들어섰다. 더 장엄한 계곡이었지만, 방금 지나친 세르보 계곡만큼 아름답거나 멋진 그림 같지는 않았다. 눈에 뒤덮인 높은 산맥이 바로 옆에 있었다. 하지만 폐허 같은 성이나 기름진 들판은 더 이상 보이지 않았다. 거대한 빙하가 길 쪽으로 다가왔다. 천둥처럼 눈사태 소리가 들리더니, 눈사태가 지나간 자리에는 뿌연 연기가 솟았다. 주위를 둘러싼 뾰족한 봉우리 사이로 최고 명산인 몽블랑이 솟아 있었고, 엄청나게 둥근 봉우리가 계곡을 굽어보고 있었다.

여행을 하면서 가끔 엘리자베스의 보폭에 맞춰 갖가지 아름다운 풍경을 설명해 주기도 하고, 노새를 천천히 몰고 가면서 비참한 생각에 빠지기도 했다. 어떤 때는 노새를 타고 일행보다 앞장서서 일행과 세상 그리고 무엇보다도 나 자신을 잊으려 했다. 일행과 멀리 떨어져 있을 때면, 공포와 절망에 짓눌린 나머지 노새에서 내려 풀밭에 몸을 던지기도 했다. 저녁 8시에 나는 샤모니에 도착했다. 아버지와 엘리자베스는 녹초가 되어 있었다. 우리와 함께한 어니스트만 최고의 기분이었다. 남풍 때문에 내일 비가 올 것 같다는 게 그의 즐거움을 감소시키는 단 한 가지 걱정거리였다.

일찌감치 숙소에 들었지만, 우리는 잠을 이루지 못했다. 적어도 나는 못 잤다. 나는 여러 시간 창가에 머물러 몽블랑 위로 번쩍이는 희미한 번갯불을 지켜보면서 창문 저 아래 흐르는 아르브 강물 소리에 귀를 기울였다.

제2장

다음 날, 안내인의 예상과 달리 구름은 끼었지만 화창한 날씨였다. 우리는 아르베롱 강의 수원(水源)을 찾아보고 저녁까지 계곡 주변을 돌아다녔다. 내게는 이 숭고하고 장엄한 광경이 최고의 위안이 되었고 나는 이 위안을 받아들였다. 이 광경들 덕분에 모든 소소한 울적함에서 벗어났다. 이 광경들이 내 절망을 완전히 없애 주지는 않았어도 잠잠히 가라앉혀 주었다. 또 잊을 수 없는 지난날에 대한 기억에서도 어느 정도 벗어났다. 그날 저녁 숙소에 돌아왔을 때는 피곤한 상태였지만 기분은 나쁘지 않아서, 전보다 더 유쾌하게 가족과 이야기를 나누었다. 아버지는 흡족한 기색이었고, 엘리자베스도 기뻐서 어쩔 줄 몰라 했다. "사랑하는 사촌." 그녀가 말했다. "네가 행복하니까 이렇게 다른 사람들에게도 행복이 널리 퍼지잖아. 다시는 슬퍼하지 마!"

다음 날 아침, 비가 억수같이 쏟아졌고 산 정상은 짙은 안개에 가렸다. 여느 때보다 일찍 일어난 나는 기분이 울적했다. 비 때문이었다. 옛 감정이 돌아와 비참한 기분이었다. 나의 갑작스러운 변화를 보고 아버지가 크게 실망할 것을 잘 알고 있었기에, 이런 울적한 감정을 감출 수 있을 만큼 회복될 때까지 아버지를 피하고 싶었다. 나는 가족들이 그날 여관에 남아 있을 거라는 사실을 알고 있었다. 비와 습기 그리고 추위에 어느 정도 단련되었으므로, 몽탕베르 산 정상을 혼자 등반하기로 결심했다. 처음 보았을 때 계속 움직이는 거대한 빙하가 내 마음에 불러일으킨 감동을 잊을 수가 없었다. 그때 빙하는 내 마음을 장엄하고 황홀하게 만들어서 영혼에 날개를 달아, 어두운 속세에서 벗어나 빛나고 즐거운 세계로 비상하게 해 주었다. 사실 장엄하고 당당한 자연 풍경에는 늘 마음을 엄숙하게 하고 인생의 소소한 걱정을 잊게 해 주는 효과가 있었다. 나는 혼자 가기로 했다. 왜냐하면 그 길을 잘 아는 데다, 다른 사람이 있으면 그 고독한 웅장함을 망칠 것이기 때문이다.

위험한 등반이었지만, 계속 꾸불꾸불하게 이어진 길로 절벽을 오를 수 있었다. 끔찍할 만큼 황량한 풍경이었다. 지난겨울의 눈사태 흔적이 곳곳에서 눈에 띄었고, 부러진 나무가 땅바닥에 흩어져 있었다. 완전히 부러진 나무가 있는가 하면, 튀어나온 바위에 휘어진 채 기대 있거나, 다른 나무를 가로질러 놓인 나무도 있었다. 높이 올라갈수록 길과 눈 덮인 계곡이 만나, 위에서 돌이 계속 굴러 내렸다. 그중 길 하나가 특히 위험했다. 아주 작은 소리만 내도 말하는 사람의 머리 위 공기를 울려 눈사태를 일으킬 수 있었다. 소나무의 키가 크거나 소나무 숲이 무성하진 않았지만, 어둑어둑해서 그 장면이 더욱 엄숙했다. 산 아래 골짜기를 내려다보았다. 계곡을 따라 굽이굽이 흐르는 강물에서 피어오른 안개가 맞은편 산 주위를 두꺼운 화환처럼 감싸서, 산봉우리가 모두 짙은 구름에 가려졌다. 한편 어두운 하늘에서 폭우가 쏟아지는 바람에 주위 풍경에서 받았던 우울한 인상이 더 짙어졌다. 아! 왜 인간은 동물보다 우월한 감수성을 지녔다고 자랑하는가? 그 때문에 필요한 것만 더 많아졌을 뿐인데. 우리의 욕망이 배고픔과 굶주림 그리고 성욕에만 한정되었다면, 우리는 거의 자유로운 존재가 되었을 것이다. 하지만 바람 한 점 혹은 우연히 들은 말 한마디나 그 말이 전하는 한 점 풍경에도 우리 마음은 흔들린다.

> 우리는 쉰다. 꿈에는 잠을 해치는 힘이 있다.
> 우리는 일어난다. 떠도는 생각 하나 때문에 하루를 망친다.
> 우리는 느끼고, 사고하고, 추론한다. 웃거나 운다.
> 어리석은 괴로움을 껴안거나 근심을 쫓아 버린다.
> 똑같다. 기쁨이나 슬픔이나,
> 출발하는 길은 여전히 자유롭다.
> 인간의 어제는 내일과 반드시 다를 것이다.
> 그저 변덕만 남을 것이다!*

나는 거의 정오경 산 정상에 올랐다. 한동안 바위에 걸터앉아 얼음 바다를 내려다보았다. 얼음 바다와 주위 산은 안개에 가려 보이지 않았다. 곧 산들바람에 구름이 흩어져서 빙하로 내려왔다. 빙하 표면은 아주 울퉁불퉁해서 요동치는 바다의 파도처럼 오르락내리락했는데, 빙하 표면 사이로 깊은 균열이 있었다. 얼음 평원의 넓이가 거의 5제곱킬로미터였지만, 건너는 데 거의 두 시간이나 걸렸다. 맞은편 산은 헐벗은 수직 암벽이었다. 지금 내가 서 있는 쪽에서 볼 때, 몽탕베르는 반대편으로 5킬로미터쯤 떨어져 있었다. 그 위로 몽블랑이 장엄한 자태로 솟아 있었다. 그 광경을 응시하면서 후미진 바위에 머물러 있었다. 바다, 아니 거대한 얼음 강이 산 사이로 굽이굽이 흘렀고, 공중에 높이 솟은 산봉우리들이 후미진 강가를 구석구석 굽어보고 있었다. 구름 위로 반짝이는 얼음으로 덮인 산 정상이 햇빛에 빛났다. 슬펐던 마음은 이제 즐거운 감정으로 벅차올랐다. 나는 허공에 대고 외쳤다. "방랑하는 정신이여, 네가 진정 좁은 침대에서 쉬지 못하고 방황한다면, 나로 하여금 이 작은 행복을 누리게 해 다오. 그렇지 않으면 나를 네 친구 삼아 즐거운 속세에서 데려가 다오."

이렇게 말할 때, 갑자기 멀리서 초인적인 속도로 다가오는 사람의 형체가 보였다. 그는 내가 좀 전에 살금살금 걸었던 깨진 얼음 틈새로 펄펄 날아다녔다. 다가올 때 보니 키도 보통 사람 키를 훌쩍 넘어선 듯했다. 왠지 불안했다. 안개에 눈이 가려 뭔가 몽롱한 것에 사로잡힌 기분이었다. 하지만 산에서 몰아치는 차가운 강풍 덕분에 정신이 바짝 들었다. 그 형체가 가까이 다가왔을 때(끔찍하고도 몹시 혐오스러운 모습이었다!), 바로 내가 만들어 낸 괴물이라는 사실을 깨달았다. 온몸이 분노와 공포로 떨렸으나, 놈의 접근을 기다려서 죽기 살기로 결판을 내리라 마음먹었다. 놈이 다가왔다. 놈의 얼굴은 경멸과 악의가 뒤섞인 쓰라린 고뇌의 표정인데, 이 세상 존재 같지 않게 추악한 외모 때문에 사람 눈에 너무나 끔찍했다. 하지만 내 눈에는 그 추악함이 제대로 보이지 않았다. 처음에는 분노와 증오심 때문에 말도 나오지 않았다. 마음을 가다듬고 격렬한 증오와 경멸의 말투로 놈을 제압하려 했다.

"악마야!" 나는 외쳤다. "감히 네놈이 접근하다니? 네 비참한 머리를 깨부술 격렬한 복수의 팔이 두렵지도 않단 말이냐? 꺼져라, 이 사악한 버러지야! 아니, 차라리 머물러 널 먼지처럼 짓이기게 하려무나! 아, 비참한 목숨을 끊어서 네놈이 죽인 희생자들의 목숨을 살려 낼 수만 있다면!"

"내, 이런 반응을 보일 줄 알았지." 악마가 말했다. "누구나 끔찍한 괴물을 미워하지. 이 세상의 어떤 생물보다 비참한 나를 아주 증오하지! 하지만 나를 창조한 당신까지 나를 미워하고 냉대하다니. 우리 유대는 끈끈해서 둘 중 하나가 죽어야만 끊어지지. 날 죽이고 싶겠지. 어떻게 이런 식으로 생명을 갖고 감히 장난치는 거지? 당신 의무를 다해. 그러면 나도 당신과 다른 인간에게 의무를 다하지. 내 조건에 동의하면, 나도 인간과 당신을 평화롭게 떠나지. 그러나 거절한다면, 살아남은 당신 친구들의 피로 배가 부를 때까지 맘껏 죽일 거야."

"혐오스러운 괴물! 정말 악마로군! 네놈 죄에 대해 복수하려면 지옥의 고문도 부족하겠어. 끔찍한 악마! 자길 만들었다고 날 비난하다니. 그럼 와 봐, 내가 잘못 부여한 생명의 불꽃을 꺼뜨릴 테니."

끝없는 분노가 일었다. 한 인간이 타인에게 품을 수 있는 극도의 분노로 놈에게 달려들었다. 놈은 나를 가볍게 피하면서 말했다.

"제발 진정해! 저주받은 내 머리에 증오를 퍼붓기 전에 내 이야기를 들어줘. 애써 날 불행하게 만들지 않아도 이만하면 충분히 고통받고 있지 않나? 인생이 아무리 고통의 연속이라 해도 내게는 값진 것일 테니 한번 지켜볼 작정이야. 당신이 날 당신보다 더 강한 존재로 만들었다는 사실을 잊지 마. 나는 당신보다 크고 내 관절은 더 유연해. 하지만 당신에게 정면으로 맞설 생각은 없어. 당신은 나를 만들어 줬어. 내게 진 빚만 갚아 준다면, 주인님이자 왕과도 같은 당신에게 고분고분 순종할 거야. 오, 프랑켄슈타인, 다른 사람에게는 공평하면서 나만 짓밟지 말아 줘. 난 당신의 정의, 심지어 당신의 자비와 사랑을 가장 많이 받아 마땅한 존재니까 말이야. 내가 당신이 만든 피조물이란 사실을 기억해 줘. 난 아담이 되어야 하지만, 불행히도 타락한 천사가 되어 버렸어. 아무 잘못도 안 했는데 즐거운 세계에서 추방되었지. 주변을 둘러봐도 나 혼자만 행복에서 소외됐어. 난 원래 인정 많고 착한 존재였어.

하지만 불행하기 때문에 악마가 되었지. 날 행복한 존재로 만들어 줘. 그럼 다시 착한 존재가 될 거야."

"꺼져 버려! 네 말은 듣지 않겠어. 너와 나 사이에 유대란 없어. 우린 적이야, 꺼져. 안 그러면 힘을 겨뤄 누구 한 명이 쓰러질 때까지 싸워 보자고."

"어떻게 하면 당신을 감동시킬 수 있을까? 아무리 애원해도, 선의와 연민을 간구하는 당신 피조물에게 호의를 가질 수 없단 말인가? 내 말을 믿어 봐, 프랑켄슈타인. 난 원래 착한 존재였어. 내 영혼은 사랑과 자비로 빛났어. 하지만 나만 혼자 비참하게도 외톨이가 아닌가? 나를 만든 당신조차 나를 미워하지. 그러니 내게 아무 빚도 없는 동료 인간에게 어떻게 희망을 가질 수 있겠어? 인간들은 나를 쫓아내고 미워했지. 사막 같은 산과 황량한 빙하만이 나의 피난처야. 여러 날 이런 데서 헤맸지. 내가 두려워하지 않는 얼음 동굴만이 인간들이 시기하지 않는 거처야. 저 하늘은 다른 인간보다 내게 친절했으니까. 이 황량한 하늘을 환영해. 내 존재를 알면, 수많은 인간이 당신처럼 날 파괴하려고 무장할 거야. 그들은 날 증오하는데 난 그들을 증오하지 말란 거야? 원수들을 그냥 두지 않겠어. 내가 비참하니까, 그들도 나처럼 비참해져야 해. 하지만 당신에게는 내 불행을 보상하고 악에서 구해 줄 힘이 있어. 그렇지 않으면 악은 점점 커져서, 당신과 당신 가족뿐 아니라 분노의 회오리바람이 몰아쳐 수천 명을 삼켜 버릴 거야. 나를 경멸하지 말고 불쌍히 여겨 줘. 내 이야기를 들어줘. 이야기를 듣고 나서, 내게 그만한 가치가 있는지 없는지 판단할 수 있을 테니 그땐 날 버리든 동정하든 마음대로 해. 하지만 우선 내 얘길 들어줘. 인간 법에서도 엄청난 죄를 지은 사람에게 선고받기 전에는 자기 변론의 기회를 주잖아. 내 말 좀 들어 봐, 프랑켄슈타인. 날 살인죄로 고소했지. 하지만 당신 양심에 아무 거리낌 없이 당신이 만든 피조물을 죽이려 하고 있어. 오, 인간의 영원한 정의를 찬양할지어다! 하지만 살려 달라고 간청하는 게 아니야. 내 말 좀 들어 봐. 그런 다음에도 할 수 있다면, 원한다면, 당신 손으로 만든 작품을 파괴하란 말이야!"

"왜 기억하는 것만으로도 끔찍한 사실을, 내가 불행한 괴물을 만든 장본인이라는 사실을 기억나게 만드는 거지? 증오하는 악마여, 네가 처음으로 세상에서 빛을 본 날에 저주가 내리기를! 네놈을 만든 손(비록 나라고 할지라도)에 저주가 내리기를! 네놈 때문에 이루 말할 수 없이 불행해졌어. 네놈 때문에 내가 네놈에게 정당한지 아닌지 따위를 따져 볼 기운도 없어. 꺼져 버려! 흉측한 네 꼴을 더 이상 보지 않게 해 달라고!"

"창조주여, 그럼 이렇게 해 주지." 놈이 말하면서 보기 싫은 손으로 내 눈을 가렸지만, 나는 격렬하게 그 손을 뿌리쳤다. "이러면 당신이 그토록 싫어하는 내 모습이 안 보일 거야. 그래도 내 말은 들을 수 있을 테니 연민을 좀 가져 봐. 한때 지녔던 미덕으로 이것만 간청할게. 내 이야기를 들어줘. 길고 이상한 이야기일 거야. 섬세한 당신 감수성에는 이곳 날씨가 맞지 않아. 산 위 오두막으로 가지. 아직 해가 중천에 있어. 해가 져서 저기 눈 덮인 절벽 뒤로 모습을 감추고 다른 세상을 비추기 전에, 내 이야기를 듣고 결정을 내릴 수 있을 거야. 내가 인간 세계를 영원히 떠나 누구에게도 해가 안 되는 삶을 살지, 인간을 괴롭히고 곧 당신까지 죽일 악마가 될지는 당신 손에 달려 있어."

놈은 이렇게 말하면서 얼음 건너 길을 인도했다. 나는 놈을 따라갔다. 답답한 마음에 아무 대답도 할 수 없었다. 하지만 앞장선 놈을 따라가면서 다양한 그의 주장을 숙고해 보고 적어도 그의 이야기를 들어 봐야겠다고 마음먹었다. 호기심도 좀 있었지만, 동정심 때문에 그러기로 했다. 이제까지는 놈이 내 동생을 죽인 살인자라는 생각에, 놈이 자신의 죄를 시인할지 부인할지 무척 알고 싶었다. 그런데 이 괴물을 만들어 낸 창조자로서 뭘 해야 할지, 그리고 사악한 놈이라고 불평하기 전에 놈을 행복하게 해 줘야겠다는 생각이 처음으로 들었던 것이다.* 이런 이유로 놈의 요구에 순순히 따랐다. 그리고 우리는 얼음 건너 맞은편 암벽으로 올라갔다. 대기는 차가웠고 다시 비가 내렸다. 괴물은 기뻐 날뛰는 태도로, 나는 무겁고 절박한 심정으로 우리는 오두막에 들어갔다. 나는 이야기부터 듣겠다고 했다. 불쾌한 동반자가 피운 불가에 앉자, 놈은 자기 이야기를 시작했다.

제3장

"내가 언제 처음 생겼는지 기억이 가물가물해. 당시에 일어난 사건은 모두 혼미하고 불분명해. 나는 기이하고도 복잡한 감정에 사로잡혔고, 동시에 보고 느끼고 냄새 맡게 되었지. 실은 한참이 지나서야 다양한 감각이 어떻게 작동하는지 구분할 수 있었어. 점차 더 강한 빛에 신경이 짓눌려 눈을 감아야 했던 게 기억나네. 그러자 어둠이 덮쳐 와서 마음이 불안했어. 하지만 그걸 느끼자마자 눈을 떴는데, 지금 생각해 보니 눈을 뜨면서 빛이 다시 쏟아졌던 모양이야. 난 걸어 내려갔던 것 같아. 하지만 금세 감각의 큰 변화가 느껴졌어. 전에는 어둡고 흐릿한 형체에 둘러싸여서 촉각이나 시각이 전혀 없었어. 그런데 이제는 장애물을 뛰어넘고 피해 가며 자유롭게 돌아다닐 수 있다는 걸 깨달았지. 빛이 점점 더 뜨거워졌어. 걸어 다니다가 뜨거운 열기에 지쳐서 그늘진 장소를 찾았지. 잉골슈타트 근처 숲이었어. 그곳에서 휴식을 취하느라 시냇가에 누워 있었더니, 배고프고 목이 말라 괴로웠어. 때문에 거의 자다가 벌떡 일어나서 나무에 달리거나 땅바닥에 떨어진 딸기를 주워 먹었지. 시냇물로 갈증을 채웠고. 그러고는 다시 누워 잠이 들었어.

일어났더니 어둑어둑해져 있더군. 한기도 느껴졌고, 이렇게 적막한 곳에 있으니 본능적으로 두려웠어. 추워서 당신 집을 떠나기 전에 옷으로 몸을 가렸어. 하지만 이 옷으로는 밤이슬을 피할 수 없었어. 나는 불쌍하고 무력하고 비참한 괴물이었어. 아무것도 모르고, 사방 천지 아무것도 분간 못했지. 하지만 온몸이 아파서 주저앉아 엉엉 울었어.

그러나 곧 하늘에 부드러운 빛이 두둥실 떠올라 즐거워졌어. 벌떡 일어나서 나무 사이로 떠오른 빛나는 형체를 바라보았지. 깜짝 놀라 바라보았어. 그 형체는 천천히 움직였지만, 길을 밝혀 주었어. 다시 딸기를 찾아 나섰지. 아직도 추워서, 나무 아래 있던 커다란 외투를 주워 몸에 걸치고는 땅바닥에 주저앉았어. 아무 생각도 떠오르지 않더군. 다 혼란스러웠지. 빛과 굶주림, 갈증과 어둠이 느껴졌지. 수많은 소리가 귀에 울렸고, 사방에서 온갖 냄새가 풍겼어. 밝은 달만 유일하게 분간할 수 있는 물체였고, 즐거운 마음으로 그 달만 바라보았어.

밤낮이 몇 번 바뀌었고, 밤에 뜬 둥근 달이 아주 작아졌을 무렵 감각을 하나하나 구분하기 시작했어. 조금씩 마실 물을 제공하는 맑은 시냇물과, 잎사귀로 그늘을 만들어 주는 나무를 보게 되었지. 종종 내 눈에서 빛을 가리던 작은 새의 목구멍에서 즐겁게 지저귀는 소리가 난다는 걸 처음 깨달았을 때는 무척 기뻤지. 또한 주위 물체를 한층 또렷이 관찰하고 머리 위에 빛나는 천장의 경계를 파악하기 시작했지. 가끔 즐거운 새소리를 흉내 내 보았는데 제대로 되지 않았어. 가끔은 내 식으로 노래하고 싶었지만, 내 입에서 나는 거칠고 이상한 소리에 깜짝 놀라 다시 입을 디 물었지.

숲에 머물러 있는 동안, 밤이 되면 달이 사라졌다가 더 작은 모습으로 다시 나타났지. 이때쯤에는 감각이 또렷해져서 날마다 새로운 것을 받아들였어. 눈이 빛에 익숙해져서 사물의 형상을 제대로 파악할 수 있었지. 벌레와 약초를 구분했고, 약초 사이의 차이도 조금씩 구분하게 됐어. 참새는 거친 소리만 내는 반면에 찌르레기와 지빠귀는 달콤하고 매력적인 소리를 낸다는 것도 알아냈어.

추위에 덜덜 떨던 어느 날, 떠도는 거지들이 남긴 불에서 온기를 느꼈을 때는 너무나 기뻤어. 즐거운 나머지 타다 남아 아직도 살아 있는 불에 손을 넣었다가, 아파서 비명을 지르면서 재빨리 손을 움츠렸어. 똑같은 원인에서 정반대의 결과가 나오다니, 정말 이상하다는 생각이 들었어! 불 피우는 재료를 살펴보고, 다행히도 나무로 지폈다는 걸 알아냈지. 잽싸게 나뭇가지를 몇 개 모았지만, 젖어서 불이 붙지 않았어. 불이 어떻게 타는지 앉아서 가만히 지켜보았지. 불가에 가까이 있던 젖은 나무가 마르자, 불이 붙었어. 이 점을 곰곰 생각해 보았지. 여러 개의 나뭇가지를 건드려보다가 원인을 알아낸 나는 넉넉한 땔감을 확보하려고 엄청나게 많은 나무를 주워 말렸지. 밤이 되어 잠을 자게 되었을 때는, 불이 꺼지지나 않을까 싶어 무지 겁이 났어. 마른 나무와 잎사귀로 불을 조심스레 덮고 그 위에 젖은 나뭇가지를 올려놓았지. 그러고 나서 외투를 땅바닥에 깔고 스르르 잠이 들었지.

눈을 떠 보니 아침이었어. 일어나자마자 불가로 가 보았지. 덮인 나뭇가지를 치우자 부드럽게 부는 바람에 불꽃이 재빨리 살아났어. 이를 관찰하고는 나뭇가지로 부채도 만들었지. 불길이 꺼져 가면, 부채로 타다 남은 불을 키웠지. 다시 밤이 되어 불에서 온기뿐만 아니라 빛도 난다는 걸 깨닫고 기뻤지. 이런 성질을 발견하니 먹을 음식을 찾을 때 쓸모가 있더군. 여행자들이 구워 먹다가 남긴 고기 찌꺼기를 발견했는데, 딸기보다 훨씬 더 맛있다는 걸 알았기 때문이지. 그래서 살아 있는 불에 음식을 올려놓고 같은 방식으로 조리해 보려고 했지. 그렇게 해서 딸기는 망쳤고, 견과류와 뿌리채소는 맛이 더 좋아진다는 걸 알아냈지.

그러나 음식은 갈수록 귀해졌어. 어떤 때는 종일 음식을 찾았지만, 고통스러운 굶주림을 채울 수 있는 거라곤 도토리 몇 알밖에 없는 적도 있었어. 이를 알고는, 이제까지 머무르던 거처를 떠나 이제껏 경험한 몇 가지 욕구를 더 쉽게 충족시킬 만한 장소를 찾아보기로 마음먹었어. 이렇게 거처를 옮기면서 우연히 얻은 불을 잃는 게 아쉬웠어. 다시 불 피우는 방법을 몰랐으니까. 이 어려움을 어떻게 해결할지 진지하게 몇 시간 고민했지. 하지만 불을 피우려는 시도는 모두 포기해야 했어. 외투로 몸을 두르고 지는 해를 바라보면서 숲을 가로질러 걸어갔지. 이렇게 3일간 헤매다가 마침내 탁 트인 벌판을 발견했어. 지난밤 엄청 내린 눈으로 온통 백색 들판이었지. 황량한 풍경과 함께 땅에 덮인 차갑고 축축한 눈 때문에 발이 시렸어.

아침 7시경이라, 먹을 음식과 쉴 만한 장소가 있었으면 했지. 마침내 오르막길에 작은 오두막이 보였어. 아마 양치기들 쉼터로 지은 오두막 같았어. 내게는 새로운 광경이었지. 호기심이 생겨 그 오두막을 살펴보았어. 문이 열려 있기에 안으로 들어갔지. 오두막 안 난롯가에 노인이 앉아 있었고, 아침 식사를 준비 중이었어. 뭔가 바스락거리는 소리에 노인이 고개를 돌렸지. 나를 보더니 큰 비명을 지르고는, 오두막을 떠나 그 노구에 어울리지 않을 만큼 빠른 속도로 들판을 가로질러 줄행랑을 쳤어. 이제까지 보았던 사람들과는 다른 외모나 빠른 줄행랑에 조금 놀랐지. 하지만 오두막이 마음에 들었어. 이런 장소라면 눈비가 들이치지 않을 것 같았거든. 바닥은 말라붙었어. 불못*에서 고통당한 후 지옥에 사는 악마들이 본 판데모니움*처럼, 오두막은 정교하고 신성한 피난처 같았어. 양치기가 먹다 남긴 아침 식사를 게걸스레 먹었는데 빵과 치즈, 우유와 포도주였어. 하지만 포도주는 별로 내키지 않았어. 그러고 나서 피곤해서 지푸라기 사이에 누웠다가 깜빡 잠이 들었지.

정오쯤 일어났어. 순백의 세계를 밝게 비추는 따뜻한 태양에 이끌려, 다시 길을 떠나기로 했지. 노인이 먹다 남긴 아침 식사를 오두막에서 발견한 배낭에 집어넣고 몇 시간 동안 들판을 가로질러 해 질 무렵에야 마을에 이르렀어. 이 마을은 아주 신기해 보였어! 오두막과 더 깨끗한 작은 집 그리고 웅장한 집들에 차례차례 감탄했지. 마당의 채소, 몇몇 오두막 창가에 놓인 우유와 치즈가 입맛을 다시게 했어. 그중 가장 좋은 오두막에 들어갔지. 하지만 문간에 발을 들여놓자마자 아이들은 비명을 질렀고, 어떤 부인은 기절하기까지 했어. 온 마을에 난리가 났지. 몇 사람은 도망쳤고 몇 사람은 공격을 했어. 마침내 나를 향해 날아드는 온갖 무기와 돌에 멍이 든 채 탁 트인 들판으로 도망쳐서, 홀랑 다 벗은 몸으로 헛간에 숨어 덜덜 떨었지. 마을에서 보았던 궁전들에 비하면 헛간은 형편없이 초라해 보였어. 하지만 헛간 옆에는 깔끔하고 쾌적해 보이는 집이 붙어 있었어. 그러나 비싼 대가를 치르면서 배운 경험으로 감히 집 안에 들어가진 않았어. 내 피난처는 나무로 만들어졌는데, 천장이 너무 낮아서 제대로 앉아 있을 수도 없었어. 나무 바닥이 없었지만 습하진 않았어. 많은 틈새로 바람이 숭숭 들어왔지만, 눈비를 피하기에 이만한 장소도 없을 것 같았지.

아무리 초라해도 궂은 날씨나 심지어 야만적인 인간을 피할 거처를 찾은 게 기뻐서 그 헛간에 들어가 자리에 누웠지.

아침이 밝자마자 오두막에서 기어 나와 바로 옆 오두막을 보고 내가 찾아낸 거처에 있어도 된다는 걸 알아냈지. 그 헛간은 오두막 뒤쪽에 있었고, 헛간 양쪽으로 돼지우리와 맑은 연못이 둘러싸고 있었어. 터진 쪽으로 내가 기어 들어왔던 거야. 하지만 보이는 틈새마다 돌과 나무로 막고 가끔 드나들 때만 열 수 있게 만들었어. 돼지우리를 통해 들어오는 빛이 전부였지만, 그 빛만으로도 충분했어.

그리고 거처에 깨끗한 짚을 깔아 정리한 뒤 들어갔지. 멀리 사람 모습이 눈에 띄었고, 어젯밤 기억이 너무나 또렷해서 사람 손에 내 몸을 맡길 수가 없었기 때문이야. 하지만 그날 제일 먼저 음식부터 챙겼어. 훔친 빵 한 조각과, 은신처 옆으로 졸졸 흐르는 시냇물을 손 대신 편히 떠 마실 수 있는 컵 하나였지. 바닥이 조금 높아 아주 습하진 않았고 오두막 굴뚝에 가까워 그런대로 따뜻했거든.

이렇게 거처를 장만한 나는 뭔가 결심을 바꿀 만한 일이 일어날 때까지는 이 헛간에 살기로 했어. 이전에 살던 황량한 숲이나 빗물 떨어지는 나뭇가지 그리고 축축한 맨바닥에 비하면, 사실 천국이었지. 즐거이 아침을 먹고 물 좀 마시려고 입구 널빤지를 치우는데 발소리가 들렸어. 작은 틈새로 내다보니 물동이를 이고 헛간 앞을 지나는 아가씨가 보였어. 전에 보았던 오두막 사람들이나 농장 하인과 달리, 그 아가씨는 젊고 기품이 있었어. 하지만 남루한 옷차림에 거친 파란색 페티코트와 리넨 재킷만 걸쳤지. 땋아 내린 금발에 아무 장식도 하지 않았어. 참을성 있는 얼굴이었지만 슬퍼 보였어. 그 아가씨가 사라졌어. 그러곤 15분쯤 뒤 다 못 채운 우유 통을 이고 돌아왔어. 물동이를 이고 아무렇지도 않은 듯 길을 걸어갈 때, 한 젊은이가 아가씨를 맞이하더군. 그 젊은이 표정에는 수심이 가득했어. 울적한 태도로 몇 마디 하더니, 아가씨 머리에서 물동이를 받아 오두막으로 날랐어. 아가씨가 그 뒤를 따르더니 그들이 사라졌어. 곧이어 손에 몇 가지 연장을 든 채 오두막 뒤쪽 들판을 가로지르는 젊은이 모습이 다시 보였어. 아가씨도 이따금 집 안과 마당을 오가며 분주히 일했고.

내 거처를 좀 더 살펴보면서 오두막 창문 하나가 예전에는 오두막의 일부였겠지만 널빤지로 막혀 있다는 걸 알아냈어. 그 창문에는 거의 눈에 띄지 않을 만큼 작은 틈이 있어서, 한 눈으로 오두막을 들여다볼 수 있었지. 이 틈으로 작은 방이 보였어. 하얗게 칠한 깨끗한 방이었는데, 가구는 거의 없었어. 조그만 난로 가까이 한 구석에 노인이 앉아 고개를 손에 파묻고 있었어. 아가씨는 분주하게 오두막을 정리했지. 아가씨가 곧 서랍에서 뭔가를 꺼내 손에 잡고는 노인 곁에 앉았어. 악기를 든 노인이 개똥지빠귀나 나이팅게일보다 더 달콤한 소리로 연주하기 시작했어. 전에 이런 광경을 본 적이 없는 불쌍한 나 같은 괴물의 눈에도 아름다운 광경이었어. 오두막에 사는 노인의 은발과 자비로운 표정을 보니 저절로 존경심이 우러났어. 그리고 아가씨의 점잖은 태도는 사랑스러웠지. 노인은 달콤하고도 서글픈 곡조를 연주했어. 사랑스러운 아가씨 눈에서 눈물이 흘러내렸지만, 귓가에 들리게 흐느껴 울 때까지 노인은 모르더군. 어느새 눈치를 챈 노인이 뭐라고 몇 마디 하자 아가씨가 일을 하다 말고 노인 발치에 무릎을 꿇었어. 노인은 아가씨를 일으키더니 아주 친절하고도 다정한 미소를 지어서, 특별하고도 강력한 느낌이 들었어. 고통과 즐거움이 뒤섞인 느낌이었는데 이는 굶주림이나 추위, 따뜻함이나 음식 같은 데서 결코 느껴 보지 못한 감정이었어. 이런 감정을 견디기 힘들어 창문에서 물러섰지.

이후 곧 어깨에 나무를 한 짐 짊어진 젊은이가 돌아왔어. 아가씨가 문간에서 그를 맞아 나뭇짐 내리는 걸 돕고, 오두막으로 나무를 조금 가져가서 불 위에 올려놓았어. 그러고 나서 젊은이는 따로 오두막 구석으로 가서 아가씨에게 큰 빵과 치즈 한 조각을 보여 주었어. 아가씨는 기분이 좋아 보였어. 그러고는 정원으로 가서 뿌리와 채소를 가져오더니 물에 씻어 불 위에 올려놓았어. 후에도 아가씨가 계속 일하는 동안, 젊은이는 정원으로 가서 땅을 파고 뿌리를 캐는 것 같았어. 이렇게 한 시간가량 일한 뒤 아가씨가 오자 청년은 아가씨와 같이 오두막으로 들어갔지.

그동안 노인은 생각에 잠겨 있었어. 하지만 두 사람이 나타나자, 노인은 유쾌한 척했고 그들은 앉아서 식사를 했지. 식사는 금방 마쳤어. 아가씨는 다시 열심히 오두막을 치웠고, 노인은 젊은이의 팔에 의지한 채 몇 분간 오두막 앞에서 해바라기를 하며 산책했어. 이 두 훌륭한 인물 간의 대조적인 아름다움은 그 무엇과도 비교할 수 없어. 노인은 은발에 자애와 사랑으로 빛나는 얼굴이었고, 젊은이는 호리호리하고 우아한 모습에 매우 균형 잡힌 외모였어. 그러나 젊은이의 눈매와 태도에는 지극한 슬픔과 절망이 어려 있었어. 노인이 오두막 쪽으로 돌아섰지. 젊은이는 아침에 쓰던 것과 다른 연장을 갖고 들판으로 발길을 돌렸어.

금세 밤이 다가왔어. 하지만 놀랍게도, 오두막에 사는 사람들이 작은 초를 사용해 빛을 오래 연장하는 걸 알게 되었지. 그리고 해가 진 뒤에도 옆집 이웃을 지켜보는 즐거움이 끝나지 않는다는 게 좋았어. 저녁에 젊은이와 아가씨는 내가 이해하기 힘든 여러 가지 일을 했지. 노인은 아까 그 악기를 다시 집어 들어, 아침에 나를 황홀하게 만들었던 소리를 냈지. 노인이 연주를 끝내자마자 젊은이는 연주 대신 단조로운 소리를 내기 시작했는데, 그 소리는 노인의 조화로운 악기 연주나 지저귀는 새소리와는 달랐어. 나중에 젊은이가 크게 책 읽는 소리라는 걸 알게 되었지. 하지만 당시에는 단어라든지 글자로 된 학문에 관해 아는 바가 전혀 없었어.

잠시 이렇게 저녁 시간을 보낸 뒤, 그 가족은 촛불을 끄고 자러 간 것 같았어.

제4장

짚 더미에 누웠지만, 잠을 이룰 수가 없었어. 그날 일어났던 일을 생각해 보았지. 이 사람들이 보여 준 점잖은 태도가 가장 인상적이었어. 그들과 어울리고 싶었지만, 감히 그럴 용기는 없었어. 전날 밤 야만적인 마을 사람들에게 받은 푸대접이 너무나 생생히 기억났으니까. 앞으로 어떻게 행동해야 할지 생각해 봐야겠지만, 당분간 헛간에 머물면서 조용히 지켜보고 무엇 때문에 마을 사람들이 그런 행동을 했는지 알아내야겠다고 마음먹었어.

오두막 사람들은 다음 날 아침, 해가 뜨기도 전에 일어났어. 젊은 아가씨는 오두막을 정리하고 음식 준비를 했어. 젊은이는 아침을 먹고 떠났어.

오늘 일과도 어제와 같았어. 젊은이는 계속 밖에서 일했고, 아가씨는 집안일을 했지. 노인이 장님이라는 사실을 곧 눈치챘는데, 노인은 시간이 날 때면 악기를 연주하거나 사색에 빠지곤 했어. 오두막에 사는 두 젊은이는 노인에게 무한한 사랑과 존경을 보여 주었어. 그들은 사랑과 의무감에서 나온 상냥한 태도로 온갖 소소한 시중을 들었고, 노인은 자애로운 미소로 젊은이들에게 답했지.

그들이 늘 행복하기만 한 것은 아니었어. 떨어져 있을 때면 젊은이와 아가씨가 가끔 흐느껴 우는 것 같았어. 그들이 왜 불행한지 이유는 몰랐지만, 가슴이 아팠어. 그렇게나 사랑스러운 사람들이 불행하다면, 나처럼 불완전하고 외로운 존재가 비참하다는 건 그리 이상한 일도 아닌 것 같았어. 하지만 이 점잖은 존재들이 왜 불행한 것일까? 그들에게는 즐거운 집(내 눈에는 그렇게 보였으니까)이 있고 값비싼 물건도 다 있는데. 추울 땐 그들의 몸을 따뜻하게 덥혀 줄 난로가 있고, 배가 고프면 먹을 수 있는 맛난 음식도 있는데. 좋은 옷을 입고 게다가 같이 있으면서 즐거이 대화도 나누고 매일매일 사랑스럽고 다정한 표정을 나누기도 하는데. 그들의 눈물에는 무슨 뜻이 있는 걸까? 그 눈물에 정말 고통이 담겨 있는 걸까? 처음에는 이런 의문을 풀 길이 없었어. 하지만 계속 지켜보면서 시간이 흐르자, 처음에는 수수께끼 같던 많은 상황들을 설명해 주었어.

한참이 지나서야 이 사랑스러운 가족이 편치 못한 원인을 알아냈어. 그건 가난 때문이었어. 그들은 비참할 만큼 극심한 가난으로 고생하고 있었어. 소출이라곤 밭에서 나는 채소와 소 한 마리에서 짜는 우유가 전부였는데, 주인이 여물을 제대로 구할 수 없는 겨울엔 우유도 거의 나오지 않았어. 가끔 그들은, 특히 두 젊은이는 굶주림으로 뼈저리게 고통받는 것 같았어. 몇 번인가 그들은 아무것도 먹지 못하면서도 노인 앞에 음식을 차려 놓곤 했지.

나는 이런 친절에 크게 감동했어. 나는 밤에 먹으려고 그들이 보관해 둔 음식을 조금씩 훔쳐 먹는 데 익숙해져 있었거든. 하지만 그런 행동이 오두막 식구들을 괴롭힌다는 사실을 깨닫고는 이를 삼가고 근처 나무에서 구한 딸기나 견과류 그리고 뿌리채소를 먹는 것으로 만족했어.

또한 그들의 힘겨운 노동을 도울 방법도 찾아냈어. 젊은이가 매일 하루 중 대부분을 가족 난로용 땔감을 모으는 데 보낸다는 걸 안 다음부터 밤에 가끔 그의 연장을 갖고 나가서 —연장 사용법은 금방 알 수 있었어 —며칠 동안 충분히 쓸 만큼 땔감을 구해 집에 가져오곤 했지.

나는 기억해. 내가 처음 이렇게 한 날, 아침에 문을 열었다가 밖에 수북이 쌓인 땔감을 보고 아가씨는 깜짝 놀라는 눈치였어. 아가씨가 큰 소리로 뭐라 하자 밖으로 나온 젊은이도 놀라움을 감추지 못했지. 나는 그날 숲에 가지 않고 오두막 수리와 마당 텃밭을 돌보며 지내는 젊은이의 모습을 기쁜 마음으로 지켜보았지.

나는 점차 훨씬 더 위대한 순간을 발견하게 되었어. 이 사람들에게는 자신들의 경험과 감정을 서로 분명하게 전달하는 방법이 있다는 걸 깨달은 거야. 그들이 가끔 어떤 단어를 말하면 그 단어가 듣는 사람의 마음이나 얼굴에 즐거움이나 고통, 미소나 슬픔을 가져온다는 걸 깨달았지. 이것은 정말 신과도 같은 학문이었지. 나는 열렬히 이 학문을 알고 싶었어. 하지만 단어를 따라 하려고 할 때마다 실패했어. 그들의 발음은 빨랐어. 그리고 그들이 말하는 단어에는 보이는 대상과 분명한 관계가 없어서, 그들이 지시하는 내용에 담긴 신비를 풀 단서를 찾기가 힘들었어. 그러나 달이 여러 번 바뀌는 동안 헛간에 남아 열심히 노력한 결과, 자주 등장하는 물건에 붙인 이름을 몇 개 알아냈지. '불'과 '우유', '빵' 그리고 '나무' 같은 단어를 배워서 써먹었어. 또한 오두막 식구들의 이름도 알아냈지. 젊은이와 아가씨를 부르는 이름은 몇 개 있었지만, 노인에게는 '아버지'라는 명칭만 있었어. 아가씨는 '누이'나 '애거서'라고 불렸어. 젊은이는 '펠릭스'나 '오빠' 또는 '아들'이라고 불렸지. 각각 이 소리에 해당하는 개념을 알아내어 발음했을 때 얼마나 기뻤는지는 말로 표현할 길이 없어. 아직 이해하거나 어디에 쓰는지 알 수 없지만, '좋은'이나 '사랑하는' 그리고 '불행한' 같은 몇 가지 다른 단어도 구별하게 되었어.

이런 식으로 겨울이 지나갔어. 오두막 식구들의 점잖은 태도와 아름다운 모습 때문에 그들이 더 좋아졌어. 그들이 불행하면 나도 의기소침해졌어. 그들이 즐거우면 나도 더불어 즐거웠지. 그들 말고 다른 인간은 거의 보지 못했어. 오두막에 우연히 다른 사람이 찾아오면, 그들의 거친 태도나 무례한 걸음걸이 때문에 내 친구들의 탁월한 교양이 돋보일 따름이었지. 노인이 가끔 자식들—가끔 이렇게 불렀다—에게 우울해하지 말라고 충고하는 걸 알 수 있었어. 노인은 심지어 나까지 즐겁게 만드는 착한 표정으로 쾌활하게 말하곤 했어. 애거서는 존경심이 가득한 얼굴로 들으며, 가끔 글썽이는 눈물을 몰래 훔쳤어. 하지만 대체로 아버지의 훈계를 듣고 나면 그녀의 표정이나 말투가 더 명랑해지는 게 눈에 띄었지. 펠릭스는 그렇지 않았어. 그는 가족 가운데 항상 가장 슬퍼 보였어. 미숙한 내가 보기에도, 그는 다른 가족보다 고통이 더 심한 것 같았어. 하지만 안색은 슬퍼도, 목소리만큼은 누이보다 더 명랑했어. 특히 아버지에게 말할 때는 더욱 명랑했지.

사소하지만 이 사랑스러운 오두막 식구들의 성격을 알 수 있는 예는 수없이 많았어. 빈곤과 궁핍 가운데서도, 펠릭스는 눈 덮인 땅 아래 처음 핀 작은 흰 꽃을 누이에게 기꺼이 따다 주었어. 누이가 일어나기 전 아침 일찍이, 그는 우유 짜는 축사에 높이 쌓인 눈을 깨끗이 치우고, 우물에서 물을 길어 오고, 별채에서는 땔감을 가져왔어. 보이지 않는 손이 별채 창고를 계속 채우자, 늘 놀라워했지. 당시 그는 이웃 농부를 도왔던 것 같아. 왜냐하면 가끔 나가서 저녁 늦게야 돌아오는데, 땔감을 가져오지 않는 적도 있었으니까. 어떤 때는 텃밭 일을 하기도 했어. 그러나 서리 내리는 계절이면 할 일이 거의 없어서, 노인과 애거서에게 책을 읽어 주었지.

처음에는 이 책 읽기를 전혀 이해할 수 없었어. 하지만 책을 읽을 때도 말할 때처럼 대부분 같은 소리를 낸다는 걸 점차 알아냈지. 그래서 종이에 쓰인 말의 기호를 알아 읽는다고 짐작하니까, 이 기호를 알고 싶었어. 하지만 기호가 나타내는 소리도 이해하지 못하면서, 어떻게 그럴 수 있겠어? 이 언어의 과학을 좀 더 알게 되었지만, 대화를 충분히 이해할 정도는 아니었어. 혼신의 힘을 다해 노력했지만 말이야. 오두막 식구들에게 내 모습을 드러내고 싶은 마음이 굴뚝같아도, 우선 그들의 말을 완벽하게 이해할 때까지는 모습을 드러내면 안 된다는 것을 알았기 때문이야. 그들이 언어에 대한 지식 때문에 내 추악한 외모를 개의치 않을지도 모르겠다는 생각이 들었어. 내가 보기에도 추악한 나와 대조적인 사람들의 모습을 보면서 스스로 깨달은 거야.

오두막 식구들의 완벽한 외모에는 감탄했어. 그들의 우아함과 아름다움 그리고 섬세한 얼굴. 하지만 맑은 물웅덩이에 비친 내 모습을 보고는 얼마나 놀랐던지! 처음에는 물에 비친 모습이 정말 나인지 믿지 못해 움찔하고 물러났지. 하지만 내가 바로 괴물이라는 사실을 확인하자, 비통한 절망과 억울한 감정에 휩싸였어. 아! 이 비참한 추함이 얼마나 치명적인 결과를 초래할지 그땐 전혀 몰랐거든.

햇살이 더 따뜻해지고 낮이 길어질수록, 눈이 녹았고 벌거벗은 나무와 까만 땅이 보였어. 그때부터 펠릭스는 바빠졌지. 금방이라도 쓰러질 것 같던 가슴 아픈 굶주림의 흔적이 사라졌어. 나중에 알아낸 바에 의하면, 그들의 식사가 거칠긴 했지만 좋은 건강식이었어. 그리고 음식도 충분히 구하게 되었지. 텃밭에서 자란 몇 가지 채소로 요리를 했어. 계절이 갈수록 하루하루 이렇듯 점점 편안해지는 기색이었어.

비가 오지 않는 날이면 노인은 아들 팔에 기대어 매일 정오에 산책을 했어. 하늘에서 물이 쏟아지면 비라고 부른다는 걸 알았지. 자주 비가 왔어. 하지만 강풍이 불어 땅은 빠르게 말랐고, 계절은 전보다 훨씬 더 상쾌해졌어.

헛간에서 지내는 생활은 마냥 그날이 그날이었어. 아침이면 오두막 식구들의 움직임을 살펴보았어. 그들이 이런저런 일로 흩어지면, 나는 잤지. 나머지 시간은 그 식구들을 관찰하면서 보냈고. 그들이 쉬러 들어간 뒤 달이 뜨거나 별이 빛나는 밤이면, 나는 숲으로 가서 먹을거리와 오두막에 지필 땔감을 구해 왔어. 돌아오다가 필요하면 그들이 다니는 길에 쌓인 눈을 치우고 펠릭스가 하던 일을 했지. 보이지 않는 손이 해 준 이런 노동에 그들이 크게 놀랐다는 사실을 나중에야 알게 되었지. 이럴 때마다 '착한 정령'이니 '놀랍다'느니 하는 그들의 단어를 한두 번 들었어. 하지만 당시에는 그 단어가 무슨 뜻인지 몰랐어.

이제 내 생각은 점점 더 활발해졌고, 이 사랑스러운 인물들이 느끼는 동기와 감정을 알고 싶었어. 펠릭스가 왜 그렇게 비참한지, 애거서가 왜 그렇게 슬퍼하는지 그 이유를 모두 알고 싶었어. 이 사람들의 행복을 되찾아 줄 힘이 내게 있을지도 모른다는 생각이 들었거든(멍청한 괴물 같으니라고!). 잠을 자거나 멍하니 있을 때면, 존경스러운 장님 아버지와 친절한 애거서 그리고 훌륭한 펠릭스가 눈에 밟혔어. 나는 그들을 뛰어난 존재로 존경했고, 그들은 내 장래 운명을 좌우할 거야. 그들에게 나 자신을 소개하고 그들이 나를 받아들이는 모습을 수천 번이나 머릿속으로 상상해 보았어. 처음에는 싫어하겠지만 우선 점잖은 태도와 좋은 말로 호감을 얻게 되면, 나중에는 사랑도 받게 될 거라고 상상했지.

이런 상상을 하자 기분이 좋아져서 다시 열심히 언어의 기술을 획득하려고 노력했지. 내 몸의 기관은 거칠었지만 유연했어. 내 목소리는 부드러운 음악 같은 그들의 말씨와는 많이 달랐지만, 내가 이해한 단어들은 그런대로 쉽게 발음할 수 있었어. 마치 '당나귀와 애완견 이야기' 같았지. 행동은 거칠어도 마음씨 따뜻한 당나귀는 때리고 저주하는 것보다 나은 대접을 받을 만했지.*

봄날의 유쾌한 소나기와 따뜻함 덕분에 대지가 크게 바뀌었어. 이렇게 변하기 전에는 동굴에 숨어 있는 것 같던 사람들이 여기저기서 나와 여러 가지 기술로 일했어. 새들은 더 즐겁게 지저귀었고, 나뭇잎은 파릇파릇 돋기 시작했지. 행복하고 행복한 대지! 바로 얼마 전만 해도 황량하고 축축하고 건강에 해롭던 그곳이 이제는 신들이 거처할 만한 장소가 되었어.* 자연 풍경이 황홀해지니 덩달아 기분도 좋아졌어. 과거 기억은 사라지고, 현재는 평온했으며, 황금빛 미래는 밝은 희망과 즐거운 기대로 빛났어.

제5장

이제 내 이야기 중에서 더 감동적인 부분을 들려주겠어. 과거의 나에서 벗어나 현재의 나로 바뀌는 데 결정적이었던 사건들을 이야기할게.

봄이 더 깊어졌어. 날씨는 좋았고 하늘에는 구름 한 점 없었지. 놀랍게도 전에는 사막처럼 울적하던 곳이 이제는 신록으로 푸르고 가장 아름다운 꽃이 활짝 피어났어. 나의 감각은 수천 가지 좋은 향기와 아름다운 광경을 만끽하며 새 힘을 얻었지.

이러던 어느 날, 오두막 식구들이 간혹 일하다가 쉴 때 — 노인은 기타를 연주하고 자녀들은 그의 연주를 들었다 — 펠릭스가 이루 말할 수 없이 우울한 표정을 짓고 있는 걸 봤어. 그는 자주 한숨을 내쉬었어. 한번은 그의 아버지가 연주를 멈추었지. 그의 태도를 보니 아들이 슬퍼하는 원인을 묻는 것 같았어. 펠릭스는 쾌활하게 대답했고 노인은 다시 연주를 시작했는데, 그때 누군가 문을 두드렸어.

시골 사람을 안내인 삼아 어떤 숙녀가 말을 타고 온 거야. 숙녀는 짙은 색깔 옷에 두꺼운 까만 베일을 쓰고 있었어. 애거서가 뭔가 물었어. 낯선 숙녀는 다정한 말투로 펠릭스라는 이름만 대면서 그 질문에 대답했어. 그녀의 목소리는 음악 같았지만, 내 친구들 가운데 누구와도 닮은 구석이 없었어. 그 단어를 듣자마자 펠릭스가 급히 숙녀에게 다가갔어. 펠릭스를 본 숙녀는 베일을 집어 던졌는데 천사처럼 아름답고 풍부한 표정이 보였어. 빛나는 까만 머리는 이상하게 땋아 늘였지. 생기 넘치는 검은 눈은 부드러웠고, 균형 잡힌 몸매에 놀랄 만큼 흰 얼굴이었고, 뺨은 사랑스러운 분홍빛으로 물들어 있었어.

그녀를 보자 펠릭스는 기쁨으로 황홀한 것 같았어. 일시에 그의 얼굴에서 모든 슬픔이 사라지고, 금방 즐거운 표정을 지었어. 그렇게 즐거워할 수 있다고는 거의 믿을 수 없을 지경이었지. 즐거움으로 뺨이 빛나듯 눈도 반짝거렸어. 그 순간, 처음 본 사람처럼 그가 아름답다는 생각이 들었지. 그녀는 다른 감정에 북받친 듯했어. 그녀는 사랑스러운 눈에서 눈물을 훔치며 펠릭스에게 손을 내밀었어. 그는 그녀의 손에 미친 듯이 키스하고, 내가 알기로 '다정한 내 아랍 여인'이라고 불렀어. 그의 말을 알아듣는 것 같지는 않았지만, 그녀도 미소를 지었어. 그녀가 말에서 내려오는 걸 그가 도와주었어. 안내인을 보내고는 그녀를 오두막으로 데리고 들어갔어. 그러고는 아버지와 이야기를 주고받았어. 그 낯선 손님은 노인의 발치에 무릎을 꿇고 그의 손에 키스하려 했지만, 노인은 그녀를 일으킨 후 다정하게 안아 주었어.

나름 또렷한 발음으로 말하는 그 손님에게도 자기 나라 언어가 있는 것 같았지만, 오두막 식구들 말을 알아듣지 못하고 그들도 역시 그녀 말을 알아듣지 못한다는 걸 곧 알아챘어. 그들은 내가 알 수 없는 몸짓으로 이야기를 나누었어. 그러나 마치 태양이 아침 안개를 걷어 버리듯 그녀의 존재가 그들의 슬픔을 쫓아 버리고 오두막 전체에 기쁨을 퍼뜨린다는 걸 알았지. 그중에서도 특히 펠릭스가 행복해 보였고 기쁜 미소로 아랍 여인을 맞이했어. 늘 다정한 애거서는 아름다운 여자 손님의 손에 키스했어. 그러고는 오빠를 가리키며 그녀가 올 때까지 오빠가 아주 슬퍼했다는 듯한 몸짓을 했어. 이렇게 몇 시간이 흘렀어. 그동안 그들의 표정은 기쁜 기색이었는데, 그 이유는 알 수가 없었지. 손님이 그들의 말을 하나하나 따라 하면서 계속 반복해 그들의 언어를 배우려 애쓴다는 걸 곧 깨달았어. 곧 나도 똑같은 목적으로 같은 방법을 써 봐야겠다는 생각이 떠올랐지. 그 손님은 첫 수업에서 약 20개의 단어를 배웠는데, 대부분은 전에 내가 알던 것이었지만 새로운 단어들도 있었어.

밤이 오자 애거서와 아랍 여인은 일찍 물러났어. 헤어질 때 펠릭스는 여자 손님 손에 키스를 하면서 "잘 자, 사랑하는 사피"라고 말했어. 그는 아버지와 이야기를 나누며 한참 더 앉아 있었지. 그녀의 이름을 자주 거론하기에 그들이 나누는 대화의 주제가 이 사랑스러운 손님인가 보다 추측했지. 나는 그 대화를 알려고 애썼지만, 전혀 이해할 수가 없었어.

다음 날 펠릭스는 일하러 나갔어. 여느 때 하던 애거서의 일이 끝난 뒤, 아랍 여인은 노인의 발치에 앉았어. 사피가 노인의 기타를 들고 넋을 잃을 만큼 아름답게 몇 곡 연주하는 바람에 내 눈에선 기쁨과 슬픔이 온통 뒤범벅된 눈물이 흘렀어. 노래를 부르는 그녀의 목소리는 숲 속에서 지저귀는 나이팅게일처럼 한껏 부풀었다가 스러지면서 풍부한 리듬을 탔지.

사피는 노래를 마치자, 애거서에게 기타를 넘겨주었어. 애거서는 처음엔 거절했지만 결국 기타를 받아 들고 간단한 곡을 연주했어. 그녀는 그 곡에 맞춰 노래를 불렀지. 아랍 손님의 멋진 가락과는 달랐어. 노인은 황홀한 듯 몇 마디 했는데, 애거서는 사피에게 그 말을 설명하려고 애썼어. 노인은 사피의 연주 덕분에 자신이 무척 즐거웠다고 말하고 싶었던 모양이야.

전처럼 하루하루 평화롭게 흘렀지만, 유일한 변화는 내 친구들 얼굴에 슬픔 대신 기쁨이 가득해진 것이었어. 사피는 늘 즐겁고 행복했어. 그녀와 더불어 나의 언어 공부도 급진전해서, 두 달쯤 뒤에는 그들이 하는 말을 대부분 알아듣게 되었지.

또 그사이에 검은 땅이 풀로 뒤덮였고, 수많은 꽃이 흐드러진 푸른 강둑은 눈과 코에 감미로웠고, 달빛 비친 숲 사이로 반짝이는 별처럼 꽃들이 희미하게 빛났지. 햇빛은 더 따뜻해졌고 밤은 맑고 향기로웠어. 해가 늦게 지고 일찍 뜨는 바람에 낮이 상당히 짧아졌지만 밤 산책은 즐거운 일과였어. 처음 들어갔던 마을에서 문전박대를 당한 것처럼 또 박대받을까 봐 겁이 나서 낮에는 절대로 외출하지 않았기 때문이지.

하루하루 말을 배우려고 집중하며 보냈어. 내가 아랍 처녀보다 더 빨리 말을 배웠다고 자랑할 수 있지. 그 처녀는 말을 잘 이해하지 못했고 뚝뚝 끊기는 말투로 이야기하는 데 반해, 나는 단어를 들으면 거의 다 이해하고 따라 할 수 있었어.

말하기 능력이 향상되는 동안, 손님이 배우는 글자라는 학문도 배웠어. 이제 내 앞에는 기쁘고도 드넓은 장이 열렸어.

펠릭스는 사피에게 볼니의 『제국의 몰락』이라는 책을 가르쳤어. 펠릭스가 책을 읽으면서 자세히 설명해 주지 않았다면, 이 책의 목적이 뭔지 몰랐을 거야. 동양 저자들을 모방한 연설조 문체로 쓰여 있어서 이 책을 택했다고 그는 말했어. 이 책을 통해 나는 역사를 알게 되었고, 현재 세계에 존재하는 몇몇 제국을 보는 관점을 갖게 되었어. 이 책 덕분에 나는 지상의 몇몇 다른 나라 풍습과 정부 그리고 종교에 통찰력을 갖게 되었어. 게으른 아시아인,

그리스인의 굉장한 천재성과 정신 활동, 초기 로마인의 전쟁과 놀라운 미덕 그리고 그 뒤의 타락, 강력한 제국의 몰락, 기사도와 기독교 그리고 왕들 이야기도 들었어. 아메리카 대륙이 어떻게 발견되었는지 하는 이야기도 듣고, 사피와 함께 그 원주민의 불행한 운명에 울기도 했지.

이 놀라운 이야기를 듣고 이상한 감정이 생겼어. 인간은 그렇게 강하고 덕이 높고 훌륭하면서, 동시에 그렇게 사악하고 비열하단 말인가? 어떤 때는 악한 원칙만 물려받은 자손처럼 보이다가도, 또 어떤 때는 고상하고 신성한 생각만 하는 존재 같기도 했지. 덕망이 높은 위인이 되는 것은 인간이 누릴 수 있는 최고의 명예 같았어. 기록된 많은 사람이 보여 주듯 비열하고 사악한 인간이 되는 것은 가장 저급한 타락 같았어. 이 상황은 눈먼 두더지나 아무 해도 끼치지 않는 벌레보다 더 미천한 것이지. 인간이 어떻게 자기 동료를 죽이려 드는지, 심지어 법과 정부는 왜 존재하는 건지 오랫동안 이해할 수가 없었어. 하지만 악과 학살 이야기를 자세히 들으니, 감탄하던 마음이 사라지고 혐오감에 구역질이 나서 고개를 돌려 버렸어.

이런 말들 때문에 나는 스스로 나 자신을 살펴봤지. 인간들은 부와 결합된 고귀하고 순수한 혈통을 높이 평가한다는 것도 배웠어. 둘 중 하나만 있어도 사람들은 존경할 거야. 하지만 둘 중 하나도 없으면, 아주 드문 경우를 제외하고는 대부분 선택된 소수를 위해 자기 힘을 낭비해야 하는 부랑자나 노예로 간주되었지. 그렇다면 나는 과연 어떤 존재인가? 내가 어떻게 창조되었는지, 나를 창조한 사람이 누구인지 아무것도 모르지. 하지만 내게 돈이나 친구, 재산이 전혀 없다는 사실 정도는 알지. 게다가 내 외모는 끔찍하게 추악하고 혐오스럽지. 심지어 내게는 사람의 본성도 없어. 나는 사람보다 더 민첩하고, 더 보잘것없는 음식을 먹고 살 수도 있어. 또 심한 더위나 추위를 견딜 수 있지. 내 키는 다른 사람보다 훨씬 크지. 주위를 둘러보니, 나 같은 존재는 보거나 들어 본 적이 없어. 그렇다면 나라는 존재는 괴물이란 말인가? 모든 인간이 도망치고, 모든 인간이 부인하는 지상의 오점이란 말인가?

이런 생각에 얼마나 고통스러웠는지 묘사할 길이 없어. 이런 생각을 떨치려 했지만, 알면 알수록 더 슬퍼졌어. 오, 내가 태어난 숲에 영원히 머물렀다면, 굶주림과 갈증 그리고 더위 말고 아무것도 몰랐더라면!

지식의 특성은 얼마나 기이한가! 한번 지식에 마음이 사로잡히자, 지식은 마치 바위에 낀 이끼처럼 마음에 딱 달라붙었어. 가끔은 생각과 감정을 다 떨쳐 버리고 싶었어. 하지만 고통스러운 느낌을 극복하려면 단 한 가지 방법밖에 없다는 걸 알았어. 바로 죽음이었지. 죽음은 두렵지만 이해할 수 없는 상태였어. 나는 미덕과 착한 감정을 높이 평가하고, 오두막 식구들의 점잖은 태도와 상냥한 성격을 좋아했어. 하지만 그들에게 보이거나 들리지도 않을 때 몰래 훔쳐보는 일 말고는 달리 그들과 교제할 방법도 없었어. 그들과 친구가 되고 싶은 욕망이 충족되기는커녕, 오히려 그런 욕망은 커져만 갔지. 애거서의 친절한 말과 매력적인 아랍 여인의 활기찬 미소는 나를 위한 게 아니었어. 노인의 부드러운 훈계와 펠릭스가 노인과 나누는 활발한 대화는 나를 위한 게 아니었지. 비참하고 불행한 괴물 같으니라고!

나는 몇 가지 다른 내용을 더 깊이 새겼어. 남녀의 성이 어떻게 다른지에 관해 들었지. 어린이의 탄생과 성장에 대해서도 들었어. 아버지가 갓난아기의 미소나 활기차게 뛰어다니는 어린이의 모습을 얼마나 맹목적으로 사랑하는지도 들었어. 어머니의 모든 삶과 걱정은 그 고귀한 임무를 얼마나 잘 해내는지에 집중되어 있고, 젊은이가 마음으로 어떻게 지식을 얻고 넓히는지 배웠으며, 형제와 자매 그리고 인간을 다른 인간과의 상호 유대 속에 묶어 주는 다양한 관계에 관해서도 들었어.

그러나 내 친구와 친척들은 어디 있단 말인가? 내 어린 시절을 지켜본 아버지도 안 계시고, 미소를 지으며 나를 쓰다듬어 주는 어머니도 안 계셨어. 부모가 계셨다 하더라도, 모든 과거의 삶은 이제 하나의 오점, 아무것도 구분할 수 없는 시커먼 빈 공간이 되어 버렸어. 기억이 나는 최초의 순간부터 지금까지 나는 그때나 똑같은 키와 덩치야. 나는 결코 나와 닮거나, 나와 관계있다고 주장하는 존재를 만나 본 적이 없어. 나는 대체 어떤 존재란 말인가? 다시 그런 질문을 하게 되었지만, 대답이라고는 그저 신음 소리뿐이었어.

이런 감정들이 어떻게 흘러갔는지 곧 설명할 거야. 하지만 이제 오두막 가족에게 돌아가야겠어. 이들의 이야기는 내게 분노와 기쁨, 놀라움 같은 다양한 감정을 불러일으켰지만, 그 모든 감정은 결국 내 보호자들(나는 순수하고도 고통스러운 자기기만으로 그렇게 부르길 좋아했다)에게 이전보다 더한 사랑과 존경을 느끼는 것으로 끝나곤 했어.

제6장

한참이 지나서야 비로소 나는 친구들의 사연을 알게 되었어. 내 마음에 깊은 인상을 남긴 사연으로, 나처럼 경험 없는 사람에게는 수많은 사건이 하나하나 놀랍고도 흥미롭게 펼쳐졌어.

노인의 이름은 드레이시였어. 그는 프랑스의 이름 있는 가문 출신으로, 그곳에서 오랜 세월 윗사람과 동료들의 존경과 사랑을 받으며 풍족하게 살았지. 그의 아들은 조국에 충성하도록 자랐고, 애거서는 가장 지체 높은 귀부인들과 어울렸어. 내가 도착하기 몇 달 전에, 그들은 친구들에게 둘러싸여 상당한 재산이 미덕과 세련된 지성, 취미와 결합되었을 때 누릴 수 있는 즐거움을 두루 누리면서 사치스러운 대도시 파리에 살고 있었지.

그들을 몰락시킨 장본인은 바로 사피의 아버지였어. 그는 터키 상인으로 여러 해 동안 파리에 살았지. 그즈음 그 상인은 내가 잘 모르는 어떤 이유 때문에 정부의 미움을 받고 있었어. 사피가 아버지와 함께 살려고 콘스탄티노플에서 파리에 도착한 바로 그날, 그는 체포되어 감옥에 갇혔지. 재판에서는 사형 선고를 받았어. 아주 부당한 선고라고 악명이 높았지. 파리 사람이라면 누구나 분노했어. 그가 죄를 지었다기보다 그의 종교와 재산 때문이라고 여졌던 거야.

펠릭스도 그 재판에 참석했어. 그는 법원의 판결을 듣고 걷잡을 수 없는 공포와 분노를 느꼈지. 그 순간에 그는 상인을 구하기로 결심하고 그를 구할 만한 방법을 두루 찾아보았어. 감옥에 들어가려다가 실패한 뒤 경비가 없는 데서 튼튼한 쇠창살이 달린 창문을 발견했는데, 그 창문으로 불행한 이슬람교도의 지하 감옥이 보였지. 절망한 상인은 쇠사슬에 묶인 채 야만적인 사형 집행만 기다리는 중이었어. 밤에 그 창문으로 잠입한 펠릭스는 죄수에게 구조 계획을 알려 주었어. 터키인은 놀라고도 기쁜 나머지 감옥에서 나가면 꼭 재물로 보상하겠다는 약속을 함으로써 구조자의 열정에 불을 붙이려 했지. 펠릭스는 상인의 제안을 말도 안 된다면서 거절했어. 하지만 아버지 면회가 허락되어 열렬히 감사하는 사랑스러운 사피를 보자, 자신의 노고와 위험을 충분히 보상해 줄 만한 보물이 그 죄수에게 있다는 걸 인정하지 않을 수 없었지.

자기 딸이 펠릭스의 마음에 깊은 인상을 남겼음을 눈치챈 터키인은 안전한 장소로 간 다음 딸과 결혼하게 해 주겠다고 약속하며, 펠릭스를 더욱더 확실히 붙잡아 두려 했지. 펠릭스는 아주 섬세한 사람이라 이런 제안을 받아들일 수 없었어. 하지만 그렇게만 된다면 더할 나위 없이 행복할 거라는 기대가 생겼지.

그 뒤 며칠 동안 상인을 구조하기 위해 착착 준비되는 동안, 이 사랑스러운 소녀가 보낸 몇 통의 편지를 받고 펠릭스의 열정에 불이 붙었지. 그녀의 아버지에게는 늙은 하인이 하나 있었는데 그는 프랑스어를 알고 있었어. 그녀는 이 하인의 도움으로 연인의 모국어인 프랑스어로 자기 생각을 표현할 수단을 찾아낸 거야. 그녀는 아버지를 도우려고 애쓰는 그에게 열렬히 감사하는 동시에 조용히 자기 운명을 한탄했지.

이 편지들 사본을 내가 갖고 있어. 내가 헛간에 있는 동안 종종 펠릭스나 애거서의 손에 들린 편지를 글쓰기 연습 교본으로 구했기 때문이야. 떠나기 전에 그 편지들을 당신에게 줄게. 그 편지들은 내 이야기가 진짜라고 증명해 줄 거야. 하지만 지금은 뉘엿뉘엿 해가 많이 기울어 시간이 없으니, 편지의 핵심만 이야기하지.

사피는 다음과 같은 이야기를 해 주었어. 그녀의 어머니는 아랍인이지만 기독교도였는데 터키인에게 붙잡혀 노예가 되었지. 사피 아버지는 어머니의 미모에 매료되어 결혼했지. 젊은 아가씨는 존경하는 말투로 어머니 이야기를 했어. 자유인으로 태어난 어머니는 노예가 되어 구속받는 자기 신세를 한탄했지. 그녀는 딸에게 자기가 믿는 기독교 교리를 가르쳤고, 여자 이슬람교도에게는 금지된 고귀한 지성의 힘과 독립적인 정신을 가르쳤지. 어머니는 세상을 떠났지만, 어머니의 가르침은 사피의 마음에 오래도록 남아 지워지지 않았어. 사피는 다시 아시아로 돌아가 아무 대책 없이 오락이나 하면서 하렘의 벽 안에 갇혀 있을 생각에 넌더리가 났어. 그녀의 영혼은 위대한 아이디어나 고상한 미덕을 추구하는 데 익숙해졌던 거야. 기독교인과 결혼해 여자가 사회에서 한자리할 수 있는 나라에서 살 수 있을 거라는 전망에 그녀 마음이 솔깃했지.

터키인의 사형 집행일이 정해졌어. 그러나 하루 전날 밤, 그는 감옥을 떠나 동이 트기 전에 파리에서 꽤 멀리 떨어진 곳에 있었어. 펠릭스는 자기 아버지와 누이 그리고 자기 이름으로 된 여권을 구했어. 그는 아버지에게 자기 계획을 알렸고, 아버지는 아들의 계획을 돕기 위해 여행을 떠난 척 집을 떠나 파리 외곽에 딸과 함께 숨어 있었지.

펠릭스는 그 터키 도망자를 데리고 프랑스를 횡단해 리옹까지,

다시 몽세니에서 리보르노까지 도망쳤고, 거기서 상인은 터키령의 어딘가로 갈 좋은 기회를 기다리기로 했어.

사피는 아버지가 출발할 때까지 함께 남아 있기로 했지. 터키인은 생명의 은인에게 딸을 주겠다고 다시 약속했어. 펠릭스는 그날을 기대하며 그들과 함께 남아 있었지. 그사이 펠릭스는 아랍 아가씨와 즐거운 시간을 보냈고 그녀는 그에게 소박하고 따뜻한 애정을 보여 주었지. 두 사람은 통역의 도움을 받아 이야기를 나누었고 가끔은 표정으로 이야기를 나누기도 했지. 사피는 고국의 멋진 노래를 그에게 불러 주기도 했어.

터키인은 두 사람이 가까워지도록 놔둔 채 젊은 연인들의 희망을 부추기면서도 속으로는 전혀 다른 꿍꿍이가 있었어. 그는 자기 딸이 기독교인과 결혼하는 게 싫었지만, 자기 마음이 내키지 않는 것으로 보인다면 펠릭스가 불쾌해할까 봐 두려웠어. 왜냐하면 그는 그들이 머무는 이탈리아에서 아직은 자신이 펠릭스의 영향 아래 있음을 알고 있었기 때문이지. 그는 더 이상 필요 없을 때까지 수천 가지 계획으로 펠릭스를 계속해서 속이다가, 이탈리아를 떠날 때 딸을 몰래 데리고 떠나기로 했어. 그의 계획은 파리에서 소식이 오는 바람에 더 쉬워졌지.

프랑스 정부에서는 죄수의 탈출에 몹시 분개해서 무슨 수를 쓰든 죄수의 탈출을 도운 사람을 색출해 처벌하려 했어. 펠릭스의 계획은 금세 발각되었고, 드레이시와 애거서는 감옥에 갇혔지. 펠릭스는 이 소식을 듣고 꿈에서 깨어났어. 연로한 눈먼 아버지와 상냥한 누이가 악취 나는 지하 감옥에 갇혀 있는 동안, 그는 자유로운 공기를 마시면서 사랑하는 여인과 사귀고 있었던 거야. 이 사실을 생각하니 고통으로 가슴이 찢어졌지. 그는 터키인과 의논했어. 펠릭스가 이탈리아로 돌아오기 전에 터키인이 도망칠 만한 좋은 기회를 얻는다면, 사피는 리보르노의 수녀원에 묵기로 말이야. 그런 다음 그는 사랑하는 아랍 여인을 두고 급히 파리로 돌아와 드레이시와 애거서를 석방시키기 위해 자신이 법의 심판을 받겠다고 나섰지.

그의 계획은 성공하지 못했어. 재판을 받기 전에 그들은 다섯 달이나 감금되었었어. 재판 결과, 그들은 재산을 빼앗기고 영원히 고향을 떠나라는 추방령을 선고받은 거야.

그들은 독일 오두막에서 피난처를 발견했고, 나는 거기서 그들을 보았던 거야. 펠릭스는 곧 알게 되었지. 자신과 자기 가족이 유례없는 억압을 받으면서도 구해 주었더니, 터키인은 자기 생명의 은인이 이처럼 가난하고 무력해졌다는 사실을 알자마자 그간의 호의와 명예를 배신하고 딸과 함께 이탈리아를 떠났다는 사실을 말이야. 터키인은 장차 잘 먹고살라며 돈 몇 푼 보냄으로써 펠릭스를 모욕했지.

이것이 펠릭스를 괴롭힌 사건으로, 이 사건 때문에 처음 보았을 때 그가 가족 중에서 가장 슬퍼 보였던 거야. 빈곤이라면 견딜 만했고, 미덕의 보상이 이런 고통이라면 자랑스러웠을 거야. 하지만 터키인의 배신으로 사랑하는 사피를 잃은 것은 돌이킬 수 없을 만큼 쓰라린 불행이었지. 그런데 아랍 처녀가 돌아와 그의 영혼에 새로운 생명을 불어넣어 준 거야.

펠릭스가 재산과 지위를 다 잃었다는 소식이 리보르노에 도착하자, 상인은 딸에게 연인은 그만 생각하고 함께 고향에 돌아갈 채비나 하라고 일렀지. 착한 사피는 이 명령에 화가 났어. 그녀는 아버지를 설득하려 했지만, 아버지는 폭군처럼 같은 명령만 되풀이할 뿐 화를 내며 나가 버렸어.

며칠 뒤 터키인은 딸의 집에 황급히 들어와 리보르노에 있는 숙소가 발각되어 자기가 프랑스 정부에 넘겨질 것 같다고 말했어. 그러고는 콘스탄티노플행 배를 구했는데, 몇 시간 뒤면 그곳으로 떠나야 한다고 했어. 그는 믿을 만한 하인에게 딸을 맡길 생각이며, 딸에게 곧 리보르노에 상당한 자기 재산이 도착할 테니 그 재산을 갖고 천천히 뒤따라오게 할 심산이었어.

혼자가 된 사피는 이런 긴급한 상황에서 어떻게 행동해야 할지 마음을 정했어. 터키에 사는 것은 질색이었어. 종교와 감정이 맞지 않았지. 자기 손에 들어온 아버지 서류를 보고 그녀는 연인의 추방 소식을 들었고 당시 그가 살고 있는 곳도 알아냈어. 그녀는 얼마 동안 망설이다가 마침내 마음을 굳혔어. 보석 몇 점과 얼마 안 되는 돈을 갖고 리보르노 원주민이지만 터키 공용어를 아는 하녀를 데리고 이탈리아를 떠나 독일로 향한 거야.

그녀는 드레이시의 오두막에서 백 킬로미터가량 떨어진 마을에 도착했는데, 그때 하녀가 병들어 위험해졌어. 사피는 하녀를 헌신적으로 간호했지. 그러나 불쌍한 하녀는 죽었고, 아랍 처녀는 그 나라 말이나 관습을 전혀 모르는 낯선 곳에 혼자 남겨졌지. 하지만 그녀는 착한 사람을 만났어. 이탈리아 하녀가 그들이 가려는 목적지를 말했었어. 하녀가 죽은 뒤, 그들이 머물던 집 여주인의 도움으로 사피는 안전하게 연인이 사는 오두막에 도착하게 된 거야.

제7장

이것이 내가 사랑하는 오두막 가족의 사연이야. 아주 인상적인 이야기였어. 그 이야기를 통해 사회생활을 알게 되었는데, 그런 관점에서는 인간의 미덕을 칭찬하고 인간의 악함을 비난해야 한다는 걸 배웠어.

그때까지 범죄란 나와는 관계없는 나쁜 행동인 줄 알았어. 내 앞에는 늘 선의와 관용이 펼쳐져서, 그렇게 멋진 자질을 많이 요구하고 보여 주는 분주한 세상에 나가 배우가 되고 싶은 욕망이 생겼어. 하지만 내 지성의 발전을 설명하려면 같은 해 8월 초에 일어난 일을 빼먹을 수 없지.

어느 날 밤 평상시처럼 가까운 숲에 가서 먹을거리를 모으고 보호자들을 위해 땔감을 집에 갖고 오는데, 땅바닥에 떨어진 가죽 가방이 보였어. 그 안에는 옷 몇 벌과 책 몇 권이 들어 있었지. 뜻밖에 얻은 귀중품을 들고 헛간으로 돌아왔어. 다행히도 책들은 내가 오두막에서 배운 언어로 쓰여 있었어. 책들은 『실낙원』과 『플루타르크 영웅전』 그리고 『젊은 베르터의 고통』이었어. 이런 보물을 얻게 되어 매우 기뻤지. 그때부터 친구들이 일상사에 몰두해 있으면, 나는 이 책들을 읽으면서 계속 공부하고 마음을 연마했지.

이 책들이 내게 얼마나 큰 영향을 주었는지는 묘사하기 힘들 정도야. 그 책들을 읽고 내 안에 끝없이 솟아나는 새로운 이미지와 감정으로 가끔 황홀하기도 했지만, 때로는 절망의 나락에 떨어지기도 했어. 『젊은 베르터의 고통』에서는 단순하고 감동적이며 재미있는 이야기 말고도 꽤 많은 의견이 개진되고 이제까지 내가 잘 모르는 주제가 너무 많이 조명되어서, 사색과 놀라움이 무궁무진하게 샘솟는 것 같았지. 이 책에 묘사된 다정하고 온순한 태도는 자신에서 벗어나고자 하는 뭔가 고상한 감정이나 정서와 결합해, 보호자들 사이에서 겪은 내 경험이나 늘 가슴속에 품고 있던 욕구와 아주 잘 맞아떨어졌어. 하지만 내 생각에 베르터는 이제까지 내가 보거나 상상한 그 누구보다도 신성한 존재였어. 베르터의 성격에는 허세가 없지만, 침울했어. 치밀하게 계산된 죽음과 자살에 대한 연설에 잔뜩 놀랐지. 이것이 그럴 만한 가치가 있는지 감히 따지지는 못했지만, 주인공의 견해에 이끌렸어. 베르터가 죽자 잘 알지도 못하면서 눈물을 흘리기도 했지.

그러나 책을 읽을 때면, 개인적으로 나 자신의 감정과 상황에 적용시켰어. 나 자신과 비슷하지만 동시에 내가 읽고 대화를 들은 존재 간에 이상한 차이를 발견했지. 나는 그들에게 공감하고 그들을 일부 이해했지만, 나의 정신은 아직 채 형성되지 못했어. 나는 누구에게도 의존하지 않았고 누구와도 관련이 없었어. '내가 떠나는 길은 자유로우니.'* 그리고 내가 사라진다 해도 슬퍼할 사람은 아무도 없어. 내 외모는 끔찍하고 키는 엄청 커. 이것이 무슨 뜻인가? 나는 누구인가? 나는 어떤 존재인가? 나는 어디서 왔나? 나는 어디로 가야 하나? 이런 질문들이 끝없이 떠올랐지만, 이런 질문에 답할 수가 없었어.

내가 소장한 『플루타르크 영웅전』에는 고대 공화국을 맨 처음

세운 사람들의 이야기가 들어 있어. 이 책은 내게 『젊은 베르터의 고통』과는 다른 영향을 주었지. 베르터의 상상력에서는 절망과 우울함을 배웠지. 그러나 플루타르크는 고상한 생각을 가르쳐 주었어. 덕분에 나는 자신의 비참한 사고 영역을 뛰어넘어 과거의 영웅을 감탄하고 사랑하게 되었지. 내가 읽은 그 글들은 나로서는 이해하거나 경험하지 못한 것이었어. 왕국과 거대한 국가, 힘찬 강 그리고 무한한 바다라면 뒤죽박죽 알고 있었지. 하지만 나는 마을이나 많은 인간이 모인 장소에 대해서는 아무것도 몰랐어. 보호자들이 사는 오두막만이 인간의 본성을 배운 학교였지. 하지만 이 책에서는 새롭고도 더 강력한 무대가 펼쳐졌어. 공직에 관심 있는 인물들이 자기 종족을 지배하거나 학살하는 이야기를 읽었지. 내가 그 단어들의 의미를 이해하는 한 미덕에 대한 최대한의 열정과, 악행에 대한 혐오감이 마음속에서 솟구쳤어. 이런 단어들은 즐거움이나 고통에 적용시킬 때처럼 상대적이었지. 이런 감정에 이끌려 물론 로물루스와 테세우스*보다 누마,* 솔론 그리고 리쿠르고스* 같은 평화적인 통치자가 더 좋았어. 존경할 만한 내 보호자들의 삶이 이런 인상을 확고히 심어 주었지. 영광과 살해를 추구하는 젊은 군인을 통해 인간을 처음 알았다면, 전혀 다른 감정을 갖게 되었겠지.

하지만 『실낙원』은 그와는 또 다른, 훨씬 심오한 감정을 불러일으켰어. 손에 들어온 다른 책을 읽을 때처럼, 나는 그 책을 진짜 역사책으로 생각하고 읽었어. 그 책은 놀랍고도 두려운 감정을 불러일으켰는데, 인간과 싸우는 전지전능한 신의 모습은 몹시 흥분을 자아냈지. 나와 유사한 점에 놀란 것처럼, 몇 가지 상황을 종종 내 상황에 비교하곤 했어. 아담처럼, 나는 분명 다른 인간과는 상관없이 창조되었어. 하지만 모든 면에서 아담과 나는 다른 처지였어. 그는 행복하고 번성하는 존재로 하느님의 손에 창조되어, 창조주에게 특별한 보살핌을 받았지. 아담은 품성이 탁월한 인간과 대화하고 인간의 지식을 얻을 수 있는 특권이 있었어. 하지만 난 비참하고 무력한 외톨이였어. 내 경우에는 사탄이라는 상징이 더 잘 들어맞는다는 생각이 여러 번 들었어. 왜냐하면 가끔 나의 보호자들이 누리는 축복을 보면서 사탄처럼 비통하고 쓰라린 질투심에 사로잡혔기 때문이야.

다른 상황 때문에 더 이런 느낌이 들었고 더 확실해졌어. 헛간에 도착한 직후, 당신 실험실에서 가져온 옷의 호주머니에서 종이 몇 장을 발견했어. 처음에는 그 기록을 무시했지. 하지만 이제는 글자를 읽을 수 있으므로 그 기록을 부지런히 읽어 나가기 시작했어. 그것은 내가 창조되기 넉 달 전에 당신이 쓴 일지였어. 당신은 그 일지에 작업의 진행 과정을 아주 상세히 기록했지. 일지에는 가정사도 섞여 있었어. 아마 이 일지를 기억하겠지. 여기 그 일지가 있어. 그 안에 저주받은 나의 기원에 대한 기록이 전부 있어. 나라는 존재를 만든 끔찍한 상황이 모조리 자세히 기록되어 있지. 추악하고 끔찍한 내 몸이 빠짐없이 기록되어 있었는데, 그 언어는 당신 자신의 공포를 표현하고 나 자신을 지울 수 없는 공포스러운 존재로 만들었어. 그 일지를 읽으면서 가슴이 아팠어. '내가 생명을 부여받은 저주스러운 날이여!' 나는 고통스럽게 외쳤어. '저주받을 창조주! 당신은 왜 자신도 혐오감으로 물러날 만큼 그렇게 끔찍한 괴물을 만들었나! 하느님은 자신의 형상을 따라 인간을 아름답고 매력적인 존재로 만들었어. 하지만 내 모습은 추악한 당신 모습이고, 당신과 닮았기 때문에 더 끔찍해. 사탄에게는 그를 찬양하고 격려해 줄 동료, 동료 악마들이 있었어. 하지만 난 미움이나 받는 외로운 존재야.'

나는 오랫동안 절망과 외로움 속에서 이런 생각을 했어. 하지만 오두막 가족의 미덕이나 그 가족의 사랑스럽고 자비로운 성품을 생각하면서, 스스로를 설득했어. 즉 내가 그들의 미덕에 얼마나 감탄하는지 알게 되면, 그들은 내게 연민을 갖고 추악한 내 외모를 눈감아 줄 거라고 말이야. 아무리 괴물이라도 연민과 우정을 갈구하는 인물을 설마 문전박대야 하겠어? 적어도 나는 절망하지 않고, 내 운명을 결정할 그들과의 만남에 어울리는 존재가 되기로 마음먹었어. 이 만남을 몇 달간 연기했지. 이 만남이 너무 중요해서 실패하면 어떡하나 두려웠기 때문이야. 게다가 날마다 경험하는 일로 이해력이 엄청나게 좋아져서, 몇 달간 더 지혜로워질 때까지는 만나고 싶지 않았거든.

그러는 사이 오두막에도 몇 가지 변화가 생겼어. 사피가 와서 그 가족은 더욱 행복해졌어. 또한 더욱 풍족해졌다는 것도 알아차렸어. 펠릭스와 애거서는 즐거운 일과 대화에 더 많은 시간을 보냈고 일할 때도 하인의 도움을 받았어. 그들은 부자처럼 보이지는 않았지만, 늘 만족하며 행복했어. 나는 나날이 더 흥분하는 반면에, 그들의 감정은 평온하고 평안했어. 지식이 늘수록 내가 얼마나 소외된 비참한 괴물인지 더욱더 분명히 깨닫게 되었어. 사실은 희망을 갖고 싶었어. 그러나 희미한 이미지와 흔들리는 그림자이긴 하지만, 물속에 비친 내 모습이나 달빛에 비친 그림자를 보고는 그런 희망이 사라졌지.

나는 이 두려움을 없애고 애써 몇 달 뒤에 받을 심판에 대비했어. 가끔 이성의 방해를 받지 않고 낙원의 들판을 거닐며, 내가 느끼는 감정에 공감하고 내면의 어둠을 쫓아낼 사랑스럽고 아름다운 존재의 모습을 감히 상상해 보기도 했어. 천사 같은 그들의 얼굴에는 위로하는 듯한 미소가 어려 있었지. 하지만 모두 꿈이었어.

어떤 이브도 나의 슬픔을 달래 주지 않았고, 나의 생각을 나누지 않았어. 난 철저하게 외톨이였어.* 자신을 창조한 창조주에게 간청했던 아담이 기억났어. 하지만 나의 창조주는 어디 있는가? 그는 나를 저버렸고, 나는 비통한 심정으로 그를 저주했어.

가을은 이렇게 지나갔어. 놀랍고 절망스러운 심정으로 나뭇잎에 물이 들어 낙엽으로 떨어지는 모습을 지켜보았어. 숲과 아름다운 달빛을 처음 봤을 때처럼, 자연은 다시 황량하고 음산해졌어. 하지만 황량한 날씨에는 신경 쓰지 않았어. 나는 원래 더위보다 추위를 더 잘 견디니까. 하지만 꽃과 새 그리고 여름의 모든 풍경을 지켜보는 건 크나큰 즐거움이었어. 그런 즐거움이 사라지자 오두막 가족에게 더 주의를 기울이게 되었어. 여름이 지났다고 그들이 더 불행해지진 않았어. 그들은 서로 사랑하며 공감했어. 주변에 쓸쓸한 일이 일어나도 서로 의지하는 그들의 기쁨은 조금도 방해받지 않았어. 지켜보면 볼수록, 나는 점점 더 그들의 보호와 친절을 받고 싶었어. 내 마음은 이렇게 사랑스러운 사람들을 알고 사랑하고 싶은 열망으로 가득 찼어. 나의 궁극적인 야심은 사랑스러운 표정으로 나를 바라보는 다정한 그들의 모습을 보는 것이었어. 그들이 경멸과 공포심으로 내게 등을 돌릴 거라는 생각은 한 번도 못했어. 그들의 문간에 머무는 불쌍한 사람을 쫓아낼 리는 없어. 사실 음식을 조금 달라거나 휴식을 취하게 해 달라는 것보다 더 큰 보물을 요구하게 될 거야. 나는 친절과 연민을 요구하겠지만, 그만한 것을 요구할 만한 가치가 내게 없다는 생각은 안 해 봤어.

겨울이 깊어 갔고, 내가 생명을 갖고 깨어난 이후 사계절이 한 번 바뀌었어. 당시엔 보호자가 사는 오두막에 나를 소개할 계획에 온통 주의가 쏠려 있었어. 많은 계획을 세워 봤는데, 결국 눈먼 노인이 혼자 있을 때 그 집에 들어가 보기로 했어. 전에 나를 본 대부분의 사람들이 비정상적일 만큼 추악한 내 모습을 보고 공포에 질렸다는 걸 알 정도의 눈치는 있었거든. 거칠긴 해도 내 목소리는 전혀 무섭지 않았어. 그래서 젊은이들이 없을 때 드레이시 노인의 선의와 중재를 얻을 수만 있다면, 그의 도움으로 젊은 보호자들도 나를 품어 줄 거라고 생각했지.

어느 날 바닥에 떨어져서 즐거움을 퍼뜨리는 단풍에 햇살이 비칠 때, 따뜻하지는 않지만 사피와 애거서 그리고 펠릭스는 시골길로 산책을 나갔고, 본인의 바람대로 노인만 오두막에 남았어. 사람들이 떠나자 노인은 기타를 들고 슬프지만 달콤한 노래를 몇 곡 연주했지. 하지만 이전에 들은 연주보다 더 달콤하고 구슬펐어. 처음에는 노인의 표정이 즐겁게 빛났지만 계속 연주하면서 생각에 잠기더니 서글픈 표정으로 바뀌더군. 이윽고 기타를 옆에 내려놓고는 앉은 채로 깊은 생각에 잠겼어.

가슴이 빠르게 뛰었어. 이게 바로 희망을 갖게 될지, 두려워하던 것이 현실이 될지 결정되는 순간이었어. 하인들은 이웃 축제에 가서 오두막 안팎이 다 조용했지. 좋은 기회였어. 하지만 계획을 실천하려 하자, 팔다리가 후들거려서 땅바닥에 주저앉았어. 다시 일어나 있는 힘을 다해 은신처를 감추려고 헛간 앞에 놓았던 널빤지를 치워 버렸어. 신선한 공기에 힘이 나서 거듭 굳게 결심하며 오두막 문으로 다가갔어.

나는 노크했어. '누구세요?' 하고 노인이 묻더군. '들어오세요.'

나는 들어갔지. '갑자기 와서 죄송합니다'라고 말했지. '지나가다 좀 쉬고 싶은 사람입니다. 난로 앞에 잠시 머물게 해 주시면 감사하겠습니다.'

'들어오세요.' 드레이시가 말했어. '필요한 게 있다면 힘닿는 대로 도와드리죠. 하지만 불행히도 아이들이 집에 없네요. 그리고 눈이 안 보여서, 식사 대접은 힘들 것 같네요.'

'걱정하실 필요 없습니다, 친절한 주인님, 음식은 있습니다. 단지 온기와 휴식이 필요할 뿐입니다.'

나는 자리에 앉았고 침묵이 흘렀어. 매 순간이 소중하다는 사실을 잘 알고 있었지만, 어떤 식으로 시작해야 할지 우물쭈물했어. 그때 노인이 물었어.

'손님 말씨를 보니, 우리 나라 사람인 것 같군요. 프랑스인인가요?'

'아니요. 하지만 프랑스 가정에서 교육을 받아 프랑스어만 알아듣는답니다. 지금 친구들에게 보호해 달라고 말하러 가는 중입니다. 제가 무척 좋아하고 호의를 받고 싶은 분들입니다.'

'독일인인가요?'

'아니요. 프랑스인입니다. 하지만 다른 이야기를 해도 될까요. 저는 불행하고 버림받은 존재입니다. 주위를 둘러봐도 이 세상에 일가친척이나 친구가 단 한 명도 없습니다. 제가 찾아가려는 친절한 사람들은 저를 본 적도 없고 저에 관해 아무것도 모릅니다. 무척 두려워요. 거기서 실패하면 영원히 세상에서 버림받은 존재가 될 테니까요.'

'절망하지 마세요. 친구가 없다면 정말 불행한 일이죠. 하지만 사람 마음에는 형제애와 자비심이 넘친답니다. 그러니 희망을 가져요. 그 친구들이 착하고 친절하다면 절망할 필요 없어요.'

'그들은 친절하답니다. 세상에서 가장 훌륭한 사람들이죠. 하지만 불행히도 제게 편견을 갖고 있어요. 제 성격은 좋지요. 여태까지 평생 나쁜 짓 안 하고 어떤 면에선 도움을 주기도 했지요. 하지만 그들의 눈은 치명적인 편견에 가려서, 친절하고 다정다감한 친구를 보아야 하는데 혐오스러운 괴물만 본답니다.'

'진짜 안됐네요. 하지만 정말 죄가 없다면, 진실을 알려 줄 수는 없나요?'

'바로 그렇게 해 보려고 합니다. 바로 그 때문에 수없이 공포를 느꼈지요. 이 친구들을 정말 사랑합니다. 그리고 남몰래 여러 달 동안 날마다 친절을 베풀어 왔지요. 하지만 그들은 내가 자신들을 해치려 한다고 생각합니다. 바로 그런 편견을 없애고 싶습니다.'

'그 친구들은 어디 사나요?'

'바로 이 근처입니다.'

노인은 잠시 말을 멈추더니 다시 말을 이었어. '당신 이야기를 솔직하게 털어놓으면, 아마도 그들을 설득하는 데 도움이 되지 않을까요. 눈이 멀어 당신 모습을 볼 수는 없지만, 당신 말은 뭔가 진심이라 느껴져요. 나는 가난한 망명자입니다. 하지만 어떤 식으로든 인간에게 도움이 된다면 정말 기쁠 겁니다.'

'훌륭한 분이군요! 감사합니다. 그럼 당신의 너그러운 제의를 받아들이겠습니다. 이렇게 친절하게 대해 주셔서 저를 나락에서 일으켜 주셨어요. 선생님 덕분에 인간 사회에서 쫓겨나고 인간들의 동정을 받지 못하는 일은 없을 거라 믿습니다.'

'저런! 정말 죄인이라도 그러면 안 되죠. 그렇게 하면 절망만 커질 뿐, 착한 인간이 되게 할 수는 없으니까요. 나도 불행한 사람입니다. 나와 가족은 죄도 없는데 유죄 판결을 받았어요. 그러니 손님의 불행에 공감하지 못한다면 저도 심판을 받아야죠.'

'당신에게, 단 한 분의 최고 은인에게 어떻게 감사할까요? 당신 입술에서 처음으로 친절한 목소리를 들었어요. 영원히 감사드릴게요. 지금 선생님이 베풀어 주신 친절 덕분에 막 만나게 될 친구들과 잘 지낼 거라는 확신이 듭니다.'

'그 친구들의 이름과 주소를 알 수 있을까요?'

나는 망설였어. 지금이 바로 결단의 순간이라고 생각했지. 그 결단으로 영원히 행복해지거나, 아니면 영영 행복을 빼앗기겠지. 대답하려고 해 보았지만 허사였고, 그런 노력 때문에 남은 힘이 다 소진되었어. 나는 의자에 털퍼덕 주저앉아 엉엉 소리 내어 울었어. 그 순간 젊은 보호자들이 오는 발소리가 들렸어. 주저할 시간이 없었어. 노인의 손을 잡고 외쳤어. '지금이 바로 그 순간이에요! 저를 구하고 보호해 주세요! 당신과 당신 가족이 바로 제가 찾는 친구예요. 심판의 순간에 저를 버리지 말아 주세요!'

'맙소사!' 노인이 외쳤어. '대체 누구시오?'

그 순간 오두막 문이 열렸고 펠릭스와 사피, 애거서가 들어왔어. 나를 보자마자 그들의 얼굴에 떠오른 공포와 경악을 어떻게 묘사할 수 있을까? 애거서는 기절했고, 사피는 친구들을 내버려 둔 채 오두막에서 뛰쳐나갔어. 펠릭스가 달려들어 초인적인 힘으로 노인의 무릎에 매달려 있는 나를 떼어 냈지. 분노한 그는 나를 땅바닥에 넘어뜨리고 지팡이로 심하게 때렸어. 사자가 영양을 물어뜯듯이, 나도 그의 사지를 갈기갈기 찢어 놓을 수 있었어. 하지만 심장이 터질 것처럼 아파 참았어. 다시 나를 때리려는 그의 모습을 보았을 때, 고통과 근심을 못 이겨 오두막을 떠났어. 온통 흥분한 나는 헛간으로 몰래 도망쳤어.

제8장

저주받을, 저주받을 창조주여! 나는 왜 살아 있지? 바로 그 순간, 당신이 그처럼 무자비하게 부여한 생명의 불꽃을 왜 꺼뜨리지 못했을까? 난 모르겠어. 아직은 절망에 빠지지 않았던 거야. 분노와 복수심을 느꼈어. 나는 그 오두막과 그 오두막 식구를 죽이고 그들의 비명과 불행을 즐길 수도 있었어.

밤이 오자 피난처를 떠나 숲 속을 헤맸어. 이제 더 이상 발견될까 봐 겁나지 않았어. 무섭게 울부짖으면서 있는 대로 괴로움을 표현했어. 마치 덫을 부수고 나온 야생 동물 같았지. 나를 가로막는 물건은 다 부수고 수사슴처럼 잽싸게 숲을 돌아다녔어. 오! 얼마나 비참한 밤을 보냈던가! 비웃듯 차가운 별이 빛났고 내 위로 벌거벗은 나무가 가지를 흔들어 댔어. 가끔 감미로운 새소리가 적막을 깨뜨렸지. 나만 쏙 빼고 만물이 휴식을 취하거나 즐거워하는 중이었어. 악마의 우두머리처럼 내 마음은 지옥 같았어. 아무도 내게 공감하지 않는다는 사실을 알고 나무를 뽑아 주변을 다 때려 부순 다음, 앉아서 그 파괴를 즐거이 감상하고 싶은 심정이었어.

하지만 이런 사치스러운 감정은 오래 지속되지 않았어. 몸을 심하게 썼더니 피곤해져서, 무력한 절망감에 축축한 풀밭에 쓰러졌어. 나를 불쌍히 여기거나 도와줄 인간은 단 한 명도 없었어. 적들에게도 친절을 느껴야 하는가? 그럴 수는 없어. 그때부터 인간과 싸우겠노라고 전쟁을 선포했어. 무엇보다도 나를 만들고 견딜 수 없을 만큼 불행하게 만든 창조자와 싸우겠다고 말이야.

해가 뜨자 사람들 말소리가 들렸고 그날은 은신처로 돌아갈 수 없음을 깨달았어. 그래서 무성한 덤불에 몸을 숨기고 이후 내가 처한 상황을 곰곰 생각해 보았어.

따뜻한 햇빛과 낮의 신선한 공기 덕분에 어느 정도 마음이 평안해졌어. 오두막에서 일어났던 일을 생각해 보니, 지나치게 성급한 결론을 내렸다는 생각이 들지 않을 수 없었어. 나는 확실히 부주의한 행동을 한 거야. 그 아버지가 내 이야기에 관심을 가졌는데 자녀들에게 내 모습을 드러낸 것은 분명 바보 같은 짓이었어. 드레이시 노인이 나와 가까워진 다음, 자녀들에게 천천히 나를 소개했어야 했어. 그들이 내 접근에 마음의 준비를 한 다음에 말이야. 하지만 돌이킬 수 없는 잘못이라곤 생각지 않았어. 오래 숙고한 뒤 오두막으로 돌아가 노인을 찾아 직접 이야기한 뒤 내 편을 만들어 보기로 마음먹었어.

이렇게 생각하니 마음이 평안해져서 그날 오후에는 잠을 푹 잤어. 하지만 뜨거운 피 때문에 평화로이 잘 수가 없었어. 전날의 끔찍한 장면이 계속 눈앞에 어른거렸어. 여자들은 도망쳤고, 분노한 펠릭스는 자기 아버지 발치에서 나를 떼어 냈어. 지친 상태로 깨어났지. 어느덧 밤이 되었음을 깨닫고 은신처에서 기어 나와 먹을거리를 찾아 나섰지.

굶주림을 채우자 나도 모르게 오두막을 향해 익숙한 길로 발걸음을 옮기더군. 만물이 평화로웠지. 나는 헛간으로 들어가서 그

가족이 일어날 시간을 조용히 기다렸어. 일어날 시간이 지나 하늘 높이 태양이 떠올랐지만, 오두막 가족은 나타나지 않았어. 뭔가 불행한 예감에 온몸이 떨렸어. 오두막 안은 어두웠고 인기척도 없었어. 그 긴장감이 얼마나 고통스러운지 이루 말할 수가 없었어.

곧 시골 사람 두 명이 지나갔어. 그러나 오두막 가까이에서 멈추더니 격렬한 몸짓을 하면서 말하기 시작했어. 하지만 그들이 나누는 독일어 대화를 이해할 수 없었어. 그 말은 보호자들이 쓰던 프랑스어와는 아주 달랐어. 하지만 곧 펠릭스가 다른 사람과 함께 다가왔어. 그날 아침 그가 오두막을 떠나지 않았다는 걸 알고 놀랐어. 그의 말에서 이 이상한 사람들이 왜 등장했는지 알아내려고 노심초사하며 기다렸지.

'석 달 치 집세를 내고 마당에 기른 작물도 다 잃을 거란 생각해 봤어요? 부당한 이득을 얻고 싶진 않으니 당신 결정을 며칠만 더 생각해 봐요.' 같이 온 남자가 펠릭스에게 말했지.

'아무 소용 없어요.' 펠릭스가 말했어. '다시는 이 오두막에 안 살 겁니다. 이미 말씀드린 끔찍한 상황 때문에 아버지 생명이 위독하답니다. 아내와 누이는 공포심을 극복하지 못할 것 같아요. 더 이상 설득하려 들지 마세요. 집을 돌려 드릴 테니 이 집에서 나가게 해 주세요.'

펠릭스는 그 말을 하면서 온몸을 부르르 떨었어. 펠릭스와 다른 남자가 오두막으로 들어가 잠시 있다 떠났어. 이후 나는 드레이시 가족을 한 번도 보지 못했어.

그날 심한 절망에 빠진 채 헛간에서 나머지 시간을 보냈어. 보호자들은 떠났고, 나와 세상을 이어 주던 유일한 고리는 끊어졌어. 난생처음 복수와 증오심으로 가득 찼고, 애써 그런 감정을 자제하려고도 하지 않았어. 하지만 스스로 그런 감정에 휩쓸리게 놔둔 채 인간을 해치고 죽일 생각만 했어. 친구들과 드레이시의 부드러운 목소리, 애거서의 친절한 눈길, 아랍 여인의 섬세한 미모를 떠올리자, 이런 생각이 사라지고 눈물이 흐르면서 얼마간 마음이 진정되었어. 하지만 다시 나를 쫓아내고 저버린 그들을 생각하니 분노, 엄청난 분노가 되살아났어. 살아 있는 인간을 해칠 수는 없으므로 무생물에 분노를 퍼부었어. 밤이 깊어 가자 오두막 주변에 불에 잘 탈 만한 물건을 모았어. 그러고는 텃밭의 농작물을 모조리 망가뜨린 다음, 안절부절못하면서 달이 지고 작전 시간이 되기까지 기다렸어.

밤이 깊어 가면서 숲에서 거센 바람이 불었고, 하늘에 떠도는 구름은 재빨리 흩어졌어. 강력한 눈사태처럼 돌풍이 불었고, 나의 영혼에 생긴 광기로 이성과 사고 간의 경계가 모두 사라졌어. 마른 나뭇가지에 불을 붙이고는 그토록 아끼던 오두막 주변에서 분노에 차서 춤을 추었어. 나의 시선은 여전히 서쪽 지평선에 고정되어 있었고, 달이 지평선 끝에 걸려 있었지. 이윽고 동그란 달이 일부 사라졌고, 나는 불붙은 나뭇가지를 흔들었어. 달이 지자, 큰 소리를 지르면서 짚단과 히스 등 내가 모은 덤불에 불을 붙였어. 바람이 불을 부채질해 오두막은 순식간에 불길에 휩싸였어. 오두막에 붙은 불길은 파괴라는 갈라진 혓바닥으로 오두막을 핥아 버렸어.

누가 달려와도 그 집을 구할 수 없다는 확신이 들자, 그곳을 떠나 숲 속의 피난처를 찾았어.

이제 앞에 세상이 펼쳐졌는데, 어디로 발길을 돌려야 하나? 불행한 현장에서 멀리 도망치기로 결심했지. 하지만 증오와 경멸의 대상인 내게는 어디를 가든 마찬가지로 끔찍할 거야. 마침내 당신 생각이 났어. 당신이 내 아버지이자 창조주라는 걸 당신의 일지를 보고 알았어. 내게 생명을 부여해 준 당신 말고 누구를 의지하겠는가? 펠릭스는 사피에게 공부를 가르치면서 지리도 빠뜨리지 않았어. 그 공부를 통해 세상 다른 나라의 상대적인 상황에 대해서도 배웠지. 당신 고향이 제네바라고 했지. 그곳에 가 보기로 결심했어.

그러나 어떻게 방향을 잡을까? 목적지에 이르려면 남서쪽으로 가야 한다는 사실은 알고 있었어. 하지만 나를 인도해 주는 안내판이라고는 태양뿐이었어. 내가 지나야 할 마을 이름도 몰랐지. 단 한 명에게도 정보를 얻을 수 없었지만 절망하지 않았어. 당신 도움만 바랄 수 있어. 비록 당신에게는 증오심밖에 없겠지만 말이야. 무자비하고 무정한 창조자! 당신은 인식하는 능력과 열정을 부여하고 인간에게 경멸이나 받는 공포의 대상으로 나를 저버렸어. 하지만 당신한테만 동정과 보상을 요구할 수 있어. 인간의 탈을 쓴 다른 존재에게 얻어 보려 했지만 얻지 못한 정의를 당신에게 얻어 보기로 했어.

장거리 여행이었고, 큰 고통을 견뎌야 했어. 늦가을이 되어서야 그곳을 떠났지. 인간의 얼굴과 마주칠까 두려워 밤에만 움직였어. 자연은 시들고, 태양도 차갑게 식었어. 주위로 눈비가 퍼붓듯 내렸어. 힘차게 흐르던 강물은 얼어붙었어. 딱딱하고 차갑고 헐벗은 땅에는 쉴 곳이 없었어. 아, 대지여! 나는 얼마나 자주 내 존재의 근원을 저주했던가! 타고난 온화한 성품은 사라지고, 내 마음에는 온통 울분과 원한뿐이었어. 당신 집에 다가갈수록 마음속에서는 복수심이 더욱더 맹렬히 불탔지. 눈이 내리고 강물이 꽁꽁 얼었지만, 쉬지 않았어. 가끔 몇 가지 사건이 일어나 길을 알려 주기도 했고, 그 나라 지도도 얻었어. 하지만 자주 길을 잃고 헤맸어. 고통스러운 마음 때문에 어떤 휴식도 허락하지 않았어. 일어나는 사건마다 나를 더 분노하고 불행하게 만들었지. 그리고 스위스 국경에 도착했을 때, 해가 온기를 회복하고, 대지가 다시 푸른빛을 띨 무렵 일어난 사건 때문에, 내 원한과 공포는 특별한 방식으로 확고해졌어.

보통은 낮에 쉬고 인적이 드문 밤에만 움직였어. 그런데 어느 날 아침, 깊은 숲을 지나야 한다는 걸 알고는 해가 뜬 뒤에도 계속 길을 갔어. 이른 봄, 그날은 아름다운 햇빛과 향기로운 공기 덕분에 마음이 즐거웠어. 오래전에 사라진 줄 알았던 친절한 감정이 되살아나는 듯했어. 이 새로운 감정에 조금 놀라서, 이 새로운 감정에 나 자신을 맡겼지. 나의 외로움과 추악한 외모를 잊고, 감히 행복해질 거라는 꿈을 꾸었지. 부드러운 눈물이 다시 뺨에 흘렀고, 눈물 젖은 눈을 들어 이렇듯 즐겁게 만들어 준 복된 태양에게 감사하기도 했어.

꼬불꼬불한 숲길을 걸어 마침내 숲 끝에 도착했어. 그 경계는 물살이 빠른 깊은 강에 접해 있었고, 강 쪽으로 많은 나뭇가지가 굽어 있었으며, 가지에는 봄을 알리는 새싹이 돋아 있었어. 여기서 정확히 어느 길로 가야 할지 몰라 잠시 멈췄는데, 그때 사람 소리가 들렸어. 재빨리 노송나무 그늘에 몸을 숨겼어. 채 몸을 숨기기도 전에, 장난삼아 누군가로부터 도망치는 것처럼 어린 소녀 하나가 깔깔대면서 내가 숨은 곳으로 달려왔어. 낭떠러지와 강이 이어진 쪽으로 달려가던 소녀는, 갑자기 발이 미끄러지는 바람에 급류에 빠지고 말았어. 나는 숨어 있던 은신처에서 달려 나와 급류에 뛰어들었지. 겨우 소녀를 구해 강가로 끌고 왔어. 소녀는 의식을 잃은 상태였어. 내 힘으로 할 수 있는 온갖 수단을 동원하여 의식을 회복시키려 애쓰는데, 그때 갑자기 시골 청년이 다가오는 바람에 멈칫했어. 소녀가 장난스레 도망쳤던 바로 그 청년이었어.

그는 나를 보자마자 내게 달려들더니 내 팔에서 소녀를 떼어 내어 깊은 숲 속으로 급히 데려갔어. 이유는 모르겠지만 재빨리 그를 따라갔지. 하지만 그는 내가 접근하자, 총으로 나를 조준하더니 발사했어. 나는 바닥에 쓰러졌고 나를 해친 청년은 더욱 재빨리 숲으로 도망쳤어.

자비를 베푼 대가가 고작 이것이었어. 죽어 가는 한 사람의 생명을 구해 준 보답으로 살과 뼈를 부수는 듯 비참하고도 고통스러운 상처를 얻었지. 그 때문에 지금도 몸부림치며 괴로워하는 중이야. 단지 몇 분 전만 해도 즐거웠던 친절과 따뜻한 감정이 이가 부드득 갈리는 지옥 같은 분노로 바뀌었지. 고통스러운 분노 때문에 인간이라면 모조리 증오하고 복수하리라 맹세했어. 하지만 고통스러운 상처에 짓눌려 맥박이 멈추면서 기절해 버렸어.

몇 주 동안 총상으로 입은 상처를 치료하며 숲에서 비참한 생활을 했어. 어깨를 뚫고 들어간 총알이 어깨에 남아 있는지, 어깨를 관통했는지 도통 알 길이 없었어. 어쨌거나 총알을 빼낼 방법이 없었어. 게다가 이렇게 부당함과 배은망덕으로 나를 해친 사람 때문에 더욱 고통스러웠어. 날마다 복수를 다짐했지. 내가 참아야 했던 분노와 고통을 보상할 만큼 철저히 복수하겠다고 말이야.

몇 주 뒤 상처가 나아서 계속 길을 갔어. 하지만 봄의 밝은 태양이 비치거나 부드러운 미풍이 분다고 해서 내가 견뎌야 할 고통이 더 이상 줄진 않았어. 모든 즐거움은 비참한 내 신세를 모욕하는 비웃음 같았고, 내가 즐거움을 누리며 살 존재가 아니라는 사실을 더욱 뼈저리게 느끼게 해 주었지.

그러나 힘든 여행에도 거의 끝이 보이기 시작했어. 그로부터 두 달 뒤 제네바 근교에 도착했지. 저녁 무렵 도착한 나는 제네바 주변 들판에 있는 은신처로 물러나 어떤 식으로 당신에게 간청해야 할까 고민했어. 나는 배고픔과 피곤에 찌들고, 너무나 불행한 나머지 부드러운 저녁 미풍이나 쥐라 산맥 뒤로 지는 아름다운 일몰을 즐길 마음의 여유도 없었어.

그때 살짝 잠이 들어 고통스러운 생각에서 잠깐 벗어났는데, 어여쁜 아이 하나가 다가오는 바람에 잠이 깼어. 그 아이는 유치한 장난기로 내가 있는 은신처까지 달려왔어. 그 아이를 보자 갑자기 어떤 생각이 떠올랐어. 어린아이는 편견이 없고 얼마 살지 않았으니 추악한 외모에 대한 두려움도 모를 거야. 그러니 이 아이를 잡아 친구이자 동료로 교육시키면, 이 인간 세상에서 더 이상 외롭지 않을 거야.

이런 충동으로 아이가 지나갈 때 잡아서 끌고 왔어. 아이는 내 모습을 보자마자 손으로 눈을 가리며 날카로운 비명을 질렀어. 얼굴을 가린 그 아이 손을 억지로 잡으며, 나는 이렇게 말했어. '얘야, 대체 왜 그래? 널 해칠 생각은 없어. 내 말 좀 들어 보렴.'

그 아이는 맹렬하게 저항했어. '날 보내 줘.' 아이가 외쳤어. '이 괴물아! 추악한 괴물아! 날 잡아먹으려고 갈가리 찢으려는 거지! 넌 괴물이야, 날 보내 줘. 안 그럼 아빠한테 이를 거야.'

'얘야, 다신 아빠 얼굴을 보지 못할 거야. 나랑 가야 해.'

'끔찍한 괴물아! 날 보내 줘. 우리 아빠는 의원님이야. 프랑켄슈타인 의원님이셔. 네놈을 벌줄 거야. 감히 날 붙잡을 수 없다고.'

'프랑켄슈타인이라고! 그렇다면 넌 내 원수 집안의 아이구나. 영원한 복수를 맹세한 그 원수 말이야. 네가 첫 희생자가 되겠구나.'

아이는 계속 반항하면서 내 가슴을 절망에 빠뜨리는 욕설을 퍼부었어. 그 아이를 조용하게 하려고 아이의 목을 눌렀는데, 바로 죽어서 내 발치 아래 쓰러지더군.

희생자를 바라보노라니 기쁨과 지옥 같은 승리감에 마음이 부풀었어. 나는 손뼉을 치며 외쳤어. '나도 절망하게 만들 수 있다고. 내 적은 난공불락이 아니야. 이 아이가 죽어서 절망하겠지. 다른 천 가지 불행으로 그를 괴롭히며 파괴시켜야지.'

그 아이에게 시선을 고정하자, 아이의 가슴에서 뭔가 빛나는 게 보였어. 그 물건을 집었더니 매우 아름다운 여인의 초상화가 그려진 목걸이였어. 나의 악의에도 불구하고, 그 매력적인 초상화는 날 부드럽게 진정시키더군. 잠시 동안 깊은 속눈썹에 둘러싸인 검은 눈과 아름다운 입술을 바라보았어. 하지만 곧 다시 분노했어. 나는 그런 아름다운 존재가 주는 즐거움을 영원히 누리지 못할 존재라는 사실을 기억한 거야. 내가 바라보는 이 여인도 나를 직접 보면 저 성스럽고 자애로운 태도가 혐오와 공포의 표정으로 바뀔 거라는 사실이 기억났거든.

그런 생각으로 분노에 휩싸이게 되었다는 사실을 상상할 수 있겠어? 내가 그 순간 절규와 고통으로 감정을 표출하는 대신에, 인간 사이로 달려들어 인간을 죽이려다가 나도 죽지 않은 게 놀라울 따름이야.

이런 감정에 휩싸여 있다가, 나는 그 살해 장소를 떠나 눈에 띄지 않는 은신처를 찾아냈어. 그때 내 곁을 지나가는 여자가 보였어. 그녀는 초상화의 여성만큼 아름답지는 않았지만, 호감이 가는 인상에 한창 피어난 건강한 젊은 아가씨였어. 나만 빼고 누구에게나 미소를 지을 여성이 여기 또 있구나 생각했지. 그녀는 도망치지 못할 거야. 펠릭스의 가르침과 잔인한 인간의 법 때문에, 나는 나쁜 짓을 저지르는 법을 배웠어. 나는 여자에게 몰래 다가가 그녀의 옷 주름 사이에 그 초상화 목걸이를 슬쩍 올려놓았지.

며칠 동안 이런 일이 벌어진 장소를 자주 찾아갔어. 가끔은 당신을 보고 싶은 마음에서, 가끔은 세상과 불행을 영원히 떠날 거라 결심하고 말이야. 마침내 이 산맥으로 들어와 거대한 산맥을 구석구석 헤매면서 활활 타오르는 열정에 시달렸어. 당신만이 그 열정을 채울 수 있어. 당신이 내 요구를 들어주겠다고 약속할 때까지 우리는 헤어질 수 없어. 난 외롭고 불행한 존재야. 인간은 나와 사귀지 않을 거야. 하지만 나처럼 추악하고 못생긴 여자 괴물이라면, 나를 거부하지 않겠지. 나의 배우자는 같은 종족으로 나처럼 결함이 있어야 해. 당신이 이런 존재를 만들어 주어야 해."

제9장

괴물은 자기 이야기를 끝내고 대답을 기다리는 듯 나를 가만히 바라보았다. 하지만 나는 당황하고 난처해서 그의 제안 내용을 충분히 깨달을 만큼 생각을 정리할 수가 없었다. 놈이 말을 이었다.

"당신은 나를 위해 여자 괴물을 만들어 줘야 해. 나라는 존재에게 필요한 연민을 나누며 함께 살 수 있도록 말이야. 이 일은 당신만이 할 수 있어. 당신이 거부할 수 없는 권리로 당신에게 이걸 요구하는 거야."

그가 한 마지막 이야기 때문에 그가 오두막 가족 사이에서 평화롭게 살던 이야기를 할 때 잠잠히 가라앉았던 분노가 다시 불타올랐다. 그의 말에 나 역시 마음속에서 불타오르는 분노를 더 이상 억누를 수 없었다.

"그렇게는 못하지." 내가 대답했다. "아무리 괴롭혀도 내 동의를 얻진 못할 거야. 나를 세상에서 가장 비참한 인간으로 만들 수 있을지는 몰라도, 비열한 인간으로 만들 순 없어. 너 같은 괴물을 또 만들면 둘이서 세상을 더 황폐하게 만들겠지. 꺼져 버려! 이미 대답했어. 아무리 괴롭혀도 동의하지 않을 거야."

"당신은 잘못 생각한 거야." 악마가 말했다. "위협 대신 당신을 이성적으로 설득한 것에 만족해. 난 비참한 존재이기 때문에 사악해졌어. 모든 인간이 날 피하고 미워하잖아? 나를 만든 당신조차도 나를 갈가리 찢고 승리의 기쁨에 젖으려 하잖아. 그걸 기억해 봐. 인간은 나를 동정하지 않는데, 내가 인간을 동정해야 하는 이유를 대 봐. 나를 갈라진 저 얼음 틈새에 거꾸로 떨어뜨리고 당신 손으로 직접 만든 내 몸을 파괴해도, 그걸 살인이라고 하진 않겠지. 인간은 나를 경멸하는데, 난 인간을 존경해야 하나? 서로 친절을 베풀며 살게 해 줘. 상처를 주는 대신 날 받아들여 준다면 감사의 눈물을 흘리며 어떻게든 인간을 도울 거야. 하지만 그런 일은 절대 없을 거야. 인간의 감각이야말로 우리의 유대를 막는 극복할 수 없는 장벽이지. 하지만 비참하게 노예처럼 굴복하진 않겠어. 상처받은 만큼 복수할 거야. 사랑을 불러일으킬 수 없다면, 두려움이라도 불러일으켜야지. 창조주인 당신에게 꺼지지 않는 분노를 갖겠다고 맹세했기 때문에, 누구보다 철천지원수인 당신에게 말이야. 조심해. 당신을 파멸시킬 거야. 당신의 마음을 황폐하게 만들어서 당신이 태어난 날을 저주하게 될 때까지 멈추지 않을 거야."

이렇게 말할 때 놈은 악마 같은 분노 때문에 펄펄 힘이 난 모양이었다. 인간의 눈으로 볼 때 놈의 얼굴이 너무나 끔찍하게 뒤틀려 차마 쳐다볼 수가 없었다. 하지만 놈은 이내 진정한 후 이렇게 말했다.

"이성적으로 설득할 생각이었어. 이런 격정은 몸에 해로워. 당신 자신이 이런 격정을 불러일으킨 원인 제공자라고 생각하지 않을 테니까. 어떤 존재가 내게 자비로운 감정을 느낀다면, 그에게 백배 천배 보답할 거야. 그 한 사람 때문에 모든 인간과 평화롭게 지낼 거야. 하지만 이제는 이루어질 수 없는 꿈이야. 당신에게 합리적이고 정당한 요구를 한 거야. 나처럼 추악한 다른 여자 괴물을 만들어 달라고 부탁하는 거야. 아주 만족스럽진 않겠지만, 내가 받을 수 있는 건 그게 전부고, 그걸로 만족하겠어. 정말 우린 세상에서 동떨어진 괴물이 될 거야. 하지만 바로 그 때문에 우린 서로 더 깊이 사랑할 거야. 우리의 삶은 행복하지 않겠지만, 남을 해치지 않을 테고 지금의 비참한 감정에서 벗어날 거야. 오! 창조주여, 날 행복하게 해 주길. 당신이 내게 베풀어 줄 한 가지 은혜 덕분에 당신에게 감사할 수 있길 바라! 내가 다른 존재에게 연민을 불러일으킬 수 있다는 걸 보게 해 주길. 나의 간구를 거부하지 않기를 바라!"

나는 감동했다. 내가 동의할 경우 일어날 결과를 생각하면 온몸이 오싹했지만 그의 주장에 일리가 있다는 생각이 들었다. 그의 이야기와 지금 느끼는 그의 감정은 그가 섬세한 감수성을 지닌 존재임을 입증한다. 그를 만든 나는 힘닿는 한 그를 최대한 행복하게 해 줄 의무가 있지 않을까? 그가 내 감정의 변화를 눈치채고 말을 이었다.

"당신이 동의한다면, 당신이나 다른 인간이 다시는 우리를 보지 못할 거야. 남미의 넓은 황무지로 갈 거야. 내가 먹는 음식은 여느 인간이 먹는 게 아니야. 배고픔을 채우겠다고 양이나 새끼 염소를 죽이지도 않을 거야. 도토리나 딸기만으로도 충분히 영양을 얻을 수 있어. 내 배우자는 나와 같은 성격일 테고, 같은 음식으로 만족할 거야. 우리 침대는 마른 나뭇잎으로 만들 거야. 햇살이 인간을 비춰 주듯 우릴 비출 테고, 우리가 먹을 음식을 익혀 줄 거야. 내가 그리는 그림은 평화롭고 인간적이야. 이를 거절한다면 당신도 틀림없이 힘을 멋대로 휘두르는 잔인한 행동이라고 느낄 거야. 당신이 아무리 무자비해도, 지금 당신 눈에는 연민이 어려 있어. 내가 이 좋은 기회를 노려 당신을 설득해 간절한 내 소원을 들어주겠다는 약속을 받게 해 줘."

나는 대답했다. "인간이 사는 곳을 떠나 들판의 동물을 유일한 벗 삼아 황무지에서 살겠다는 제안이군. 인간의 사랑과 연민을 갈망하는 네가 그런 곳에서 살 수 있을까? 넌 돌아와서 다시 인간의 친절을 찾을 테고, 인간의 증오에 맞닥뜨리겠지. 그럼 사악한 분노가 다시 생길 테고, 그때는 여자 괴물과 함께 파괴하겠지. 절대로 그런 일이 일어나선 안 되지. 네 제안에 동의할 수 없으니, 이젠 그만해."

"당신 감정은 어찌 그리 변덕스러운가! 조금 전만 해도 내 말에 감동하더니 내가 푸념을 하자, 다시 무정해졌나? 내가 사는 땅과 나를 만들어 준 당신을 걸고 맹세하겠어. 당신이 만들어 줄 배우자랑 인간 세상을 떠나 황무지에서 살겠노라고 말이야. 그녀의 공감을 얻게 되면, 내 사악함은 사라질 거야. 내 삶은 조용히 흘러갈 거고, 죽을 때도 나를 만든 창조자를 저주하지 않을 거야."

그의 말이 내게 이상한 영향을 미쳤다. 나는 그에게 연민을 느꼈고, 이따금 그를 위로하고 싶은 마음이 들었다. 하지만 그를 보았을 때, 움직이고 말하는 그 끔찍한 거구를 보았을 때 가슴이 쓰려서 공포와 증오의 감정으로 바뀌었다. 나는 이런 감정을 자제하려고 애썼다. 그에게 공감할 수 없다고 해서 아직도 내가 줄 수 있는 작은 행복마저 빼앗을 권리는 없다고 생각했다.

나는 말했다. "해를 끼치지 않겠다고 맹세한단 말이지. 하지만 이성적으로 널 불신하게 만든 원한을 이미 보였잖아? 더 크게 복수해서 더 큰 승리감을 느끼겠다는 속임수 아닐까?"

"어떻게 이럴 수 있지? 당신의 연민을 얻었다고 생각했는데, 당신은 아직도 내 마음을 진정시키고 나를 무해한 존재로 만들 수 있는 유일한 은혜를 베풀지 않겠다는 거군. 아무 연고나 애정이 없으면 내겐 증오와 악의만 남겠지. 다른 사람을 사랑하게 되면 내 범죄의 원인이 없어지고, 아무도 내 존재를 모르는 사물이 되겠지. 내 악행은 내가 싫어하는 고독을 억지로 견딘 데서 자식처럼 생긴 거야. 나와 같은 배우자랑 살면 반드시 미덕도 나타날 거야. 난 섬세한 존재의 애정을 느끼고, 존재와 사건의 고리에 연결될 거야. 비록 지금은 이렇게 소외되어 있지만 말이야."

그의 이야기와 여러 가지 주장을 생각하느라 잠시 말을 멈추었다. 만들어진 초기에 그가 보여 준 미덕의 가능성과, 그의 보호자들이 그에게 보인 혐오와 경멸 때문에 모든 친절이 말라 시든 일을 생각해 보았다. 이런 생각을 하면서 그의 힘과 협박도 빼놓지 않고 계산했다. 그는 빙하 속 얼음 동굴에서도 살 수 있고, 아무도 갈 수 없는 절벽 산등성이에서도 추격을 피해 몸을 숨길 수 있는 존재다. 따라서 그와 맞서 싸울 수 있는 능력을 지닌 존재는 없었다. 아무 말 없이 오랫동안 생각한 뒤, 그의 요구를 따르는 게 그와 인간에게 빚진 정의를 구현하는 것이라는 결론에 도달했다. 그래서 그에게 돌아서며 말했다.

"네 요구대로 할게. 추방지에 너와 함께 갈 여자 괴물을 넘겨주자마자, 유럽이나 인간 주변의 모든 장소를 영영 떠나겠다고 엄숙히 맹세한다면 말이야."

"맹세하고말고." 놈이 외쳤다. "태양과 푸른 저 하늘에 대고. 내 기도를 들어주면 태양과 하늘이 있는 한 다시는 볼 일 없을 거야. 어서 당신 집으로 가서 작업을 시작해. 이루 말할 수 없을 만큼 간절하게 작업 상황을 지켜볼 거야. 당신이 준비되면 나타날 테니 걱정 마."

이렇게 말하더니 내 마음이 바뀔까 두려웠는지 갑자기 떠나 버렸다. 날아가는 독수리보다 더 빠르게 산을 타고 내려가는 놈의 모습이 보였다. 그는 빙하의 파도 속으로 잽싸게 사라졌다.

꼬박 하루 동안 그의 이야기를 들었다. 그가 출발할 때 태양은 지평선에 있었다. 계곡으로 하산을 서두르지 않으면 곧 어둠이 몰려올 것이다. 하지만 무거운 마음에 발걸음이 느려졌다. 구불구불 산맥으로 이어진 길을 나아가면서 발을 제대로 내딛기가 힘들었다. 그날 일로 뒤숭숭했기 때문이다. 길의 절반쯤 있는 쉼터에 이르러 샘물 곁에 앉았을 때는 이미 밤이 깊은 뒤였다. 별 위로 구름이 지날 때, 가끔씩 별이 빛났다. 앞에는 시커먼 소나무들이 있었고, 여기저기 부러진 나무들이 바닥에 뒹굴고 있었다. 놀랍고 엄숙한 장면이었는데, 이상한 생각이 들었다. 나는 비통하게 울부짖었다. 고통 때문에 두 손을 맞잡고 외쳤다. "오! 별이여, 구름이여, 바람이여, 너희 모두가 날 비웃는구나. 정말 나를 동정한다면 내 감각과 기억을 부숴 버려 다오. 나로 하여금 아무것도 아닌 존재가 되게 해 다오. 하지만 그럴 수 없다면 떠나라, 떠나 버려라. 그리고 나를 어둠 속에 남겨 두어라."

비참하고도 황당한 생각이었다. 하지만 영원히 반짝이는 별들이 나를 얼마나 짓눌렀는지 나를 죽이려고 다가오는 지루하고 못생긴 시로코*처럼, 한바탕 부는 바람 소리를 어떻게 들었는지 묘사할 길이 없다.

샤모니 마을에 도착하기도 전에 아침이 밝았다. 그러나 초라하고 기이한 내 모습에 가족들의 걱정은 가라앉지 않았다. 그들은 밤새 걱정하며 내가 귀가하기만 기다렸던 것이다.

다음 날 우리는 제네바로 돌아갔다. 아버지는 내 기분을 바꾸고 잃어버린 평정심을 회복시키려는 마음으로 이곳에 왔다. 하지만 그 처방은 치명적이었다. 나의 극심한 불행을 설명할 길이 없자 아버지는 귀가를 서둘렀다. 원인이 무엇인지 모르나, 조용하고 단조로운 일상생활 덕분에 나의 고통이 점차 줄어들기를 바랐다.

나로 말하면, 가족이 뭘 하든 내버려 두었다. 사랑하는 엘리자베스의 부드러운 애정도 나의 깊은 절망에서 벗어나게 하기에는 역부족이었다. 그 악마에게 한 약속이 지옥의 위선자 머리에 씌운 쇠로 만든 단테의 두건 달린 겉옷처럼 마음을 짓눌렀다. 지상과 하늘의 모든 즐거움이 마치 꿈결처럼 내 앞에서 사라졌고, 그 생각만 생생한 현실로 다가왔다. 가끔 일종의 광기에 사로잡혀, 주위에서 끊임없이 고통을 가하는 수많은 끔찍한 동물들이 내게 종종 비명과 쓰라린 신음 소리를 쥐어짜 냈다는 상상을 할 수 있겠는가?

하지만 이런 감정도 조금씩 진정되었다. 흥미까지는 아니지만, 적어도 평정심을 갖고 일상생활로 되돌아갔다.

제3부

제1장

제네바로 돌아온 이후, 하루 또 하루 그리고 한 주 또 한 주가 흘러갔지만, 일을 시작할 엄두가 나지 않았다. 그 악마가 실망한 나머지 복수라도 하면 어쩌나 하고 두려우면서도 여전히 그 일이 하기 싫었다. 여자 괴물을 만들려면 다시 심오한 연구와 힘든 논문에 몇 달을 바쳐야 했다. 영국 철학자의 몇 가지 발견에 관해 들었는데, 그 지식은 내가 성공할 수 있느냐 없느냐에 달린 것이었다. 때문에 이 목적을 위해 영국 방문을 허락해 달라고 아버지에게 말해야겠다고 가끔 생각했다. 하지만 온갖 핑계를 대어 방문을 연기했고, 모처럼 되찾은 나의 평온을 깨뜨리겠다고 결심하기가 어려웠다. 지금까지 나빴던 건강이 이제는 많이 회복되었다. 그 불행한 약속이 생각날 때만 빼고는 기분이 상쾌했다. 아버지는 흡족한 마음으로 이런 변화를 지켜보았고, 아직도 가끔씩 찾아오는 나의 우울함을 어떡하면 뿌리 뽑을 수 있을까 하고 최선의 방법을 찾느라 골몰했다. 가끔 발작이라도 난 것처럼 다시 우울해지면, 다가오는 햇볕이라도 삼켜 버릴 듯 암흑에 뒤덮였다. 이럴 때는 철저히 고독에 빠져들었다. 혼자 작은 배를 타고 하루 종일 호수에서 보냈다. 구름을 바라보다가 말없이 무력하게 출렁이는 파도 소리에 귀를 기울이면서. 하지만 신선한 공기를 마시고 밝은 햇살을 쬐고 나면 어김없이 얼마간 평안을 되찾았다. 그러고 나서 돌아오면 유쾌한 마음으로 즐겁게 미소를 지으며 가족들과 안부를 나눌 수 있었다.

이런 외출에서 돌아온 뒤 아버지가 나를 불러 놓고 말했다.

"사랑하는 아들아, 네가 예전처럼 즐거운 모습으로 돌아온 것 같아 기쁘구나. 하지만 아직도 불행한 기색으로 우리와는 도무지 어울리려 하지 않는구나. 얼마 동안은 그 원인을 짐작할 수 없었지만 어제 한 가지 생각이 나더구나. 이 생각이 맞는지 확인해 주면 좋겠다. 이 일을 말하지 않는 건 소용없는 일일 뿐 아니라, 우리 모두를 세 배나 불행하게 만들 거야."

이렇게 서두를 꺼내는 바람에 내 몸이 떨렸지만, 아버지는 계속 말했다.

"아들아, 고백하건대 우리 가정의 평안을 묶을 끈이자 노년의 버팀목으로 네가 사촌과 결혼하기를 늘 고대해 왔단다. 어릴 때부터 너희 둘은 서로 좋아했지. 함께 공부하고 기질이나 취향도 꽤 잘 맞는 것 같았어. 하지만 사람의 경험으로는 한 치 앞도 내다보지 못하는 법이어서 내 계획에 도움 될 성싶은 일이 오히려 일을 망치기도 하지. 아마 넌 그 아이를 아내가 아니라, 누이로만 봤을지도 모르겠어. 아니, 사랑하는 다른 여자가 생겼을지도 모르겠지. 사촌과의 정혼을 지켜야 한다는 생각에, 이를 고민하느라 지금처럼 몹시 괴로워하는 건 아닌지 모르겠구나."

"사랑하는 아버지, 안심하세요. 진심으로 사촌을 깊이 사랑합니다. 엘리자베스만큼 열렬한 연모와 애정을 불러일으키는 여자는 한 번도 만난 적이 없어요. 제 장래 희망과 전망은 온통 우리가 결혼할 거라는 기대에 달려 있어요."

"사랑하는 빅터, 이 문제에 관해 네 생각을 알려 주어 그 어느 때보다 기쁘구나. 네가 그렇게 생각한다면, 지금 우리가 겪은 사건 때문에 아무리 괴로워도 분명 행복해질 거야. 하지만 너를 그토록 강력히 사로잡은 불행에서 벗어나게 해 주고 싶구나. 그러니 즉시 이 결혼 예식을 거행한다면, 반대할 생각인지 말해 보렴. 우리에게 불행한 일이 일어났고, 최근 일어난 사건들 때문에 내 나이와 병든 몸이 누려야 할 평안한 일상에서 벗어났지. 넌 젊어. 하지만 네겐 상당한 재산이 있으니 일찍 결혼한다고 해서 명예나 장차 전문직에 대한 계획이 틀어질 것 같진 않구나. 하지만 네게 행복을 강요하거나, 네 결혼을 연기한다고 해서 내 마음이 불편할 거라고는 생각지 마라. 내 말을 있는 그대로 솔직하게 받아들여 제발 진심으로 솔직히 답해 다오."

나는 말없이 아버지의 말씀을 들었고, 얼마 동안 아무 대답도 못했다. 머릿속에 수천 가지 생각이 재빨리 오갔지만, 뭔가 결론을 내 보려고 애썼다. 아! 지금 사촌과 결혼한다는 것은 두렵고도 절망적인 생각이었다. 나는 아직 완수하지 못했고, 그렇다고 감히 깨뜨릴 수도 없는 엄숙한 약속에 매여 있는 몸이었다. 또 내가 이 맹세를 깨뜨린다면 나나 사랑하는 가족에게 어떤 불행이 닥칠지도 모른다! 나를 땅으로 끌어 내리는, 이 죽을 것같이 무거운 짐을 목에 걸고 결혼식장에 들어갈 수 있을까. 나는 내가 한 약속을 완수하고, 괴물이 여자 괴물과 함께 떠나게 만들어야 한다. 그래야 비로소 나의 평화로운 결혼을 만끽할 수 있을 것이다.

또한 기억이 났다. 영국으로 여행을 가거나, 현재 내 작업에 꼭 필요한 지식을 발견한 영국 철학자들과 오랫동안 서신을 교환할 필요가 있었다. 편지로 내가 원하는 지식을 얻는 두 번째 방법은 더디고 만족스럽지 못할 것이다. 게다가 변화가 생긴다면 뭐든 마음에 들었고, 장소를 바꿔 가족과 떨어져 다양한 일을 하며 1~2년 정도 보낼 생각을 하니 마음이 기뻤다. 그사이 뭔가 다른 사건이 일어나서 내가 누리던 평화와 행복을 되찾을지도 모른다. 내가 약속을 지키면 괴물이 떠날 수도 있다. 아니면 다른 사건이 일어나 괴물이 죽고, 나의 노예 상태가 영원히 끝날 수도 있다.

이런 생각을 하니 아버지에게 해 줄 대답이 정해졌다. 나는 영국을 방문하고 싶다고 아버지에게 말했다. 하지만 진짜 이유는 감춘 채, 고향 집에 정착하기 전에 여행이나 하며 세상을 보고 싶다는 핑계를 댔다.

내가 진지하게 부탁하자 아버지는 승낙해 주었다. 세상에 우리 부모님만큼 관대하고 겸손한 분은 별로 없을 것이다. 우리는 금방 계획을 세웠다. 일단 스트라스버그로 간 다음, 거기서 클러벌과 합칠 것이다. 몇몇 네덜란드 도시에서 잠시 시간을 보내고, 주로 영국에 머물 것이다. 그리고 프랑스를 거쳐 돌아와야 한다. 여행이 2년쯤 걸릴 거라는 데 동의했다.

제네바로 돌아오자마자 엘리자베스와 결혼할 거라는 계획에 아버지는 아주 흡족해하며 이렇게 말했다. "2년은 금방 지나갈 테고 네 행복이 지연되는 것도 이번이 마지막일 거야. 그리고 정말 우리가 다 모여 살면서, 어떤 희망이나 두려움도 우리 가정의 평안을 해치지 않을 날이 오면 좋겠구나."

나는 대답했다. "아버지 결정에 대만족이에요. 그때쯤엔 우리가 지금보다 더 현명하고 행복했으면 좋겠네요." 나는 한숨을 내쉬었다. 하지만 친절하게도 아버지는 내가 낙담한 이유를 더 이상 캐묻지 않았다. 아버지는 그저 새로운 장면과 즐거운 여행 덕분에 내가 다시 평온해졌으면 했다.

이제 여행 떠날 채비를 마쳤다. 그러나 한 가지가 마음에 걸려 두렵고 불안했다. 내가 여행을 떠난 동안, 내 출발에 화가 난 놈의 '공격'에 가족을 무방비 상태로 남겨 두어야 했다. 가족은 그런 적의 존재조차 모르는데 말이다. 하지만 놈은 내가 어딜 가든 따르겠다고 약속했었다. 그러니 영국까지 쫓아오지 않겠는가? 그런 상상은 끔찍했지만, 가족의 안전을 담보하는 만큼 한편으로는 위로가 되었다. 오히려 반대 일이 벌어질까 걱정이었다. 하지만 내가 만든 괴물의 노예로 살아가는 동안 내내, 나는 순간적 충동에 따라 행동하곤 했다. 지금은 그 악마가 나를 따라올 테니까 위험한 놈의 간계로부터 가족이 안전하리란 예감이 강하게 들었다.

8월 말이 되어서야 여행을 떠날 수 있었는데, 2년간 외국에서 지낼 생각이었다. 엘리자베스는 내가 출발하는 이유에 동의했지만, 똑같이 경험을 늘리고 지식을 계발할 수 있는 기회가 없어 유감이었다. 하지만 작별 인사를 할 때 눈물을 뚝뚝 흘리면서 행복하고 평안한 모습으로 돌아오라고 신신당부했다. 그녀가 말했다. "우리 모두 널 의지하고 있어. 네가 불행하면 우리 기분이 어떻겠어?"

나는 어디로 가는지도 모르고, 주위로 무엇이 스쳐 가는지도 무심한 채 나를 데려가기로 되어 있는 마차에 몸을 실었다. 다만 비통한 마음으로 화학 실험 도구를 꾸려 가져가야 한다는 지시를 내렸던 기억만 난다. 외국에 있는 동안 내가 한 약속을 완수하고, 가능한 한 자유의 몸으로 돌아오겠다고 결심했기 때문이다. 수없이 나타나는 아름답고 장엄한 풍경을 잔뜩 우울한 상상이나 하며 스쳤다. 하지만 한군데 고정된 시선에는 아무것도 보이지 않았다. 나는 여행하는 동안 목적지와 내가 해야 할 작업만 계속 생각했다.

며칠간 무심하고 게으르게 장거리를 달린 뒤, 스트라스버그에 도착해서 이틀간 클러벌을 기다렸다. 그가 왔다. 아, 우리 두 사람은 얼마나 대조적이었던가! 그는 새로운 장면을 볼 때마다 생생한 반응을 보였다. 아름다운 일몰을 보며 즐거워했고, 일출을 보며 더 행복한 마음으로 새날을 시작했다. 그는 시시각각 변하는 풍경과 하늘의 모습을 가리켰다. "산다는 건 바로 이런 거야." 그가 외쳤다. "지금 나는 존재를 맘껏 즐기고 있어! 하지만 사랑하는 프랑켄슈타인, 왜 그렇게 절망하고 슬퍼하는 거지?" 사실 나는 우울한 생각에 빠져 지는 저녁 별이나, 라인 강에 비치는 황금빛 일출도 내 눈에는 들어오지 않았다. 친구여, 내 생각을 듣는 것보다 열린 눈으로 즐거이 관찰한 클러벌의 풍경 일기를 읽는 편이 훨씬 더 재미있을 것이다. 나는 저주에 시달린 나머지 즐거움과 통하는 문을 모조리 닫아 버렸던 것이다.

우리는 배를 타고 스트라스버그에서 로테르담까지 라인 강을 내려가서, 거기서 런던행 배를 타기로 했다. 여행하는 동안 우리는 버드나무가 우거진 섬을 지나쳤고 아름다운 몇몇 도시도 보았다. 만하임에서는 하루 머물렀고, 스트라스버그에서 출발한 지 닷새째 되는 날 마인츠에 도착했다.* 마인츠 아래에서 보는 라인 강의 풍경은 매우 아름다웠다. 높지는 않지만 경사가 급하고 아름다운 언덕 사이로 강물이 급하게 굽이쳐 흘렀다. 폐허가 된 많은 성들이 검은 숲에 둘러싸인 채 접근하기 어려운 높은 절벽 끝에 서 있었다. 사실 라인 강의 이 부분은 특히 다채로운 풍경을 보여 준다. 어떤 곳에서는 바위투성이 언덕과 엄청난 절벽을 굽어보는 폐허가 된 성들, 그 아래 굽이치는 어두운 라인 강이 보인다. 그리고 벼랑을 돌아서면 갑자기 비탈진 푸른 강둑과 함께 잘 자란 포도밭, 굽이치는 강, 붐비는 도시 풍경이 나타난다.

우리는 포도 수확기에 여행했기에 강을 따라 내려가면서 일꾼들이 부르는 노랫소리를 들었다. 우울한 마음과 울적한 감정에 계속 시달린 내 기분까지 좋아졌다. 배 바닥에 누워 구름 한 점 없는 파란 하늘을 바라보며, 한동안 내게 낯설었던 평안에 흠뻑 취했다. 내가 이런 기분이라면, 헨리의 기분을 그 누가 묘사할 수 있을까? 그는 마치 요정 나라에 가서 인간이 느끼지 못할 행복을 맛본 기분이라고 했다. 그가 말했다. "우리 나라에서 가장 아름다운 풍경을 보았어. 루체른과 우리(Uri)에 있는 호수에 가 본 적이 있지. 눈 덮인 산맥이 뚫고 들어갈 수 없는 검은 그림자를 던지면서 물속으로 거의 수직으로 내려간 광경은 즐거운 모습으로 눈을 위로하는 푸른 초목에 뒤덮인 섬이 없었다면, 우울하고 슬픈 광경이었을 거야. 호수가 폭풍우에 요동치는 모습도 보았어. 그때 바람이 호수에 회오리바람을 일으키면서 큰 바다에 물기둥이 솟는 것 같았고, 파도는 산 밑으로 맹렬하게 달려들었지. 거기서 사제와 그의 연인이 눈사태에 갇혀 죽었는데, 아직도 밤바람이 멈춰 조용해지면 그들이 죽어 가는 소리가 들린다더군. 라 발레 산과 페이 드 보드 산도 보았어. 하지만 빅터, 그 모든 멋진 풍경보다 이 나라의 풍경을 보니 더 즐거워. 스위스 산은 더 장엄하고 기이했어. 하지만 이 신성한 강둑에는 전에 본 것과 비교할 수 없는 매력이 있어. 저기 절벽에 걸려 있는 성 좀 봐. 아름다운 나뭇잎에 가려 거의 보이지 않는 저 섬에도 성이 있어. 지금 포도밭에서 오는 일꾼들, 저 산 구석에 반쯤 가린 마을 좀 봐. 아, 그래. 여기 살면서 이곳을 지키는 영혼은 빙하를 쌓거나 올라갈 수 없는 산 정상에 꼭꼭 숨는 우리 나라 영혼보다 인간과 훨씬 잘 어울릴 거야."

클러벌! 사랑스러운 친구여! 지금도 네 말을 기록하면서, 탁월한 네가 받아 마땅한 찬사를 생각하니 기쁘다. 그는 "바로 시적인 자연"*으로 빚어진 존재였다. 열정적이면서도 거친 그의 상상력은 섬세한 감수성으로 다듬어졌다. 그의 영혼은 열렬한 애정으로 넘쳤고, 그의 우정은 헌신적이고 놀라워서 세속적인 사람이라면 꿈에서나 찾아보라고 할 만한 것이었다. 하지만 그의 열렬한 정신을 충족시키기에 인간의 연민은 턱없이 부족했다. 다른 사람들이 그저 감탄이나 하는 자연 풍경을 그는 열정적으로 사랑했다.

메아리치는 폭포는
열정처럼 '그를' 사로잡았다네. 높은 바위와
산 그리고 깊고 음침한 숲,
이런 색깔과 형상이 당시 그에게는
욕망이었다. 감정이며 사랑이었다.
생각으로만 제공되거나
눈에서 빌리지 않은 관심사에서 나올
더 머나먼 매력은 필요 없다*

그런데 지금 그는 어디 있나? 이 온화하고 사랑스러운 존재는 영원히 사라져 버렸단 말인가? 풍부한 아이디어와 기발하고 장엄한 상상력을 지닌 이 정신은 하나의 세계를 만들어 낼 정도였다. 이 세계는 그 세계를 만들어 낸 창조주가 살아 있을 때만 존재했다. 이런 정신이 사라졌단 말인가? 그 정신은 이제 내 기억 속에만 있다는 말인가? 아니야, 그렇지 않다. 그토록 아름답게 빛나던 신과 같던 네 몸은 썩었지만, 네 정신은 아직도 불행한 친구를 찾아 위로해 주고 있다.

이렇게 슬픔을 쏟아 낸 걸 용서해 다오. 헨리의 뛰어난 가치에 비해 이 헛된 말은 보잘것없는 찬사에 불과하지만, 그를 기억할 때마다 아픈 내 마음은 이 말로 위로받는다. 내 이야기를 계속할게.

쾰른을 지나 우리는 네덜란드 평원으로 내려갔다. 그리고 나머지는 말을 타고 가기로 했다. 왜냐하면 역풍인 데다 강물이 너무 잔잔해서 우리에게는 별 도움이 되지 않았기 때문이다.

여기서부터 우리 여행은 아름다운 풍경이 주는 흥미를 잃었다. 하지만 며칠 뒤 로테르담에 도착했고, 거기서 바닷길로 영국에 갔다. 12월 하순의 어느 맑은 아침에, 영국의 하얀 절벽을 처음 보았다. 템스 강의 둑은 새로운 풍경을 보여 주었다. 그 강둑은 평평했지만 기름졌고, 마을마다 뭔가 기억할 만한 이야깃거리가 있었다. 우리는 틸버리 요새를 보았고, 스페인 무적함대를 기억했다. 그레이브젠드와 울위치 그리고 그리니치는 고향에서도 들어 봤던 지명이었다.

마침내 우리는 수많은 런던 첨탑과 무엇보다 우뚝 솟은 세인트 폴 성당 그리고 영국사에 유명한 런던 탑을 보았다.

제2장

현재 우리는 런던에서 휴식을 취하는 중이다. 우리는 이 유명한 멋진 도시에서 몇 달간 머물기로 했다. 클러벌은 당시 성공한 천재나 인물과 교제하고 싶어 했지만, 내게 그런 일은 부차적인 문제였다. 나는 우선 괴물에게 한 약속을 완수하는 데 필요한 정보를 얻는 데 몰두하여, 소개장을 갖고 가장 저명한 자연 과학자를 방문했다.

행복하게 연구하던 시절에 이런 여행을 했다면, 이루 말할 수 없이 즐거웠을 것이다. 하지만 내 존재에 어두운 그림자가 드리워졌고, 그저 끔찍한 주제에 관한 정보를 얻기 위해 필요한 사람만 만났다. 사람들을 만나는 것은 번거로운 일이었다. 혼자 있을 때면, 하늘과 땅의 풍경이 가슴에 가득 찼다. 헨리의 목소리에 마음이 진정되어 잠시 잠깐 평화를 맛보기도 했다. 하지만 분주하고 무심하며 즐거운 얼굴들을 보노라면 다시 절망스러운 심정이었다. 윌리엄과 저스틴의 피로 봉해진 나와 다른 사람들 사이에는 넘을 수 없는 장벽이 있었다. 그 두 이름과 관련된 사건을 떠올리면, 내 영혼에는 근심이 밀려왔다.

클러벌의 모습에서 이전의 내 모습이 보였다. 그는 호기심이 많았고 경험과 지식을 갈구했다. 그가 알아낸 풍습의 차이가 그에게는 지식과 즐거움의 마르지 않는 원천이었다. 그는 늘 분주했다. 슬프고 낙심한 내 태도만이 그의 즐거움을 가로막는 것이었다. 나는 최대한 이를 감추려고 애썼다. 걱정이나 쓰라린 회상이 전혀 없이 인생의 새로운 국면에 들어선 사람이 당연히 누릴 수 있는 즐거움을 망치고 싶지는 않았다. 나는 가끔 혼자 있으려고 다른 약속이 있다는 핑계를 대어 그와의 동행을 거부하기도 했다. 또 새로운 창조에 필요한 재료를 막 수집하기 시작했는데, 이는 마치 머리 위로 계속 물방울이 똑똑 떨어지는 것처럼 괴로운 일이었다. 그 일과 관련된 생각이라면 온통 괴로웠고, 그 일과 관련된 말이라면 모조리 입술이 떨리고 심장이 뛰었다.

런던에서 몇 달 지낸 뒤, 전에 제네바에서 우리를 방문했던 스코틀랜드 사람의 편지를 받았다. 그는 아름다운 자기 고향 이야기를 하면서, 자신이 사는 북쪽 지방의 퍼스로 오는 게 어떠냐고 물었다. 클러벌은 이 초대를 몹시 받아들이고 싶어 했다. 나는 사람들과 어울리기는 싫었지만, 자연이 그 장소를 얼마나 멋지게 꾸며 놓았는지 다시 보고 싶었다.

우리는 10월 초에 영국에 도착했는데, 어느덧 2월이었다.* 그래서 3월이 끝날 무렵, 여행을 시작하기로 했다. 이 여행에서 우리는 에든버러로 가는 큰길을 따르지 않고, 윈저와 옥스퍼드, 매틀록 그리고 컴벌랜드 호수를 거쳐 7월 말에 목적지에 도착하기로 했다. 나는 화학 실험 도구와 그동안 수집한 재료를 챙겼고, 스코틀랜드의 북부 고원 지대 어디쯤 눈에 띄지 않는 외딴곳에서 작업을 끝내기로 마음먹었다. 우리는 3월 27일에 런던을 떠나 윈저에서 며칠간 묵으며 아름다운 숲을 거닐었다. 산에서 자란 우리에게는 이곳 풍경이 새로웠다. 당당한 참나무와 풍부한 사냥감 그리고 위풍당당한 사슴 떼 등 모든 것이 새로웠다.

거기서 우리는 옥스퍼드로 향했다. 이 도시에 들어서자, 1세기하고도 반이 넘는 과거에 거기서 해결되었던 사건이 기억났다. 찰스 1세는 바로 이곳에서 군대를 소집했던 것이다. 온 나라가 국회와 자유라는 깃발을 따르려고 그의 명분을 저버린 후에도, 이 도시는 그에게 충성스러웠다. 그 불행한 왕과 동지들, 사랑스러운 포클랜드, 거만한 고링(Goring), 왕비와 왕자에 대한 기억 때문에 그들이 한때 살았을 이 도시 구석구석에 특별한 관심이 생겼다.* 과거의 요정이 여기 살았으므로 우리는 그 발자취를 즐거이 추적했다. 과거를 상상하는 즐거움이 없더라도, 도시의 외관은 감탄을 자아낼 만큼 아름다웠다. 대학교들은 고풍스럽고 그림처럼 멋졌다. 거리는 화려했으며, 푸른 초원을 지나 옆으로 흐르는 아이시스 강은 잔잔하고 넓게 펼쳐져, 늙은 수목에 둘러싸인 장엄한 탑과 첨탑 그리고 돔을 비추었다.

나는 즐거운 마음으로 이런 풍경을 감상했다. 하지만 과거의 기억과 미래에 대한 예상으로 즐거우면서도 비통한 심정이었다. 나는 성격상 평화로운 행복에 어울리는 사람이었다. 젊은 시절 내 마음은 불평이 뭔지도 몰랐다. '지루함'에 둘러싸여 아름다운 자연을 보거나 인간이 만들어 낸 훌륭하고 숭고한 것을 공부하다 보면, 항상 재미있고 금방 기분이 쾌활해졌었다. 하지만 이제는 시들어 버린 나무 같았다. 내 영혼에 번개를 맞은 것이다. 그 당시 내가 살아야 할 이유는 곧 죽을 나의 종말, 즉 다른 사람이 보기에 가련하고, 내가 보기에도 혐오스러운, 인간성이 파괴된 비참한 모습을 보여 주기 위해서라고 생각했다.

우리는 주변을 산책하거나 영국사에서 가장 활발한 시대와 관련이 있을 만한 장소를 모두 찾아다니며 상당 기간 옥스퍼드에서 보냈다. 우리의 작은 탐구 여행은 유적이 계속 나타나는 바람에 종종 지체되었다. 우리는 유명한 햄던*의 무덤과 그 애국자가 전사한 전쟁터를 가 보았다. 한순간 내 영혼은 천하고 비참한 두려움에서 벗어나, 고상하게 멋진 자유와 자기희생을 생각하게 되었다. 지금 보는 것들이 이런 생각을 하게 만든 기념비이자 기념품이었다. 나는 잠시 나를 묶고 있는 쇠사슬을 떨치고 자유롭고 고상한 마음으로 주변을 살펴보았다. 그러나 다시 살을 파고드는 강력한 족쇄 때문에, 부들부들 떨면서 아무 희망 없는 비참한 존재로 다시 몰락해 버렸다.

우리는 아쉬운 마음으로 옥스퍼드를 떠나 다음 휴식처인 매틀록으로 갔다. 이 마을 근처에서 보는 풍경은 스위스 풍경과 매우 비슷했다. 하지만 모두 다 조금 더 낮고, 초록 언덕에는 머나먼 백색 알프스 산맥이라는 왕관이 얹혀 있었다. 알프스 산맥은 소나무 우거진 우리 조국의 산을 항상 보살펴 주었다. 우리는 놀라운 동굴과 작은 자연사 진열실을 방문했는데, 거기에는 진기한 물건들이 세르보와 샤모니의 수집품처럼 진열되어 있었다. 헨리가 샤모니라고 발음하자 그 지명 때문에 온몸이 부들부들 떨렸다. 그래서 나는 황급히 이 무서운 장면을 연상시키는 매틀록을 떠났다.

더비에서 계속 북부로 올라가면서 우리는 컴벌랜드와 웨스트모어랜드에서 두 달간 보냈다. 이제는 나 자신이 스위스 산들 속에 있다고 상상할 정도였다. 산의 북쪽으로 아직 군데군데 남아 있는 눈과 호수 그리고 기세 좋게 흐르는 험난한 강은 모두 익숙하고 소중한 풍경이었다. 여기서도 몇몇 사람을 사귀었는데, 그들 덕분에 행복하다는 착각이 들 뻔했다. 클러벌은 나보다 더 기뻐했다. 재주 있는 사람들과 사귀며 그의 마음이 넓어졌고,* 자기보다 부족한 사람들과 어울리면서 자신의 능력과 자질이 자신이 생각했던 것보다 뛰어나다는 사실을 깨달았던 것이다. 그는 나에게 말했다. "평생 여기서 지낼 수도 있겠어. 그리고 이 산속에 산다면 스위스와 라인 강도 그리워하지 않을 것 같아."

그러나 그는 여행자의 생활에 즐거운 일도 많지만, 고통도 많다는 걸 깨달았다. 감정적으로 늘 긴장해야 했다. 휴식을 좀 취할라치면, 새로운 것을 보기 위해 지금의 즐거움을 포기하고 떠나야 했다. 다시 그 새로운 것에 끌리다가, 다시 버리고 또 다른 새로운 것을 보아야 했다.

컴벌랜드와 웨스트모어랜드의 여러 호수를 방문하면서 몇몇 주민에게 정을 느끼자마자, 스코틀랜드 친구와 약속한 날짜가 다가오는 바람에 그들과 이별하고 계속 여행해야 했다. 나로 말하자면, 그리 섭섭하지는 않았다. 내가 했던 약속에 한동안 태만한 상태라서, 실망한 악마가 무슨 짓을 저지르지나 않을까 싶어 두려웠던 것이다. 놈이 스위스에 남아 가족에게 복수할지도 모른다. 이런 생각에 쫓겨서, 그렇지 않다면 매 순간 평안하게 쉴 수도 있을텐데 하는 생각에 괴로웠다. 나는 안절부절 흥분 상태로 조바심치며 편지를 기다렸다. 편지가 늦게 오면 비참한 마음에 온갖 두려움에 시달렸다. 막상 엘리자베스나 아버지 이름이 쓰인 편지를 보면, 차마 읽고 내 운명을 확인해 볼 용기가 나지 않았다. 가끔 악마가 따라와 친구를 죽임으로써 내 태만에 벌을 줄지 모른다는 생각도 들었다. 이런 생각에 사로잡히면, 한시도 헨리를 떠나지 않고 그림자처럼 따라다녔다. 그를 죽이려는 악마의 분노를 상상하고 그 분노로부터 그를 보호할 셈이었다. 마치 엄청나게 큰 범죄를 저지르고 그로 인한 죄의식 때문에 괴로워하는 꼴이었다. 사실 죄는 없지만, 그 죄만큼 끔찍한 저주가 내 머리에 내린 셈이다.

나른한 눈과 마음으로 에든버러를 방문했다. 그러나 아무리 불행한 사람도 이 도시라면 흥미를 느낄 만하다. 클러벌은 이 도시를 옥스퍼드만큼 좋아하지 않았다. 그에게는 고색창연한 옥스퍼드가 훨씬 더 마음에 들었기 때문이다. 하지만 에든버러라는 새로운 도시의 아름다움과 규칙성, 낭만적인 성, 그 도시 주변, 세상에서 가장 즐거운 장소인 아서 왕의 왕좌,* 세인트 버나드 우물 그리고 펜틀랜드 힐스를 보자, 그의 마음은 다시 즐거워졌고 감탄사를 연발했다. 하지만 나는 이 여행이 끝나기만 초조하게 기다렸다.

한 주 뒤에 우리는 에든버러를 떠나 쿠퍼와 세인트앤드루스를 거쳐 테이 강둑을 따라 친구가 기다리는 퍼스로 갔다. 하지만 나는 낯선 사람들과 웃고 떠들거나, 손님에게 으레 기대되는 유쾌한 기분으로 그 낯선 사람들의 감정이나 계획에 비위를 맞춰 줄 기분이 아니었다. 그래서 클러벌에게 혼자 스코틀랜드 여행을 하고 싶다고 말했다. 나는 말했다. "자네 혼자 여기서 즐기고 있어. 그리고 다시 여기서 만나. 한두 달 떠나 있을게. 부디 날 막지 마. 잠시라도 혼자 평화롭게 고독을 맛보게 해 줘. 그럼 훨씬 가벼운 마음으로 돌아와서 자네 기분을 맞춰 주는 사람이 될 거야."

헨리는 나를 말리고 싶었지만, 이미 내 계획대로 하기로 결심한 것을 보고는 더 이상 만류하지 않았다. 그는 자주 편지하라고 했다. "너랑 가고 싶어." 그가 말했다. "잘 알지도 못하는 이 스코틀랜드 사람들과 있느니 고독한 네 산책을 따라가고 싶어. 그럼 친구, 빨리 돌아와. 그래야 내 마음이 다시 편해질 테니까. 네가 없으면 한시도 마음이 편치 않아!"

친구와 헤어진 뒤, 스코틀랜드의 벽지에 들어가 혼자 내 작업을 마치기로 결심했다. 작업을 다 끝내면, 괴물이 스스로 모습을 드러내어 자신의 짝을 받아들일 것을 추호도 의심하지 않았다.

이런 결심을 하고 북부 고원을 가로질러 오크니* 중에서도 가장 외딴 곳에 작업실 자리를 잡았다. 바윗덩어리나 다름없는 곳이어서 그런 작업을 하기에는 안성맞춤이었다. 높은 쪽 바위에선 파도가 계속 부딪혔다. 황량한 땅이라 말라비틀어진 소 몇 마리를 먹일 목초와 그곳 주민이 먹을 오트밀도 부족했다. 주민이래야 고작 다섯 명인데, 몹시 마른 팔다리를 보니 음식이 얼마나 시원찮은지 알 수 있었다. 채소와 빵을 먹는 호사나 신선한 물이라도 마시려면 8킬로미터가량 떨어진 본토에서 얻어 와야 했다.

섬 전체에 시원찮은 집이 달랑 세 채인데, 내가 도착했을 때는 그중 한 채가 비어 있었다. 나는 이 집을 빌렸다. 그 집에는 방이 둘밖에 없었고, 매우 비참한 빈곤과 불결함을 보여 주었다. 초가지붕은 내려앉았고 벽의 회반죽 칠이 다 떨어지고, 문의 경첩은 빠져 있었다. 수리를 지시하고 가구 몇 점을 사서 그 집에 들어갔다. 오두막집 사람들이 모두 비참한 빈곤으로 감각이 마비되지 않았다면, 틀림없이 그들은 이 사건에 놀랐을 것이다. 사실 누구의 시선이나 괴롭힘도 받지 않고 살 수 있었고, 내가 음식이나 옷을 좀 주어도 감사하다는 말은 거의 들어 본 적이 없다. 고통은 사람들의 조잡한 감수성마저 무디게 만들었다.

이 외진 곳에서 아침이면 작업에 전념했다. 하지만 날씨가 좋은 저녁이면 암벽투성이 바닷가 해변으로 걸어가서 포효하며 발치로 달려드는 파도 소리를 들었다. 단조로웠지만 하루하루 다른 풍경이었다. 스위스가 생각났다. 그곳은 황량하고 소름 끼치는 이곳 풍경과는 전혀 달랐다. 언덕에는 포도나무가 뒤덮이고, 평원에는 오두막이 군데군데 흩어져 있었다. 푸른 하늘이 아름다운 호수에 비쳤다. 바람이 불면 호수가 일렁였지만, 거대한 바다의 포효에 비하면 그저 기운 센 아기의 장난 같았다.

처음 도착했을 때는 일과를 이런 식으로 나누었다. 그러나 점차 작업이 진행됨에 따라, 그 일이 나날이 더욱 끔찍하고 귀찮아졌다. 가끔은 며칠 동안이나 실험실에 들어갈 수도 없었다. 어떤 때는 작업을 빨리 끝내려고 밤낮없이 그 일에 매달리기도 했다. 내가 하는 작업은 정말이지 더러운 과정이었다. 처음 실험을 할 때는 일종의 열정적인 흥분으로 내가 하는 작업이 얼마나 끔찍한 것인지 보질 못했었다. 내 마음은 내가 하는 작업의 결과에만 고정되어, 내가 하는 작업이 얼마나 끔찍한지 보지 않으려고 했다. 하지만 이제 냉철한 마음으로 작업하려니, 내 손으로 하는 작업 때문에 가끔 마음이 아팠다.

이런 상황에서, 가장 싫어하는 작업에 내가 하는 현장 말고 한 순간도 내 주의를 끌 만한 게 전혀 없는 고독 속에 빠져 있으니, 내 영혼은 이상해졌다. 점점 불안하고 신경과민이 되었다. 매 순간 나를 괴롭히는 놈을 만날까 봐 두려웠다. 그토록 두려워하는 놈을 만날까 봐 눈길을 들지도 못하고, 가끔 시선을 땅바닥에 고정시킨 채 앉아 있기도 했다. 혼자 있을 때면 자기 짝을 내놓으라고 놈이 올까 봐 사람들 눈에 띄지 않는 데로 사라지는 것도 두려웠다.

그 와중에도 계속 일에 매달려, 작업은 이미 상당히 진척되었다. 떨면서도 열렬한 희망을 갖고 작업이 완성되기만 고대했다. 감히 그 희망을 의심할 수는 없었으나, 그 희망에는 악에 대한 불길한 예감이 섞여 있었다. 이런 예감 때문에 가슴속 심장이 아팠다.

제3장

어느 날 저녁 실험실에 앉아 있었다. 해가 지고 바다에서 달이 막 올라온 참이었다. 작업하기에는 빛이 충분치 않아서 그날 밤 작업을 그만두어야 할지, 아니면 좀 더 정진하여 서둘러 끝낼지 고민하며 한가로이 빈둥대고 있었다. 앉아 있으려니 이런저런 생각이 꼬리에 꼬리를 물었고, 지금 하는 작업의 결과를 생각해 보게 되었다. 3년 전 이런 식으로 몰두해 악마를 만들었는데, 그 악마의 유례없는 만행으로 마음이 황폐해지고 늘 죄책감에 시달렸다. 지금 또다시 다른 존재를 만들려 하는데, 나는 전과 마찬가지로 그 존재의 성격을 모르는 상태에 있다. 그 여자 괴물은 자기 짝보다 만 배나 더 사악한 존재가 되어 살인과 불행 자체를 더 기뻐할지도 모른다. 남자 괴물은 인간이 사는 지역을 떠나 사막에 숨어 살겠다고 약속했지만 여자 괴물은 아무런 약속도 하지 않았다. 십중팔구 생각과 이성이 있을 여자 괴물은 자기가 만들어지기 이전에 체결된 계약을 따를 수 없다고 할지도 모른다. 또 두 괴물이 서로 증오할지도 모른다. 이미 살아 있는 괴물이 추악한 자기 외모를 싫어하니, 눈앞에 여자 형태로 나타난 그 여자 괴물을 더 싫어하지나 않을까? 또 여자 괴물도 그 괴물이 싫어서 훨씬 더 아름다운 인간에게 돌아설지 모른다. 여자 괴물이 떠날지도 모른다. 혼자 버려진 괴물은 같은 동족에게 버림받은 분노로 다시 열 받을지도 모른다.

그들이 유럽을 떠나 신세계의 사막에 살더라도, 그 악마가 갈망하던 공감의 첫 열매로 자식이 생길 것이고 악마 종족이 지상에 번성할 것이다. 그 종족은 인간 종족의 존재 자체를 위험하고 공포에 가득한 상태로 내몰지 모른다. 나 자신의 이익을 위해 앞으로 영원히 지속될 세대에 이런 저주를 내릴 권리가 내게 있을까? 전에도 내가 만든 괴물의 궤변에 마음이 움직인 적이 있었다. 그 악마의 잔인한 협박에 내가 어리석어졌던 것이다. 그러나 이제 처음으로 내가 한 약속이 얼마나 사악한 것인지 깨닫게 되었다. 후세들이 인류에게 역병을 가져온 존재로 나를 저주할 거라고 생각하니 온몸이 떨렸다. 자신의 이기심 때문에 망설임 없이 온 인류를 희생하고 자신의 평안을 구한 존재로 말이다.

몸이 덜덜 떨리면서 심장이 덜컥 내려앉았다. 그때 고개를 들자마자 달빛에 창가에 서 있는 악마의 모습이 보였다. 놈이 하라고 시킨 작업을 하며 앉아 있는 나를 볼 때 놈이 지은 기분 나쁜 웃음으로 놈의 입술이 쭈글쭈글해졌다. 그렇다, 놈은 여행 내내 나를 쫓아왔던 것이다. 그는 숲에서 어슬렁거리고, 동굴에 몸을 숨기거나 넓고 황량한 황야를 피난처로 삼았다. 이제 내 작업이 얼마나 진행되었는지 살피고 약속의 이행을 주장하러 온 것이다.

놈의 표정에는 악의와 불신이 가득했다. 나는 광기를 느끼면서 놈에게 괴물을 하나 더 만들어 주겠다던 약속을 기억하고, 분노로 부들부들 떨면서 내가 만들던 괴물을 갈기갈기 찢어 버렸다. 그 괴물은 장래 자기 행복이 달린 여자 괴물을 부수는 내 모습을 보더니, 악마처럼 절망해 울부짖다가 복수를 다짐하며 사라졌다.

나는 방문을 잠그고 다시는 그 작업을 하지 않겠노라 마음속으로 엄숙히 맹세했다. 그러고 나서 떨리는 발걸음으로 집으로 돌아왔다. 나는 혼자였다. 우울함을 쫓아 주고 가장 끔찍한 몽상을 꾸는 무거운 압박감에서 해방시켜 줄 사람이 아무도 곁에 없었다.

몇 시간이 지나, 나는 창가에 앉아 바다를 응시했다. 바다는 요동치지 않았다. 바람이 가라앉고 조용히 내려다보는 달 아래 온 자연이 호흡을 가다듬었다. 바다 위에 낚싯배 몇 척만 점점이 떠 있었고, 어부들이 서로 외칠 때면 가끔 부드러운 미풍에 목소리가 가볍게 실려 왔다. 얼마나 적막한지 그 깊이를 거의 의식하지는 못했지만 적막함이 느껴졌다. 이윽고 바닷가에서 노 젓는 소리가 갑자기 들리더니 누군가 집 가까이 배를 대고 내렸다.

잠시 뒤, 누군가 문을 살그머니 열려는 것처럼 삐걱대는 문소리가 들렸다. 머리에서 발끝까지 덜덜 떨렸다. 누구인지 알 것만 같은 예감이 들었다. 우리 집에서 멀지 않은 오두막에 사는 농부를 깨우고 싶었다. 하지만 무서운 악몽을 꿀 때 자주 그렇듯이, 꼼짝도 못하는 무력감에 사로잡혔다. 눈앞에 닥친 위험에서 도망치려고 무진장 애쓰지만 그 자리에 못 박혀 꼼짝도 못할 때처럼 말이다. 곧이어 복도를 따라 걸어오는 발소리가 들렸다. 문이 열리더니 두려워하던 괴물이 나타났다. 놈은 문을 닫고 다가오더니 잠긴 목소리로 말했다.

"시작한 일을 파괴하다니. 대체 당신 의도가 뭐야? 약속이라도 깨뜨릴 셈이야? 난 온갖 고생과 불행을 견뎌 왔어. 당신과 함께 스위스를 떠났어. 버드나무 우거진 섬 사이로 라인 강변을 따라, 언덕 꼭대기까지 기어가기도 했지. 영국의 히스 황야나 스코틀랜드의 사막에서 몇 달 동안 살기도 했어. 이루 헤아릴 수 없는 피곤과 추위, 굶주림을 견뎠다고. 그런데 감히 내 희망을 저버릴 셈이야?"

"꺼져 버려! 난 약속을 깨기로 했어. 앞으로 다시는 네놈같이 추악하고 사악한 괴물 따윈 만들지 않겠어."

"노예여, 이전엔 이성으로 당신을 설득했는데, 이제 자신이 공손히 대할 가치가 없는 인물임을 입증하는군. 내게는 힘이 있다는 걸 기억해. 스스로 불행하다고 생각하겠지만, 난 당신이 너무도 비참해서 대낮의 햇빛도 증오하게 만들 수 있어. 날 만든 건 당신이지만, 당신 주인은 나야. 내게 순종해!"

"내가 우유부단하던 시절이 지나, 네놈이 힘을 휘두를 때가 왔구나. 네놈이 아무리 협박한들 그런 사악한 존재는 두 번 다시 안 만들 거야. 하지만 네놈의 협박을 듣고 보니 함께 악행을 저지를 네 짝을 만들지 않기로 한 내 결정이 옳았다는 확신이 드는구나. 내가 지상의 죽음과 불행을 보고 즐거워할 악마를 태연히 풀어놓을 것 같아? 꺼져 버려! 내 마음은 요지부동이야. 네놈 말은 내 화를 돋울 뿐이야."

괴물은 결연한 내 얼굴을 보더니 아무것도 할 수 없다는 분노로 이를 갈았다. 놈이 외쳤다. "사람은 저마다 가슴에 품을 아내가 있고 동물도 다 짝이 있는데, 왜 나만 혼자란 말인가? 나도 사랑을 느낄 수 있는데, 돌아온 것이라곤 혐오와 경멸뿐이었어. 인간아, 증오해도 좋아. 하지만 명심해! 당신의 시간은 두려움과 불행 가운데 흘러갈 것이고 곧 번개가 쳐서 당신의 행복을 영원히 앗아 갈 거야. 난 비참한 불행 속에 뒹구는데, 당신만 행복할 셈이야? 당신이 다른 열성은 망쳐도 복수심은 남는 법이야. 복수할 일만 남았지. 이제부터 내게는 빛이나 음식보다 복수가 더 중요해! 난 죽을지도 몰라. 하지만 당신은 당신의 불행을 지켜보는 태양을 저주하게 될 거야. 조심해! 왜냐하면 내게는 두려움이 없어서 강력하니까. 뱀처럼 교활하게 지켜볼 거고, 독사처럼 찌를 거야. 인간이여, 내게 상처 입힌 걸 후회하게 될 거야."

"악마야, 그만둬. 그런 사악한 말로 대기를 오염시키지 마. 네놈에게 이미 내 결심을 선언했으니 그따위 말에 마음을 바꿀 만큼 겁쟁이는 아니야. 내게서 떠나는 게 좋을 거야. 내 결심은 바뀌지 않을 테니까."

"좋아. 가지. 하지만 기억해 둬. 네 결혼식 날 밤, 돌아올게."

놀란 나는 뛰쳐나가면서 외쳤다. "이 악당아! 내 사형 선고장을 갖고 오기 전에, 네놈 안전이나 걱정해."

놈을 붙잡으려 했지만, 놈은 나를 피해 총총히 집을 떠났다. 잠시 뒤에 배를 탄 놈의 모습이 보였고 그 배는 화살처럼 잽싸게 파도 속으로 사라졌다.

다시 만물이 조용해졌다. 하지만 놈의 말이 계속 귓전에 울렸다. 분노에 불타서 나의 평안을 망친 놈을 쫓아가 바닷속에 던져 버리고 싶었다. 불안하고 조급하게 방을 서성거리는 가운데 나를 괴롭히고 찌르는 수천 가지 상상이 떠올랐다. 왜 놈을 따라가 결사적으로 싸워 끝장내지 않았던가? 하지만 놈이 도망가게 놔두었더니, 놈은 본토 쪽으로 항로를 잡았다. 끝을 모르는 놈의 복수심에 그다음 희생자는 누구일까 생각하자 온몸이 떨렸다. 그러고 나서 놈의 말이 다시 생각났다. **"네 결혼식 날 밤, 돌아올게."** 그때쯤이면 내 운명도 끝날 것이다. 그때쯤 나는 죽을 테고, 놈의 악의를 충족시키는 동시에 끝장낼 것이다. 그런 전망이 두렵지는 않았다. 하지만 사랑하는 엘리자베스를 생각하니 ―사랑하는 연인을 야만적으로 빼앗긴 걸 알고 눈물 흘리며 하염없이 슬퍼할 그녀 생각을 하니 ―몇 달 만에 처음으로 눈물이 흘러내렸고 목숨 걸고 싸워 보지도 않고 적 앞에서 쓰러질 수는 없다고 단단히 마음먹었다.

그날 밤은 이렇게 지나갔고 바다에서 태양이 떠올랐다. 마음이 평온해졌다. 과격하게 분노했다가 깊은 절망으로 가라앉은 감정을 평온하다고 부를 수 있다면 말이다. 지난밤 적과 싸운 끔찍한 현장인 집을 떠나 바닷가로 걸어갔다. 그 바다는 나와 동료 인간 사이에 넘을 수 없는 장벽 같았다. 아니, 차라리 그랬으면 좋겠다는 심정이었다. 저 황량한 섬에서 여생을 보냈으면 좋겠다. 그것은 지친 삶이겠지만 갑자기 불행한 충격을 받지 않아도 될 것이다. 돌아간다면 내가 만든 괴물의 손에 나 자신이 희생되거나, 아니면 내가 좋아하는 가족이 죽는 모습을 보게 될 것이다.

나는 사랑하는 이와 모두 헤어져 이별의 불행으로 불안한 유령처럼 섬 주위를 거닐었다. 정오가 되어 해가 높이 떠오르자, 풀밭에 누워 깊이 잠들었다. 전날 밤을 꼬박 지새운 탓에 신경이 날카로웠고, 밤새 못 잔 데다 비참한 심경이어서 눈이 시뻘게졌다. 한잠 푹 자고 나자 몸이 거뜬했다. 잠에서 깨어나자, 다시 나와 같은 인간 종족에게 속한 기분이었다. 지난밤 일을 좀 더 편안한 마음으로 생각해 보기 시작했다. 그러나 아직도 조종처럼 악마의 말이 귓가에 울렸다. 꿈결에 들은 말 같았지만, 현실처럼 또렷하게 들려 마음이 답답했다.

해는 더욱 기울었고, 아직 바닷가에 앉은 나는 오트밀을 먹으며 식욕을 게걸스럽게 채우고 있었다. 그때 가까이 배를 대는 어선이 보였고 어떤 사람이 꾸러미를 하나 건네주었다. 그 꾸러미에는 제네바에서 온 편지들, 그리고 나와의 합류를 바라는 클러벌의 편지가 들어 있었다. 그는 우리가 스위스를 떠난 지 거의 1년이나 되었는데도 아직 프랑스를 방문하지 못했다면서 고독한 섬을 떠나 지금부터 한 주 뒤에 퍼스에서 만나자고 했다. 거기서 어떻게 할지 장래 계획을 세울 것이다. 이 편지 덕분에 어느 정도 일상으로 돌아와 이틀 뒤 섬을 떠나기로 했다. 그러나 떠나기 전에 할 일이 있었다. 생각만 해도 온몸이 떨리는 일이었다. 화학 실험 도구들을 챙겨야 했고, 그러려면 불쾌한 작업의 현장이었던 방에 들어가서 보기만 해도 끔찍한 실험 도구들을 만져야 했다. 다음 날 아침, 동이 트자 용기를 내어 실험실의 자물쇠를 열었다. 반쯤 완성했다가 부숴 버린 괴물의 잔해가 바닥에 흩어져 있었다. 마치 살아 있는 인간의 몸을 난도질한 기분이었다. 잠시 쉬었다가 마음을 다잡고 실험실로 들어갔다. 떨리는 손으로 실험 도구를 옮겼다. 그러나 내 작업에 대해 농부들에게 공포와 의심을 살 만한 흔적을 남기면 안 된다고 생각했다. 그래서 엄청난 양의 돌과 함께 그 여자 괴물의 잔해를 바구니에 담고 그날 밤 바다에 던져 버릴 작정이었다. 그동안은 바닷가에 앉아 화학 실험 도구를 닦고 정리하며 시간을 보냈다.

그날 밤 악마가 나타난 뒤, 내 감정은 그 무엇과도 비할 수 없이 철저하게 변했다. 이전에는 우울한 절망감에 빠져 어떤 결과를 초래하든 약속을 지켜야 한다고 생각했다. 하지만 이제 눈앞에 있던 흐릿한 막이 걷혀 처음으로 또렷이 보는 기분이었다. 약속한 작업을 다시 시작해야겠다는 생각은 단 한순간도 들지 않았다. 내가 들었던 협박으로 마음이 무거웠지만, 자발적으로 무슨 일을 한다고 피할 수는 없었다. 이미 단호히 결심한 바이다. 처음 악마를 만들었던 것처럼 여자 괴물을 또 만든다면, 천박하고 아주 지독히 이기적인 행위일 것이다. 다른 결론을 내릴 만한 생각은 아예 지워 버렸다.

새벽 2시와 3시 사이에 달이 떴다. 작은 거룻배에 바구니를 싣고 해변에서 6킬로미터쯤 노를 저어 나갔다. 호젓한 광경이었다.

배 몇 척이 육지로 돌아오고 있었지만, 그 배들로부터 떨어져 멀리 나아갔다. 무시무시한 죄를 저지르는 기분이었고 다른 사람을 만날까 봐 피하며 덜덜 떨었다. 또렷이 보이던 달이 갑자기 짙은 구름에 잠시 가렸을 때 그 순간 어둠을 이용해 바구니를 바다에 던져 버렸다. 바구니가 가라앉을 때 꼴록꼴록 하는 소리를 듣고 그 지점에서 멀리 떠났다. 하늘에는 구름이 잔뜩 끼어 있었다. 북동풍에 쌀쌀했지만, 대기는 맑았다. 그러나 덕분에 기운이 났고 기분이 좋았다. 그래서 바다에 좀 더 머물기로 하고 키를 똑바로 고정시킨 후 배 바닥에 몸을 쭉 펴고 누웠다. 달이 구름에 가렸고 사방이 캄캄해지자, 배의 용골이 바다를 가르는 듯한 소리만 들렸다. 잔잔한 물소리가 나를 달래 주었고, 나는 이내 깊이 잠들었다.

이런 상태로 얼마나 오래 누워 있었는지 모르겠다. 그러나 깨어보니 이미 해가 꽤 높이 떠 있었다. 바람이 세게 불고 높은 파도가 작은 거룻배의 안전을 위협하고 있었다. 틀림없이 북동풍이 불어 해안에서 멀리 떠내려온 모양이었다. 항로를 바꾸려고 애써 보았지만 한 번만 더 바꾸려 한다면 배가 뒤집힐 것 같았다. 이런 상황에서 유일한 방법은 바람을 타는 것뿐이었다. 실은 조금 두려웠다고 고백해야 한다. 내게는 나침반도 없었고 이곳 지리도 잘 몰라서 태양은 별 도움이 되지 않았다. 넓은 대서양에 흘러 들어가 굶주리며 온갖 고초를 겪거나, 울부짖으며 사방에서 철썩거리는 망망대해에 휩쓸려 버릴지도 모른다. 배에 오른 지 이미 여러 시간째여서 타는 듯한 갈증에 목이 탔으나, 그것은 고통의 전주곡이었다. 하늘을 쳐다보았지만, 구름에 뒤덮인 하늘에서 구름이 사라지면 바람결에 다른 구름이 다시 낄 뿐이었다. 바다가 보였는데, 그 바다는 내 무덤이 될지도 모른다. 나는 외쳤다. "악마야, 네 임무는 끝났다! 네가 원하는 대로 되었구나!" 엘리자베스와 아버지 그리고 클러벌 생각이 났다. 그리고 너무나 절망적이고 두려운 몽상에 빠져서 영원히 내게 닫혀 버린 그 장면을 생각하면, 지금도 온몸이 떨린다.

이런 상태로 몇 시간이 흘렀다. 그러나 해가 지자 바람이 부드러운 미풍으로 잦아들었고 바다의 하얀 파도도 사라졌다. 하지만 바람이 잦아들자 큰 너울이 일었다. 멀미가 나서 노를 잡고 있을 수 없을 지경이었다. 그때 갑자기 남쪽에 펼쳐진 고원이 보였다.

몇 시간 동안 견딘 피곤과 극도의 긴장으로 기진맥진했지만 갑자기 살 수 있다는 확신이 생기자, 마음에 뜨거운 기쁨이 넘쳤고 눈에서는 눈물이 주르륵 흘러내렸다.

우리 감정은 얼마나 변덕스러우며 이 극심한 불행 속에서도 생명에 대한 집착은 얼마나 끈질긴가! 나는 옷을 찢어 돛을 하나 더 만든 뒤 육지 쪽을 향해 열심히 노를 저었다. 육지는 거칠고 암벽투성이였지만 가까이 갈수록 땅을 경작한 흔적이 눈에 띄었다. 해변에 배들이 보였고 문명인들 가까이 다시 돌아왔다는 사실이 갑자기 실감 났다. 열심히 구불구불한 육지를 살펴보다가 마침내 작은 곶 뒤에 솟은 첨탑을 보고 기뻐 소리쳤다. 지극히 병약해진 상태라 가장 손쉽게 음식을 구할 수 있는 마을을 향해 곧장 항해하기로 결심했다. 다행히 수중에는 돈이 좀 있었다. 곶으로 돌아서자 눈에 띄는 단정한 작은 마을과 그럴듯한 부두로 들어갔다. 뜻밖의 탈출에 심장은 기뻐서 마구 두근거렸다.

배를 고치고 돛을 정리할 때, 사람들이 몰려들었다. 그들은 내 몰골에 몹시 놀란 모양이었다. 하지만 나를 돕겠다고 나서는 대신, 뭐라 속삭이며 손짓하는 바람에 다른 때라면 나도 조금 놀랐을 것이다. 하지만 그들이 영어를 쓴다는 사실을 눈치채고, 영어로 말을 건넸다. “여러분, 이 마을 이름이나 제가 어디 있는지 지명을 좀 알려 주시겠어요?”

“곧 알게 될 거요.” 어떤 사람이 퉁명스럽게 대답했다. “이곳이 당신 취향에 맞지 않을지도 모르겠군. 하지만 당신에게 숙소를 내줄 사람은 없을 거요. 그건 내 장담하지.”

낯선 사람에게 그처럼 무례한 대답을 듣고 몹시 놀랐다. 찡그리고 화가 난 일행의 표정을 보자마자 내 마음도 불안해졌다. “왜 그리 퉁명스럽게 대답하시죠?” 내가 물었다. “이방인을 푸대접하는 게 영국인의 관습은 아닐 텐데요?”

“영국 관습이 뭔지는 모르겠지만, 악한을 미워하는 게 아일랜드인의 관습이오.” 그 남자가 대답했다.

이처럼 이상한 대화를 나누는 사이에 금세 구경꾼이 늘어났다. 그들의 얼굴에 호기심과 분노가 섞여 있어서, 화가 나면서도 놀랐다. 여관으로 가는 길을 물었지만, 아무도 대답해 주지 않았다. 앞으로 걸어가자 나를 에워싸고 따르던 군중 속에서 웅성대는 소리가 났다. 그리고 인상이 험악한 사람이 다가오더니 내 어깨를 툭 치며 말했다. “이리 오시오, 선생. 날 따라 커윈 씨 집에 가서 설명 좀 해야겠어요.”

“커윈 씨가 누군데요? 제가 왜 설명을 해야 하나요? 이 나라는 자유 국가가 아니던가요?”

“예, 정직한 사람들에겐 자유 국가지요. 커윈 씨는 치안 판사입니다. 그리고 당신은 어젯밤 여기서 살해된 신사의 죽음에 관해 해명 좀 해야겠어요.” 그 대답에 깜짝 놀랐지만 곧 정신을 차렸다. 나는 아무 죄도 저지르지 않았다. 그것은 쉽게 증명할 수 있다. 그래서 아무 말 없이 안내인을 따라갔고, 그 마을에서 가장 멋진 집에 안내되었다. 피로와 굶주림 때문에 금방이라도 쓰러질 지경이었다. 하지만 사람들에게 둘러싸여 있으니 억지로라도 있는 힘을 다 내야 한다고 생각했다. 육체의 나약함은 자칫 두려움이나 죄책감으로 오해받을지도 모른다. 당시 나는 잠시 뒤 두려움이나 절망에 질려서, 굴욕이나 죽음에 대한 두려움을 모두 없애 버릴 만큼 커다란 재앙이 덮칠 거라고는 생각도 못했다.

여기서 잠시 쉬어야겠다. 이제부터 이야기하려는 끔찍한 사건을 자세히 회상하려면, 인내심이란 인내심은 모조리 끌어모아야 하기 때문이다.

제4장

나는 곧 차분하고 온화한 태도를 지닌 늙은 치안 판사에게 소개되었다. 판사는 근엄한 표정으로 나를 쳐다보더니 안내한 사람들에게 돌아서서 누가 이 사건의 증인으로 나설 것인지 물었다.

여섯 명 정도가 나섰는데, 치안 판사는 그중 한 명을 골랐다. 그 증인은 어젯밤 아들과 처남인 대니얼 뉴전트를 데리고 고기잡이에 나섰다가 10시쯤 거센 북풍 때문에 항구로 돌아왔다. 달도 없어 칠흑같이 어두운 밤이었다. 그들은 항구로 돌아오지 않고 여느 때처럼 항구에서 3킬로미터 정도 떨어진 만(灣)에 배를 댔다. 낚시 도구를 든 그가 앞장섰고 조금 뒤처진 일행이 그를 따랐다. 모래밭을 걸어가던 그는 뭔가 발부리에 걸려 넘어졌다. 일행이 와서 그를 일으켰고, 손전등 빛에 비추어 보니 죽은 듯한 시체가 있었다. 처음에는 익사한 사람의 시체가 파도에 해안까지 밀려왔다고 추측했지만, 자세히 살펴보니 옷도 젖지 않았고 심지어 몸도 채 식지 않은 상태였다. 그들은 즉시 가까운 노파의 오두막으로 그를 옮기고 살리려 애썼지만 허사였다. 스물다섯 살가량의 잘생긴 청년이었다. 목에 난 손가락 자국 말고는 폭력의 흔적이 전혀 없어서 분명 목 졸려 죽은 모양이었다.

이 증언의 앞부분에는 전혀 흥미가 없었다. 하지만 손자국 이야기가 나오자 살해당한 동생 생각이 나서 몹시 동요했다. 팔이 떨리고 눈앞이 뿌옇게 흐려져서 의자에 기댈 수밖에 없었다. 예리한 눈길로 나를 살피던 치안 판사는 당연히 내 행동에서 미심쩍은 구석을 발견했다.

어부의 아들은 아버지의 증언이 맞다고 확인해 주었다. 그러나 대니얼 뉴전트가 불려 나오자, 아들은 자기 일행이 넘어지기 전에 해안에서 그리 멀지 않은 곳에서 배를 탄 남자의 모습을 보았다고 맹세했다. 그리고 별빛으로 보건대 내가 방금 내린 배 같다고 했다.

해안에서 가까이 사는 여자의 증언에 의하면, 시체가 발견되었다는 이야기를 듣기 한 시간쯤 전 자신은 어부들이 돌아오길 기다리며 오두막 문간에 서 있었다. 그때 시체가 발견된 해안에서 어떤 남자가 배를 타고 떠나는 모습을 보았다는 것이다.

또 다른 여인은 자기 집에 시체를 데려왔다는 어부들의 진술이 맞다고 확인해 주었다. 시체에 온기가 남아 있었다고 했다. 그들은 시체를 침대에 눕히고 몸을 문질렀다. 대니얼이 의사를 찾아 시내로 갔지만, 곧 죽어 버렸다고 했다.

나의 상륙과 관련하여 여러 사람이 심문을 받았고, 그들은 밤새 분 강한 북풍 때문에 아마도 내가 여러 시간 고전하다가 원래 떠난 지점으로 돌아왔을 거라는 데 의견이 일치했다. 게다가 내가 다른 곳에서 시체를 끌고 왔다가 그 해안에 관해 잘 모르니, 시체를 유기한 장소에서 시내까지 거리가 얼마나 되는지 모르면서 정박한 모양이라고 추측했다.

커윈 씨는 이런 증언을 들은 뒤, 매장될 시체가 있는 방으로 나를 데리고 가서, 그 시체를 보고 내가 어떤 반응을 보일지 보고 싶어 했다. 아마 청년이 살해된 방법을 듣고 내가 심하게 동요했기 때문에 그런 생각을 하게 된 것 같았다. 나는 치안 판사와 몇몇 사람의 인도를 받아 여관으로 갔다. 이 파란만장한 밤에 일어난 기이한 우연에 놀라지 않을 수 없었다. 하지만 그 시체가 발견될 즈음 이곳 섬 주민들과 이야기를 나누고 있었으므로, 이 사건의 결과에 관해서라면 마음이 평안했다.

시체가 놓인 방에 들어가 관 쪽으로 안내되었다. 관을 보았을 때의 기분을 어떻게 묘사할 수 있을까? 지금도 공포로 입이 바싹 타들어 가는 느낌이고, 그 끔찍한 순간을 떠올리기만 해도 온몸이 떨리고 고통스러웠다. 그를 알아본 순간 느꼈던 고통이 희미하게 떠오른다. 헨리 클러벌의 시체를 본 순간, 재판이나 치안 판사, 증인의 존재는 기억에서 깨끗이 사라졌다. 나는 숨도 못 쉬고 시체에 온몸을 던지며 울부짖었다. "잔인한 내 책략으로 사랑하는 헨리, 네 목숨까지 앗은 것이냐? 벌써 두 사람이나 죽였고, 다른 희생자들은 자기 운명을 기다리고 있구나. 클러벌, 친구여, 내 은인이……."

인간의 육체로는 더 이상 감당할 수 없는 고통이었기에, 심한 발작을 일으켜 방에서 실려 나갔다.

그러고 나서 고열이 났다. 두 달간 자리에 누워 사경을 헤맸다. 나중에 들은 얘기에 따르면, 내가 무섭게 미쳐 날뛰었다고 한다. 내가 스스로를 윌리엄과 저스틴 그리고 클러벌의 살인자라고 불렀던 모양이다. 가끔은 간호하는 사람들에게 나를 괴롭히는 악마를 죽일 수 있게 도와 달라고 빌었단다. 어떤 때는 괴물이 내 목을 조르는 느낌에 고통과 두려움으로 크게 비명을 지르기도 했다. 다행히 모국어로 말하는 바람에 커윈 씨만 내 말을 알아들었다. 하지만 내 태도와 비통한 외침 때문에 다른 사람들은 잔뜩 겁에 질렸다.

왜 나는 그때 죽지 못했을까? 누구보다 비참했는데 왜 망각과 휴식 속으로 꺼지지 않았을까? 자녀에게 맹목적인 부모에게는 수많은 어린이가 유일한 희망인데, 죽음은 이 어린이들을 낚아채어 데리고 간다. 얼마나 많은 신부와 젊은 연인이 건강하고 희망에 가득 찼다가 바로 다음 날 무덤 속 벌레의 먹이가 되어 썩어 가는가! 대체 나는 어떤 물질로 만들어졌기에, 그리도 큰 충격을 버티고 살아남을 수 있었을까. 돌아가는 수레바퀴처럼 계속 다시 고문을 하는데도.

하지만 나는 살아남을 운명이었다. 두 달 후 꿈에서 깨어 보니 감옥 안 초라한 침대에 누워 있었다. 주위에는 간수와 교도관, 빗장 그리고 지하 감옥의 온갖 비참한 도구가 널려 있었다. 이처럼 잠에서 깨어 의식을 회복한 것은 아침으로 기억한다. 무슨 일이 있었는지 세세한 것은 다 잊은 채 갑자기 커다란 불행이 나를 덮친 듯한 느낌뿐이었다. 그러나 주위를 둘러보고 창살 달린 창문과 내가 있는 허름한 방을 보니 섬광처럼 모든 게 기억나서 비통하게 신음 소리를 냈다.

내 신음 소리에 옆 의자에서 졸던 노파가 깨어났다. 그녀는 고용된 간병인으로, 간수의 아내였다. 그녀의 표정에는 종종 그런 부류의 계급이 가질 만한 나쁜 자질이 드러나 있었다. 얼굴의 주름은 어떤 불행을 봐도 동정하지 않는 데 익숙한 사람처럼 거칠고 단단했다. 전혀 무관심한 말투였다. 그녀는 영어로 말했는데, 사경을 헤맬 때 그런 목소리를 들은 것도 같았다.

"이제 좀 나았나요, 나리?" 그녀가 물었다.

나는 힘없이 영어로 대답했다. "그런 것 같군요. 하지만 이게 꿈이 아니라 사실이라면, 아직도 살아서 이런 불행과 공포를 느낀다는 게 유감이군요."

"그 문제라면……." 노파가 대답했다. "당신이 죽인 신사 이야기를 하는 거라면, 차라리 죽었더라면 더 좋았을 겁니다. 힘든 꼴을 보게 될 테니까요. 다음 재판이 열리면 교수형에 처해질 겁니다. 어쨌든 그건 제 알 바 아니고요. 저는 당신을 간호하고 당신의 병을 회복시키라고 보낸 사람이니까요. 양심껏 제 할 일을 할 뿐이죠. 다른 사람도 다 그렇게 하면 좋을 텐데."

방금 죽을 뻔한 고비를 넘긴 사람에게 그처럼 무심하게 지껄이는 노파가 싫어, 나는 돌아누웠다. 하지만 지난 일이 하나도 기억나지 않았다. 내 일생이 온통 일장춘몽 같았다. 가끔은 모두가 사실인지 의심스럽기도 했다. 전혀 실감이 나지 않았기 때문이다.

눈앞에 떠다니는 영상이 좀 더 또렷해지면 열이 올랐다. 주위 어둠에 짓눌렸다. 주변에 그 누구도 애정 어린 목소리로 다정하게 위로해 주거나, 다정한 손길로 부축해 주지 않았다. 의사가 와서 약을 처방했고, 노파는 그 약을 준비해 주었다. 하지만 처음에는 완전히 무심해 보였고 다시 보면 잔인한 표정을 짓고 있었다. 나로 인해 돈을 버는 교수 집행인이 아니라면, 누가 살인자의 운명에 관심을 갖겠는가?

처음에는 이런 생각만 들었다. 하지만 커윈 씨가 큰 친절을 베풀었다는 사실을 곧 알게 되었다. 그는 감옥에서 가장 좋은 방(가장 좋은 방도 실은 형편없었다)을 배정했다. 의사와 간병인을 붙여 준 사람도 그 판사였다. 사실 그는 나를 면회하러 거의 오지 않았다. 비록 모든 인간의 고통을 줄여 주고 싶었겠지만, 살인자의 고통과 끔찍한 헛소리를 보고 싶은 사람은 없을 테니까. 따라서 내가 방치되어 있는 것은 아닌지 가끔 살피려고 면회를 왔지만, 방문 시간도 짧은 데다 어쩌다 오곤 했다.

서서히 몸이 회복되던 어느 날, 눈을 반쯤 뜨고 죽은 사람 같은 납빛 안색으로 의자에 앉아 있었다. 너무 우울하고 불행한 나머지, 온통 불행한 세상에서 목숨만 겨우 부지하며 비참하게 사느니 차라리 죽는 게 낫겠다는 생각이 종종 들었다. 한번은 불쌍한 저스틴보다 죄가 많으니, 죄를 인정하고 법대로 처벌받아야 하지 않을까 하는 생각도 했다. 방문이 열리고 커윈 씨가 들어올 무렵, 이런 생각에 빠져 있었다. 그의 표정에 동정과 연민이 어려 있었다. 그가 내 옆으로 의자를 끌어오더니 프랑스어로 말했다.

"당신에겐 이곳이 굉장히 충격적일 거요. 더 편하게 해 드릴 게 있을까요?"

"감사합니다. 하지만 말씀하신 모든 것이 제겐 아무 의미도 없어요. 이 세상에는 제게 위로가 될 만한 게 없으니까요."

"당신처럼 기이한 불운으로 몰락한 사람에게는 낯선 사람의 동정이 아무 위로가 못 된다는 걸 잘 압니다. 하지만 이 우울한 장소를 곧 떠나게 되길 바랍니다. 분명 당신 혐의를 벗겨 줄 증거를 구할 수 있을 테니까요."

"그 문제는 전혀 제 관심사가 아닙니다. 이런 이상한 일을 연속해서 겪는 바람에 가장 비참한 인간이 되었습니다. 지금이나 예전에도 박해받고 고통받았으니 죽는 게 뭐 그리 나쁘겠어요?"

"최근에 일어난 이상한 사건처럼 불행하고 고통스러운 일은 없을 겁니다. 선생은 원래 친절한 환대로 유명한 이 해안에 도착하자마자 기막하게 운이 나빠 즉시 살인죄로 체포되었지요. 눈앞에서 친구의 시체를 보았는데, 그 시체는 뭐라 설명할 수 없게 살해되어 마치 악마가 옮기기라도 한 것처럼 당신 앞에 놓여 있었지요."

커윈 씨의 말에, 고통스러운 지난 일이 떠올라 동요되었지만 그가 나에 관해 다 아는 것 같아서 내심 놀랐다. 내 얼굴에 그런 놀라움이 나타난 모양이다. 왜냐하면 커윈 씨가 급히 이렇게 말했기 때문이다.

"당신이 드러누운 지 하루 이틀 지나서야 비로소 옷을 살펴볼 생각을 했어요. 당신의 불행과 병을 친척에게 알려 주려고 말이죠. 편지 몇 통을 발견했는데, 그 가운데 시작 부분을 보고 당신 아버지의 편지인 줄 알았죠. 제네바로 편지를 보낸 지 거의 두 달이나 지났어요. 하지만 당신은 여전히 아프고, 지금은 몸까지 떠는군요. 당신은 조그만 충격도 견딜 수 없어요."

"이런 불안감이 어떤 끔찍한 사건보다도 수천 배나 끔찍해요. 그동안 또 누가 죽었는지, 누구의 죽음을 애도해야 하는지 말해 주세요."

"가족은 모두 무사합니다." 커윈 씨가 부드럽게 말했다. "그리고 당신을 아끼는 어떤 분이 면회를 왔어요."

생각이 어떻게 이어졌는지 모르겠지만, 살인자가 나를 다시 자극해 자신의 악마 같은 욕망을 따르게 하기 위해 내 불행을 비웃고 클러벌의 죽음으로 나를 조소하러 왔다는 생각이 곧 들었다. 손으로 두 눈을 가리고 고통스럽게 소리 질렀다.

"오! 그를 데려가요! 만날 수 없어요. 제발 들어오지 못하게 해 주세요!"

커윈 씨가 난감한 표정으로 나를 보았다. 그는 내가 소리 지르는 이유가 죄책감 때문이라고 여긴 듯 조금 냉혹한 어조로 말했다.

"젊은이, 아버지를 보면 대환영을 할 거라 생각했는데."

"아버지라고요!" 내가 소리쳤다. 온 얼굴과 근육이 풀리며 근심이 기쁨으로 바뀌었다. "정말 아버지가 오셨나요? 친절하시군요, 정말 친절하세요. 지금 어디 계세요, 왜 빨리 들어오시지 않나요?"

치안 판사는 내 태도의 변화에 놀라면서도 기뻐했다. 아마 좀 전에 소리치자 순간적으로 내가 정신 착란을 일으켰다고 생각한 모양이다. 그는 곧 이전의 친절한 태도로 돌아갔다. 판사가 일어나더니 간병인과 함께 방을 나갔고 곧바로 아버지가 들어왔다.

이 순간 아버지가 왔다는 사실보다 더 기쁜 일은 있을 수 없었다. 나는 아버지에게 손을 뻗으며 외쳤다.

"아버지, 무사하시죠, 엘리자베스나 어니스트도요?"

아버지가 온 가족이 무사하다고 확인해 주니 마음이 편해졌다. 그리고 내게 흥미로울 만한 이야기만 해 주어 침울한 내 기분을 돌리려고 애썼다. 하지만 아버지는 감옥이 즐거운 기분을 유지할 만한 곳이 못 된다는 걸 이내 깨달았다. "도대체 네가 이런 곳에서 지내다니, 아들아!" 아버지는 창살 달린 창문과 비참한 감방 모습을 서글프게 바라보았다. "행복을 찾아 떠났건만 치명적인 운명이 널 좇아다니는 것 같구나. 게다가 불쌍한 클러벌은……."

불쌍하게 살해당한 친구 이름을 듣자 너무나 충격적이어서 병약한 상태로는 견디기 어려웠다. 눈물이 하염없이 흘렀다.

"아! 맞아요, 아버지." 나는 대답했다. "아주 끔찍한 운명이 제게 드리웠으니, 살아서 그 운명을 끝까지 완성해야 해요. 아니면 저는 헨리의 관 위에 엎어져 죽었어야 해요."

우리는 오랫동안 이야기할 수 없었다. 왜냐하면 내 건강이 위중한 상태여서 아주 조심해야만 평정심을 유지할 수 있었기 때문이다. 커윈 씨가 들어와, 내가 무리해서 지치면 안 된다고 말했다. 하지만 착한 천사 같은 아버지가 와서 건강이 차츰 회복되었다.

병이 다 낫자, 그 무엇으로도 흩어 없애 버릴 수 없을 만큼 나는 우울하고 깊이 울적해졌다. 살해당한 클러벌의 창백한 모습이 늘 눈앞에 어른거렸다. 이런 회상 때문에 여러 번 동요해서 주변 사람들은 위험한 병이 재발될까 봐 두려워했다. 아! 그들은 왜 이렇게 비참하고 혐오스러운 생명을 살려 놓았을까? 확실히 이제 끝나가는 운명을 마지막까지 감수하라는 것이겠지. 머잖아, 그래, 아주 곧 죽으면 맥박도 끊어질 테고, 나를 먼지가 되도록 짓누르던 끔찍한 고뇌에서 벗어나겠지. 정의의 대가를 치르면 나도 쉴 수 있겠지. 항상 죽고 싶다는 생각은 했어도 그 당시에는 죽음이 머나먼 곳에 있는 것만 같았다. 종종 몇 시간씩 말없이 꼼짝도 하지 않고 앉아 있곤 했다. 강력한 혁명 같은 게 일어나서 나와 나를 파괴한 괴물을 폐허 속에 매장해 버렸으면 싶었다.

순회 재판 기간이 다가왔다. 이미 석 달째 감옥에 있었다. 아직 몸을 추스르지 못해서 병이 재발할 위험이 도사리고 있었지만, 재판이 열리는 곳까지 160킬로미터가량 가야 했다. 커윈 씨는 목격자를 모아 변론을 정리하는 데 온갖 정성을 쏟았다. 사건이 생사를 결정하는 법정으로 올라가지 않았기 때문에 나는 범죄자로 공공연히 모습을 드러내는 수모를 면할 수 있었다. 친구의 시신이 발견된 무렵 내가 오크니 섬에 있었다는 사실이 입증되자, 배심원들은 기소를 기각했다. 사면된 지 2주 뒤 감옥에서 나왔다.

아버지는 내가 범죄 혐의에서 벗어나 신선한 공기를 다시 마시고 고향에 돌아갈 수 있음을 알고 매우 기뻐했다. 하지만 나는 이런 기쁨을 함께 나눌 수가 없었다. 왜냐하면 지하 감옥의 벽이든 궁전이든 끔찍하기는 마찬가지였기 때문이다. 생명의 잔은 영원히 독으로 오염되었다. 행복한 사람이나 즐거운 사람에게 햇빛이 비치듯 내게도 비쳤지만, 나를 지켜보는 두 눈 말고 어떤 빛으로도 뚫을 수 없는 짙고 두려운 어둠만이 주변에 보였다. 가끔 그 눈빛은 의미심장한 헨리의 눈빛이 되었다. 그 검은 눈은 길고 짙은 속눈썹이 달린 눈꺼풀에 덮여 힘없이 죽어 가고 있었다. 또 가끔은 잉골슈타트의 내 방에서 처음 보았던 괴물의 물기 어린 흐리멍덩

한 눈빛이 되기도 했다.

아버지는 내게 사랑의 감정을 일깨워 주려고 애쓰며 우리가 곧 방문할 제네바와 엘리자베스 그리고 어니스트 이야기를 해 주었다. 하지만 이런 이야기를 들어도 깊은 신음만이 나왔다. 실은 나도 가끔 행복해지고 싶은 마음이 들었다. 울적하지만 기쁜 마음으로 사랑하는 사촌을 생각하기도 했다. 또는 굶주린 듯 향수병에 걸려 어린 시절 그렇게나 소중했던 푸른빛의 호수와 론 강의 급류를 다시 한 번 보고 싶었다. 하지만 감방 거주를 신성한 자연 풍경에 사는 것처럼 환영할 정도로 내 감정은 마비된 상태였다. 근심과 절망의 발작을 일으킬 때만 빼고 이런 마비 상태가 늘 지속되었다. 이럴 때면 가끔 혐오하는 내 목숨을 끝장내려고 했다. 내가 끔찍한 자해 행위를 저지르지 않게 자제하려면, 끊임없는 관심과 감시가 필요했다.

감옥을 떠날 때 누군가 이런 말을 한 게 기억난다. "그 인간이 살인자는 아닐지 몰라도 양심이 없는 건 분명해." 그 말에 나는 충격을 받았다. 양심이 없다니! 그렇다, 확실히 내게는 양심이 없었다. 윌리엄과 저스틴, 클러벌이 내가 만든 악마 같은 기계 때문에 죽었다. "대체 누가 죽어야만 이 비극이 끝날 것인가? 아! 아버지, 이 끔찍한 나라에 남으면 안 돼요. 저 자신과 제 존재 그리고 온 세상을 잊을 만한 곳으로 저를 데려가 주세요."

아버지는 내 소원을 순순히 들어주었다. 우리는 서둘러 더블린으로 갔다. 순풍을 받으면서 여객선이 아일랜드와, 그렇게나 여러 가지 불행한 사건이 일어났던 현장을 영원히 떠났을 때, 나는 무거운 짐에서 벗어난 기분이었다.

이미 자정이었다. 아버지는 선실에서 잠이 들었다. 갑판에 누워 별들을 쳐다보고 파도 소리를 들었다. 아일랜드를 삼켜 버린 어둠이 반가웠고, 곧 제네바를 볼 수 있다는 생각에 흥분해 맥박이 쿵쿵 뛰었다. 끔찍한 악몽처럼 지난 일이 눈에 선했다. 내가 탄 배가, 끔찍한 아일랜드 해안에서 부는 바람이, 나를 둘러싼 바다가, 사랑하는 친구 클러벌이 나와 내가 만든 괴물에게 희생되었다는 사실을 아주 강력히 상기시키며 어떤 상황에서도 속지 말라고 경고했다. 지금까지 살아온 삶을 기억 속에 천천히 되새겨 보았다. 제네바에서 가족과 함께 살며 평온하고 행복했던 시절, 어머니의 죽음, 잉골슈타트로 떠나던 일. 끔찍한 적을 만든 광기 어린 열정이 기억나서 온몸이 떨렸고, 괴물이 처음 살아난 밤도 생각났다. 이런 생각의 흐름을 더 이상 따라갈 수가 없었다. 만감이 교차해서 나는 대성통곡했다.

고열에서 회복된 이후, 매일 밤 아편을 소량 복용하는 버릇이 생겼다. 아편을 먹어야만 생명 유지에 필요한 휴식을 취할 수 있었기 때문이다. 온갖 불행한 기억에 짓눌려 아편의 양을 두 배 늘렸고 곧 깊이 잠들었다. 하지만 잠도 불행한 생각에서 벗어나도록 완전한 휴식을 주지는 못했다. 수천 가지 두려운 일이 꿈속에 나타났다. 아침이 되면 악몽에 사로잡혔다. 내 목을 움켜쥔 악마의 손길이 느껴졌지만, 거기서 벗어날 길이 없었다. 신음과 비명 소리가 귓가에 쟁쟁했다. 아버지가 잠 못 이루는 나를 깨우더니, 우리가 들어갈 홀리헤드 항구를 손으로 가리켰다.

제5장

우리는 런던으로 가지 않고 영국을 횡단해 포츠머스로 간 다음, 거기서 아브르 항까지 배를 타고 가기로 했다. 나는 이 계획이 더없이 좋았다. 왜냐하면 사랑하는 클러벌과 함께 잠시 평온을 만끽했던 그 장소들을 다시 방문하는 게 두려웠기 때문이다. 같이 방문했던 사람들을 만나면 그들은 그 사건에 대해 물을 테니, 그들을 다시 대하는 게 두려웠던 것이다. 그 사건을 기억하기만 해도 그 여관에서 죽은 그의 시신을 봤을 때 느꼈던 고통이 되살아날 것이다.

아버지로 말하자면, 내가 건강과 마음의 평안을 되찾는 모습을 보려고 온 마음과 정성을 기울였다. 아버지는 끝없는 친절과 관심을 보였다. 끈질긴 나의 고통과 우울함에도 아버지는 절망하지 않았다. 가끔 내가 억지 살인 누명을 뒤집어쓰고 깊은 굴욕감을 느꼈을 거라는 짐작에, 자존심이 얼마나 부질없는 것인지 증명하려고 애썼다.

"아! 아버지." 나는 말했다. "저를 잘 모르시는군요. 저처럼 비참한 존재가 자존심을 느낀다면, 인간의 감정과 열정에 수치일 거예요. 저스틴은, 불쌍하고 불운한 저스틴도 저처럼 무죄였지만 살인죄로 기소되어 죽었어요. 한데 그 아이는 바로 저 때문에 죽은 거예요. 제가 그 아이를 죽였어요. 윌리엄과 저스틴, 헨리, 모두 제 손으로 죽인 거예요."

내가 감옥에 있을 때도 아버지는 가끔 이런 이야기를 들었다. 내가 이렇게 자책하면 아버지는 가끔 설명을 듣고 싶은 눈치였지만, 여느 때는 정신 착란 때문이라고 생각하는 것 같았다. 회복 기간 중에도 아플 때의 상상이 계속된다고 말이다. 나는 설명을 피했고 내가 만든 괴물에 관해서는 계속 입을 꼭 다물었다. 미친 사람 취급을 당할 거라는 생각에서였다. 그때 그 치명적인 비밀을 온 세상에 털어놨어야 했다.

아버지가 깜짝 놀란 얼굴로 말했다. "빅터, 그게 무슨 말이냐? 미쳤니? 얘야, 제발 다시는 그런 말 좀 하지 마라."

"전 미치지 않았어요." 나는 발끈하며 외쳤다. "제 작업을 지켜본 태양과 하늘이 진실을 입증할 거예요. 바로 제가 가장 무고한 희생자들을 죽인 거예요. 그들은 제가 만든 기계에 살해됐어요. 그들의 생명을 구하기 위해서라면 제 피를 수천 방울이라도 흘렸을 거예요. 하지만 아버지, 전 그럴 수 없어요. 저는 인류를 희생시킬 수 없었다고요."

이 마지막 결론 때문에 아버지는 내가 미쳤다고 확신했다. 아버지는 화제를 바꿔 내 생각을 딴 데로 돌리려고 애썼다. 아버지는 아일랜드 사건을 가능한 한 기억에서 지우고 싶어 했으며, 아예 언급조차 하지 않았고 내가 그 불행한 일을 꺼내는 것도 싫어했다.

시간이 지나자 조금씩 평온해졌다. 내 마음에 불행이 자리 잡았지만, 이제 더 이상 내가 저지른 죄에 관해 지난번처럼 횡설수설하지는 않았다. 나로서는 죄의식을 갖는 것만으로도 충분했다. 가끔 고뇌하는 도도한 목소리가 온 세상에 내 불행을 다 털어놓고 싶어 했지만, 극단적인 자기 학대로 그 목소리를 억제했다. 얼음 바다로 여행을 떠난 뒤, 나의 태도는 그 어느 때보다 평온하고 침착해졌다.

우리는 5월 8일 아브르 항에 도착했고 곧 파리로 떠났다. 파리에서는 아버지의 볼일 때문에 몇 주 동안 지체했다. 이 도시에서 나는 엘리자베스의 편지를 받았다.

빅터 프랑켄슈타인에게

사랑하는 친구.

파리에서 보낸 외삼촌 편지를 받고 뛸듯이 기뻤어. 이젠 네가 엄청 멀리 있지도 않고, 2주일 안에 볼 수도 있으니 말이야. 불쌍한 사촌, 얼마나 고통스러웠을까! 제네바를 떠났을 때보다 네 얼굴은 훨씬 아파 보이겠지. 올겨울은 불안과 긴장에 시달리느라 그 어느 때보다 비참하게 지냈어. 하지만 네 얼굴에서 평안을 보게 되기를. 네 마음에서도 위로와 평안이 사라지지 않았으면 좋겠어.

하지만 1년 전에 널 그토록 불행하게 했던 감정이 아직도 남아서 세월이 흐를수록 더 깊어지지는 않았는지 두려워. 엄청난 불행에 짓눌린 너를 불편하게 만들고 싶진 않아. 하지만 숙부님이 떠나기 전에 나눴던 대화 때문에 우리가 다시 만나기 전에 몇 가지 해 둘 이야기가 있어.

해 둘 이야기라고! 넌 아마 이렇게 말하겠지. 엘리자베스가 무슨 이야기를 하려는 걸까? 네가 정말 이렇게 말한다면 내 질문은 이미 답을 얻은 셈이고, 사랑스러운 네 사촌 역할로 물러나면 되겠지. 하지만 넌 멀리 있고, 아마 이런 이야기가 두려우면서도 한편으론 좋아할지 모르겠어. 이런 가능성 때문에 더 이상 편지를 늦출 수가 없었어. 네가 없는 동안 가끔 말해 보고 싶었지만, 말을 꺼낼 용기가 없었어.

빅터, 어린 시절 이후 너희 부모님께서 우리의 결혼 계획을 무척 좋아하셨던 건 너도 잘 알 거야. 어렸을 때부터 이런 말을 하도 많이 듣고, 언젠가 확실히 일어날 일로 고대하기를 배웠지. 어릴 때는 다정한 소꿉친구였고, 자라면서는 소중한 친구였던 것 같아. 하지만 종종 남매도 더 가까워질 생각은 없으면서 다정하게 잘 지내는 경우가 있으니, 우리도 그런 게 아닐까? 사랑하는 빅터, 말해 줘. 우리 두 사람의 행복을 걸고 부디 진심을 말해 줘. 다른 여자를 사랑하는 건 아니지?

넌 여행도 많이 하고, 잉골슈타트에서 몇 년이나 지냈지. 고백하건대, 지난가을 모든 인간 사회에서 도망쳐 고독 속으로 꼭꼭 숨는 불행한 네 모습을 보니, 네가 우리 관계를 후회하고 네 마음과 반대로 명예 때문에 부모님 소원을 들어주려는 게 아닐까 하는 생각도 해 봤어. 하지만 그렇다면 잘못된 거야. 사촌, 고백하건대 널 사랑하고, 장래를 상상하는 꿈속에서 넌 언제나 친구이며 동반자야. 하지만 나뿐 아니라 너도 행복해졌으면 좋겠어. 네가 자유롭게 선택한 게 아니라면, 나도 결혼 후에 불행해질 거라고 단언할 수 있어. 아주 잔인한 불행에 시달린 나머지, 네가 '명예'라는 단어에 숨이 막혀 네 원래 모습으로 회복시켜 줄 유일한 사랑과 행복에 대한 희망을 모두 서버릴 거라고 생각하면 지금도 눈물이 나. 널 그토록 사랑하는 내가 네 소원을 방해해서 너를 열 배나 불행하게 만들다니. 아, 빅터, 분명 네 사촌이자 소꿉친구는 널 진심으로 사랑해서 이런 생각 때문에 불행해지진 않을 테니 안심해도 좋아. 빅터, 행복하게 지내. 단 한 가지 이 요구만 들어주면, 이 세상에서 그 무엇도 내 평안을 깨뜨리지 못할 테니 만족하게 될 거야.

이 편지 때문에 심란해하지 마. 이 편지 때문에 괴롭다면, 내일이나 모레, 아니면 여기 올 때까지 답장 안 해도 돼. 숙부님이 네 건강 상태를 편지로 알려 주실 거야. 이 편지나 내가 한 다른 일로 다시 만날 때 네 입술에서 미소만 볼 수 있다면, 내게 다른 행복은 필요 없어.

17××년 5월 18일, 제네바에서
엘리자베스 라벤자

이 편지로 잊고 있던, '네 결혼식 날 밤, 돌아올게!'라는 악마의 협박이 기억났다. 바로 이것이 내가 받은 선고였다. 그날 밤 악마는 온갖 술책을 부려 나를 파괴하고 나의 고통을 조금이나마 위로해 줄 행복을 빼앗을 것이다. 그날 밤 놈은 나를 죽임으로써 자신이 저지른 죄의 대단원을 장식하기로 결심한 것이다. 그래, 그렇게 하라고, 어디 한번 해봐. 분명 생사를 건 결투가 벌어질 것이다. 놈이 승리한다면 나는 평안히 잠들어 나를 휘두르던 놈의 권력도 끝장날 것이다. 놈이 진다면 나는 자유의 몸이 될 것이다. 아! 대체 무슨 자유인가? 가족이 눈앞에서 살해되고, 오두막이 불타고, 토지가 황무지가 되고, 무일푼으로 집도 없이 홀로 떠돌아도 몸만은 자유로울 때, 농부가 느낄 법한 그런 자유 말이다. 내가 누릴 자유는 그런 거겠지. 내게 엘리자베스라는 보물이 남았다는 점만 빼곤 말이지. 아! 죽을 때까지 나를 쫓아다닐 끔찍한 후회와 죄책감을 보상해 줄 보물 말이다.

상냥하고 사랑스러운 엘리자베스! 나는 그녀의 편지를 읽고 또 읽었다. 뭔가 부드러운 감정이 내게 스며들어 낙원에 대한 꿈을 속삭였다. 그러나 이미 사과를 따먹었고, 천사는 벗은 팔로 나를 떠밀어 희망을 전혀 갖지 못하게 했다. 하지만 그녀를 행복하게 해 주기 위해서라면 나는 죽어도 상관없었다. 괴물의 위협대로라면, 나는 어쩔 수 없이 죽어야 할 것이다. 그러나 결혼을 해서 그런 운명을 재촉하는 것은 아닌지 다시 생각해 보았다. 사실 몇 달 더 일찍 죽을지도 모른다. 하지만 괴물이 자기가 협박해서 우리가 결혼을 연기한 줄로 의심한다면, 놈은 분명 더 끔찍하게 복수할 수단을 찾아낼지 모른다. 놈은 "네 결혼식 날 밤, 돌아올게"라고 맹세했지만, 그렇다고 그 협박이 결혼식을 하기 전까지는 조용히 있겠다고 약속한 것은 아니었다. 놈은 아직도 피에 굶주렸다는 사실을 보여 주기라도 하듯, 분명히 말로 위협하고 나서 곧장 클러벌을 살해했기 때문이다. 그래서 내가 곧바로 결혼해서 사촌이나 아버지가 행복해한다면, 나를 죽이려는 원수의 계획 때문에 한시도 지체하지는 않겠노라고 결심했다.

이런 마음으로 엘리자베스에게 답장했다. 차분하고도 다정한 답장이었다. "내 사랑하는 연인에게. 세상에 우리를 위한 행복이 거의 남아 있지 않을까 두려워. 하지만 언젠가 누릴 즐거움은 다 네게 집중되어 있어. 헛된 두려움은 버려. 내 삶과 만족을 위한 노력은 오로지 네게 바칠 거니까. 엘리자베스, 내겐 비밀이 있어, 매우 끔찍한 비밀이. 그 비밀을 털어놓으면 넌 공포로 얼어붙을 거야. 그럼 내 불행에 놀라는 대신, 내가 그 불행을 어떻게 견디고 살아남았는지 그저 신기할 거야. 결혼식을 올린 다음 날, 이 불행하고 끔찍한 이야기를 마저 해 줄게. 사랑하는 사촌, 우린 서로 비밀이 없어야 하니까 말이야. 하지만 부디 그때까지는 그 얘긴 꺼내지도 말아 줘. 진심으로 이렇게 간구하니 들어줄 거라 믿어."

엘리자베스의 편지가 도착한 지 일주일쯤 뒤에, 우리는 제네바로 돌아갔다. 사촌은 따뜻한 애정으로 맞아 주었다. 하지만 나의 여윈 몸과 미열로 달아오른 뺨을 보고 눈물을 글썽였다. 그녀 몸에도 많은 변화가 있었다. 그녀는 더 수척해졌고, 매력적이던 예전의 천사 같은 활기가 거의 사라졌다. 하지만 그녀의 친절한 태도와 연민 어린 부드러운 표정 덕분에 나처럼 시들고 불행한 사람에게 더 어울리는 짝이 되었다.

오랜만에 누리게 된 평온함은 오래가지 않았다. 기억은 광기를 불러왔다. 지난 일을 생각하고 있노라면 진짜 광기에 사로잡혔다. 가끔 불같이 화를 내기도 하고, 가끔 시무룩이 절망하기도 했다. 말없이 두 눈을 감은 채, 나를 덮친 숱한 불행에 넋을 잃고 가만히 앉아 있기도 했다.

나를 이런 발작에서 끌어낼 힘은 오로지 엘리자베스에게 있었다. 격정에 빠져 있으면 부드러운 목소리로 달래 주었고, 아무것도 못 느끼는 마비 상태에 있으면 인간의 감정을 불어넣어 주었다. 그녀는 나와 함께 울고, 나를 위해 울어 주었다. 내게 이성이 돌아오면, 그녀는 나를 타일러 단념시키려고 애썼다. 아! 불행한 사람은 운명에 단념하면 되지만, 죄인에게는 평안이 없는 법이다. 지나친 슬픔에 탐닉하다 보면 가끔은 감정의 사치를 누릴 수도 있는데, 고통스러운 양심의 가책은 이마저도 독살시킨다.

내가 도착한 지 얼마 되지 않아 아버지는 사촌과 결혼하라고 했다. 나는 아무 말도 하지 않았다.

"누구 좋아하는 여자라도 있니?"

"이 세상에는 없어요. 엘리자베스를 사랑하고 우리 결혼을 즐거이 고대하고 있어요. 그러니 결혼 날짜를 잡아 주세요. 살든 죽든 사촌의 행복을 위해 헌신하겠어요."

"사랑하는 빅터, 그런 식으로 말하지 마라. 우리에게 불행한 일들이 일어났지만 남아 있는 것을 더욱 아껴서 죽은 사람들에게 지녔던 애정을 아직 살아남은 사람들에게 쏟자꾸나. 우리 가족 수가 줄었지만, 애정과 불행을 함께 겪은 유대감 때문에 한층 더 가까워질 거야. 세월이 흘러 네 절망을 누그러뜨릴 즈음, 그렇게 잔인하게 빼앗긴 사람들 대신 우리가 돌봐 줄 사랑스러운 대상이 새롭게 생길 거야."

아버지는 이렇게 가르쳤다. 하지만 괴물의 협박이 다시 떠올랐다. 지금까지 괴물은 유혈극에서 전지전능했으니, 그를 천하무적으로 여길 수밖에 없었다. 놈이 "네 결혼식 날 밤, 돌아올게"라고 말했으니, 내 운명을 피할 수는 없었다. 그러나 엘리자베스의 죽음을 막을 수만 있다면, 설령 내가 죽는다 해도 그리 나쁘지 않을 것이다. 그래서 만족스러운 얼굴로, 심지어 즐거운 얼굴로 아버지 말씀에 동의했고 사촌만 좋다면 열흘 뒤에 결혼식을 올리기로 했다. 나는 이렇게 해서 내 운명을 봉인했다고 상상했다.

맙소사! 단 한순간이라도 저 악마의 끔찍한 의도가 뭔지 생각했더라면, 이 비참한 결혼에 동의하느니 차라리 영원히 고향 땅에서 쫓겨나 세상 친구 하나 없이 외로운 방랑자로 떠돌았을 것이다. 하지만 뭔가 마법에 홀린 것처럼, 나는 괴물의 진짜 의도에 눈이 멀었던 것이다. 그저 스스로 죽을 각오가 되었다고 여김으로써, 훨씬 더 소중한 희생자의 죽음을 서두른 셈이다.

정해진 결혼 날짜가 다가올수록 비겁함 때문인지 아니면 예감 때문인지 심장이 쿵 내려앉는 기분이었다. 그러나 애써 즐거운 표정을 지으며 이런 기분을 감추었다. 덕분에 아버지는 미소를 지으며 즐거워했지만, 늘 나를 지켜보는 훨씬 더 예리한 엘리자베스의 눈은 속일 수가 없었다. 그녀는 평온하고 만족스럽게 우리 결혼을 고대했지만, 과거의 불행이 남긴 두려움이 전혀 없지는 않았다. 그녀는 지금 손에 잡힐 듯한 행복이 곧 허무한 꿈으로 스러지고, 깊은 후회의 흔적만 영원히 남을까 봐 두려워했다.

결혼식 준비는 차근차근 진행되었고 축하 방문객도 맞이했다. 모두가 만면에 미소를 지었다. 나는 심장을 좀먹는 근심을 최대한 감추고, 그 계획들이 그저 내 비극의 장식품이라 해도 겉으로는 열심히 아버지 계획에 따랐다. 콜로니 근처에 우리가 살 집도 구했다. 전원생활을 맛볼 수 있으면서도 매일 아버지를 보러 갈 수 있을 만큼 제네바에서 가까운 곳이었다. 아버지는 어니스트가 학교를 마칠 때까지는 성안에 살고 싶어 했다.

그러는 동안 괴물이 공개적으로 공격할 경우에 대비하여 신변 보호 차원에서 만반의 준비를 갖추었다. 항상 권총과 단검을 소지하고 다녔으며 놈의 책략을 막고자 항상 경계를 늦추지 않았다. 덕분에 마음은 훨씬 평안해졌다. 실은 결혼식 날짜가 다가올수록 놈의 협박이 나의 평안을 해칠 만한 가치가 없는 망상처럼 보였다. 결혼 생활에서 내가 바라는 행복이 점점 더 확실해 보였다. 신성한 결혼식 날짜가 다가올수록, 어떤 사고로도 막을 수 없는 필연적인 일로 간주하는 이야기가 계속 들렸다.

엘리자베스는 행복해 보였다. 차분한 나의 태도가 그녀의 마음을 진정시키는 데 큰 도움이 되었다. 하지만 나의 소원과 운명을 완수하기로 되어 있는 그날, 그녀는 왠지 우울했고 불행한 예감에 사로잡혔다. 다음 날 내가 털어놓겠다고 약속한 끔찍한 비밀을 생각했던 모양이다. 아버지는 무척 즐거워하면서 결혼식 준비에 분주한 나머지, 우울한 조카의 표정을 신부의 수줍음 정도로만 여겼다.

결혼식이 끝난 뒤 아버지 집에서 성대한 파티가 열렸다. 하지만 엘리자베스와 나는 에비앙에서 그날 오후와 밤을 보내고 다음 날 아침 콜로니로 돌아가기로 했다. 아름다운 날씨와 부드러운 훈풍이 불어 우리는 뱃길을 이용하기로 했다.

그때가 인생에서 마지막으로 행복을 맛본 순간이었다. 우리는 빠르게 앞으로 나아갔다. 해는 뜨거웠지만 차양으로 햇볕을 가릴 수 있었다. 가끔은 호수 한쪽에서 아름다운 자연을 즐겼다. 거기서는 몽살레브, 몽탈레그르의 유쾌한 강둑이 보였고, 저 멀리 만물을 내려다보는 아름다운 몽블랑 그리고 여기저기 눈 덮인 산들이 몽블랑을 흉내 내고 있었지만, 몽블랑에는 전혀 미치지 못했다. 가끔 반대편 강둑을 따라 고향을 떠나려는 야심을 가진 자들에게 그 어두운 비탈을 드러내어 강력히 반대하는 쥐라 산과, 그 산을 정복하려는 침략자들이 도저히 넘을 수 없도록 높이 세운 장벽을 구경했다.*

나는 엘리자베스의 손을 잡았다. "내 사랑, 슬퍼 보이네. 아! 내가 과거에 겪은 고통과 앞으로 겪어야 할 일을 안다면, 절망에서 벗어나 적어도 오늘 하루 내게 주어진 이 자유와 고요를 맛보게 해 줄 텐데."

"사랑하는 빅터, 이제부턴 행복해야지." 엘리자베스가 대답했다. "절망할 일은 하나도 없었으면 좋겠어. 그리고 내 얼굴에 생기발랄한 즐거움이 넘치진 않아도, 만족하고 있으니 안심해. 우리 앞에 펼쳐진 미래를 너무 믿지는 말라고 뭔가 속삭이지만, 그런 불길한 소리에는 귀 기울이지 않을 거야. 우리가 얼마나 빨리 달리는지 살펴봐. 어떤 때는 흐릿하다가 또 어떤 때는 몽블랑 정상 위에 떠 있는 구름이 아름다운 풍경을 훨씬 더 흥미롭게 만들어 주는 것을 좀 봐. 저 맑은 물에서 헤엄치는 수많은 물고기 좀 봐. 물이 너무 맑아서 바닥의 자갈까지 다 보이네. 아주 신성한 날이야! 자연은 얼마나 행복하고 평온해 보이는지!"

이처럼 엘리자베스는 우리의 우울한 생각을 떨쳐 버리려고 애썼다. 하지만 그녀는 오르락내리락 감정 기복이 심했다. 잠시 그녀의 눈에 기쁨이 반짝였다가 곧 딴생각이나 공상에 잠겼다.

하늘의 해가 더 기울었다. 우리는 드랑스 강을 지나면서 높은 협곡 사이, 낮은 언덕의 골짜기로 떨어지는 해를 보았다. 알프스 산맥은 호수에 더 가까워졌고, 우리는 동쪽 경계를 이루는 산맥의 원형 극장에 다가갔다. 에비앙의 뾰족탑이 주위를 에워싼 숲 아래 빛났고 탑이 매달린 산 너머로 산맥이 솟아 있었다.

이제까지 순풍이 불어 놀랄 만큼 빨리 질주했는데 해가 지자, 순풍은 가벼운 미풍으로 바뀌었다. 부드러운 공기 덕분에 그저 잔물결만 일었고, 우리가 호숫가에 다가가자 나무들이 유쾌하게 살랑대고 있었다. 호숫가의 꽃과 마른풀에서 더없이 기분 좋은 향기가 풍겨 왔다. 우리가 뭍에 배를 댈 때 해는 수평선 아래 가라앉았다. 호숫가에 발을 내딛는 순간 걱정과 두려움이 되살아나는 듯했다. 그런 기분이 곧 나를 사로잡아 영원히 달라붙어 있을 것만 같았다.

제6장

우리는 8시경 육지에 배를 댔다. 잠시 석양을 즐기며 해변을 거닐다가 여관에 들어갔다. 어둠 속에 희미하긴 했지만, 아직도 검은 윤곽이 드러난 호수와 숲 그리고 산의 아름다운 풍경을 바라보았다.

남쪽에서 불던 바람이 이제는 아주 거센 서풍이 되어 있었다. 하늘 꼭대기까지 올라간 달이 기울어지기 시작했다. 구름은 비상하는 독수리보다 더 빨리 하늘을 가로질러 달빛을 흐리게 했다. 호수는 바쁜 하늘을 비추는 한편, 끊임없이 거칠어진 파도 때문에 한층 더 바빠졌다. 갑자기 심한 폭풍우가 쏟아졌다.

낮 동안에는 마음이 평온했지만, 밤이 되어 사물의 모습이 희미해지면서 수천 가지 두려움이 엄습했다. 걱정도 되고 예민해져서 가슴에 품고 있던 권총을 오른손에 바싹 움켜쥐었다. 바스락 소리만 나도 겁에 질렸다. 하지만 내 목숨을 헐값에 넘기지는 않겠다고, 곧 낙칠 싸움에서 내 목숨이든 적의 목숨이든 끝장을 볼 때까지 물러서지 않겠다고 결심했다.

엘리자베스는 나의 이런 불안을 겁에 질려 두려워하면서 말없이 잠시 지켜보았다. 마침내 그녀가 말했다. "사랑하는 빅터, 왜 그렇게 초조해하는 거야? 뭘 그리 두려워하는 거야?"

"오! 조용, 조용히 해, 내 사랑." 내가 대답했다. "오늘 밤만 지나면 안전해질 거야. 하지만 오늘 밤은 무서워, 아주 무서운 밤이야."

이런 상태로 한 시간이 지났다. 그때 갑자기 내가 예상하고 있는 결투가 아내에게는 얼마나 두려울까 하는 생각이 들었다. 그래서 그녀에게 잠자리에 들 것을 권했고, 나는 적의 상황이 어떤지 알 때까지 잠자리에 들지 않겠다고 결심했다.

그녀는 내 곁을 떠났고, 나는 집 안 복도를 이리저리 다니며 원수가 숨어 있을 만한 장소를 구석구석 뒤졌다. 하지만 놈의 흔적은 찾을 수가 없었고, 운이 좋아서 놈이 자기가 위협한 대로 이행할 수 없게 된 게 아닐까 생각하기 시작했다. 바로 그때 날카로운 비명 소리가 들렸다. 엘리자베스가 들어간 방에서 들려온 비명이었다. 그 소리에 모든 진실이 내 마음에 떠올라 두 팔이 늘어지고 모든 근육의 움직임이 멈추었다. 혈관을 흐르는 피와 사지 끝의 따끔따끔한 피가 느껴졌다. 한순간 이런 상태였다. 계속 이어지는 비명 소리에 나는 급히 방으로 뛰어 들어갔다.

맙소사! 왜 그때 죽지 못했을까! 왜 여기 살아남아서 최고의 희망, 지상에서 가장 순수한 사람이 파멸당한 이야기를 해야 하나. 거기에 생명 없이 침대 위에 던져진 채 머리를 축 늘어뜨리고 머리카락에 반쯤 덮인 그녀의 창백하고 뒤틀린 얼굴이 있었다. 사방을 둘러보아도 같은 모습만 보였다. 살인자가 핏기 없는 팔과 늘어진 몸을 신혼의 잠자리에 던진 모습이. 이걸 보고도 어찌 계속 살 수 있었을까? 아! 생명은 질겨서 가장 증오받는 곳에 가장 집요하게 붙어 있는 모양이다. 나는 잠시 기억을 잃고 기절해 버렸다.

정신을 차렸을 때는 여관 사람들에게 둘러싸여 있었다. 그들의 얼굴에 숨이 막힐 듯한 공포가 서려 있었다. 하지만 나를 짓누르는 어두운 감정에 비하면 다른 사람들이 느끼는 공포는 그저 조롱으로, 그림자 정도로 보였다. 나는 그들을 피해 엘리자베스의 시신이 놓인 방으로 갔다. 내 사랑, 내 아내, 조금 전까지만 해도 살아 있던 소중하고 귀한 사람. 그녀는 맨 처음 보았던 자세에서 바뀌어 있었다. 이제 머리를 팔에 대고 얼굴과 목에 손수건이 놓인 채 누워 있는 그녀의 모습을 보면, 잠든 줄 착각할 정도였다. 방 안으로 뛰어들어 그녀를 열렬히 껴안았다. 하지만 죽어 늘어져 싸늘해진 팔다리는 내가 사랑하고 아끼던 그 엘리자베스가 아님을 일러 주었다. 그녀의 목에 끔찍한 악마의 손자국이 남아 있었고 더 이상 호흡하지 않았다.

절망적인 고통에 빠져 여전히 그녀를 내려다보던 나는 우연히 위를 쳐다보았다. 아까는 방 창문이 어두웠다. 방을 비추는 희미한 누런 달빛을 보니 일종의 공포 같은 게 느껴졌다. 덧창이 뒤로 젖혀졌다. 나는 뭐라 말할 수 없는 공포를 느끼며 열린 창가에서 가장 끔찍하고 혐오스러운 모습을 보았다. 괴물의 얼굴에 비웃음이 떠올랐다. 손가락으로 아내의 시신을 가리킬 때는 나를 비웃는 것 같았다. 나는 창가로 달려가서 총을 꺼내 쏘았다. 하지만 괴물은 나를 피해, 있던 자리에서 뛰어내린 후 번개같이 달려가더니 호수로 첨벙 뛰어들었다.

총소리에 사람들이 몰려들었다. 나는 괴물이 사라진 지점을 가리켰고, 우리는 배를 타고 놈이 지나간 흔적을 따랐다. 그물을 쳐 보았지만 허사였다. 몇 시간 뒤 우리는 아무 희망도 없이 돌아왔다. 일행은 대부분 그 괴물의 형상을 내 상상의 소산으로 여겼다. 배에서 내린 그들은 근처를 뒤지기 시작했다. 수색조가 숲과 포도밭 사이에서 사방으로 흩어졌다.

나는 그들과 함께 가지 않았다. 이미 녹초가 되었기 때문이다.

눈에 흐릿하게 뭔가 덮였고 피부는 고열로 바싹 타들었다. 무슨 일이 일어났는지 거의 의식도 못한 채 침대에 누워 있었다. 뭔가 잃어버린 물건을 찾으려는 듯, 눈길은 방 안을 이리저리 헤맸었다.

마침내 아버지가 엘리자베스와 나의 귀환을 간절히 기대하고 계시는데, 나 혼자 돌아가야 한다는 사실이 기억났다. 그 생각을 하자 눈물이 나서 한참 동안 엉엉 울었다. 하지만 내 불행과 내가 불행해진 원인 등 여러 가지 주제를 오락가락하며 곰곰 생각해 보았다. 구름처럼 놀랍고 두려운 일들이 일어나는 가운데 난감할 뿐이었다. 윌리엄의 죽음과 저스틴의 처형, 클러벌의 살해 그리고 마지막으로 아내의 죽음까지. 심지어 그 순간에도 남은 식구들이 악마의 악의로부터 안전한지 알 수가 없었다. 지금 아버지가 놈의 손아귀에서 몸부림치거나 어니스트가 놈의 발아래 죽어 있을지도 모른다. 이런 생각에 온몸을 떨며 움직이려고 정신을 바짝 차렸다. 나는 벌떡 일어나서 최대한 빨리 제네바에 돌아가기로 했다.

말을 구할 수가 없어 호수로 돌아가야 했다. 바람이 거세고 비가 억수같이 내리고 있었지만 아침이 채 밝지 않아서 당연히 밤까지 도착하리라는 희망이 있었다. 노 젓는 사공을 구하고 나도 직접 노를 저었다. 왜냐하면 몸을 움직이다 보면 정신적 고통에서 벗어날 수도 있다는 걸 경험해 왔기 때문이다. 하지만 지금은 엄청난 고통과 극심한 불안을 견디느라 더 이상 몸을 움직일 수가 없어 노를 던져 버렸다. 그리고 턱을 괴고 울적한 생각이 떠오르게 내버려 뒀다. 고개를 들면 행복하던 시절의 낯익은 풍경, 이제는 그저 그림자이자 추억이 되어 버린, 그녀와 하루 전에 보았던 풍경이 보였다. 눈에서 눈물이 흘러내렸다. 잠시 비가 멈췄고, 몇 시간 전과 마찬가지로 물속에서 노니는 물고기들이 보였다. 엘리자베스가 보던 물고기들이었다. 갑자기 닥친 큰 변화처럼 정신적으로 고통스러운 것은 없다. 여느 때처럼 태양이 빛나고 구름이 낮게 드리웠는지 모르겠지만, 아무것도 어제처럼 보이지 않는다. 악마는 장차 행복할 거라는 희망을 몽땅 앗아가 버렸다. 누구도 나처럼 불행했을 리 없다. 인류 역사상 이렇게 무서운 사건은 다시없을 것이다.

하지만 왜 이 불가항력적인 최후의 사건 뒤에 일어난 사건까지 자세히 말하고 있나. 이제까지 내 이야기는 끔찍한 것이었다. 이제 이야기의 '절정'에 도달했으니, 그다음 이야기는 지루할 수도 있다. 친구들을 한 명씩 차례차례 잃었다는 것만 알면 된다. 나만 홀로 쓸쓸히 살아남았다. 기력이 다 소진되었으니, 끔찍한 나머지 이야기는 간단히 하겠다.

나는 제네바에 도착했다. 아버지와 어니스트는 아직 살아 있었다. 하지만 아버지는 내가 전한 소식을 듣고 기절했다. 지금도 눈에 선한데, 훌륭하고 존경스러운 분이었다. 아버지의 시선은 딸보다 더 사랑하는 조카딸, 매력과 기쁨 덩어리였던 조카딸을 잃고 공허하게 헤맸다. 인생의 쇠락기에 접어들어 사랑할 대상이 별로 없어지면, 남아 있는 것에 더 집착하게 마련이다, 아버지는 그렇게 진심으로 조카딸을 사랑했다. 그 희끗희끗한 백발에 닥친 불행으로 아버지를 더 쇠약해지게 만든 악마에게 저주, 저주가 내리기를! 아버지는 주변에서 계속 일어나는 참사를 더 이상 버텨 낼 수가 없었다. 뇌졸중으로 며칠 뒤 내 품에 안겨 돌아가셨다.

그러고 나서 나는 어떻게 되었냐고? 모르겠다. 사슬과 어둠만 모든 감각을 잃은 나를 짓누르고 있었다. 가끔 꿈에서 어린 시절 친구들과 함께 꽃이 만발한 초원과 계곡을 헤매기도 했지만, 깨어 보면 지하 감옥에 있었다. 곧 우울증이 따랐지만, 그간 겪은 불행과 내가 처한 상황을 차츰 분명히 깨달았고 감옥에서 석방되었다. 알고 보니, 나를 미친 것으로 판정해 몇 달 동안 독방에 처넣었던 것이다.

그러나 이성을 찾는 동시에 복수에 눈뜨지 않았더라면, 자유는 내게 아무 쓸모 없는 선물이었을 것이다. 불행한 과거의 기억에 짓눌린 채 불행의 원인이 무엇인지 곰곰이 생각하기 시작했다. 내가 만든 괴물, 세상에 내보냈더니 나를 파괴한 그 비참한 악마를 말이다. 놈을 생각할 때마다 미칠 듯한 분노에 사로잡혀서, 놈을 내 손으로 잡아 저주받은 머리에 멋지게 복수할 수 있기를 바라는 마음으로 간절히 기도했다.

내 증오가 오랫동안 쓸모없는 소망에만 국한된 것은 아니었다. 놈을 잡을 방법을 궁리하기 시작했다. 석방되고 한 달쯤 뒤, 이런 목적으로 시내의 치안 판사를 찾아가 우리 가족을 파멸시킨 살인자를 알고 있으니 고소하고 싶다고 말했다. 그리고 모든 방법을 동원해 그 살인자를 체포해 달라고 요청했다.

치안 판사는 주의 깊고 친절하게 내 말을 경청했다. "안심하세요." 판사가 말했다. "그 악당을 잡기 위해서라면 어떤 수고나 노력도 아끼지 않을 겁니다."

"감사합니다." 내가 대답했다. "그렇다면 제 증언을 잘 들어주세요. 사실 너무 이상한 이야기라서, 증거가 없다면 믿지 못할까 봐 두렵습니다. 이 이야기가 꿈이라면 너무 잘 들어맞는 꿈이고, 제겐 거짓말을 할 이유가 없습니다." 나는 인상적이면서도 차분한 태도로 판사에게 말했다. 나를 파멸시킨 괴물을 죽을 때까지 추격하겠다고 이미 결심한 바 있었다. 이런 목표 덕분에 마음의 고통을 가라앉히고 잠시 내 삶과도 화해했다. 간단히 내 이야기를 했다. 그러나 날짜를 정확하게 말하면서도 욕설이나 감탄사는 한마디도 하지 않았다.

치안 판사는 처음에 전혀 못 믿는 눈치였지만, 이야기가 계속되자 주의를 기울이며 흥미를 갖게 되었다. 불신하는 기색 없이 가끔은 두려워서 떨고, 어떤 때는 생생하게 놀라는 표정이 되곤 했다.

이야기를 마치고 나서, 내가 말했다. "바로 이자가 제가 고발하려는 존재입니다. 온 힘을 다해 이 괴물을 찾아 처벌받게 해 주시기 바랍니다. 그게 치안 판사로서의 의무겠죠. 판사님의 인간적인 감정도 이 사건을 집행하는 데 반대하지 않으리라 믿고 또 그러길 바랍니다."

이 말에 판사의 표정이 상당히 변했다. 그는 유령이나 초자연적 사건을 듣는 듯 반신반의하는 태도로 내 이야기를 들었다. 하지만 결국 공식적인 행동을 해 달라는 요구를 받자, 불신이 다시 파도처럼 밀려든 것이다. 하지만 그는 부드럽게 대답했다. "기꺼이 선생님의 추적에 도움이 필요하다면 모두 제공하겠습니다. 하지만 말씀하시는 괴물에게는 아무리 애써도 소용없는 힘이 있는 것 같네요. 빙하를 건너고 아무도 들어가지 못할 동굴에서 살 수 있는 동물을 누가 뒤쫓을 수 있겠어요? 게다가 괴물이 범행을 저지른 지 몇 달이 지났는데, 놈이 있는 장소도 모르잖아요."

"분명 제가 사는 곳 주변을 배회할 겁니다. 알프스 산으로 피신했다면, 스위스 영양을 사냥하듯 잡을 수 있어요. 하지만 판사님 생각을 알겠어요. 제 이야기를 믿지 않으니, 제 원수를 추적해서 놈이 받아 마땅한 처벌을 받게 할 생각이 없으신 것 같군요."

이렇게 말할 때 내 눈에 분노가 번쩍이자 치안 판사는 겁을 먹었다. "그게 아니고요." 그가 말했다. "저도 노력할 겁니다. 괴물을 잡을 수단이 있다면 그의 죄에 합당한 처벌을 확실히 받게 할 겁니다. 하지만 당신이 묘사한 그런 특성을 가졌다면 현실적으로 체포하기는 어려울 것 같네요. 적절한 조치를 모두 취한다 해도 실망스러울 경우에 대비해야 할 것 같아서요."

"그럴 리가 없어요. 하지만 아무리 말해도 별 소용 없겠어요. 판사님에게 제 복수는 전혀 중요한 일이 아니겠죠. 저도 복수가 나쁘다고 생각하지만, 고백하건대 제 영혼은 오로지 복수심으로 불타고 있어요. 제가 세상에 풀어 놓은 살인자가 아직도 살아서 돌아다닌다는 생각을 하면 말할 수 없는 분노가 솟구친답니다. 판사님은 정당한 제 요구를 거절하셨어요. 이젠 한 가지 방법밖에 없군요. 죽든 살든 놈을 죽이는 데 이 한 몸을 바칠 겁니다."

이렇게 말할 때 극도의 흥분으로 내 몸이 떨렸다. 격양된 태도였고, 예전 순교자들에게서나 찾아봄 직한 고고하고도 사나운 열정 같은 것에 휩싸여 있었다. 하지만 헌신이나 영웅주의와는 전혀 다른 생각에 골똘한 제네바 치안 판사에게는, 이런 숭고한 정신이 미친 짓거리로 보였다. 그는 간호사가 아이를 어르듯 나를 달래며, 내 이야기를 정신 착란 탓으로 돌렸다.

"세상에." 내가 외쳤다. "스스로 현명하다고 자부하면서 판사님은 얼마나 무지한지요! 그만두세요. 판사님은 자신이 무슨 말을 하는지도 모르고 있어요."

화가 나고 걱정스러운 마음에 재판소에서 나온 뒤 다른 방법을 찾아보려고 돌아갔다.

제7장

당시에는 자발적인 생각이 모두 사라지고 없어진 상태였다. 나는 분노에 쫓기고 있었다. 오직 분노에서만 힘과 평안을 찾을 수 있었다. 분노가 내 감정을 빚어 주었고, 분노 덕분에 정신 착란이나 죽음에 빠질 뻔한 내가 빈틈없고 차분한 사람이 되었다.

첫 번째 결심은 제네바를 영원히 떠나는 것이었다. 행복하고 사랑받던 시절에는 소중했던 나라가 곤경에 처하니 끔찍한 증오의 대상이 되었다. 어머니의 보석 몇 점과 돈을 좀 챙겨 떠났다.

그리고 방랑이 시작되었는데, 이 방랑은 내 목숨이 끊어질 즈음 끝날 것이다. 아주 광활한 대지도 건넜고, 여러 사막과 야만 국가에서 여행자들이 으레 부딪칠 만한 온갖 역경도 견뎌 냈다. 어떻게 살아남았는지 잘 모르겠다. 말 안 듣는 팔다리를 모래 평원에 쭉 뻗고 차라리 죽여 달라고 여러 번 기도하기도 했다. 하지만 복수심으로 살아남았다. 원수는 살아 있는데 감히 나 혼자 죽을 수도 없었다.

제네바를 떠나면서 가장 먼저 한 일은 사악한 원수의 발자국을 추적할 단서를 찾는 것이었다. 하지만 내 계획은 확실치 않았다. 나는 어디로 가야 할지 몰라 제네바 변경을 여러 시간 헤매기도 했다. 밤이 다가오자 나도 모르는 새 윌리엄과 엘리자베스 그리고 아버지가 영원한 안식을 취하는 묘지 입구에 서 있었다. 그들의 묘비로 다가갔다. 바람에 나뭇잎만 부드럽게 흔들릴 뿐, 만물이 조용했다. 아주 깜깜한 밤이었다. 무심한 구경꾼이 보았더라도 엄숙하고 애처로운 장면이었을 것이다. 떠난 망자들의 혼령들이 애도하는 나의 머리 위를 떠돌며, 뭔가 느껴지지만 보이지 않는 그림자를 드리운 것 같았다.

이 광경을 보고 처음에는 깊은 슬픔을 느꼈지만, 그 슬픔은 곧 분노와 절망으로 바뀌었다. 그들은 죽었고 나는 살아남았다. 그들을 죽인 살인자도 살아 있고, 놈을 죽이기 위해서라면 지친 몸을 이끌고라도 가야 했다. 풀밭에 무릎을 꿇고 땅바닥에 키스하며 떨리는 입술로 외쳤다. “내가 무릎 꿇은 이 신성한 대지에 걸고, 내 곁에서 방황하는 혼령들을 걸고, 지금 내가 느끼는 깊고 영원한 슬픔을 걸고 맹세하마. 그대여, 오 밤이여, 그리고 그대를 지배하는 혼령들을 걸고 이런 불행을 안겨 준 악마를 추적하겠다고 맹세하마. 놈이나 나, 둘 중 하나가 죽을 때까지 결투하마. 이 목적을 위해 목숨을 부지할 거야. 복수를 하기 위해서, 내 눈에서 영원히 사라질 태양을 보고 대지의 푸른 풀을 다시 밟을 거야. 그리고 죽은 자의 혼령인 그대들을 부른다. 그대, 떠도는 복수의 사신들이여. 내 일을 돕고 안내해 다오. 저주받은 지옥의 괴물이 처절한 고통을 들이마시게 해 다오. 지금 나를 괴롭히는 절망을 놈도 똑같이 느끼게 해 다오.”

처음에는 살해당한 이들의 혼령이 내 기도를 듣고 인정해 준 것처럼, 경외심과 엄숙한 마음으로 간청하기 시작했다. 하지만 말을 마칠 때는 분노에 사로잡혀 격분한 나머지 목이 메어 말도 제대로 나오지 않았다.

밤의 적막을 뚫고 대답하듯 악마의 웃음소리가 크게 들려왔다. 그 소리가 오래도록 무겁게 귓가에 울렸다. 산들이 그 웃음소리에 메아리치자, 마치 지옥 전체가 비웃고 조롱하며 나를 둘러싼 기분이었다. 나는 그 순간 차라리 미쳐서 비참한 목숨을 끊었어야 했다. 하지만 이미 다 들리게 맹세했고, 복수를 하기 위해서라도 살아남아야 했다. 웃음소리가 조용해졌다. 너무나 잘 아는 끔찍한 목소리가 내 귀에 대고 또렷이 속삭였다. "좋아. 불쌍한 놈! 살기로 했다니 아주 좋아."

나는 소리가 들려온 쪽으로 번개같이 돌진했지만, 악마는 나를 피했다. 갑자기 크고 둥근 달이 두둥실 떠올라, 놈이 뒤틀린 인간이라 할 수 없을 만큼 빠른 속도로 도망치는 모습을 훤히 비춰 주었다.

나는 놈을 쫓아갔다. 여러 달 동안 추격에만 매달렸다. 하찮은 단서에 끌려 구불구불한 론 강을 추격하기도 했지만 허사였다. 푸른 지중해가 나타났다. 기이한 우연으로 악마가 밤을 틈타 흑해행 배에 숨어드는 모습을 보았다. 나도 같은 배를 탔지만, 놈은 도망쳤다. 어떻게 탈출했는지 도무지 알 수가 없다.

놈은 타타르와 러시아의 황야 가운데서도 나를 피했지만, 나는 계속해서 놈의 흔적을 쫓았다. 가끔은 이 끔찍한 괴물의 출현에 겁먹은 농부들이 놈이 간 길을 알려 주었다. 이따금 흔적이 모두 사라지면 내가 절망해서 죽어 버릴까 봐 놈이 직접 길을 안내하려고 흔적을 몇 개 남겨 놓기도 했다. 머리 위로 눈발이 날리자, 흰 들판에 놈의 거대한 발자국이 보였다. 이제 막 삶을 시작한 당신이, 걱정이나 고통을 모르는 당신이 내가 느꼈던, 그리고 지금도 느끼는 감정을 이해할 수 있겠는가? 추위와 결핍 그리고 피로는 내가 견뎌야 할 고통 가운데 전혀 힘든 것이 아니었다. 나는 악마의 저주로 영원한 지옥을 짊어지고 다녔다. 하지만 착한 천사들이 나를 따라와 발걸음을 인도해 주었다. 내가 몹시 투덜대면 도저히 극복할 수 없는 곤경에서 갑자기 구해 주기도 했다. 때로 굶주림에 지쳐 쓰러지면, 사막에 먹을 만한 식사가 준비되어 몸을 회복시켜 주고 기운도 차리게 해 주었다. 사실 음식은 시골 농부들 식량처럼 보잘것없었다. 하지만 나는 도와 달라고 청한 혼령들이 그곳에 음식을 차려 놓았다고 확신했다. 가끔 모든 것이 메마르고 하늘에는 구름 한 점 없어 갈증으로 목이 바싹 타면, 작은 구름 한 조각이 나타나 흐린 하늘에서 빗방울이 살짝 떨어져 나를 소생시켜 준 뒤 사라지기도 했다.

나는 가능한 한 강줄기를 끼고 다녔지만, 시골 사람들이 주로 이곳에 모여 살았기 때문에, 악마는 보통 이런 길을 피했다. 다른 장소에는 인적이 드물었다. 그런 곳에서는 어쩌다 마주치는 야생동물을 잡아먹으며 연명했다. 돈이 좀 있는 관계로 돈을 내거나, 내가 잡은 동물을 나눠 주어 마을 사람들의 인심을 얻었다. 짐승을 잡으면 조금만 먹고 불과 요리 도구를 빌려 준 마을 사람들에게 늘 나눠 주었다.

이런 식으로 지내는 삶은 사실 끔찍했고, 오직 잘 때만 즐거움을 맛볼 수 있었다. 오, 잠의 축복이여! 가끔 비참할 때면 잠에 빠져들었고 나를 달래 주는 꿈 덕분에 황홀했다. 나를 지키는 천사들이 이런 순간이나 행복한 시간을 만들어 준 덕분에, 힘을 얻어 순례를 계속했다. 이런 휴식이 없었다면 고통 가운데 쓰러졌을 것이다. 낮에는 밤이 올 거라는 희망으로 버티며 힘을 냈다. 잠이 들면 꿈속에서 친구들과 아내, 사랑하는 조국을 볼 수 있었기 때문이다. 꿈에서는 엘리자베스의 발랄한 목소리를 듣고 자비로운 아버지의 얼굴과 건강한 청년 클러벌의 모습을 볼 수 있었다. 가끔 힘든 행군에 지칠 때면 밤이 올 때까지 꿈을 꾸는 거라고, 그리고 밤이 되면 사랑하는 친구들의 품에서 현실을 맘껏 누릴 수 있다고 스스로 달래곤 했다. 그들에게 얼마나 고통스러운 애정을 느꼈던가! 깨어 있는 순간에도 가끔씩 나타나는 그들의 모습에 매달리며 그들이 아직도 살아 있다고 얼마나 믿으려 했던가! 그런 순간이면 내 안에 불타던 복수심은 모두 사라지고 그 악마를 파괴하려는 나의 추격은 영혼의 열렬한 욕망이라기보다, 하늘이 내린 사명, 나도 의식하지 못하는 어떤 힘의 기계적인 충동 같았다.

내가 쫓고 있는 놈의 감정이 어땠는지 알 수 없다. 가끔 놈은 나무껍질이나 돌에 글씨를 남겨 나를 안내하고 화를 돋우었다. "내 지배는 아직 끝나지 않았어." (이것이 그의 글 중에서 알아볼 만한 것이었다) "내 힘은 당신이 살아야 완벽해. 나를 따라와. 난 북극의 만년 빙하를 쫓을 거야. 거기서 난 끄떡없지만, 당신은 추위와 서리가 얼마나 비참한지 느끼겠지. 당신이 너무 늦게 오지만 않는다면, 이 근처에서 죽은 토끼를 보게 될 거야. 그걸 먹고 기운 내. 어서 와, 원수야. 아직도 우리는 목숨을 걸고 싸워야 해. 하지만 아주 힘들고 비참한 시간을 견디어야 그 시간이 지날 거야."

악마가 나를 비웃다니! 나는 거듭 복수를 맹세했다. 이 한 몸 바쳐 악마, 네놈을 다시 고문해 죽일 거다. 놈이나 나, 둘 중 하나가 죽을 때까지 절대 추격을 멈추지 않으리라. 그런 다음 엘리자베스를 비롯하여, 지금도 나를 위해 이 지겨운 고생과 끔찍한 순례에 대한 보상을 준비하고 있을 사람들을 기쁘게 만날 것이다.

북쪽으로 올라갈수록 눈발이 짙어졌고, 견딜 수 없을 만큼 추위가 심해졌다. 농부들은 움막 속에 숨어 버렸고, 아주 강한 소수만 먹이를 찾아 은신처에서 나온 굶주린 동물을 사냥했다. 얼음에 뒤덮인 강에서는 물고기 한 마리 잡을 수가 없었다. 이처럼 나의 주 식량원이 사라져 버렸다.

내가 어려울수록 적은 승리감에 차서 더욱 의기양양해졌다. 놈이 남긴 글은 다음과 같다. “각오해라! 당신의 고생은 이제 시작일 뿐이야. 모피로 몸을 감싸고 식량을 준비해. 우리가 곧 가게 될 여정에서 당신이 겪을 고통은 끝없는 나의 증오심을 만족시켜 줄 테니까.”

이런 비웃음에 더욱더 용기가 나고 인내심이 생겼다. 반드시 목표를 달성하기로 굳게 다짐했다. 그리고 나를 도와 달라고 하늘에 간청하면서 시들지 않는 열정으로 방대한 사막을 가로질렀다. 마침내 수평선을 이루는 바다가 저 멀리 나타났다. 오! 남쪽의 푸른 바다와는 어찌 그리 다를까! 얼음에 뒤덮인 바다는 훨씬 거칠고 황량해서 대지와 구분될 뿐이었다. 그리스인들은 아시아 언덕에서 지중해를 보았을 때 기쁨의 눈물을 흘리면서, 고생이 끝났다고 열렬히 환영했었다.* 나는 울지 않았다. 하지만 원수가 나를 비웃는데도 불구하고, 놈을 만나 싸울 수 있도록 안전하게 인도해 준 나의 수호천사들에게 벅찬 가슴으로 무릎을 꿇고 감사했다.

몇 주 전에는 썰매와 개들을 구해서 믿을 수 없을 만큼 빠른 속도로 설원을 건넜다. 악마도 나처럼 썰매를 탔는지 모르겠다. 그러나 이전에는 매일매일 추격해도 처졌지만, 지금은 놈을 따라잡았다는 걸 알 수 있었다. 처음 그 바다를 보았을 때는 놈이 나보다 겨우 하루 정도 앞섰으며, 괴물이 저쪽 해안에 도착하기 전에 놈을 따라잡고 싶었다. 그래서 다시 용기를 내어 계속 앞으로 나아가 이틀 후에는 바닷가의 초라한 마을에 도착했다. 마을 사람들에게 정확한 정보를 얻었다. 그들 말로는, 장총 한 자루와 권총 여러 자루로 무장한 거대한 괴물이 전날 밤 도착했는데, 무시무시한 외모 때문에 오두막에 사는 사람들이 도망쳤다는 것이다. 괴물은 마을 주민이 모아 놓은 겨울 식량을 썰매에 싣고 개들을 썰매에 묶은 뒤, 바로 그날 밤 바다 건너 육지가 없는 쪽으로 떠나 버려서 공포에 질렸던 마을 주민들은 기뻐했다고 했다. 주민들은 놈이 얼음이 깨져서 죽어 버렸거나, 만년설 때문에 얼어 죽었을 거라고 추측했다.

그 소식을 듣고 나는 한동안 절망에 빠졌다. 놈이 나를 피해 도망쳐 버린 것이다. 이제 산채만 한 바다의 빙하를 가로질러 끝없는 죽음의 여행을 시작해야 한다. 마을 주민 중에서도 추위를 오래 견딜 수 있는 사람은 거의 없는데, 따뜻하고 온화한 날씨에서 자란 나 같은 사람이 생존하기란 바랄 수도 없는 일이다. 하지만 악마가 살아서 의기양양할 거라는 생각을 하자 다시 분노와 복수심이 솟구치며 강력한 파도처럼 다른 감정을 모두 삼켜 버렸다. 잠깐 휴식을 취하는 동안, 나를 에워싼 죽은 자들의 혼령이 온 힘을 다해 복수하라고 부추겼다. 나는 다시 떠날 채비를 했다.

육상용 썰매 대신 울퉁불퉁한 얼어붙은 바다를 건너기에 적합한 썰매로 바꾸었다. 그리고 물품을 넉넉히 구입해 육지를 떠났다.

이후 며칠이 지났는지 모른다. 하지만 온갖 고생을 견뎌 냈다. 오로지 가슴속에 불타는 정당한 복수심 때문에 버틸 수 있었다. 방대하고 험한 얼음산들이 종종 앞길을 가로막았고, 가끔은 나를 집어삼킬 듯 위협하는 천둥 같은 바다 소리도 들렸다. 그러나 다시 서리가 내리자 바닷길은 안전해졌다.

내가 먹은 식량의 양으로 미루어, 3주 정도 지난 것으로 짐작된다. 계속 지연된 희망이 심장에 돌아와, 가끔 내 눈에서 쓰라린 절망과 슬픔의 눈물이 흘러내렸다. 절망의 여신은 나를 먹잇감으로 삼아서, 나는 이 비참한 고통 아래 금방이라도 쓰러질 뻔했다. 어느 날 썰매를 끌던 개들이 믿을 수 없을 만큼 모진 고생 끝에 비탈진 빙산 정상에 올랐는데, 그중 한 마리가 지쳐서 죽어 버렸다. 나는 눈앞에 펼쳐진 광경을 근심스럽게 보았다. 바로 그때 갑자기 어둑어둑한 평원 위에 검은 점 하나가 보였다. 그것이 무엇인지 알아내려고 두 눈을 크게 뜨고 보았다가, 썰매와 그 속에 올라탄 익숙한 거대한 형체를 보고 기쁜 나머지 거친 환호성을 질렀다. 오! 가슴속에 얼마나 희망이 세차게 다시 타올랐던가! 뜨거운 눈물이 가득 찼지만, 악마를 잘 보지 못할까 봐 황급히 눈물을 훔쳤다. 그러나 여전히 눈물이 시야를 가렸고, 결국 격렬한 감정을 이기지 못해 큰 소리로 엉엉 울었다.

그러나 지금은 지체할 때가 아니었다. 죽은 개를 다른 개들에게서 격리한 뒤, 개들에게 먹이를 넉넉히 주고 한 시간 동안 쉬게 했다. 그것은 꼭 필요한 일이었지만 나에게는 견디기 힘든 일이었다. 다시 길을 떠났다. 썰매는 아직까지 잘 보였다. 잠깐 동안 빙하가 사이에 끼어들어 가려질 때만 빼면 다시는 썰매를 놓치지 않았다. 그리고 눈에 띄게 거리가 좁아졌다. 이틀이 지난 후, 겨우 1.5킬로미터도 못 되는 거리에 있는 적을 보자, 내 심장이 쿵쾅거리며 뛰었다.

하지만 적이 거의 손에 잡힐 듯한 그때, 나의 희망은 갑자기 사라졌고 어느 때보다도 놈의 흔적을 깡그리 놓쳐 버렸다. 해빙 소리가 들렸다. 발밑의 바다가 요동치며 부풀어 오르면서 해빙될 때 우레같이 나는 바다 소리가 시시각각 더 불길하고 끔찍해졌다. 힘겹게 앞으로 나아가려 했지만 허사였다. 바람이 거세게 불고 바다가 포효했다. 지진처럼 강력한 충격과 함께 빙하가 엄청난 굉음을 내며 갈라졌다. 그 사태는 곧 끝났다. 몇 분 후에 나와 적 사이에서 시끄러운 바다가 요동치더니 나는 어느새 조각난 얼음판 위에서 표류하게 되었다. 그 얼음판은 계속 녹으면서 나의 끔찍한 죽음을 예고했다.

이런 식으로 공포의 시간이 한참 흘렀다. 개 몇 마리가 죽었다. 나 자신도 계속되는 절망에 거의 기절할 지경이었다. 그때 원조와 생명의 희망을 주며 정박한 당신 배를 본 것이다. 이렇게 먼 북극에 배가 있을 거라곤 생각도 못한 나는 그 광경에 놀랐다. 재빨리 썰매를 부수어 노를 만들었다. 이렇게 끝없는 피로와 싸워 당신 배가 있는 방향으로 얼음 뗏목을 저을 수 있었다. 당신이 남쪽으로 돌아간다면 차라리 바다에 운명을 맡기기로 결심했다. 적을 계속 추격할 수 있게 배를 한 척 내어 달라고 당신에게 부탁할 생각이었다. 하지만 당신 배는 북쪽을 향하고 있었다. 당신은 지쳐 쓰러진 나를 배에 태워 주었다. 나는 가중된 고난에 금방이라도 죽을 것만 같았다. 아직도 죽음이 두려웠다. 아직도 과제를 끝내지 못했기에.

오! 나를 악마에게 안내하는 나의 수호천사는 언제쯤 그토록 바라던 휴식을 허락해 줄까? 아니면 나는 죽고 놈만 살아야 하나? 내가 죽는다면 놈이 도망치지 못하게 해 주겠다고 맹세해 줘요, 월턴. 당신이 놈을 찾아내어 죽여서 나 대신 복수해 주겠다고. 하지만 감히 당신에게 내 순례를 떠맡아 내가 이제껏 겪은 고난의 길을 가 달라고 부탁할 수 있을까요? 아니, 난 그렇게 이기적인 사람은 아니에요. 하지만 내가 죽은 뒤에 놈이 나타나면, 복수의 집행자들이 놈을 당신에게 안내한다면, 절대 살려 두지 않겠다는 맹세를 해 줘요. 내 응어리진 원한을 보았으니 나처럼 비참한 사람을 또다시 만들지 않겠다고 맹세해 줘요. 놈은 말이 유창한 데다 아주 설득력 있게 말하거든요. 한때 나도 놈의 말에 감동했으니까 말이에요. 하지만 놈을 믿지는 마세요. 그 형체만큼이나 놈의 영혼은 배신과 악마의 악의로 가득 차 있어요. 놈의 말을 듣지 말아요. 윌리엄과 저스틴, 클러벌, 엘리자베스, 아버지 그리고 불쌍한 빅터의 혼령들을 불러 놈의 심장에 칼을 꽂아 줘요. 나는 근처에서 서성대다가 칼날이 제대로 꽂히게 해 줄게요.

월턴, 쓰던 편지를 이어 쓰며

17××년 8월 26일

이 이상하고 끔찍한 이야기를 다 읽으셨죠, 마거릿 누나? 누나도 두려움으로 피가 얼어붙는 듯하지 않나요? 저는 지금도 피가 얼어붙는 것 같아요. 그는 가끔 갑작스레 고통에 사로잡혀 말을 계속 잇지 못했어요. 어떤 때는 목이 메지만 날카로운 소리로 어렵게 고통스러운 이야기를 이어 가기도 했지요. 섬세하고 아름다운 눈은 분노로 번쩍거리다가 풀이 죽어 슬픔에 잠기거나, 끝없는 불행에 잠겼어요. 가끔 표정과 말투를 조절하며 동요하는 기색 없이 평온한 목소리로 끔찍한 사건들을 말하기도 하고요. 그러다가 자기를 괴롭힌 괴물에게 날카로운 저주를 퍼부을 때면, 표정이 바뀌어 화산이 폭발하듯 격렬한 분노를 터뜨리기도 했어요.

그의 이야기는 일관성 있고 아주 소박한 진실처럼 들렸어요. 게다가 그가 보여 준 펠릭스와 사피의 편지나, 우리 배에서 목격한 괴물의 모습을 보면 그의 이야기가 꾸며 낸 것이 아니라 사실인 게 분명해요. 아무리 진지하고 논리적인 이야기라도 말이에요. 그런 괴물이 진짜 존재했다는 거예요. 그 사실은 의심할 수 없어요. 하지만 놀랍기도 하고 감탄스럽기도 해서 난감해요. 가끔 프랑켄슈타인에게 그 괴물을 어떻게 만들었는지 자세히 알아보려 했지만, 이 점에 관해서는 그는 요지부동이었어요.

"미쳤나요? 친구?" 그가 묻더군요. "그런 무분별한 호기심으로 뭘 하려고요? 당신 자신과 세상을 파괴할 악마를 만들 셈인가요? 그게 아니라면 무슨 의도로 묻는 건가요? 가만, 가만! 내 불행에서 배우고, 스스로 불행을 자초하지 마세요."

프랑켄슈타인은 내가 그의 이야기를 기록하고 있다는 사실을 알아냈어요. 그는 기록을 보여 달라고 하더니 몇 군데는 자기가 고치기도 하고 덧붙이기도 했어요. 주로 적과 나눈 대화에 영혼을 불어넣어 생생하게 만들었죠. 그는 이렇게 말했어요. "내 이야기를 기록했으니, 후세에 잘못된 내용이 전해지는 게 싫어서요."

이렇게 일주일이 지나는 동안, 인간의 상상력으로 생각해 낼 수 있는 가장 이상한 이야기를 들었어요. 나는 이 손님 생각만 했고 내 영혼은 모두 그에게 빠져 있었어요. 이 이야기와 그의 고상하고 점잖은 태도 때문에 관심을 갖게 되었어요. 나는 그를 위로해 주고 싶었어요. 하지만 그처럼 불행한 사람에게, 위로가 될 희망을 모조리 뺏긴 사람에게 어떻게 죽지 말라고 충고할 수 있겠어요? 아니, 그럴 수는 없어요! 그가 지금 기대하는 유일한 기쁨은 산산이 깨진 감정을 평화와 죽음으로 감싸는 거예요. 하지만 고독과 착란 덕분에 한 가지 위안은 누리고 있었어요. 꿈을 꾸면 친구들과 이야기할 수 있다고 믿는데, 그 만남을 통해 불행을 달래거나 복수심을 더 키우고 있어요. 그는 이들이 상상의 소산이 아니라 먼 세상에서 찾아온 실제로 살아 있는 존재라고 믿어요. 이런 믿음이 그의 환상에 엄숙함을 부여해서, 나도 그런 상상이 마치 진짜인 것처럼 인상적이고 흥미로워요.

우리가 늘 그의 과거와 불행한 이야기만 한 건 아니에요. 문학 전반의 어떤 주제에 관해서 그는 무한한 지식과 날카롭고 재빠른 이해력을 보여 주었어요. 그의 웅변은 강렬하고 감동적이에요. 그가 가슴 아픈 사건을 들려주거나 연민이나 사랑의 감정을 불러일으키려 애쓰면, 도저히 눈물 없이는 그의 이야기를 들을 수 없어요. 이렇게 폐인이 되어서도 그렇듯 고상하고 신과 같다면, 한창때는 얼마나 멋진 사람이었을까요. 그는 자신의 가치를 알고 자신이 얼마나 타락했는지 아는 것 같아요.

"지금보다 젊었을 때는 스스로 뭔가 위대한 업적을 이룰 운명이라고 생각했어요. 내게는 심오한 감성은 물론이고 찬란한 업적을 이룰 만한 냉철한 판단력도 있었어요. 자신의 가치에 대한 이런 자부심이, 다른 사람들이라면 짓눌려 있을 때도 나를 지탱해 준 힘이랍니다. 사람들에게 유용할 수도 있는 재능을 쓸데없는 비탄에 낭비하는 것은 죄라고 생각했기 때문이죠. 내가 해낸 일, 감각과 이성을 지닌 동물을 만들어 낸 일을 기억해 보면, 평범한 사기꾼들과 같다고 생각할 수는 없었지요.* 하지만 연구를 처음 시작할 때 힘을 주던 이런 감정은 나를 나락에 떨어뜨렸을 뿐이에요. 나의 생각과 희망은 다 아무것도 아니에요. 전능자가 되고 싶었던 대천사처럼, 나는 영원한 지옥에 묶여 있는 신세예요. 내 상상력은 강렬했고, 분석력과 응용력은 탁월했죠. 이런 자질을 합쳐 인간 창조라는 아이디어를 생각해서 결국 해냈지요. 그 일이 성공하기 전에 했던 공상을 떠올리면 지금도 열정이 되살아나요. 나는 자신의 능력을 기뻐하기도 하고, 그 능력의 결과를 생각하느라 불타기도 하면서 상상 속에서 천국을 거닐었지요. 어릴 때부터 높은 희망과 고상한 야심이 있었어요. 하지만 이제는 얼마나 타락했는지! 오! 친구여, 나의 예전 모습을 알았다면, 타락한 지금 모습은 알아보지도 못했을 거예요. 저는 절망이라곤 몰랐어요. 내겐 고상한 운명이 펼쳐질 것만 같았어요. 하지만 결국 나는 타락해서 다시는 일어나지도 못할 거예요."

그런데 이런 훌륭한 존재를 잃어야만 하나요? 저는 친구를 동경해 왔지요. 제게 공감하고 저를 아껴 줄 사람을 찾았지요. 그런데 보세요, 이 황량한 바다에서 그런 사람을 찾아냈어요. 그를 찾고 그의 가치를 깨닫자마자 그 친구를 잃을까 봐 두려워하고 있어요. 그를 삶과 다시 화해하게 하고 싶지만, 그는 그런 생각을 지극히 싫어해요.

그가 말했어요. "고마워요, 월턴. 나같이 불쌍한 사람에게 베풀어 준 친절에 감사해요. 새로운 유대와 새로운 애정을 말하지만, 어떤 유대나 애정이 이미 가 버린 사람을 대신할 수 있다고 생각하나요? 어떤 친구가 클러벌만 하겠으며, 어떤 여자가 엘리자베스를 대신하겠어요? 특별히 뛰어난 자질 때문에 생긴 사랑이 아니라도, 어린 시절 친구들에게는 늘 우리 마음을 끄는 힘이 있지요. 하지만 나중에 사귄 친구들에게는 그런 힘이 없어요. 어린 시절 친구들은 어렸을 때의 우리 기질을 알고 있지요. 그건 훗날 아무리 변해도, 결코 없앨 수 없죠. 그 친구들은 우리 행동의 동기가 진실한 것인지 아닌지 더 확실히 판단할 수 있어요. 사실 일찍이 그런 조짐이 보이지 않으면, 남매는 자기 누이나 형제가 속이거나 사기칠 거라고 의심하지 않지요. 하지만 아무리 친해도 나중에 사귄 친구는 자신도 모르게 의심할 수 있어요. 하지만 내가 우정을 나눈 친구들은 습관이나 친밀한 관계뿐 아니라 친구들의 장점 때문에 소중했지요. 어디 있든 날 위로해 주는 엘리자베스의 목소리니 클러벌과 나눈 대화가 영원히 귓가에 속삭이듯 들릴 거예요. 그들은 죽었어요. 하지만 그런 고독 속에서 단 하나의 감정이 나를 설득해 생명을 유지하라고 합니다. 사람들에게 널리 유용할 고귀한 일이나 계획에 몰두했다면, 그 일을 이루기 위해서라도 살아야겠지요. 하지만 내 운명은 그런 게 아니에요. 내가 생명을 부여한 존재를 쫓아가서 파괴시켜야 해요. 그러면 지상에서 해야 할 내 운명이 끝나니 죽을 수도 있겠지요."

9월 2일

사랑하는 누나.

위험에 둘러싸여 소중한 영국 땅과 그곳에 사는 더욱 소중한 친구들을 다시 볼 수 있을지 모르는 채 편지를 써요. 탈출구도 없고 시시각각 우리 배를 밀어붙일 듯 위협하는 빙산에 둘러싸여 있어요. 동료가 되어 달라고 설득했던 용감한 선원들이 이젠 제 도움을 기다리고 있어요. 그러나 저를 도와줄 사람이 아무도 없어요. 뭔가 우리 상황에 끔찍하게 소름 끼치는 것이 있지만, 아직도 용기와 희망을 버리지 않았어요. 우리는 살아남을 수 있겠지요. 살아남지 못한다면, 세네카의 교훈*대로 용감하게 죽을 거예요.

하지만 마거릿 누나, 누나의 마음이 어떻겠어요? 제 죽음 소식을 듣지도 못한 채 걱정스럽게 제가 돌아오기만 기다리겠죠. 세월이 흐르면 가끔 절망하면서 아직도 버리지 못한 희망 때문에 괴로워하시겠죠. 오! 사랑하는 누나, 간절한 기대가 어그러져 누나가 실망할 걸 생각하면 제 죽음보다 더 끔찍해요. 하지만 누나에게는 남편과 사랑스러운 자녀가 있잖아요. 행복하세요. 하느님께서 축복하고, 행복하게 해 주시기를!

그 불행한 손님은 다정한 연민의 시선으로 나를 바라보아요. 그는 애써 희망을 주려 하고, 생명을 소중히 여기는 것처럼 말해요. 그는 이 바다와 싸우는 다른 선원에게도 똑같은 사고가 자주 일어났다는 사실을 상기시켜 주는데, 그러면 저도 모르게 즐거운 예감이 들곤 해요. 선원들조차도 그의 웅변에 감동하죠. 그가 말을 시작하면 선원들은 더 이상 절망하지 않아요. 그는 선원들에게 힘을 북돋아 주고, 선원들은 그의 말을 들으면 이 엄청난 빙산이 하찮은 흙덩어리처럼 보여서 인간의 결심 앞에서 무너질 거라고 믿게 돼요. 하지만 이런 감정은 잠깐뿐이에요. 매일매일 기대가 좌절되면서 선원들은 잔뜩 두려우니, 이런 절망 때문에 선상 반란이라도 일어나지 않을까 걱정이 되네요.

9월 5일

방금 너무나 드문 흥미로운 장면이 벌어져서 이 편지가 누나에게 도착하지 못한다 해도, 기록하지 않을 수가 없네요.

우리는 아직도 빙산에 둘러싸여 충돌하면 금방이라도 부서질 듯한 위험에 처해 있어요. 극심한 추위에 불운한 동료가 벌써 이 황량한 곳에 여러 명 묻혔어요. 프랑켄슈타인의 건강은 나날이 쇠약해졌지요. 그의 눈에는 아직도 뜨거운 열이 이글거리지만, 많이 지쳐 있어요. 갑자기 몸을 움직이다가도, 금세 다시 가사 상태에 들어가기도 해요.

지난번 편지에서 선상 반란이 일어날까 두렵다고 이야기했었죠. 오늘 아침, 이 친구의 파리한 얼굴을 ― 눈이 반쯤 감긴 채 사지를 맥없이 늘어뜨리고 있었지요 ― 지켜보며 앉아 있는데, 여섯 명의 선원이 선실에 들어오겠다고 해서 정신이 번쩍 들었죠. 선원들이 들어오더니, 그중 대표가 말하더군요. 자신과 자신의 동료가 다른 선원들에게 뽑혀서 내게 요구하러 왔다고요. 한데 그들의 요구는 정당해서 거절할 수가 없었어요. 우리가 지금은 빙산에 갇혀서 꼼짝 못하고 있는데 빙산이 흩어져서 운 좋게 뱃길이 자유롭게 열린다면, 무모하게 이 여행을 계속해서 선원들을 다시 위험한 곳으로 끌고 갈까 봐 걱정된다는 거예요. 그래서 선원들은 배가 빙산에서 풀려나면 즉시 남쪽으로 항로를 바꿀 것을 반드시 약속해 달라고 요구했어요.

이 말을 듣고 저는 고민에 빠졌지요. 저는 절망하지 않았어요. 배가 자유롭게 풀려나면 돌아가겠다는 생각은 아직 해 보지 않았어요. 그러나 이런 요구를 정당하게 거절할 수 있을까요? 아니, 거절할 수 있을까요? 대답하기 전에 잠깐 망설였어요. 바로 그때 처음에는 조용하던, 실은 거의 들을 힘조차 없어 보이던 프랑켄슈타인이 몸을 일으켰어요. 그의 눈이 번쩍이더니 순간적으로 기운이 나는 듯 뺨이 붉어졌어요. 그는 선원들에게 몸을 돌려 이렇게 말했어요.

"이게 무슨 소리입니까? 대체 대장한테 뭘 요구하는 겁니까? 그처럼 쉽게 계획을 포기하려는 겁니까? 이 모험을 영광스러운 원정이라고 부르지 않았던가요? 왜 영광스럽다고 했습니까? 그 길이 남쪽 바다처럼 잔잔하고 평온해서가 아니라, 위험과 두려움이 가득 차 있기 때문이었지요. 새로운 사건이 벌어질 때마다 여러분의 강건함을 불러내어 용기를 보여 주어야 했기 때문이죠. 위험과 죽음에 둘러싸여 있으니, 이런 위험과 용감하게 맞서 싸워야 했기 때문이죠. 때문에 이 탐험이 영광스럽고 명예로운 과업인 겁니다. 장차 여러분은 인류에 공헌한 사람으로 환영받을 겁니다. 여러분의 이름은 인간의 명예와 인류의 선을 위해 죽음도 불사한, 용감한 사나이로 숭배될 겁니다. 그런데 지금 보십시오. 처음으로 직면한 위험 앞에서 여러분의 용기가 강력하게 시험받자, 여러분은 잔뜩 위축되어 추위와 위험을 견딜 힘이 없었던 사람으로 후세에 기억되는 것으로 만족하려 하는군요. 후세는 가련한 친구들처럼 추위 때문에 따뜻한 난롯가로 돌아갔다고 말할 겁니다. 그렇다면 이런 준비를 할 필요도 없었겠죠. 여러분이 그저 스스로 겁쟁이임을 증명하려면 굳이 이렇게 먼 곳까지 와서 수치스럽게 실패하도록 대장까지 끌고 올 필요는 없었을 겁니다. 오! 부디 사나이다운 선원이 되세요. 아니, 사나이 이상의 존재가 되어 보세요. 바위처럼 확고하고 요지부동하게 목적을 추구해 보세요. 이 빙산은 여러분의 심장과는 다른 재질로 만들어졌어요. 얼음은 잘 변하기 때문에 여러분이 물러나지만 않으면 얼음은 여러분을 이길 수 없어요. 이마에 수치스러운 낙인을 찍고 돌아가지 마세요. 싸워 이겨서, 적에게 등을 돌리는 게 뭔지 모르는 영웅으로 돌아가십시오."

고상한 계획과 영웅적인 눈빛으로 감정에 맞게 목소리를 조절해서, 그는 원하는 감정을 끌어냈어요. 그래서 선원들이 얼마나 감동했는지 궁금할 겁니다. 선원들은 서로 쳐다보고 아무 대답도 못했지요. 제가 말했어요. 선원들에게 일단 물러나서 지금 들은 말을 잘 생각해 보라고요. 선원들이 계속 반대한다면, 북극으로 끌고 가지는 않겠다고요. 하지만 깊이 생각해서 다시 한 번 용기를 내면 좋겠다고 했어요.

선원들은 물러났고, 저는 그 친구에게 몸을 돌렸어요. 하지만 그는 힘이 다 빠져 거의 생명이 붙어 있지 않은 것 같았어요.

이 모든 일이 어떻게 끝날지 알 수가 없어요. 하지만 목표도 달성하지 못한 채 수치스럽게 돌아가느니 차라리 죽어 버리고 싶었어요. 하지만 그게 제 운명이 아닐까 두려워요. 영광과 명예라는 이상을 모르는 선원들이 기꺼이 지금의 고난을 계속 견딜 수는 없을 테니까요.

9월 7일

주사위는 던져졌어요.* 우리가 죽지 않으면 귀향한다는 데 동의했어요. 이런 비겁함과 우유부단함 때문에 제 희망은 사라졌어요. 저는 무지와 실망을 품고 돌아갑니다. 이런 부당함을 참고 견디려면, 지금 알고 있는 지식 이상의 철학이 필요해요.

9월 12일

다 끝났어요. 영국으로 돌아가는 중이에요. 인류의 이익과 영광이라는 희망도 다 잃었어요. 친구도 잃고요. 하지만 누나에게 이 비통한 상황을 자세히 설명할게요. 영국으로, 누나가 있는 고국을 향해 가고 있지만, 절망하지는 않을 거예요.

9월 9일,* 빙산이 움직이기 시작했어요. 천지 사방으로 섬이 갈라져 금이 가면서 내는, 천둥처럼 시끄러운 소리가 멀리서도 들렸어요. 우리는 일촉즉발의 위험에 있었지요. 하지만 그저 하릴없이 있을 수밖에 없었기 때문에, 주로 불행한 손님에게 관심을 쏟았지요. 그 손님의 병은 매우 심해져서 자리보전하고 침대에만 있었어요. 우리 뒤에서 깨진 얼음이 힘 있게 북쪽으로 떠내려갔지요. 서쪽에서 미풍이 불어 11일에는 남쪽으로 가는 항로가 완전히 열렸어요. 이를 보고 고국으로의 귀환이 확실해지자, 선원들은 몹시 흥분하여 환호성을 한참 질렀지요. 졸고 있던 프랑켄슈타인이 일어나 왜 이렇게 소란스럽냐고 물었어요. "곧 영국으로 돌아갈 거라고 환호성을 지르고 있습니다." 제가 대답했지요.

"그럼 정말 돌아갈 셈입니까?"

"아! 네. 선원들의 요구를 물리칠 수가 있어야지요. 선원들을 억지로 위험한 곳으로 끌고 갈 수는 없으니 돌아가야죠."

"정 그렇다면 할 수 없지요. 그러나 전 돌아가지 않을 겁니다. 대장님은 목적을 포기해도 되겠지만, 저는 하늘이 제게 준 목적이어서 그럴 수가 없어요. 전 약하지만, 확실히 제 복수를 돕는 혼령들이 충분한 힘을 줄 거예요." 이렇게 말하면서 그는 자리에서 일어나려 했지만, 몸에 무리였어요. 그는 뒤로 넘어지며 기절하고 말았어요.

한참 지나서야 그는 회복되었지요. 가끔은 그가 죽은 게 아닌가 하는 생각도 들었어요. 마침내 그는 눈을 떴지만 겨우 숨만 쉴 뿐 말도 못했어요. 의사가 진정제를 주면서 그의 휴식을 방해하지 말라고 우리에게 신신당부했어요. 그동안 의사는 친구가 분명 몇 시간 살지 못할 거라고 일러 주었어요.

사형 선고가 내려진 셈이죠. 저는 마냥 슬퍼하며 기다릴 수밖에 없었지요. 침대 곁에서 그를 지켜보며 앉아 있었어요. 그가 눈을 감고 있어서 잔다고 생각했는데 그가 곧 힘없는 목소리로 저를 부르더니 가까이 오라고 손짓하더군요. "아! 제가 의지하던 힘이 사라졌어요. 곧 죽을 것 같아요. 제 원수이자 저를 박해하던 놈은 여전히 살아 있겠죠. 월턴 대장님, 제가 최후의 순간에도 예전처럼 끓어오르는 증오와 열렬한 복수심에 불타고 있다고 생각하지는 말아 주세요. 하지만 적이 죽기를 바란 것은 옳았던 것 같아요. 이 마지막 며칠 동안 과거 행동을 곰곰이 생각해 봤는데 잘못했다는 생각은 들지 않아요. 광기에 사로잡혀 이성적인 존재를 만들었고, 힘이 닿는 한 그 존재의 행복과 복지를 보장하려고 했지요. 이게 제 의무였죠. 하지만 그보다 더 중요한 게 있었어요. 인간에 대한 의무 말이에요. 그 의무에는 더 많은 사람의 행복과 불행이 달려 있었으니까요. 이런 관점에서 짝을 만들어 달라는 괴물의 청을 거절했고, 그건 옳았어요. 놈은 유례없는 악의와 사악한 이기심을 보여 주었어요. 놈은 제 친구들을 죽였지요. 놈은 있는 힘을 다해 고상한 감각과 행복 그리고 지혜를 지닌 존재들을 죽였죠. 복수에 대한 이 갈증이 어디서 끝날지는 저도 모르겠습니다. 스스로 불행하다고 해서 다른 사람까지 불행하게 만든다면, 놈은 죽어야 합니다. 놈을 없애는 게 제가 할 일이지만, 실패했습니다. 이기적이고 사악한 동기에서, 제가 못다한 일을 대장님에게 대신해 달라고 부탁했었습니다. 이번에는 이성과 미덕을 되찾은 상태에서 거듭 부탁드립니다.

하지만 이 일을 위해 조국과 친구들을 버리라고 부탁할 수는 없겠죠. 이제 영국으로 돌아간다니 놈을 만날 기회도 거의 없을 겁니다. 하지만 이 점들을 고려하고, 대장님이 해야 할 의무와 균형을 맞추는 문제는 대장님에게 맡기겠어요. 죽음이 가까이 다가오니 제 판단과 생각이 아주 혼란스럽습니다. 격한 감정 때문에 잘못 판단할 수 있으므로, 제가 옳다고 생각하는 바를 해 달라는 부탁은 못하겠어요.

놈이 살아서 재난을 일으킬 거란 사실에 마음이 어지러워요. 어찌 보면 해방을 기대하는 이 짧은 시간이, 지난 몇 년 동안 제가 맛본 유일하게 행복한 순간이에요. 사랑하는 죽은 사람들의 모습이 눈앞에 스치니, 속히 그들 품으로 갈 겁니다. 안녕히 계십시오, 월턴 대장님! 평온함 속에서 행복을 찾고 야심을 피하십시오. 겉보기에는 과학과 발견에서 선장님 이름을 새기고 싶은 야심이 없는 것 같아도 말입니다. 그런데 왜 이런 말을 하는 거죠? 저는 이런 야심 때문에 망했지만, 다른 사람은 성공할지도 모르는데 말입니다.”

이렇게 말하면서 그의 목소리가 점점 더 작아졌어요. 마침내는 녹초가 되어 아무 말도 안 했어요. 반 시간쯤 후에 뭔가 다시 말하려 애썼지만 마찬가지였어요. 그는 힘없이 제 손을 잡은 채 영원히 눈을 감아 버렸어요. 부드럽게 빛나는 미소도 입술에서 사라졌고요.

마거릿 누나, 이렇게 일찍 죽은 이 아름다운 영혼에 대해 무슨 말을 할 수 있겠어요? 어떻게 말해야 제 슬픔을 누나가 이해할 수 있을까요? 그 어떤 말로도 표현할 수가 없어요. 눈물이 흐르네요. 제 마음에는 실망의 구름이 짙게 드리웠어요. 하지만 저는 지금 영국으로 돌아가고 있어요. 거기서 위로를 찾겠지요.

잠시 중단해야겠어요. 이 소리가 무슨 경고일까요? 자정이군요. 순풍이 불고 갑판 보초도 거의 움직이질 않네요. 다시 소리가 나네요. 인간의 목소리인데 더 거칠군요. 프랑켄슈타인의 시신이 있는 선실에서 나는군요. 일어나서 살펴봐야겠어요. 안녕히 주무세요, 누나.

맙소사! 방금 굉장한 일이 일어났어요! 그 일을 생각하면 아직도 혼란스러워요. 그걸 자세히 설명할 힘이나 있을지 모르겠어요. 하지만 이 놀라운 마지막 대단원이 없다면, 제가 기록한 이야기는 불완전할 거예요.

선실에 들어갔더니, 거기 불운했던 친구의 시신이 놓여 있었죠. 뭐라 표현할 길 없는 형체가 그 시신 위로 몸을 굽히고 있었어요. 몸집은 거대하지만 균형이 잡혀 있지 않고 기묘했어요. 그가 관 위에 몸을 구부렸는데, 얼굴은 텁수룩한 긴 머리카락에 가렸죠. 하지만 색깔이나 겉조직이 미라의 것 같은 거대한 손 하나가 나와 있었어요. 제가 다가가는 소리를 듣자, 그는 슬프고 두려운 소리를 내다 말고 창문으로 뛰어올랐어요. 그처럼 끔찍하고 혐오스럽고,

소름 끼치게 추악한 얼굴은 본 적이 없어요. 저도 모르게 눈을 질끈 감고 이 파괴자에게 제가 해야 할 의무가 뭔지 애써 기억해 봤죠. 그를 보며 그 자리에 서라고 했어요.

그는 멈칫하더니 놀라 저를 보더군요. 하지만 다시 그를 만든 창조자의 생명 없는 시신으로 몸을 돌리더니, 제 존재 따위는 잊은 듯했어요. 온몸의 제스처가 모두 통제 불능의 격렬한 분노에 휩싸인 것 같았어요.

"내 희생자군!" 그가 외쳤어요. "그를 살해했으니 내 범죄가 완성되었어. 불행한 내 존재도 끝나 가고 있지! 오, 프랑켄슈타인! 너그럽고 헌신적인 존재였지! 지금 나를 용서해 달라고 해 봐야 무슨 소용이 있을까? 나는 당신이 사랑하는 모든 이를 죽임으로써 돌이킬 수 없이 당신을 파멸시키지 않았던가. 아! 몸이 싸늘하게 식었군. 그는 아무 대답도 못하겠군."

그의 목소리는 목이 멘 것 같았어요. 괴물을 죽여서 친구의 마지막 부탁을 들어주려던 애초의 충동은 미루어 둔 채 이제 호기심과 연민이 반반 섞였어요. 저는 이 거대한 몸집의 존재에게 다가갔어요. 다시는 그의 얼굴을 보지 않았어요. 괴물의 추악한 외모에는 겁나고 섬뜩한 뭔가가 있었어요. 저는 말하려 했지만 차마 입이 떨어지질 않더군요. 괴물은 계속 황당하고 말도 되지 않는 자책을 하더군요. 마침내 폭풍 같은 격정이 잠시 소강상태에 빠졌을 때 굳게 결심하고 말을 걸었어요. 제가 말했어요. "당신이 후회해 봤자 이젠 소용없어요. 당신이 이렇듯 극단적으로 악마같이 복수하기 전에 양심의 소리에 귀 기울이고 날카로운 죄책감에 주의를 기울였다면, 프랑켄슈타인이 아직도 살아 있을 텐데."

"당신, 꿈을 꾸고 있나?" 악마가 말했어요. "내게 고통과 양심의 가책이 전혀 없다고 생각하는 거야? 그는……." 괴물이 시신을 가리키며 말을 이었어요. "죄를 저지를 때마다 이 사람이 나보다 더 고통당하진 않았어. 오! 아직도 기억나. 범행을 하나하나 저지를 때마다 그는 내가 겪은 고통의 만분의 일도 겪지 않았어. 끔찍한 이기심이 나를 몰아갔지만, 내 심장에는 양심의 가책이 독처럼 퍼져 있었어. 클러벌의 신음 소리가 내 귀에는 음악 소리처럼 들렸을 거라고 생각해? 내 마음은 사랑과 연민에 예민하게 반응하도록 만들어졌어. 내가 불행에 시달린 나머지 악과 증오를 품게 되었을 때, 상상도 할 수 없을 만한 고통 없이는 그런 끔찍한 변화를 견뎌낼 수 없었어.

클러벌을 죽인 뒤, 상심하고 낙담한 심정으로 스위스로 돌아갔지. 프랑켄슈타인이 불쌍했어. 나의 동정은 공포가 되었어. 나 자신이 미워졌어. 하지만 그때 내 존재와 말할 수 없는 고통을 만든 그가 감히 행복을 꿈꾼다는 걸 알았어. 또 내게는 비참함과 절망을 자꾸 쌓으면서, 그가 내게는 영원히 금지된 감정과 열정을 누리려 한다는 걸 알았지. 그러자 무력한 질투와 쓰라린 분노가 나를 끝없는 복수에 대한 갈증으로 가득 채웠어. 내가 했던 위협을 기억하고, 행동으로 옮겨야겠다고 결심했지. 스스로 치명적인 고통을 자초한다는 걸 알고 있었지만, 나는 충동의 주인이 아니라 노예였던 거야. 그 충동이 싫어도 따를 수밖에 없었어. 하지만 그 무렵 그녀가 죽었어! 아니, 그 당시 나는 비참하지 않았어. 나는 모든 감정을 떨쳐 버렸고, 모든 고뇌를 억제하고 지나친 절망에 몸을 맡겼어. 이후 악은 나의 선이 되었지. 이처럼 궁지에 몰려, 기꺼이 택한 요소에 내 본성을 적응시킬 수밖에 별도리가 없었어. 악마 같은 계획을 이루겠다는 지칠 줄 모르는 열망에 휩싸였지. 그리고 이젠 끝났어. 마지막 희생자가 저기 있네!"

처음엔 불행을 토로하는 그에게 감동되었어요. 하지만 그의 웅변과 설득력에 대한 프랑켄슈타인의 말이 기억나서 죽은 친구의 시신에 눈길을 돌리자, 다시 마음속에서 분노의 불길이 타올랐어요. "끔찍한 괴물!" 저는 말했어요. "여기 와서 네놈이 저지른 처참한 상황에 대해 우는소리를 하는 건 좋아. 한데 사람들이 모여 있는 건물에 횃불을 던지고 건물이 탈 때, 폐허 속에 앉아 건물이 무너져 내리는 걸 슬퍼하는 셈이지. 위선적인 악마 같으니라고! 네놈이 애도하는 그가 아직 살아 있다면, 그는 네 표적이 되고 다시 가증스러운 네 복수의 희생물이 되었겠지. 네놈이 느끼는 감정은 연민이 아니야. 그저 악의의 희생자가 네 손아귀에서 빠져나간 걸 슬퍼하는 거지."

"오, 아니야, 그렇지 않아." 그 존재는 말을 잇지 못했어요. "하지만 내 행동의 목표를 보면 그런 인상을 받았을 수도 있겠군. 그렇지만 내 불행에 공감해 주길 바라진 않아. 난 어떤 공감도 얻을 수 없으니까. 처음 공감을 구했을 때는 미덕에 대한 사랑에서, 온몸에 흘러넘쳐 참여하고 싶은 행복과 애정에서 그랬어. 하지만 이젠 그 미덕이 그림자가 되었고 행복과 애정은 비통하고 혐오스러운 절망으로 바뀌었으니, 내가 어디서 공감을 찾겠어? 고통이 지속되어도 혼자 고통받는 것에 만족해. 내가 죽게 되더라도, 혐오감과 비난이 기억을 짓누르는 데 아주 만족해. 한때는 미덕과 명성 그리고 즐거움에 대한 꿈이 내 상상을 달래 주었어. 한때는 나의 추악한 외모를 용서하고 나의 뛰어난 자질 때문에 나를 사랑해 줄 존재를 만날 거라는 헛된 희망을 갖기도 했지. 성장할 때는 명예와 헌신이라는 고상한 생각을 갖고 있었지. 하지만 이제 악 때문에 가장 비천한 동물보다 못하게 타락했지. 어떤 범죄나 악행, 어떤 악의나 불행도 내가 겪은 것과는 비교할 수 없어. 내가 저지른 끔찍한 행동을 떠올려 볼 때, 한때는 내가 숭고하고 뛰어난 미와 장엄한 선만 생각했던 존재라는 게 믿기지 않아. 하지만 그게 사실이야. 타락한 천사야말로 가장 위험한 악마가 되는 법인데, 하지만 신과 인간의 적에게 절망했을 때도 친구나 동료가 있는 법이지. 난 언제나 혼자야.

프랑켄슈타인을 친구라고 부르는 당신은 내가 저지른 범죄와 그의 불행에 대해 아는 것 같군. 하지만 그가 자세히 이야기해 주었어도, 무력한 열정에 시들어 가며 내가 견뎌야 했던 불행한 오랜 세월을 요약해 주진 못했을 거야. 그의 희망을 파괴하는 동안, 나도 내 욕망을 충족시키지 못했으니 말이야. 영원히 열렬하게 타오르는 욕망이었어. 아직도 사랑과 우정을 바라지만, 아직도 퇴짜 맞고 있지. 이건 부당하지 않은가? 인간이 다 내게 죄를 짓는데, 왜 나만 범죄자 취급을 받아야 하나? 왜 문간에서 무례하게 친구를 몰아낸 펠릭스는 미워하지 않나? 왜 소녀를 구해 준 나를 죽이려 했던 시골 청년은 저주하지 않나? 아니, 이들은 덕이 높고 순결한 존재들이겠지! 비참하게 버림받은 나 같은 괴물은 쫓겨나고 발길질 당하고 짓밟혀도 되겠지. 지금도 이 부당한 대우를 생각하면 피가 끓어올라.

내가 비참한 괴물이라는 건 사실이야. 사랑스럽고 무력한 존재들을 죽였지. 잘 때 죄 없는 사람의 목을 졸랐고, 나나 다른 사람을 한 번도 해친 적 없는 사람의 목덜미를 졸라 죽였지. 인간 가운데 사랑과 칭찬을 받을 만한 나의 창조자인 프랑켄슈타인을 불행하게 만들었지. 그를 쫓아가서 심지어 돌이킬 수 없는 파멸로 몰고 갔지. 저기 그가 죽어서 희얗고 차갑게 누워 있군. 나를 미워하겠지. 하지만 당신의 증오는 내가 나 자신에게 느끼는 증오와는 비교할 수도 없어. 그 일을 해치운 두 손이 보여. 그런 상상을 처음 했던 심장을 생각해. 그들은 내 눈길과 마주쳤고, 내 생각을 괴롭힐 순간을 동경하지.

내가 장차 악한 행동의 도구가 될까 봐 두려워하지 마. 내 일은 거의 끝났어. 당신이나 어떤 인간의 죽음도 내 존재를 완성하고 해야 할 일을 끝내는 데 필요하지 않아. 그러나 내 죽음이 필요하겠지. 이런 희생을 하는 데 내가 주저할 거라고 생각하지 마. 나를 여기로 데려온 얼음 뗏목을 타고 당신 배를 떠나, 지구 최북단으로 떠날 거야. 장작을 쌓고 이 비참한 몸을 재로 태워서, 그 잔해가 나 같은 괴물을 하나 더 만들려 하는 호기심 많고 사악한 인물에게 아무 단서도 주지 않을 거야. 난 죽을 거야. 지금 나를 괴롭히는 고통을 더 이상 느끼지 않을 테고, 충족되지도 꺼뜨릴 수도 없는 감정에 희생되지도 않을 거야. 나를 존재하게 해 준 사람은 죽었어. 내가 사라지면, 우리 두 사람에 대한 기억도 곧 사라지겠지. 이제는 해나 별도 못 보고, 내 뺨을 스치는 바람도 못 느끼겠지. 빛과 감정 그리고 감각도 사라지겠지. 이런 상태에서 행복을 찾아야지. 몇 년 전, 이 세상의 이미지가 처음 열렸을 때, 따뜻한 여름의 온기를 느끼고 바스락거리는 나뭇잎과 지저귀는 새소리를 듣고 이런 것이 내게 전부였을 때 죽어야 했다면, 틀림없이 울었을 거야. 이제는 내게 죽음만이 유일한 위로야. 죄로 오염되고 아주 비통한 양심의 가책으로 찢긴 내가 죽음 말고 어디서 휴식을 얻을 수 있겠는가?

안녕! 당신을 떠날 거야. 당신이 이 눈으로 보는 마지막 인간이겠지. 안녕, 프랑켄슈타인! 아직 살아서 내게 복수하고 싶다면, 내가 죽는 것보다 살아 있는 게 더 만족스럽겠지. 하지만 그렇지 않았어. 더 불행한 일을 일으킬까 봐 나를 죽이려 했지. 그러나 내가 알 수 없는 방식으로 당신이 아직도 생각하고 느낄 수 있다면, 나를 불행하게 하려고 내 생명을 원하진 않겠지. 당신이 아무리 비참하게 쓰러졌어도, 당신의 고통보다 내 고통이 훨씬 더 클 테니까. 죽음이 영원히 상처를 덮지 않는 한 쓰라린 양심의 가책으로 계속 상처가 쑤실 테니까."

그가 서글프고도 엄숙하게 열정적으로 외쳤어요. "하지만 난 곧 죽을 거야. 지금 내가 느끼는 감정을 더 이상 느낄 수 없겠지. 이 불타는 듯한 고통도 곧 끝나겠지. 나는 당당하게 장작더미에 올라가 고통스러운 불꽃 속에서 즐거워할 거야. 그 불꽃이 사라지면 내 재는 바람결에 바다로 들어가겠지. 내 영혼은 평안하게 잠들 거야. 혹시 영혼에 생각하는 능력이 있다 해도 확실히 이런 괴로운 생각을 하진 않겠지. 안녕!"

괴물은 이렇게 말하면서 선실 창문에서 배 가까이 있던 얼음 뗏목으로 뛰어내렸어요. 그러고는 곧 파도에 휩쓸려 멀리 어둠 속으로 사라져 버렸어요.

주

11　**1818년판 서문**　메리 셸리의 남편 퍼시 비시 셸리가 쓴 서문.
이래즈머스 다윈　Erasmus Darwin(1731~1802). 영국의 박물학자, 철학자, 시인. 진화설의 선구자. 『종의 기원』의 저자 찰스 다윈의 할아버지.

17　**19××년 12월 11일**　로빈슨에 따르면, 이 연도는 1796년임. 월턴의 이야기는 셸리를 임신한 무렵 시작되어 그녀를 낳은 지 13일 뒤—어머니가 돌아가신 이틀 후—에 끝남.

18　**가게 될지 몰라요**　셸리의 시대에도 북극이 온대성 기후라 믿음.
나침반의 바늘　『식물의 경제』에서 전자기에 대한 다윈의 생각을 참조.

22　**17××년 3월 28일**　즉 1799년. 울스턴크래프트와 고드윈은 3월 29일에 결혼함.

24　**포획 분배금**　적의 배를 포획했을 때 계급에 따라 장교와 선원에게 배분하는 상금.

28　**지난 월요일**　7월 31일.

41　**오를란도**　루도비코 아리오스토의 『광란의 오를란도』에 나오는 주인공.
아마디스　로버트 사우디가 1803년에 번역하고 15세기 후반 가르시 로드리게스 데 몬탈보가 쓴 전통적인 기사 로맨스 『아마디스 데 가울라』의 주인공.

42 **자연 과학** 18세기 자연 과학에 대한 통칭.

코르넬리우스 아그리파 Henricus Cornelius Agrippa(1486~1535). 독일의 신비주의 철학자, 연금술사.

43 **파라셀수스** Paracelsus(1493~1541). 스위스 의사이며 연금술사, 신비주의자.

알베르투스 마그누스 Alvertus Magnus(?1193~1280). 독일 도미니크회의 수도사이며 철학자, 토마스 아퀴나스의 스승. 파라셀수스와 함께 퍼시 셸리가 젊은 시절 좋아하던 인물.

45 **도움이 되는 저자** 백과사전 같은 『자연 역사』의 저자인 가이우스 플리니우스 세쿤두스(Gaius Plinius Secundus, 23~79), 그리고 『자연의 역사』의 저자인 조르주루이 르클레르 드 뷔퐁(Georges-Louis Leclerc, comte de Buffon, 1707~1788). 셸리는 1817년에 이 두 책을 다 읽음.

63 **11월** 1793년.

66 **있음을 알기에** 콜리지의 「늙은 선원의 노래」에서.

67 **잘 먹고 잘 사는데** 올리버 골드스미스의 소설 『웨이크필드의 목사』에 나오는 말.

72 **저스틴 모리츠** 사드(Sade, 1740~1814)의 『쥐스틴, 또는 미덕의 불행』에 나오는 여주인공 이름을 딴 듯. 많은 불행을 겪으면서 사드의 쥐스틴은 자신이 저지르지 않은 범죄로 계속 고발당함. 바이런과 P. B. 셸리는 둘 다 이 책을 알고 있었음.

73 **안젤리카** 『광란의 오를란도』에 나오는 여주인공.

81 **지난 목요일** 5월 7일, 1795년.

83 **카토** Cato(B. C. 234~149). 로마의 정치가이자 문인.

카브리올레 Cabriolet. 말 한 마리가 끄는 이륜마차.

84 **자연의 궁정** 바이런의 「차일드 해럴드의 편력」에서 인용.

97 **고통을 주기로 했어** 윌리엄 블랙스톤 경의 『영법 적요(英法摘要)』에 나온 격언을 풍자한 것.

114 **남을 것이다** 빅터는 시대에 맞지 않게 P. B. 셸리의 「변덕」에서 인용.

119 **들었던 것이다** 부모의 태만에 대한 울스턴크래프트의 경고.

123 **불못** 밀턴의 『실낙원』에 나오는 암시.

판데모니움 Pandemonium. 모든 악마의 소굴.

134 **대접을 받을 만했지** 라퐁텐의 『우화』.

장소가 되었어 지옥을 악마들이 살기 좋은 장소로 묘사한 라파엘의 묘사에 관한 아이러니.

149 **길은 자유로우니** P. B. 셸리의 「무상에 관하여」에서 인용.

150 **로물루스와 테세우스** 로물루스는 로마를 건국한 전설의 영웅, 테세우스는 그리스 신화에 나오는 아타카의 영웅.

누마 Numa Pompilius(B. C. 715~673). 로마의 제2대 왕.

리쿠르고스 Lycurgus. 기원전 9세기경 고대 스파르타의 입법자.

153 **외톨이였어** 아담(또는 빅터)의 꿈과 달리, 괴물의 꿈은 이루어지지 않음.

173 **시로코** sirocco. 북아프리카에서 남유럽으로 몰아치는 열풍. 비를 동반하는 남풍.

182 **마인츠에 도착했다** 셸리는 만하임과 마인츠 사이 라인 강 동쪽에 있는 프랑켄슈타인 성에서 주인공 이름을 딴 듯. 플로레스큐의 『프랑켄슈타인을 찾아서』 참조.

183 **시적인 자연** 레이 헌트의 「리미니(Rimini)」에서 인용.

184 **매력은 필요 없다** 워즈워스의 「틴턴 애비」에서 인용.

187 **2월이었다** 1796년.

188 **관심이 생겼다** 포클랜드 자작 2세인 루시우스 캐리(1610~1643)는 찰스 1세의 장관이었고 후일 고드윈의 『케일럽 윌리엄스의 모험』에 나오는 퍼디난도 포클랜드라는 기사의 모델. 고링 조지 남작

(1608~1657)은 영국 내전에서 찰스 왕 수하의 장군 중 하나.

189 **햄던** 올리버 크롬웰의 사촌이자 지원자인 존 햄던(1594~1643)은 옥스퍼드 근처 소규모 접전에서 전사함.

마음이 넓어졌고 셸리는 시대에 맞지 않게 호수 지방 시인인 워즈워스와 콜리지 그리고 사우디를 생각한 듯싶다. 노예 폐지론자인 토머스 클락슨도 1794~1804년까지 이곳에 거주했다.

191 **왕의 왕좌** '아서 왕의 왕좌'라는 뜻의 언덕.

오크니 영국 그레이트브리튼 섬 북쪽 앞바다에 있는 제도(諸島).

225 **장벽을 구경했다** 1798년 프랑스의 스위스 침략은 프랑스 혁명에 대한 영국인 동조자들에게 환멸을 가져왔다.

240 **열렬히 환영했었다** 크세노폰의 『원정』에 나오는 유명한 사건으로, 아르메니아를 거쳐 트라브존 바다로 간 그리스 용병의 후퇴에 대한 설명.

246 **생각할 수는 없었지요** 옥스퍼드 영어 사전(*The Oxford English Dictionary*)에서는 'projector'를 '뭔가 계획하고 고안하는 사람, 프로젝트를 만드는 사람'으로 정의했다.

248 **세네카의 교훈** 세네카(B. C. 4?~A. D. 65)는 로마의 비극 작가이며 스토아 철학자, 네로 황제의 가정 교사. 네로는 세네카에게 자살하라고 명령했다.

252 **주사위는 던져졌어요** 루비콘 강을 건널 때 율리우스 카이사르의 유명한 말을 아이러니하게 암시하고 있다.

9월 9일 울스턴크래프트는 1797년 9월 10일에 죽음.

타자로서의 괴물, 타자로서의 여성

한애경(한국기술교육대 교양학부 교수)

I. 메리 셸리의 생애

메리 셸리는 무정부주의의 선구자이자 급진 정치사상가인 윌리엄 고드윈과 최초로 여성의 권리를 옹호한 진보적 작가 메리 울스턴크래프트 사이에서 1797년 8월 30일 런던에서 태어났다. 그녀의 부모는 열렬히 사랑하여 4개월 만에 메리를 낳았으나 어머니는 10여 일 만에 산욕열로 세상을 등졌다. 때문에 고드윈은 울스턴크래프트가 자신과의 결혼 이전 다른 남자와의 사이에서 낳은 패니 임레이와 셸리를 혼자 길러야 했다.

고드윈은 아내가 죽은 지 4년 만에 메리 클레어몬트와 재혼했다. 계모는 아버지와 각별한 정신적 유대를 나누는 메리를 질투한 나머지, 자신의 딸 제인 클레어몬트는 기숙 학교에 보내면서도 메리에게 아무 교육도 시키지 않고 방치했다. 이런 연유로 메리는 집안에 드나들던 당대 유명한 명사들과 문인들의 대화를 어깨 너머로 들으면서 가정 교사 루이자 존스에게 글을 배우고 아버지 서재의 많은 책들을 읽는 등 독학으로 공부했다. 메리는 어느 날 S. T. 콜리지가 직접 「늙은 선원의 노래」를 낭송하는 것을 듣고 크게 감명을 받는다. 이런 교육 과정은 『프랑켄슈타인』에서 엘리자베스와 빅터가 자율적으로 공부하는 과정에 반영되기도 했다.

메리는 아버지와 매일 어머니의 묘지가 있는 세인트판크라스 교회 묘지로 산책을 갔다. 그녀는 자신의 책 읽는 모습을 싫어하는 계모의 눈을 피해 어머니의 무덤가에서 책을 읽는 것이 유일한 낙이자 일상이었다. 이처럼 어머니는 일찍 돌아가셨지만, 어머니는 그녀에게 지대한 영향을 미친다.

1812년 6월에서 1814년 3월 사이 메리는 스코틀랜드의 윌리엄 백스터 가족을 방문하여 잠시 같이 살았다. 그 가족의 안정되고 행복한 모습은 서로 아끼는 프랑켄슈타인 가족으로 형상화되었다. 11월에 런던으로 돌아온 메리는 자신의 아버지 고드윈을 존경하여 그 집에 드나들던 퍼시 비시 셸리를 만난다. 당시 유부남이던 퍼시는 이상주의적 관점을 지닌 낭만주의 시인이었다. 그는 존경하는 스승의 딸이자 예쁘고 똑똑한 메리와 사랑에 빠졌고, 메리도 세계 변화를 바라는 그를 인류 진보에 헌신하는 천재로 여기며 호감을 가졌다. 1814년에 두 사람은 이복 여동생 제인 클레어몬트를 데리고 프랑스, 스위스, 독일 등 유럽으로 사랑의 도피를 떠났다가 1814년 후반에 영국으로 돌아와 셸리의 본처를 피해 숨어 살았다.

1815년 2월에 메리는 첫딸을 낳았으나 2주 만에 죽었다. 메리는 딸을 잃은 슬픔을 잊기 위해 1816년 유럽 여행을 떠나 스위스 제네바 호수 근처에서 퍼시 셸리와 바이런, 바이런의 주치의인 존 폴리도리와 함께 여름을 지냈다. 그해 여름은 사상 최악의 인도네시아 탐보라 화산 폭발로 화산재가 많았다. 이런 연유로 그들은 주로 실내에서 지내며 독일의 공포 이야기를 읽다가 6월 16일 바이런의 제안으로 괴담 하나씩을 쓰기로 했다. 그중 셸리만 책을 써서 1년 뒤 완성되었다. 그녀는 1831년 개정판 서문에서 바이런과 셸리 등 당대 최고의 시인들과 경쟁해야 하는 부담감을 토로하기도 했다. 그럼에도 불구하고 그녀는 '한밤중 머리맡'에 출몰한 악몽에서 영감을 얻어 독자의 간담을 서늘하게 할 섬뜩한 '이야기'를 찾아냈다.

이 무렵 메리의 정식 남편이 된 퍼시 셸리는 이 소설의 교정을 보고 출판사에 보냈지만, 두 출판사에서 거절당했다. 결국 이 책은 1818년 작은 출판사에서 익명으로 출판되었다. 당시 여성의 작품에 혹독했던 비평가들의 비난에 부담을 느꼈기 때문인 듯하다. 1823년에 두 번째 판이 메리 셸리의 이름으로 출간되자, 평자들은 작품 속 여성성을 트집 잡으며 혹평했다. 1831년에는 대대적으로 작품을 고치고 서문을 다시 써서 3판을 출간했다.

유부남과의 도피 행각 외에도 메리의 삶은 파란만장했다. 1816년 11월 메리의 어머니 울스턴크래프트가 고드윈과 결혼하기 전에 동거했던 길버트 임레이와의 사이에서 난 동복 언니 패니가 자살했고, 12월에는 셸리의 아내 해리엇이 임신한 상태에서 템스 강으로 투신자살을 하였다. 해리엇이 죽은 지 2주 뒤, 두 사람은 런던의 세인트밀드레즈 교회에서 결혼식을 올렸다. 1818년 이들은 세상 사람들의 비난을 피해 이탈리아로 도피했다. 이 시기에 두 아이가 태어났지만, 클라라가 1818년 7월에, 윌리엄이 1819년 6월에 차례로 죽었다. 1819년 피렌체에서 태어난 아들 플로렌스만 유일하게 살아남아 성인이 되었다.

3년 뒤인 1822년 7월 8일 이탈리아의 리보르노 해안에서 남편도 배 사고로 익사하였다. 메리는 스물다섯의 나이에 어린 아들과 아버지를 부양해야 하는 처지에 놓여 결국 작가로 돈을 벌어야 했다. 그녀는 세상 사람들의 비난에도 불구하고, 전업 작가로서 남편의 시와 산문을 편집해 출판했고 스스로 창작도 했다. 1824년 시아버지의 반대를 무릅쓰고 퍼시의 유고 시집을 출판한 이후, 퍼시를 모델로 이상화한 『마지막 사람』(1826)을 출간했다.

메리는 다섯 번 임신했지만 유일하게 살아남은 아들이 1841년 트리니티 칼리지를 졸업하자 아들과 함께 유럽 여행을 했다. 이 여행에서 느낀 감상은 1844년 두 권의 여행기로 출판되었다. 1848년 결혼한 아들 내외와 같이 살던 메리는 1851년 2월 1일 뇌종양으로 죽어 런던의 본머스에 묻혔다.

Ⅱ. 작품 해설

1

『프랑켄슈타인』(1831)은 메리 셸리(1797~1851)의 대표작으로, 낭만적 고딕 로맨스의 전통에 속한다. 이 작품에 접근하는 고전적인 방법은 앤 래드클리프의 『우돌포의 신비』(1794), 매슈 그레고리 루이스의 『수도사』(1796), 그리고 찰스 로버트 매튜린의 『방랑자 멜모스』(1820)의 뒤를 잇는 낭만주의 공포 소설이나 괴기 소설의 전통에서 파악하는 것이다. 그러나 이 소설은 일반 고딕 소설과 달리 여러 겹의 의미를 가진 고전이 되었기 때문에 발표 당시부터 지금까지 다양하게 분석되어 왔다. 이 소설에 대한 비평 중에서 몇 가지만 살펴보면 1) "낭만적 자아 신화의 해석"이라는 지적처럼[1] 낭만주의 문학에서 흔한, 사회에서 추방된 낭만적 반항

1 Harold Bloom(ed.), *Mary Shelley's Frankenstein(Modern Critical Interpretations)*, New York and Philadelphia: Chelsea House Publishers, 1987, p. 613.

아나 전형적인 유배자의 선구로 보거나, 2) 셸리 집안의 전기적 배경과 관련하여 이 작품에 영향을 미친 실제 인물을 추적하며, 3) 인조인간과 생명 창조 내지 생명 복제를 예고한 사이언스 픽션의 효시로 보는 분석 등으로 구별된다. 구체적으로 우선 '프랑켄슈타인: 또는 현대의 프로메테우스'라는 부제가 암시하듯, 인간을 위해 신으로부터 불을 훔쳐 신에게 도전한 프로메테우스와 빅터를 관련시켜 지나친 과학적 탐구와 지식욕, 자만심 및 과학 기술의 해악을 경계하는 것으로 보는 해석이 있다. 또한 매우 독특한 삶을 살았던 메리 셸리의 부모와 퍼시 셸리 등 그녀의 복잡한 가족사와 관련하여 이 작품을 분석하는 전기적 접근도 작품 이해에 도움이 된다. 실제로 셸리에게 가장 큰 영향을 미친 인물은 그녀의 부모인 메리 울스턴크래프트와 윌리엄 고드윈이었으며, 이들 부모가 미친 영향에 대해서는 3판 서문에서 작가 스스로 언급한 바 있다. 제도적 결혼을 비판한 급진주의자였던 그들은 메리가 태어나기 4개월 전에 결혼했으나, 어머니가 셸리를 낳고 10일 만에 죽어 그녀는 외롭게 성장한다.

한편 여성 비평의 선구자인 엘런 모어스 이래 페미니즘 평자들은 이 작품을 여성 문학 전통의 한복판에 자리매김했다. 이러한 재조명은 셸리가 당대 최고의 여권 운동가이자 자유사상가로서 최초의 여성주의 이론서인 『여성의 권리 옹호』(1792)를 쓴 메리 울스턴크래프트의 딸이기 때문이기도 하지만, 이 작품이 여성의 역할과 교육 등에 관해 여러모로 시사하는 바가 많기 때문이다. 가령 모이스는 '여성 고딕'이란 장에서 기괴한 외모를 지닌 괴물의 창조를 출산이라는 여성 고유의 체험에 근거한 인간의 탄생 신화로 설명하면서 새로 창조된 괴물에게 느끼는 빅터 프랑켄슈타인의 혐오감이 "새로 태어난 생명에 대한 (여성의) 혐오감"과 그로 인한 죄의식, 두려움과 유사하다고 지적한다. 길버트와 구바는 괴물이 당하는 수난은 가부장제에서 여성이 겪는 수난과 같다면서 이 작품을 가부장적인 밀턴의 『실낙원』에 의해 재현된 "남성 문화의 신화" 비판이라 지적하고, 푸비는 이 소설의 핵심적 욕망을 여성의 자기주장과 사회적 인정 사이의 긴장으로 본다. 또한 미치는 빅터의 괴물 창조와 이 얘기를 듣는 월턴의 기록, 메리의 소설 쓰기를 모두 유사한 것으로 보면서 괴물 창조를 예술 창조라기보다 물질의 생산에 입각하여 설명하며, 로에번스는 제도화된 결혼에 대한 고발이자 실패한 관계 및 프로메테우스적 거만을 애도하는 것으로 본다.[2] 이들 페미니즘 평자들은 이 작품을 셸리 개인보다 당대 여성상과 관련하여 다각적 분석을 시도한다.

2

셸리는 '저자 서문'에서 이런 이야기를 쓰게 된 배경을 소상히 밝힌다. 그녀는 이 소설의 기원이 1816년 6월 중순 스위스에서 함께 여름을 보냈던 셸리 부부와 그녀의 이복 여동생 클레어 클레어몬트 그리고 바이런의 주치의 존 폴리도리에게 각자 '유령 이야기'를 하나씩 짓자고 한 바이런의 제안에서 비롯되었다고 한다. 이 제안에 따라 각자 유령 이야기를 쓰기로 했는데 그녀만 이 이야기를 쓰게 되었으며 이 얘기에 몰두해 있던 셸리가 그 뒤 꾸었던 꿈,

---

2 Sandra Gilbert & Susan Gubar, *The Madwoman in the Attic*, New Haven & London: Yale U. P., 1979, p. 220, 225, 233; Mary Poovey, *The Proper Lady and the Woman Writer*, Chicago: The Univ. of Chicago Press, 1984, p. 131; Elsie B. Michie, *Outside the Pale: Cultural Exclusion, Gender Difference, and the Victorian Woman Writer*, Ithaca & London: Cornell U.P., 1993, p. 33, 35, 40; 22. Mary Lowe Evans, *Frankenstein: Mary Shelley's Wedding Guest*, New York: Twayne Publishers, 1993, p. 22.

즉 자신이 만든 인조인간 곁에서 무릎을 꿇고 있는 "얼굴이 창백한 학생"에 관한 "꿈"에서 이 이야기가 비롯되었음을 밝힌다. 셸리는 남편 퍼시가 자신의 글쓰기를 격려했지만, 이 작품은 어디까지나 자신이 쓴 것임을 밝힌다.

이 작품의 내러티브는 세 겹의 구조다. 즉 중심에 괴물과 빅터 얘기, 즉 빅터의 괴물 창조 얘기가 있고 그들이 각기 월턴에게 자신들의 얘기를 하며, 월턴은 다시 신에게 반항하고 도전하려 한 그들의 얘기를 새빌 부인에게 편지로 적어 보내며 일기를 쓰는 형식이다. 이 세 겹의 서술 외에도 이 작품은 퍼시가 써 준 1818년 서문과 머리말, 부친에게 보내는 헌정사로 겹겹이 둘러싸여 있다. 이런 형식은 상자 속의 상자 혹은 얘기 안의 얘기, 복잡한 동심원이나 소용돌이 등으로 표현된다.

1818년판 서문에서 퍼시는 이 작품이 "가족 간의 애정과 탁월한 보편적 미덕"을 보여 주는 것이라고 하면서 중산 계급의 가족애를 강조했다. 즉 퍼시는 교육과 사랑하는 부모의 양육이 개인의 도덕 발달에 중요함을 강조했다는 것이다. 다시 말해 지적·도덕적 인간을 길러 내는 '교육'의 중요성은 이 작품의 주제이자 19세기 계몽주의의 관심사였다. 한 걸음 나아가, 결혼한 영국 여성에게 편지를 보내는 형식은 문명사회에 미치는 여성의 영향을 강조한다.

1) 이 작품 해석의 핵심적인 관건은 괴물의 정체를 페미니즘 관점에서 어떻게 보느냐 하는 것이다. 내러티브 핵심에 위치한 괴물과 빅터의 관계는 퍼시 셸리나 이비지 윌리엄, 작가 자신의 전기적 배경 ─그녀의 내성적이고 예민한 성격과 분노 등─과 관련하여 다양하게 해석되어 왔다. 가령 밀턴의 『실낙원』 제10권 권두언에서 "제가 부탁했습니까? 창조주여, 흙으로 빚어 나를 인간으로 만

들어 달라고?"라는 아담의 언급은 괴물과 빅터의 불가분적 관계를 암시한 이 작품에의 제사(題詞)라 할 수 있다.

그럼에도 불구하고 괴물의 정체를 규명하는 것은 그리 간단치 않다. 다음의 몇 가지 이유를 생각해 볼 수 있다. 첫째, 괴물에게는 고유 명사로 된 이름이 없다. 그는 "추악한 창조의 작업실"에서 만들어진 "악마 같은 시체", "더러운 악마", "혐오스러운 괴물" 등으로 불리며, 빅터는 "무덤에서 나온 나 자신의 영혼, 나의 흡혈귀" 등으로 부른다. 둘째로, 이 작품을 각색한 공포 영화를 본 뒤 추악하고 악한 괴물을 기대했던 독자들은 작품을 읽고 나서 놀랄 것이다. 왜냐하면 괴물이 설득력 있는 웅변을 구사할뿐더러 『실낙원』의 아담과는 달리 창조자에게 불만스레 반항하는 매우 복합적인 존재로 형상화되어 있기 때문이다. 셋째, 빅터와 괴물을 하나의 인물로, 또는 두 인물로 보는 해석이 있다. 그들을 한 인물로 보는 전자의 입장을 뒷받침하는 증거로 프랑켄슈타인이라는 이름이 두 인물에게 겹치는 것을 들 수 있는데, 가령 그들을 "같은 존재의 두 면"으로 보는 평자도 있다. 반면 그들을 창조자와 피조물로 구분하는 입장이 있는데, 이 후자의 전통이 더 지배적이다. 더 나아가 최근에는 아버지와 사회, 당시 이상적 여성과 단절된 메리가 '자연'의 한계를 거부한 현대의 프로메테우스적 도전자 빅터와 유사하다고 봄으로써, 빅터와 메리를 동일시하는 해석도 있다. 이런 다양한 해석을 불러오게 할 만큼 괴물이 프로메테우스가 되고 빅터가 프로메테우스 및 그를 쇠사슬에 묶는 신이 되는 등 이 둘의 관계는 모호하다. 가령 괴물이 장작을 선물하는 것은 프로메테우스가 인간에게 불을 선물하는 것에 비교되므로 프로메테우스에 가깝지만, 새 존재를 창조할 때 빅터의 건방진 태도는 프로메테우스에 더 가까워 보이게 한다. 이렇듯 빅터와 괴물 사이에는 중첩되는 성질이 있으며 프로메테우스의 역할과 괴물의 성에 대해서도 이견이 있다. 나름대로 근거가 있기 때문에 어느 한쪽을 주장하기 힘들지만, 전통적 접근뿐 아니라 대다수 현대 비평가들이 지적하듯 괴물의 창조자 빅터 프랑켄슈타인과 괴물의 관계가 내러티브의 가장 중심적인 얘기이며, 난해한 문제이지만 괴물의 정체 규명이 핵심이라는 점에는 누구나 동의할 수 있다. 밀턴의 사탄이 신보다 생생하게 그려진 것처럼, 괴물 역시 빅터보다 생생한 인물이며 괴물이 어떤 존재인가 하는 질문이 작품에서 계속 메아리친다. 예컨대 괴물은 인간이 "부와 결합된 고귀하고 순수한 혈통"을 가장 소중히 여기는 인간의 생각을 알고 다음과 같이 생각한다.

> 나는 과연 어떤 존재인가? (……) 주위를 둘러보니, 나 같은 존재는 보거나 들어 본 적이 없어. 그렇다면 나라는 존재는 괴물이란 말인가? 모든 인간이 도망치고, 모든 인간이 부인하는 지상의 오점이란 말인가? (……) 비참하고 불행한 괴물 같으니라고! (……) 나는 대체 어떤 존재란 말인가? 대답이라고는 그저 신음소리뿐이었어.

이제 괴물의 정체를 페미니즘 관점에서 생각해 보자. 괴물의 정체에서 주목하여 볼 것은 그에 대해 일방적으로 비판할 수 없도록 괴물답지 않은 속성, 즉 전통적인 고딕 로맨스와 달리 그가 원래부터 사악한 존재가 아니라는 점과 추악한 외모에 어울리지 않는 설득력 있고 조리 있는 언어를 구사한다는 점이다.

먼저 괴물이 처음부터 사악한 존재는 아니지만 악한 존재로 변화되는 과정을 살펴보자. 괴물의 자서전 중 세 번째 에피소드인 제2부 제5장에서 괴물은 자기 얘기, 즉 "과거의 나에서 벗어나 현재의 나로 바뀌는 데 결정적이었던 사건들"을 얘기하겠다고 약속한다. "새로운 목표로 종(種)이 생겨 나를 창조자이자 존재의 근원으로 축복할 것"이라고 막연히 생각하는 추상적 박애주의자 빅터와 달리, 괴물은 드레이시가(家)에 필요한 장작과 음식을 몰래 갖다주는 등 현실적인 도움을 베풀면서 그들과의 따뜻한 교류를 원하던 착한 존재였다. 괴물에 따르면, 순진한 그가 인간을 혐오하는 분노와 복수의 화신으로 변하게 된 최초의 사건은 '천사 같은 미인' 사피의 등장이다. 괴물은 끔찍한 외모 ― "피부 아래 근육과 동맥은 거의 덮이지 않"는 노란 피부 ― 때문에 주인에게 버려진 뒤, 프랑스에서 국외로 추방된 드레이시의 근처 오두막에 숨어 살다가 사피의 등장을 계기로 그녀의 교육을 엿보게 된다. 이로써 그녀는 간접적으로 괴물의 교육에 촉매가 된다. 펠릭스와 헤어졌다 재회한 아랍 여인 사피에게 하는 교육은 퍼시와 메리가 옹호하던 서구 인본주의 교육이자 계몽 철학이다. 괴물은 역사·철학·문학을 통해 "신과도 같은 학문"이라는 언어와 인간관계 등에 관해 통찰력을 얻으며 이 통찰력에 의거한 독학으로 인간의 말과 생각을 배운다. 예컨대 그는 『젊은 베르터의 고통』, 『플루타르크 영웅전』, 밀턴의 『실낙원』 등을 통해 글자를 터득하며, 미국 원주민들의 "불행한 운명"에 사피와 함께 울고 "게으른 아시아인, 그리스인의 굉장한 천재성과 정신 활동, 초기 로마인의 전쟁과 놀라운 미덕" 등 서구 문화와 밖에서 일하는 젊은 남녀를 보고, "남녀의 성이 어떻게 다른지에 관해 (……) 어린이의 탄생과 성장에 대해서도 (……) 인간을 다른 인간과의 상호 유대 속에 묶어 주는 다양한 관계"를 알게 된다. 괴물은 이 언어 습득을 자기 외모의 결함을 극복할 수 있는 최고의 수단으로 여기고 열심히 배운다. 다시 말해 언어를 알게 되면 인간의 사랑을 받을 수 있고 그들과 교제할 수 있으리라는 기대로 언어 습득에 열을 올리며 사피보다 자신이 빠르게 배운다는 사실을 자랑스러워하기도 한다.

그런데 괴물은 자신이 받은 교육이 축복이자 불행임을 깨닫는다. 왜냐하면 그는 지식이 늘어 갈수록 추악한 외모와 사생아적 위치 때문에 인간 사회에 들어갈 수 없는 불쌍한 자신의 처지에 불만과 자기혐오감을 갖게 되기 때문이다.

> 알면 알수록 더 슬퍼졌어. (……) 지식의 특성은 얼마나 기이한가! 한번 지식에 마음이 사로잡히자, 지식은 마치 바위 위에 낀 이끼처럼 마음에 달라붙었어. 가끔은 생각과 감정을 다 떨쳐 버리고 싶었어.

게다가 사랑과 이해를 받고자 하는 괴물의 열망과 기대는 보기 좋게 좌절된다. 왜냐하면 눈먼 드레이시에게는 "당신 말은 뭔가 진심이라 느껴"지는 것이 있다고 인정받지만 자신들에게 필수품을 제공하는 존재가 천상의 '착한 정령'이라 믿고 싶어 했던 드레이시의 가족들은 거대한 몸집과 바늘로 꿰맨 얼굴, 나사못 자국 있는 머리 등 괴물의 추악한 모습에 경악을 금치 못하고 괴물이 그토록 원하던 애정을 거부하기 때문이다. 이처럼 자신이 유일하게 할 수 있는 내면을 개선하려는 노력에도 불구하고 다시 거부당할 때, 그는 이전보다 더 큰 상처를 받게 된다.

여기서 친구도 동료도 없이 인간 사회에서 소외된 괴물의 처지는 셸리를 비롯한 당대 여성의 처지와 비교될 수 있다. 밀턴의 아담인지 혹은 사탄인지 분명치 않지만, 괴물은 사회의 중심에서 주변으로 밀려난 소외된 존재이다. 그는 빅터의 실험 일지를 통해 "저주받은 근원"인 자신의 창조 과정을 알게 되고, 자신이 규범에서 벗어난 기형적 존재이기 때문에 사회에서 버림받았다는 사실에 절망한다. 다시 말해 그는 자연과 인간의 법 밖에 존재하는 사생아이자, 가정이라는 낙원에서 추방된 혐오스러운 변종, 그리고 당대 중산층의 가족 이데올로기에서 소외된 존재의 총집합이다. 이런 괴물의 처지는 일차적으로 셸리가 작품을 쓰던 당시(1816. 5. 26~8. 29) 그녀가 말없이 경청했지만 바이런과 퍼시 셸리 등 "기질적으로나 지성적인 경향으로나 그녀가 탁월하게 어울렸던" 남성들 세계에서 소외된 처지를 반영한다. 열일곱 살에 유부남과 도망치려고 아버지 집을 떠난 데 대한 죄의식과 복수의 환상 때문에 자신을 괴물로 여겼던 그녀가 이 작품을 쓰면서 예민한 괴물을 창조한 것은 주변 남자들에게 자신의 재능을 입증하는 한편, 자신의 마음속 악마를 제거하는 방법이었을 것이다. 그녀는 '괴물'은 아니지만 여성인 데다 괴물처럼 법적으로 결함 있는 존재였던 것이다. 그녀는 퍼시와 도망하여 1814~1816년까지 중산 계급의 결혼법대로 정식 결혼을 하지 못해 비합법적인 퍼시와의 관계 및 그로 인한 불안정한 지위, 아버지의 거부, 거듭된 임신과 출산, 세 아이의 죽음, 첫 부인 해리엇 셸리의 자살, 전처의 자살로 유산을 상속받지 못했을 아들의 사생아적 위치 때문에 깊이 상처받았을 뿐 아니라 자신의 아이가 차별로 인한 문화적 추방 대상이 되리란 두려움에 시달렸던 것이다. 괴물은 남성이지만 고독과 소외, 분노에 있어 그녀의 분신이자 여성적 존재가 된다. 이런 맥락에서 그녀가 가부장 문화 안에서 여성이 놓여 있는 처지에 관심을 갖고 있었음이 증명된다.

더 나아가 괴물의 처지는 당시 가정적으로나 지적인 배경에 있어 혜택을 받은 셸리뿐 아니라 당대 남성 중심의 가부장 사회에서 억압받아야 했던 수많은 이름 없는 타자인 여성의 운명을 상징한다. 그는 남성적 존재로 가정된다. 왜냐하면 캐롤라인과 엘리자베스 등 정서적 역할을 담당하는 여성들과 달리, 그는 어머니 없이 빅터를 아버지로 하여 태어난 존재로서 여성 배우자를 원할 뿐 아니라 정치가이자 공인인 빅터의 아버지, 생명 창조에 몰두한 과학자 빅터, 모험가 월턴, 클러벌 등과 같이 지적인 활동을 하며 추격하고 도망치는 등 남성의 세계에 속해 있기 때문이다. 남성이지만 혐오스러운 외모와 인간 사회에서 소외된 사생아적 위치로 고통받는 괴물의 상황은 똑똑하고 교육도 받았으나 단지 여성이라는 이유만으로 가정 외에 속할 영역이 없는 여성이 남성 위주의 사회에서 느꼈음 직한 분노와 좌절된 욕망을 대변한다. 괴물과 여성은 각기 다른 신체 및 성(sex) 때문에 고통을 받았던 것이다. 이런 관점에서 희생자로서의 괴물은 가부장제 사회의 여성과 같다고 보기도 한다. 과학적·지리적 추구 때문에 가족과 사회로부터 멀어진 월턴이나 빅터의 원심적 추구와는 대조적으로, 가족과 사회 안에 자리 잡으려는 괴물의 구심적 추구는 여성들이 추구하는 것과 상통하는 면이 있다. 이렇듯 괴물을 통해 18세기와 19세기 영국 사회에서 가장 억압받았던 존재 중 하나인 여성은 목소리를 부여받은 것이다. 이와 관련하여 바람직한 욕망의 대상이라는 몸의 전통이나 의미에서 벗어난 괴물의 육체를 여성의 몸에 대한 당시의 인식 틀을 뒤집어 보려는 시도로 파악한 브룩스의 지적은 매우 통찰력 있는 분석이다.[3] 다만 배우자를 원하며 빅터에게 복수하는 등 불만을 외적으로 분출하는 괴물과 달리, 여성들은 바람직한 결혼 생활 외에 탈출구가 없으며 여기서 탈출구를 찾지 못하면 히스테리나 우울증에 걸리는 등 내적 항거를 할 수밖에 없다는 점에서 괴물과 여성의 처지는 달라진다.

3 Peter Brooks, *Body Work: Objects of Desire in Modern Narrative*, Cambridge, London: Harvard U. P., 1993, p. 199.

괴물이 자신의 처지에 대해 갖고 있는 불만은 두 가지 방향으로 전개된다. 하나는 사피가 불러일으킨 이브에 대한 욕망, 즉 여성 배우자를 원하는 것이다. 괴물은 사피와 헤어졌기 때문에 "가장 슬퍼" 보였던 펠릭스가 그녀의 도착으로 완전히 변했음을 간파한다. "태양이 아침 안개를 걷어 버리듯 그녀의 존재가 그들의 슬픔을 쫓아 버리고 오두막 전체에 즐거움을 퍼뜨린다는 걸 알았어. 그중에서도 특히 펠릭스가 행복해 보였고……." 괴물은 드레이시 가족, 특히 펠릭스에게 미친 사피의 영향을 통해 이전에는 미처 몰랐던 즐거움, 즉 활기 있는 젊은 여성이 주변 사람에게 미칠 수 있는 영향력과 '특별한' 행복을 깨닫고 자신처럼 "못생기고 끔찍한" 배우자를 원하게 된다.

> 가끔 이성의 방해를 받지 않고 낙원의 들판을 거닐며, 내가 느끼는 감정에 공감하고 내면의 어둠을 쫓아낼 사랑스럽고 아름다운 존재의 모습을 감히 상상해 보기도 했어. 천사 같은 그들의 얼굴에는 위로하는 듯한 미소가 어려 있었지. 하지만 모두 꿈이었어. 어떤 이브도 나의 슬픔을 달래 주지 않았고, 나의 생각을 나누지 않았어.

이처럼 괴물은 사피의 존재로 인해 즐거움과 불만을 동시에 갖게 된다. 그는 이 불만의 돌파구로서 똑같은 결함을 지닌 신부를 요구하며, 빅터가 배우자를 만들어 주면 멀리 지구 끝, "남미의 넓은 황무지"에 가서 조용히 평화롭게 살겠다고 약속한다.

또 다른 방향은 괴물이 자신을 이런 모순된 존재, 즉 '인식과 열정' 등 지각력은 있으나 사랑받지 못할 외모로 만든 빅터에게 복수하는 것이다. 괴물은 실제로 빅터에게 소중한 사람들, 막냇동생 윌리엄과 하녀 저스틴, 가장 친한 친구 헨리 클러벌 그리고 엘리자베스를 차례차례 죽임으로써 빅터 아버지의 죽음까지 초래하는 등 빅터 주변의 세계를 파괴한다. 괴물은 우연히 플랭팔레 공원에서 만난 윌리엄이 아버지를 자랑하자 죽이며, 그는 사피처럼 그를 제외한 "누구에게나 미소를 지을" 저스틴을 보자 빼앗긴 사랑의 기쁨을 다른 남성에게 줄 것이라는 이유로 그녀에게 몰래 다가가 윌리엄의 초상화 목걸이를 슬쩍 올려놓음으로써 무고한 저스틴을 죽음에 이르게 한다. 또한 빅터가 여자 괴물을 파괴하자 이에 화가 난 괴물은 자신의 고통을 알게 하려고 결혼 첫날 엘리자베스를 죽이며, 빅터의 가장 친한 친구 클러벌도 죽여 빅터를 살인 용의자로 의심받게 한다. 여기서 『실낙원』의 아담과 괴물의 차이를 생각해 볼 수 있다. 신이 창조한 아름다운 존재로서 이브 때문에 타락한 아담과 달리, 인간이 만들어 낸 추한 존재로서 배우자가 없어 타락한 괴물은 타락의 결과로 인간에게 복수할 뿐 아니라 그를 가르쳐 줄 산이 없다는 점에서 서로 다르다. 물론 괴물의 복수에는 지나친 면이 있고 그의 살인이 정당화될 수 없지만, 괴물이 복수의 화신으로 변하는 과정은 상당히 수긍할 만한 동기와 이유가 있는 것으로 독자의 연민과 동정을 얻도록 설득력 있게 그려진다.

다음으로, 괴물의 놀라운 웅변을 보자. 괴물은 몽탕베르 산 정상에서 빅터를 대면했을 때 그에게 자신의 과거, 출생 이후 가정에 편입되지 못한 채 쫓겨난 고독한 성장 과정과 버림받은 2년 뒤 능통한 달변가가 된 과정을 자신의 시각에서 전달한다. 그가 주인에게 얘기하는 목적은 언어를 통해 자신이 소외된 "존재와 사건의 고리"에 들어가고자 하는 것, 다시 말해 배우자를 만들어 줄 수 있는 빅터에게 자신의 입장을 설득시켜 슬픔을 보상받으려는 것이다. 그의 설득력 있는 웅변은 여러 곳에서 입증된다. 가령 그는 여성적 특성인 "점잖은 태도와 좋은 말"로 드레이시 가족의 사랑을 얻기 원하며, 빅터로 하여금 자신을 이런 추악하고 소외된 존재로 만든 데 대해 부모로서, 특히 아버지로서의 책임을 느끼게 하며, 이해하고 동정해 달라는 거절할 수 없는 논리적 요구로 여자 배우자를 만들어 달라고 강력히 요구함으로써 그를 혐오하던 빅터로 하여금 심지어 그의 설득에 감동되어 여자 괴물을 만들어 주겠다는 약속을 받아 낸다거나, 빅터의 부탁대로 괴물에게 복수를 맹세한 월턴마저 괴물의 처지에 대해 이해하고 공감하게 만든다. 그의 언변은 "그가 섬세한 감수성을 지닌 존재임을 입증"하거나 "놈은 말이 유창한 데다 아주 설득력 있게 말하거든요. 한때 나도 놈의 말에 감동했으니까 말이에요. 하지만 놈을 믿지는 마세요"라는 빅터의 말에서 증명된다. 이처럼 그는 추악한 외모와 그에 걸맞지 않은 조리 있고 논리적이며 비상한 자기 분석력과 연민의 능력, 지성과 감성을 겸비한 웅변의 소유자이다. 나아가 그는 자기 존재에 대한 비감을 『실낙원』 속 사탄의 처지에 비교하여 전할 정도로 대조어법과 모순 어법 등의 뛰어난 수사를 구사한다.

그가 어떻게 이런 웅변력을 갖게 되었을까? 이미 알고 있는 것처럼 "신과도 같은 학문"이라 부른 언어에서 비롯된 그의 웅변은 사피의 교육과 드레이시 가족의 인간관계에 대한 면밀한 관찰에서 얻은 것이다. 앞에서도 지적한 바와 같이 그의 거대한 체구와 행동이 남성적 특징이라면, 주인에게 말로 호소하고 설득하는 그의 언어는 여성적 특징이다. 그가 자신의 처지와 배우자에 대한 욕망을 빅터에게 호소할 때, 그리고 후에 월턴에게 자기 과거를 얘기할 때 세세하고 감성적인 언어로 전달하는 것은 분명 여성적 특징이라 할 수 있다. 이런 까닭에 괴물은 남성이지만 길버트와 구바처럼 여성이라 주장할 수 있다.[4] 브룩스는 언어를 통해 자신이 소외된 저 "존재와 사건의 고리"에 들어가고자 하는 괴물이 남성으로 창조되었지만 실은 당시의 상황에서 벗어나려는 여성이 아닌지 묻게 된다면서 괴물의 존재는 여성을 남성의 시각적 대상으로 보는 우리 문화적 규약에 이의를 제기하는 존재로 볼 수 있다고 지적한다.[5] 빅터의 설명은 괴물을 혐오스러운 존재로 보이게 하지만, 괴물이 "여러 감각의 작용"에서 깨어나 빅터에게 자기 얘기를 하면서 배우자를 요구할 때의 설득력 있는 웅변은 영화를 보고 괴물을 증오하던 독자들조차 괴물의 분노와 소외를 동정하고 심지어 연민마저 느끼게 한다. 이렇듯 가장 깊숙이 자리한 괴물 얘기에서 그가 악한 존재가 되는 과정과 그의 웅변은 이른바 여성적 특징 및 여성의 상황을 대변하는 것으로 그려지며, 이러한 표현에 괴물의 입장을 정당화하려는 작가의 의도가 감지된다. 이 두 가지 특징 때문에 이 작품은 최근 페미니즘 비평에서 주목받고 있다.

2) 다음 단계로 괴물이 원하는 배우자와의 관계 및 빅터의 여자 괴물 파괴를 페미니즘 관점에서 살펴보자. 먼저 괴물이 배우자에게 원하는 평등한 관계에 대한 인용을 보자.

> 나처럼 추악한 다른 여자 괴물을 만들어 달라고 부탁하는 거야. 아주 만족스럽진 않겠지만, 내가 받을 수 있는 건 그게 전부고, 그걸로 만족하겠어. 정말 우린 세상에서 동떨어진 괴물이 될 거야. 하지만 바로 그 때문에 우린 서로 더 깊이 사랑할 거야. 우리의 삶은 행복하지 않겠지만, 남을 해치지 않을 테고 지금의 비

4 Sandra Gilbert & Susan Gubar, p. 238.
5 Peter Brooks, p. 218, 219.

참한 감정에서 벗어날 거야. (……)

내가 사는 땅과 나를 만들어 준 당신을 걸고 맹세하겠어. 당신이 만들어 줄 배우자랑 인간 세상을 떠나 황무지에서 살겠노라고 말이야. 그녀의 공감을 얻게 되면, 내 사악함은 사라질 거야. 내 삶은 조용히 흘러갈 거고, 죽을 때도 나를 만든 창조자를 저주하지 않을 거야. (……)

아무 연고나 애정이 없으면 내겐 증오와 악의만 남겠지. 다른 사람을 사랑하게 되면 내 범죄의 원인이 없어지고, 아무도 내 존재를 모르는 사물이 되겠지. 내 악행은 내가 싫어하는 고독을 억지로 견딘 데서 자식처럼 생긴 거야. 나와 같은 배우자랑 살면 반드시 미덕도 나타날 거야. 난 섬세한 존재의 애정을 느끼고, 존재와 사건의 고리에 연결될 거야.

이 인용문에서 인간 사회에서 배제된 그의 공격성은 본래 성질이 아니며 그가 따뜻한 연민과 유대, 애정을 얻으면 착한 존재로 변화될 거라 암시된다. 괴물은 연민을 주고받으며 사랑할 수 있는 자신과 '똑같은 성질'을 지닌 배우자를 원한다. 뿐만 아니라 괴물은 배우자에게 먼 곳, 즉 남녀의 영역이 구분되지 않는 곳에서 기쁨과 슬픔, 이해와 연민 그리고 공감과 사랑을 나눌 수 있는 평등한 관계를 원한다. 이 관계는 여성이 일방적으로 도덕적 영향을 미치거나 도덕적 안내자 역할을 하지 않는, 고통을 포함해 모든 것을 함께 나누고 의존하며 위로하는 '동반자적 결혼'에 가까운 관계다. 그가 자기처럼 못생긴 배우자를 원하는 것도 여자 배우자가 자신을 따돌릴까 봐 두려워하기 때문이기도 하지만, 동등한 배우자만이 상호 이해에 기반한 존경과 행복을 줄 것이라 믿기 때문이다.

이 관계는 작품에 등장하는 빅터 부모나 빅터와 엘리자베스를 비롯해 남녀 관계 중에서 가장 바람직하게 그려진 사피와 펠릭스의 관계에 가장 근접한 것이다. 여성적 자질을 지닌 펠릭스가 남성적 자질을 지닌 사피를 교육시키지만, 그들의 관계는 지배나 종속이 아닌 평등한 관계이므로 이 한 쌍은 동등한 관계의 실현 가능성을 보여 준다. 이런 관점에서 사피를 좀 더 자세히 검토해 볼 필요가 있다. 첫째로, 그녀의 이름은 성격에 관해 여러 가지 의미를 암시한다. 가령 그녀의 이름은 아랍어로는 '순수'를, 그리스어로는 '지혜'를, 또한 초기 영국 소설의 인기 있는 여주인공 소피아를 나타내기도 한다. 그러므로 이국적인 동양에 관한 19세기 영국의 관심 때문에 여성의 순결과 지혜에 모험적인 중산 계급 여성 인물을 결합시켜 동등하지 못한 남녀 능력에 도전하기 위해 사피와 펠릭스의 얘기를 이용하였다는 지적은 타당하다. 펠릭스가 사피를 이상화시켰다면, 사피는 작가의 모범적 분신이자 이상적인 공적 자아라 할 수 있다. 둘째로, 사피는 여느 소극적이고 수동적인 여성들과 달리 유일하게 적극적인 여성이다. 사피는 부유하지만 신뢰할 수 없는 터키 상인인 아버지와 터키인에게 잡혀 노예가 된 기독교 아랍인인 어머니를 부모로 "여자 이슬람교도에게는 금지된 고귀한 지성의 힘과 독립적인 정신"을 가르친 어머니 덕분에 "아시아로 돌아가 아무 대책 없이 오락이나 하면서 하렘의 벽 안에 갇혀", 남성이 합법적으로 지배하는 회교국 후궁에서 남성의 성적 노예로 살아야 하는 아랍 여성의 운명과 감옥 같은 터키 사회를 용기 있게 거부한다. 사피는 천성적으로 자유롭게 태어나 자신을 노예에서 구해 준 결혼 역시 속박으로 본 어머니로부터 "고귀한 지성의 힘"을 동경하기를 배웠던 것이다. 사피는 정신적 지주였던 어머니를 일찍 여의고 사악하고 억압적인 아버지 밑에서 고통을 겪다가 아버지의 규제에서 벗어나 잠재력을 키울 수 있는 더 큰 기회를 바라면서 프랑스어 한마디 못하는 처지에도 불구하고 프랑스로 가며, 그곳에서 "기독교인과 결혼해 여자가 사회에서 한 자리할 수 있는 나라에서 살 수 있을 거라는 전망"을 발견한다. 그녀는 자신의 아버지 때문에 몰락한 프랑스 귀족의 후예인 펠릭스가 자신을 찾길 기다리지 않고 머나먼 이국땅 유럽으로 그를 찾아와 그와의 결혼을 감행한다. 이런 연유로 사피를 어머니 작품에 암시된 이상을 나타내는 메리 셸리의 한 여주인공이자 평등한 부르주아 가정의 복지에 기여하는 개인주의자로 보며, 이 작품의 유일한 대안을 사피에게서 찾는 등 동등한 결혼 개념과 관련하여 사피를 높이 평가하는 평자들이 있다. 이처럼 긍정적으로 그려진 사피와 펠릭스의 관계를 빅터는 아름답고 칭찬할 만한 동반자라 불렀지만 실은 남녀의 영역이 구분되고 여성의 도덕적 영향 밖에 있는 빅터와 엘리자베스의 관계와 비교하면 이 관계가 얼마나 선구적인 것인지 자명해진다.

그러나 사피를 엘리자베스를 대신할 구원의 여성으로 보는 해석에는 다소 문제가 있다. 이미 죽은 사피의 어머니처럼 사피 역시 소설의 대안이 되기에는 역부족이다. 퇴장하기 전에도 주변적 인물이었던 사피는 이 소설에서 일찍 퇴장하며, 사피를 받아들인 드레이시 가족 역시 괴물에게 쫓겨 소설에서 사라진다. 또한 그녀는 동양계의 아랍 여성으로 소설 속에서 이질적 존재이다. 드레이시 가문에서 그녀의 법적 지위가 분명치 않고 가족 안에서 공평한 주의를 받지 못하며, 캐롤라인과 엘리자베스처럼 완벽한 신체적 미는 그녀를 현실보다 동화 속의 인물로 보이게 한다는 문제점도 갖고 있다.

그러나 여자 괴물과의 평등한 관계라는 혁명적인 이상은 빅터의 여자 괴물 파괴로 가능성으로만 존재할 뿐 실현되지 못한다. 때문에 '천사 같은 표정'을 지닌 '아름다운 인물'로부터 위로받고 '동료와 단결하여' 동등하게 살려는 괴물의 욕망은 실현되지 않는다. 여자 괴물의 파괴 과정을 살펴보면 "어떻게 이런 식으로 생명을 갖고 감히 장난치는 거지?"라고 항의하며 배우자를 원하는 괴물의 요구가 나름대로 타당한 요구이므로 괴물의 청대로 스코틀랜드 북쪽의 작은 오크니 섬에서 공포와 혐오감에 휩싸인 채 여자 괴물을 만들던 빅터는 반쯤 완성한 여자 괴물을 갈가리 찢어 파괴한다. 그가 괴물을 파괴하는 이유는 다음과 같다. 여자 괴물이 남성 괴물보다 만 배나 더 사악한 존재가 될 수 있으며, 사고하는 이성적 존재로 태어나 "자기가 만들어지기 이전에 체결된 계약"에 복종할 수 없으므로 인류로부터 떠나겠다는 계약을 거부할지 모르며, 여자 괴물이 인간 남성에게 눈을 돌릴 수도 있고 버림받은 괴물은 자신의 괴물성을 자각하고 더욱 분개할지 모르며, 그들의 결합으로 괴물의 악한 자손이 번성하여 인류의 생존을 위협할 가능성도 있다는 것이다. 그는 마침내 "악마 종족이 지상에 번성할 것이다. 그 종족은 인간 종족의 존재 자체를 위험하고 공포에 가득한 상태로 내몰지 모른다. 나 자신의 이익을 위해 앞으로 영원히 지속될 세대에 이런 저주를 내릴 권리가 내게 있을까?"라고 자문한다. 요컨대 빅터의 상상 속에서 이성과 자기 의지를 지닌 여자 괴물은 보다 사악하고 그들의 종족을 퍼뜨려 인류를 없애 버릴 공포의 대상으로 보인다. 그는 "새로운 괴물 같은 이브"의 이미지에 놀라[6] 성적으로 해방되어 스스로 삶을 선택하는 여자 괴물의 독립성과 불복종, 그리고 그들 후손의 번성을 가장 두려워

6 Barbara Johnson, "The Last Man", p. 260.

한다. 이처럼 빅터는 괴물의 형태로 나타날, 제어할 수 없는 여성의 성에 대해 공포심을 느끼는데 그 공포심은 여자 괴물을 파괴하는 가학적인 방식으로 나타난다.

그렇다면 빅터의 여자 괴물 파괴를 어떻게 해석할 것인가? 이 행위에는 우선 여자 괴물 및 똑똑하고 지적인 여성의 반항과 불복종 그리고 남녀평등 관계에 대해 빅터를 비롯한 당대 남성이 갖고 있는 무의식적 공포와 두려움이 반영되어 있다. 다시 말해 작가가 최후의 프레임으로 설정한 이상적 여성인 새빌 부인과 대조적인 여자 괴물에 대한 두려움이 숨어 있다는 것이다.

그런데 이 작품에 등장하는 여성 인물들, 즉 무력한 천사이거나 사피 같은 동양 여성, 기형적 여자 괴물은 모두 중간에 사라지거나 일찍 죽는다. 여자 괴물의 경우 생명이 주어지기도 전에 파괴됨으로써 한마디 말도 못한 채 죽는다. 멜로가 주목한 것처럼, 이 작품에서 여성은 철저히 배제된다. 여자 괴물뿐만 아니라 당대 이상적 여성상에 근접하는 엘리자베스와 캐롤라인, 저스틴 등 착하고 헌신적이며 순종적인 여성들도 죽는다. 요컨대 '집안의 천사'인 빅터의 어머니 캐롤라인은 가족뿐 아니라 고아인 엘리자베스에게까지 희생적인 사랑을 베풀어 성홍열에 걸린 그녀를 헌신적으로 간호하다 일찍 죽는다. 엘리자베스는 캐롤라인의 뒤를 이어 당대의 여성 행동 지침서에 제시된 미덕을 모두 갖춘 이상적 여성으로서 '살아있는 사랑의 정령'이다. 그러나 하녀 저스틴의 무죄를 입증하려고 웅변을 토하지만 배심원들을 설득하지 못하는 법정 장면에서처럼, 그녀는 결혼 첫날밤 힘없이 살해되어 괴물의 복수 도구이자 희생자가 된다. 저스틴도 윌리엄 살해의 누명을 뒤집어쓰고 무력하게 죽는다. 1818년판 서문에서 이 작품의 목적이 가족적 가치의 구현이라는 퍼시의 주장을 무색하게 할 정도로, 작품 속의 아름답고 착한 여성은 아무 갈등 없이 남성들에게 정서적 양육자 역할을 하다가 의미 없이 죽는다. 이로써 나약한 여성들이 현실 앞에서 적절히 대응하지 못한다는 사실이 암시된다.

한편 여자 괴물의 파괴로 괴물은 결국 결혼하지 못하고, 빅터 역시 엘리자베스와 결혼하지 못한다. 빅터의 친구인 클러벌도 총각으로 죽고, 월턴은 죽지는 않지만 빅터를 진정한 우정의 대상으로 삼는 순간 그를 잃고, 영국에 돌아가긴 하지만 당분간 가정을 이룰 것 같지 않다. 이처럼 빅터 부모 외에 괴물이나 빅터가 모두 결혼하지 못한다는 사실은 작가가 이상적 여성들이나 여자 괴물의 양쪽에서 평등하고 바람직한 결혼 관계가 당대 현실에서 이루어질 가능성을 보지 못했으며, 간접적으로 이런 여성상을 비판하기 때문인 듯하다. 이런 맥락에서, 울스턴크래프트와 셸리 등이 모성과 가정 이데올로기에 헌신한 여성들이 치르는 신체적·심리적 대가를 탐구하였다는 지적은 적합하다.

3

이상의 검토에서 다음과 같은 사실을 확인할 수 있다. 첫째, 셸리가 1831년판에 추가한 내용들, 이 얘기의 출처에 대한 변명과 화자로서의 새빌 부인 등을 통해 여성의 도덕적 영향과 남녀의 분리된 영역을 강조하려 한 보수적 의도가 분명하지만, 새빌 부인을 통해 사회의 기대만큼 이런 역할을 할 수 없는 현실 및 여성의 도덕적 영향이라는 이상의 모순을 보여 준다. 둘째, 내러티브의 가장 핵심인 괴물의 얘기에서 괴물이 악한 존재로 변하는 과정 및 웅변은 여성의 특징과 처지를 반영하도록 설득력 있게 그려진다. 셋째, 여자 괴물과의 평등한 관계를 원하는 괴물 및 빅터의 여자 괴물 파괴를 통해 이런 선구적이며 혁신적 관계가 이뤄지기 힘든 현실이 반영된다. 그러므로 이 작품의 힘은 표면상 작가의 보수적인 태도에도 불구하고 여성의 지위를 대변하는 괴물의 반항과 분노, 웅변, 평등한 관계에 대한 괴물의 절실한 욕망 등을 통해 남녀의 영역 혹은 순종적인 당대 여성상 등 부조리한 현실을 날카롭게 비판한 셸리의 선진적인 페미니즘 의식에 있다. 셸리의 얌전하고 예의 바른 사회적 자아와 이 소설이 지닌 놀라운 깊이 및 힘의 차이는 사람들을 믿을 수 없을 만큼 놀라게 한다. 이것이 이 작품의 힘인 동시에 페미니즘 비평에서 꾸준히 긍정적인 평가를 받는 이유다. 이 의도와 텍스트 사이의 불일치에서 셸리의 여성론적 입장을 읽을 수 있다.

이외에 이 작품이 후세에 끼친 영향을 살펴보자. 흔히 고딕 로맨스의 전통을 잇는 것으로 여겨 온 이 소설에서 심리적 분열로 미치게 된 빅터의 후계자는 새 생명을 창조하거나 복제하며 죽은 자를 살리는 로버트 루이스 스티븐슨의 『지킬 박사와 하이드 씨』 —혐오스러운 악마 하이드 씨와 이타적인 과학자 헨리 지킬 박사를 그린 — 등의 사이언스 픽션이나 조지 엘리엇의 「들춰진 베일」(1859)이다.[7] 형식상 겹겹의 내러티브 속에 등장하는 여러 명의 화자는 에밀리 브론테와 허먼 멜빌 등의 작가에게 큰 영향을 미쳤다. 리얼리즘보다 초기 빅토리아 소설의 낭만주의 전통을 이어받은 『워더링 하이츠』에서 히스클리프와 괴물의 유사한 도덕적 곤경(적대적 세계에 악하게 반응하는 괴물처럼 캐서린에 대한 사랑이 좌절되자 계획된 복수를 수행하여 "유령 같은 방랑자"가 되는 히스클리프의 얘기)은 셸리의 영향을 입증해 준다. 독자의 세계

7 Mary Lowe Evans, p. 78; Florescu, Radu. *In Search of Frankenstein*, Boston: New York Graphic Society, 1975, p. 184.

와 믿을 수 없는 이야기 사이의 완충 지대로 넬리 딘과 록우드, 또 『모비 딕』에서 이슈마엘 같은 화자는 캐서린과 히스클리프의 지나치게 격정적인 사랑 및 에이하브 선장의 광적인 백경 추적 얘기에 현실성과 객관성, 신빙성을 부여해 주는 장치다.

동물 복제와 시험관 아기가 현실이 되었고 인간 복제가 조만간 현실로 다가온 지금, 이 작품은 현재성을 얻으며 그 선구적 혜안으로 복제 인간의 미래를 일면 미리 엿보게 한다. 유령 이야기에서 출발하여 고딕 로맨스의 대명사로 불리며 이에 그치지 않고 이 작품이 이룩한 성과 및 현재까지 페미니즘 문학에서 주요 작품으로 활발히 회자되는 이유는 무엇일까? 그것은 이 작품이 페미니즘 관점에서 다양한 접근을 가능케 하기 때문이다. 이 작품은 표면상 여주인공 없이 남성 화자를 통해 남성들의 세계를 묘사하는 것 같지만 여성적인 저항의 서술 전략으로 괴물 얘기를 통해 중산층의 가족 이데올로기를 전복시키는 등 여성적 체험을 교묘히 감추고 있다. 그뿐 아니라 여성의 시각으로 남성적 문명을 비판한다. 즉 여성으로 은유되는 자연법칙이 남성적 문명에 의해 어느 정도까지 훼손될 것인가 하는 문제를 제기한다고 지적되기도 한다. 이런 다양한 평가를 통해 남녀의 분리된 영역 및 여성의 도덕적 영향 등과 관련된 페미니즘의 관점에서 메리 셸리가 차지한 위치를 좀 더 공고하게 자리매김해 볼 수 있을 것이다.

이 원작을 처음 읽은 것은 1987년 미국에서 영문과의 세미나 수업을 들을 때였다. 그리 길지 않은 이 작품에 그토록 많은 이야기가 담겨 있으며, 문장이 그처럼 시적인 줄은 그때 처음 알았다. 괴물의 이름인 줄로만 알았던 프랑켄슈타인이 괴물을 만든 과학자의 이름이기도 하다는 사실 역시 그때 처음 알았다. 나중에 기회가 되면 이 작품을 직접 내 손으로 한번 번역해 봐야겠다고 생각했었다. 꿈이 이루어져 사이언스 픽션의 효시로 꼽히는 이 작품을 번역하게 되어 감회가 새롭다. 고인이 되신 역자의 아버지 한낙원도 우리나라 사이언스 픽션의 선구자였기 때문이다. 모르고 시작한 일인데, 퍼즐 조각이 맞춰지듯 기묘한 인연이 놀랍기만 하다.

막상 마치고 보니 홀가분함보다는 두려움이 앞선다. 매번 작품을 번역할 때마다 느끼는 것이지만, 이 작품을 한글다운 한글로 유려하게 번역해 내는 것이 그리 녹록지 않은 작업이었기 때문이다. 본인의 한글 실력 부족을 자책하지 않을 수 없었다. 괴물을 세상에 내보내는 빅터 프랑켄슈타인의 심정이 아마 이렇지 않았을까 싶다. 하지만 이 책을 "내 추악한 자식"이자 "끔찍한 생각"이라 부르며 세상에 나가 번성하기를 바란 메리 셸리의 유명한 송부(送付)처럼, 이 책이 세상에 나가 많은 독자의 상상력을 자극하고 상상력에 도전하는 책이 되기를 기대한다.

판본 소개

『프랑켄슈타인』은 다섯 개의 중요 판본이 있다고 한다. 메리의 원고와 그 원고의 복사본, 1818년 판본, 토머스(Thomas)의 주석본, 내용도 대폭 고치고 서문도 다시 쓴 1831년 판본이 그것이다. 고드윈이 준비하여 출간한 1823년의 두 번째 판은 정본으로 취급되지 않는다. 그러므로 메리가 직접 쓴 원고 외에는 1818년과 1831년 판본, 두 판이 남는다. 두 판의 차이에 대해서는 여러 가지 의견이 있지만 좀 더 보수적인 방향으로 수정되었다는 것이 대다수 평자들의 의견이다. 아마 퍼시와 도피하여 떠돌며 살던 열아홉 살에서 13년의 세월이 흘러 퍼시의 정식 부인이 된 그녀의 변화도 이에 일조했을 것이다. 또한 1831년 판본은 많이 구할 수 있다.

한때는 흔히 구할 수 있는 1831년 것을 선호했다. 대다수 평자들은 작가의 마지막 본을 선호하기 때문에 1831년판을 정본으로 보는 경향이 있었다. 하지만 1974년에 1818년판이 출판된 뒤 최근 40여 년간 1818년 판본이 더 주목을 받고 있다. 메리가 많은 비극과 험한 일을 겪고 나서 인간에 대해 더 운명론적인 성향을 갖게 되었기 때문에 1831년판이 원래 작품과 멀어졌다는 점에서, 최근에는 1818년 판본을 정본으로 더 선호하는 추세이다. 이런 연유로

노스캐롤라이나 대학교에 연구년(2006~2007)을 갔을 때 한 학기 동안 메리 셸리의 작품만 다루었던 강의에서 쓰던 교재, 즉 D. H. 맥도널드(D. H. Macdonald)와 캐슬린 셰프(Kathleen Scherf)가 편집한 1818년판(Broadview Literary texts: Toronto, 1999)을 번역의 원본으로 삼았다.

메리 셸리 연보

1797 8월 30일 영국 런던 소머스타운에서, 아버지 윌리엄 고드윈과 어머니 메리 울스턴크래프트 사이에서 태어남. 아버지는 무정부주의의 선구자이자 급진적인 정치사상가였고, 어머니는 최초의 여성주의 이론서 『여성의 권리 옹호』의 저자였음. 어머니는 출산 직후 산욕열로 10일 만에 사망함. 고드윈은 아내가 데리고 온 패니 임레이 고드윈과 갓난아기 메리를 혼자 돌보게 됨.

1801 윌리엄 고드윈이 메리 제인 클레어몬트를 만나 재혼함. 계모는 아버지의 특별한 사랑을 받는 메리를 질투해 자주 사생활을 침범했고, 자신의 친딸 제인 클레어몬트는 기숙 학교로 보내면서도 메리는 방치함. 따라서 메리는 가정 교사였던 루이자 존스로부터 글을 배우고 아버지의 서재에서 독학함.

1806 8월 24일 낭만주의 시인 S. T. 콜리지가 낭독하던 「늙은 선원의 노래」를 몰래 들음. 이 시는 『프랑켄슈타인(*Frankenstein*)』(1818)과 『포크너(*Falkner*)』(1837)에 큰 영향을 끼침. 그리고 해즐릿 등 당대 최고의 사상가들이 나누는 대화를 어깨 너머로 들으면서 지적으로 성장함.

1807 고드윈 가족이 홀번의 스키너 가(街)로 이사함.

1808 찰스 딥딘의 5연 노래 「마운시어 노통포(Mounseer Nongtongpaw)」를 4행시 39연으로 개작해 고드윈 청소년 문고로 출간함. 이 판본이

엄청난 인기를 끌어 1830년 로버트 크루이크섕크의 삽화를 곁들여 재출간. 계모와의 갈등이 고조됨.

1812 6월 스코틀랜드 던디의 윌리엄 백스터와 함께 살게 됨. 훗날 그녀의 소설에서 주요 주제로 등장하는 끈끈한 가족애와 화목한 가정의 행복을 경험하게 됨. 11월에 집으로 돌아와 이튼과 옥스퍼드에서 수학한 고드윈의 제자 퍼시 비시 셸리와 그의 아내 해리엇 웨스트브룩 셸리를 처음으로 만나 교류함.

1814 5월 스키너 가로 돌아옴. 결혼 생활에 환멸을 느끼던 퍼시 비시 셸리를 다시 만나 사랑에 빠짐. 메리는 퍼시에게서 천재 이상주의자를 보았고, 퍼시는 메리의 미모와 당대 최고 사상가의 딸이라는 사실에 매력을 느낌. 메리는 이복동생 제인 클레어몬트를 동반하고 당시 유부남이었던 셸리와 함께 사랑의 도피를 떠남. 프랑스와 스위스로 첫 유럽 여행. 이후 8년간 가난과 낭만으로 점철된 유랑 생활이 시작됨.

1815 2월 22일 첫딸을 조산했으나 생후 11일 만에 사망함. 꿈에서 다시 살아난 어린 딸을 보았다는 기록을 남김. 8월, 셸리와 윈저의 비숍스 게이트(Bishop's Gate)로 이사. 9월 퍼시의 주치의 윌리엄 로런스의 추천으로 셸리를 따라 옥스퍼드까지 여행.

1816 1월 24일 아들 윌리엄이 태어남. 5월 클레어 클레어몬트와 함께 제네바로 두 번째 유럽 여행을 떠남. 제네바에서 조지 고든 바이런 경과 그의 주치의 폴리도리를 만남. 어린 나이에 '클레어'로 이름을 바꾼 제인 클레어몬트가 바이런 경과 잠시 사랑에 빠져 제네바 호수 근처의 샬레로 이주. 6월 바이런 경이 머물던 제네바 근처 빌라 디오다티(밀턴이 묵은 곳으로 유명함)와 가까운 몽탈레그르의 메종 샤퓌에 정착. 여기서 존 폴리도리, 퍼시 비시 셸리와 절친한 사이가 된 바이런 경과 함께 지냄. 1818년 판본 서문에 따르면 당시 세 사람이 괴담을 하나씩 짓기로 약속했고, 그로 인해 『프랑켄슈타인』을 쓰게 되었다고 함. 『프랑켄슈타인』 집필 시작. 7월에 샤모니와 메르드글라스로 나들이를 감. 9월 영국으로 돌아옴. 10월 동복 자매인 패니 임레이가 자살함. 12월 셸리의 첫 아내인 해리엇 셸리가 자살(12월 10일 발견

됨). 12월 30일 런던 세인트밀드레즈 교회에서 셸리와 정식으로 결혼함.

1817 3월 말로로 이사. 셸리가 첫 번째 결혼에서 얻은 자식들에 대한 양육을 거부함. 5월 『프랑켄슈타인』 완성. 셸리가 처음 원고를 보낸 출판사에서 거절당함. 9월 딸 클라라 태어남. 11월 셸리와 공동으로 쓴 『제네바 호수 일주 항해와 샤모니 빙하를 묘사하는 편지를 비롯해 프랑스 일부 지역, 스위스, 독일, 네덜란드의 6주간 여행 이야기(*History of a Six Weeks' Tour through a part of France, Switzerland, Germany, and Holland, with Letters Descriptive of a Sail Round the Lake of Geneva, and of the Glaciers of Chamounix*)』 출간. 일기와 패니에게 보낸 편지들을 편집한 이 책은 어머니 메리 울스턴크래프트의 『스웨덴, 노르웨이, 덴마크에서 잠시 머물며 쓴 편지들(*Letters Written during a Short Residence in Sweden, Norway, and Denmark*)』(1796)을 모델로 함.

1818 퍼시 비시 셸리와의 관계가 소원해지기 시작함. 『프랑켄슈타인』 출간. 셸리, 클레어, 아들과 함께 이탈리아로 출발. 바니디루카에 2개월 정착. 에스테로 이사. 베네치아에서 클라라 죽음. 베네치아에 있는 바이런 경 방문. 로마 여행. 겨울동안 나폴리에 머묾.

1819 3월 로마로 돌아감. 그곳에서 아들 윌리엄이 말라리아로 사망. 6월 리보르노로 출발. 『마틸다(*Mathilda*)』 집필(이 작품은 작가의 사후에 공개됨). 9월 다가올 출산에 대비해 피렌체로 옮김. 11월 아들 퍼시 플로렌스 태어남. 이 아들만 유일하게 살아남아 장성함.

1820 퍼시 비시 셸리와 시극 「페르세포네(Proserpine)」 공동 집필. 『미다스(*Midas*)』 창작. 1월 피사로 옮겼다가 6월에 리보르노로 다시 옮김. 8월 피사 근처의 바니디 산줄리아노로 옮김. 10월 홍수 때문에 산줄리아노를 나와 피사로 다시 이사.

1821 4월 여름 동안 바니디 산줄리아노로 돌아감. 10월 가족이 피사로 이사해 에드워드 윌리엄스, 제인 윌리엄스, 바이런 경의 이웃이 됨.

1822 다섯 번째로 임신했으나 유산하고, 산후 출혈로 죽을 뻔함. 5월 레리

치 근처 카사마니에서 윌리엄스 가족과 함께 삶. 셸리와 윌리엄스가 리 헌트를 만나려고 리보르노로 항해를 떠났다가 돌아오는 길에 바다에서 실종되어 익사. 1819년 아들 윌리엄이 죽은 이후 메리는 심한 우울증에 걸려 퍼시와의 사이가 소원해졌으며, 개방 결혼을 주장했던 퍼시는 다른 여성들에게 위로를 구하기 시작함. 세월이 흐르면 관계가 회복될 거라 믿었던 메리는 퍼시의 급사로 인해 심한 자책감에 빠짐. 9월 제노바로 이사해 헌트 가족과 바이런 경을 만남.

1823 2월 중세 이탈리아를 배경으로 한 역사 소설 『발페르가(*Valperga*)』 출간. 8월 『프랑켄슈타인』 2판 출간. 아들 퍼시 플로렌스와 함께 런던으로 돌아옴. 퍼시 비시 셸리의 부친인 티머시 셸리 경이 손자의 학업을 후원함.

1824 6월 셸리의 『유고 시집(*Posthumous Poems*)』이 메리의 편집으로 출간되지만, 티머시 셸리 경의 고집으로 회수됨. 바이런 죽음.

1826 2월 21세기를 배경으로 한 묵시록적 과학 소설이자 퍼시 비시 셸리를 이상화한 소설 『마지막 남자(*The Last Man*)』 출간. 9월 셸리의 첫 아내 해리엇이 낳은 아들 찰스 비시가 죽자 퍼시 플로렌스가 셸리의 작위와 영지를 상속함. 향후 미국인 극작가 존 하워드 페인, 프랑스 소설가 프로스페르 메리메, 미국 작가 워싱턴 어빙 등이 구애했지만, 아들 퍼시 플로렌스와 아버지 윌리엄 고드윈을 돌보며 독신 생활을 고수함.

1830 5월 역사 소설 『퍼킨 워벡의 풍운(*The Fortunes of Perkin Warbeck*)』을 출간하지만 큰 호응을 얻지 못함.

1831 『프랑켄슈타인』 개정 3판 출간.

1832 「페르세포네」가 런던의 정기 간행물 『겨울의 화환(*The Winter's Wreath*)』에 게재됨. 아들 퍼시 플로렌스가 사립 학교 해로(Harrow)에 입학.

1835 3월 비밀스러운 두 연인에 관한 자전적 소설 『로도어(*Lodore*)』 출간.

1836 아버지 윌리엄 고드윈 사망.

1837 2월 고아와 그 후견인의 관계를 다룬 마지막 소설 『포크너』 출간. 7월

아들 퍼시 플로렌스가 케임브리지 트리니티 칼리지에 입학함.

1839 메리 셸리가 편집한 셸리의 『시집(*Poetical Works*)』 출간.

1840 6~11월 퍼시 플로렌스와 아들 친구들과 유럽 여행.

1841 2월 퍼시 플로렌스 졸업.

1842~1843 다시 유럽 여행.

1844 8월 유작이 된 여행기 『독일과 이탈리아 유람(*Rambles in Germany and Italy in 1840, 1842, and 1843*)』 출간. 4월 셸리의 아버지 티머시 셸리 경 사망. 퍼시 플로렌스가 작위와 영지를 상속받음.

1846 중산층의 독학을 장려하고자 기획된 다이어니시어스 라드너의 133권짜리 백과사전 『캐비닛 사이클로피디어(*Cabinet Cyclopaedia*)』(1829~1846)의 일환인 위인전 『문학과 과학 부문의 위인들(*Lives of the Most Eminent Literary and Scientific Men*)』 시리즈 중 3권에 달하는 '이탈리아, 스페인, 포르투갈 편'과 2권짜리 '프랑스 편'을 집필.

1848 메리 셸리의 사인이 된 뇌종양 발병. 정확한 진단은 1850년에 받았지만 이미 이 당시 증세가 뚜렷해짐.

1851 2월 1일, 54세의 나이로 런던의 체스터 스퀘어에서 뇌종양으로 사망. 부모님과 함께 묻어 달라는 유언을 남김. 본머스의 교회 묘지에 묻힘.

새롭게 을유세계문학전집을 펴내며

을유문화사는 이미 지난 1959년부터 국내 최초로 세계문학전집을 출간한 바 있습니다. 이번에 을유세계문학전집을 완전히 새롭게 마련하게 된 것은 우리가 직면한 문화적 상황에 적극적으로 대응하기 위해서입니다. 새로운 을유세계문학전집은 세계문학의 역할이 그 어느 때보다 중요해졌다는 인식에서 출발했습니다. 오늘날 세계에서 타자에 대한 이해는 우리의 안전과 행복에 직결되고 있습니다. 세계문학은 지구상의 다양한 문화들이 평등하게 소통하고, 이질적인 구성원들이 평화롭게 공존할 수 있는 문화적인 힘을 길러 줍니다.

을유세계문학전집은 세계문학을 통해 우리가 이런 힘을 길러 나가야 한다는 믿음으로 만들어졌습니다. 지난 5년간 이를 준비하기 위해 많은 노력을 기울였습니다. 세계 각국의 다양한 삶의 방식과 문화적 성취가 살아 있는 작품들, 새로운 번역이 필요한 고전들과 새롭게 소개해야 할 우리 시대의 작품들을 선정했습니다. 우리나라 최고의 역자들이 이들 작품 속 한 문장 한 문장의 숨결을 생생히 전하기 위해 심혈을 기울였습니다. 또한 역자들은 단순히 번역만 한 것이 아니라 다른 작품의 번역을 꼼꼼히 검토해 주었습니다. 을유세계문학전집은 번역된 작품 하나하나가 정본(定本)으로 인정받고 대우받을 수 있도록 최선을 다 했습니다. 세계문학이 여러 경계를 넘어 우리 사회 안에서 주어진 소임을 하게되기를 바라며 을유세계문학전집을 내놓습니다.

을유세계문학전집 편집위원단

1. 마의 산(상) 토마스 만 | 홍성광 옮김
2. 마의 산(하) 토마스 만 | 홍성광 옮김
3. 리어 왕·맥베스 윌리엄 셰익스피어 | 이미영 옮김
4. 골짜기의 백합 오노레 드 발자크 | 정예영 옮김
5. 로빈슨 크루소 대니얼 디포 | 윤혜준 옮김
6. 시인의 죽음 다이허우잉 | 임우경 옮김
7. 커플들, 행인들 보토 슈트라우스 | 정항균 옮김
8. 천사의 음부 마누엘 푸익 | 송병선 옮김
9. 어둠의 심연 조지프 콘래드 | 이석구 옮김
10. 도화선 공상임 | 이정재 옮김
11. 휘페리온 프리드리히 횔덜린 | 장영태 옮김
12. 루쉰 소설 전집 루쉰 | 김시준 옮김
13. 꿈 에밀 졸라 | 최애영 옮김
14. 라이겐 아르투어 슈니츨러 | 홍진호 옮김
15. 로르카 시 선집 페데리코 가르시아 로르카 | 민용태 옮김
16. 소송 프란츠 카프카 | 이재황 옮김
17. 아메리카의 나치 문학 로베르토 볼라뇨 | 김현균 옮김
18. 빌헬름 텔 프리드리히 폰 실러 | 이재영 옮김
19. 아우스터리츠 W. G. 제발트 | 안미현 옮김
20. 요양객 헤르만 헤세 | 김현진 옮김
21. 워싱턴 스퀘어 헨리 제임스 | 유명숙 옮김
22. 개인적인 체험 오에 겐자부로 | 서은혜 옮김
23. 사형장으로의 초대 블라디미르 나보코프 | 박혜경 옮김
24. 좁은 문·전원 교향곡 앙드레 지드 | 이동렬 옮김
25. 예브게니 오네긴 알렉산드르 푸슈킨 | 김진영 옮김
26. 그라알 이야기 크레티앵 드 트루아 | 최애리 옮김
27. 유림외사(상) 오경재 | 홍상훈 외 옮김
28. 유림외사(하) 오경재 | 홍상훈 외 옮김
29. 폴란드 기병(상) 안토니오 무뇨스 몰리나 | 권미선 옮김
30. 폴란드 기병(하) 안토니오 무뇨스 몰리나 | 권미선 옮김
31. 라 셀레스티나 페르난도 데 로하스 | 안영옥 옮김
32. 고리오 영감 오노레 드 발자크 | 이동렬 옮김
33. 키 재기 외 히구치 이치요 | 임경화 옮김
34. 돈 후안 외 티르소 데 몰리나 | 전기순 옮김
35. 젊은 베르터의 고통 요한 볼프강 폰 괴테 | 정현규 옮김
36. 모스크바발 페투슈키행 열차 베네딕트 예로페예프 | 박종소 옮김

37. 죽은 혼　니콜라이 고골 | 이경완 옮김
38. 워더링 하이츠　에밀리 브론테 | 유명숙 옮김
39. 이즈의 무희·천 마리 학·호수　가와바타 야스나리 | 신인섭 옮김
40. 주홍 글자　너새니얼 호손 | 양석원 옮김
41. 젊은 의사의 수기·모르핀　미하일 불가코프 | 이병훈 옮김
42. 오이디푸스 왕 외　소포클레스 | 김기영 옮김
43. 야쿠비얀 빌딩　알라 알아스와니 | 김능우 옮김
44. 식(蝕) 3부작　마오둔 | 심혜영 옮김
45. 엿보는 자　알랭 로브그리예 | 최애영 옮김
46. 무사시노 외　구니키다 돗포 | 김영식 옮김
47. 위대한 개츠비　프랜시스 스콧 피츠제럴드 | 김태우 옮김
48. 1984년　조지 오웰 | 권진아 옮김
49. 저주받은 안뜰 외　이보 안드리치 | 김지향 옮김
50. 대통령 각하　미겔 앙헬 아스투리아스 | 송상기 옮김
51. 신사 트리스트럼 섄디의 인생과 생각 이야기　로렌스 스턴 | 김정희 옮김
52. 베를린 알렉산더 광장　알프레트 되블린 | 권혁준 옮김
53. 체호프 희곡선　안톤 파블로비치 체호프 | 박현섭 옮김
54. 서푼짜리 오페라·남자는 남자다　베르톨트 브레히트 | 김길웅 옮김
55. 죄와 벌(상)　표도르 도스토예프스키 | 김희숙 옮김
56. 죄와 벌(하)　표도르 도스토예프스키 | 김희숙 옮김
57. 체벤구르　안드레이 플라토노프 | 윤영순 옮김
58. 이력서들　알렉산더 클루게 | 이호성 옮김
59. 플라테로와 나　후안 라몬 히메네스 | 박채연 옮김
60. 오만과 편견　제인 오스틴 | 조선정 옮김
61. 브루노 슐츠 작품집　브루노 슐츠 | 정보라 옮김
62. 송사삼백수　주조모 엮음 | 김지현 옮김
63. 팡세　블레즈 파스칼 | 현미애 옮김
64. 제인 에어　샬럿 브론테 | 조애리 옮김
65. 데미안　헤르만 헤세 | 이영임 옮김
66. 에다 이야기　스노리 스툴루손 | 이민용 옮김
67. 프랑켄슈타인　메리 셸리 | 한애경 옮김
68. 문명소사　이보가 | 백승도 옮김
69. 우리 짜르의 사람들　류드밀라 울리츠카야 | 박종소 옮김
70. 사랑에 빠진 여인들　데이비드 허버트 로렌스 | 손영주 옮김
71. 시카고　알라 알아스와니 | 김능우 옮김
72. 변신·선고 외　프란츠 카프카 | 김태환 옮김

73. 노생거 사원 제인 오스틴 | 조선정 옮김
74. 파우스트 요한 볼프강 폰 괴테 | 장희창 옮김
75. 러시아의 밤 블라지미르 오도예프스키 | 김희숙 옮김
76. 콜리마 이야기 바를람 샬라모프 | 이종진 옮김
77. 오레스테이아 3부작 아이스퀼로스 | 김기영 옮김
78. 원잡극선 관한경 외 | 김우석·홍영림 옮김
79. 안전 통행증·사람들과 상황 보리스 파스테르나크 | 임혜영 옮김
80. 쾌락 가브리엘레 단눈치오 | 이현경 옮김
81. 지킬 박사와 하이드 씨·존 니컬슨 로버트 루이스 스티븐슨 | 윤혜준 옮김
82. 로미오와 줄리엣 윌리엄 셰익스피어 | 서경희 옮김
83. 마쿠나이마 마리우 지 안드라지 | 임호준 옮김
84. 재능 블라디미르 나보코프 | 박소연 옮김
85. 인형(상) 볼레스와프 프루스 | 정병권 옮김
86. 인형(하) 볼레스와프 프루스 | 정병권 옮김
87. 첫 번째 주머니 속 이야기 카렐 차페크 | 김규진 옮김
88. 페테르부르크에서 모스크바로의 여행 알렉산드르 라디셰프 | 서광진 옮김
89. 노인 유리 트리포노프 | 서선정 옮김
90. 돈키호테 성찰 호세 오르테가 이 가세트 | 신정환 옮김
91. 조플로야 샬럿 대커 | 박재영 옮김
92. 이상한 물질 테레지아 모라 | 최윤영 옮김
93. 사촌 퐁스 오노레 드 발자크 | 정예영 옮김
94. 걸리버 여행기 조너선 스위프트 | 이혜수 옮김
95. 프랑스어의 실종 아시아 제바르 | 장진영 옮김
96. 현란한 세상 레이날도 아레나스 | 변선희 옮김

을유세계문학전집은 계속 출간됩니다.

을유세계문학전집 연표

BC 458 **오레스테이아 3부작**
아이스킬로스 | 김기영 옮김 | 77 |
수록 작품: 아가멤논, 제주를 바치는 여인들, 자비로운 여신들
그리스어 원전 번역
서울대 선정 동서고전 200선
시카고 대학 선정 그레이트 북스

BC 434 /432 **오이디푸스 왕 외**
소포클레스 | 김기영 옮김 | 42 |
수록 작품: 안티고네, 오이디푸스 왕, 콜로노스의 오이디푸스
그리스어 원전 번역
「동아일보」 선정 '세계를 움직인 100권의 책'
서울대 권장 도서 200선
고려대 선정 교양 명저 60선
시카고 대학 선정 그레이트 북스

1191 **그라알 이야기**
크레티앵 드 트루아 | 최애리 옮김 | 26 |
국내 초역

1225 **에다 이야기**
스노리 스툴루손 | 이민용 옮김 | 66 |

1241 **원잡극선**
관한경 외 | 김우석·홍영림 옮김 | 78 |

1496 **라 셀레스티나**
페르난도 데 로하스 | 안영옥 옮김 | 31 |

1595 **로미오와 줄리엣**
윌리엄 셰익스피어 | 서경희 옮김 | 82 |
미국대학위원회 선정 SAT 추천 도서

1608 **리어 왕 · 맥베스**
윌리엄 셰익스피어 | 이미영 옮김 | 3 |

1630 **돈 후안 외**
티르소 데 몰리나 | 전기순 옮김 | 34 |
국내 초역 「불신자로 징계받은 자」 수록

1670 **팡세**
블레즈 파스칼 | 현미애 옮김 | 63 |

1699 **도화선**
공상임 | 이정재 옮김 | 10 |
국내 초역

1719 **로빈슨 크루소**
대니얼 디포 | 윤혜준 옮김 | 5 |

1726 **걸리버 여행기**
조너선 스위프트 | 이혜수 옮김 | 94 |
미국대학위원회가 선정한 고교 추천 도서 101권
서울대학교 선정 동서양 고전 200선

1749 **유림외사**
오경재 | 홍상훈 외 옮김 | 27, 28 |

1759 **신사 트리스트럼 섄디의 인생과 생각 이야기**
로렌스 스턴 | 김정희 옮김 | 51 |
노벨연구소 선정 100대 세계 문학

1774 **젊은 베르터의 고통**
요한 볼프강 폰 괴테 | 정현규 옮김 | 35 |

1790 **페테르부르크에서 모스크바로의 여행**
A. N. 라디셰프 | 서광진 옮김 | 88 |

1799 **휘페리온**
프리드리히 횔덜린 | 장영태 옮김 | 11 |

1804 **빌헬름 텔**
프리드리히 폰 쉴러 | 이재영 옮김 | 18 |

1806 **조플로야**
샬럿 대커 | 박재영 옮김 | 91 |
국내 초역

1813 **오만과 편견**
제인 오스틴 | 조선정 옮김 | 60 |

1817 **노생거 사원**
제인 오스틴 | 조선정 옮김 | 73 |

1818 **프랑켄슈타인**
메리 셸리 | 한애경 옮김 | 67 |
뉴스위크 선정 세계 명저 100
옵서버 선정 최고의 소설 100
미국대학위원회 선정 SAT 추천 도서

1831 **예브게니 오네긴**
알렉산드르 푸슈킨 | 김진영 옮김 | 25 |

1831 **파우스트**
요한 볼프강 폰 괴테 | 장희창 옮김 |74|
서울대 권장 도서 100선
미국대학위원회 SAT 권장 도서

1835 **고리오 영감**
오노레 드 발자크 | 이동렬 옮김 |32|
서머싯 몸 선정 세계 10대 소설
연세 필독 도서 200선

1836 **골짜기의 백합**
오노레 드 발자크 | 정예영 옮김 |4|

1844 **러시아의 밤**
블라지미르 오도예프스키 | 김희숙 옮김 |75|

1847 **워더링 하이츠**
에밀리 브론테 | 유명숙 옮김 |38|
서머싯 몸 선정 세계 10대 소설
서울대 선정 동서 고전 200선
미국대학위원회 SAT 권장 도서

제인 에어
샬럿 브론테 | 조애리 옮김 |64|
연세 필독 도서 200선
미국대학위원회 SAT 권장 도서
BBC 선정 영국인들이 가장 사랑하는 소설 100선
「가디언」 선정 가장 위대한 소설 100선

사촌 퐁스
오노레 드 발자크 | 정예영 옮김 |93|
국내 초역

1850 **주홍 글자**
너새니얼 호손 | 양석원 옮김 |40|

1855 **죽은 혼**
니콜라이 고골 | 이경완 옮김 |37|
국내 최초 원전 완역

1866 **죄와 벌**
표도르 도스토예프스키 | 김희숙 옮김 |55, 56|
미국대학위원회 SAT 권장 도서
하버드 대학교 권장 도서

1880 **워싱턴 스퀘어**
헨리 제임스 | 유명숙 옮김 |21|

1886 **지킬 박사와 하이드 씨 · 존 니컬슨**
로버트 루이스 스티븐슨 | 윤혜준 옮김 |81|

1888 **꿈**
에밀 졸라 | 최애영 옮김 |13|
국내 초역

1889 **쾌락**
가브리엘레 단눈치오 | 이현경 옮김 |80|
국내 초역

1890 **인형**
볼레스와프 프루스 | 정병권 옮김 |85, 86|
국내 초역

1896 **키 재기 외**
히구치 이치요 | 임경화 옮김 |33|
수록 작품: 섣달그믐, 키 재기, 탁류, 십삼야, 갈림길, 나 때문에

1896 **체호프 희곡선**
안톤 파블로비치 체호프 | 박현섭 옮김 |53|
수록 작품: 갈매기, 바냐 삼촌, 세 자매, 벚나무 동산

1899 **어둠의 심연**
조지프 콘래드 | 이석구 옮김 |9|
수록 작품: 어둠의 심연, 진보의 전초기지, 『청춘과 다른 두 이야기』 작가 노트, 『나르시서스호의 검둥이』 서문
미국대학위원회 SAT 권장 도서
연세 필독 도서 200선

1900 **라이겐**
아르투어 슈니츨러 | 홍진호 옮김 |14|
수록 작품: 라이겐, 아나톨, 구스틀 소위

1903 **문명소사**
이보가 | 백승도 옮김 |68|

1908 **무사시노 외**
구니키다 돗포 | 김영식 옮김 |46|
수록 작품: 겐 노인, 무사시노, 잊을 수 없는 사람들, 쇠고기와 감자, 소년의 비애, 그림의 슬픔, 가마쿠라 부인, 비범한 범인, 운명론자, 정직자, 여난, 봄 새, 궁사, 대나무 쪽문, 거짓 없는 기록
국내 초역 다수

1909 **좁은 문 · 전원 교향곡**
앙드레 지드 | 이동렬 옮김 |24|
1947년 노벨문학상 수상

1914 **플라테로와 나**
후안 라몬 히메네스 | 박채연 옮김 |59|
1956년 노벨문학상 수상

1914 **돈키호테 성찰**
호세 오르테가 이 가세트 | 신정환 옮김 | 90 |

1915 **변신 · 선고 외**
프란츠 카프카 | 김태환 옮김 | 72 |
수록 작품: 선고, 변신, 유형지에서, 신임 변호사, 시골 의사, 관람석에서, 낡은 책장, 법 앞에서, 자칼과 아랍인, 광산의 방문, 이웃 마을, 황제의 전갈, 가장의 근심, 열한 명의 아들, 형제 살해, 어떤 꿈, 학술원 보고, 최초의 고뇌, 단식술사
서울대 권장 도서 100선
연세 필독 도서 200선
미국대학위원회 SAT 권장 도서

1919 **데미안**
헤르만 헤세 | 이영임 옮김 | 65 |

1920 **사랑에 빠진 여인들**
데이비드 허버트 로렌스 | 손영주 옮김 | 70 |

1924 **마의 산**
토마스 만 | 홍성광 옮김 | 1, 2 |
1929년 노벨문학상 수상
서울대 권장 도서 100선
연세 필독 도서 200선
「뉴욕타임스」 선정 '20세기 최고의 책 100선'
미국대학위원회 SAT 권장 도서

송사삼백수
주조모 엮음 | 김지현 옮김 | 62 |

1925 **소송**
프란츠 카프카 | 이재황 옮김 | 16 |

요양객
헤르만 헤세 | 김현진 옮김 | 20 |
수록 작품: 방랑, 요양객, 뉘른베르크 여행
1946년 노벨문학상 수상
국내 초역 「뉘른베르크 여행」 수록

위대한 개츠비
프랜시스 스콧 피츠제럴드 | 김태우 옮김 | 47 |
미 대학생 선정 '20세기 100대 영문 소설' 1위
모던 라이브러리 선정 '20세기 100대 영문학' 중 2위
미국대학위원회 추천 '서양 고전 100선'
「르몽드」 선정 '20세기의 책 100선'
「타임」 선정 '20세기 100대 영문 소설'

서푼짜리 오페라 · 남자는 남자다
베르톨트 브레히트 | 김길웅 옮김 | 54 |

1927 **젊은 의사의 수기 · 모르핀**
미하일 불가코프 | 이병훈 옮김 | 41 |
국내 초역

1928 **체벤구르**
안드레이 플라토노프 | 윤영순 옮김 | 57 |
국내 초역

마쿠나이마
마리우 지 안드라지 | 임호준 옮김 | 83 |
국내 초역

1929 **첫 번째 주머니 속 이야기**
카렐 차페크 | 김규진 옮김 | 87 |

베를린 알렉산더 광장
알프레트 되블린 | 권혁준 옮김 | 52 |

1930 **식(蝕) 3부작**
마오둔 | 심혜영 옮김 | 44 |
국내 초역

안전 통행증 · 사람들과 상황
보리스 파스테르나크 | 임혜영 옮김 | 79 |
원전 국내 초역

1934 **브루노 슐츠 작품집**
브루노 슐츠 | 정보라 옮김 | 61 |

1935 **루쉰 소설 전집**
루쉰 | 김시준 옮김 | 12 |
서울대 권장 도서 100선
연세 필독 도서 200선

1936 **로르카 시 선집**
페데리코 가르시아 로르카 | 민용태 옮김 | 15 |
국내 초역 시 다수 수록

1937 **재능**
블라디미르 나보코프 | 박소연 옮김 | 84 |
국내 초역

1938 **사형장으로의 초대**
블라디미르 나보코프 | 박혜경 옮김 | 23 |
국내 초역

1946 **대통령 각하**
미겔 앙헬 아스투리아스 | 송상기 옮김 | 50 |
1967년 노벨문학상 수상 작가

1949 **1984년**
조지 오웰 | 권진아 옮김 |48|
1999년 모던 라이브러리 선정 '20세기 100대 영문학'
2005년 「타임」 선정 '20세기 100대 영문 소설'
2009년 「뉴스위크」 선정 '역대 세계 최고의 명저' 2위

1954 **이즈의 무희 · 천 마리 학 · 호수**
가와바타 야스나리 | 신인섭 옮김 |39|
1952년 일본 예술원상 수상
1968년 노벨문학상 수상

1955 **엿보는 자**
알랭 로브그리예 | 최애영 옮김 |45|
1955년 비평가상 수상

1955 **저주받은 안뜰 외**
이보 안드리치 | 김지향 옮김 |49|
수록 작품: 저주받은 안뜰, 몸통, 술잔, 물방앗간에서, 올루야크 마을, 삼사라 여인숙에서 일어난 우스운 이야기
세르비아어 원전 번역
1961년 노벨문학상 수상 작가

1962 **이력서들**
알렉산더 클루게 | 이호성 옮김 |58|

1964 **개인적인 체험**
오에 겐자부로 | 서은혜 옮김 |22|
1994년 노벨문학상 수상

1967 **콜리마 이야기**
바를람 샬라모프 | 이종진 옮김 |76|
국내 초역

1968 **현란한 세상**
레이날도 아레나스 | 변선희 옮김 |96|
국내 초역

1970 **모스크바발 페투슈키행 열차**
베네딕트 예로페예프 | 박종소 옮김 |36|
국내 초역

1978 **노인**
유리 트리포노프 | 서선정 옮김 |89|
국내 초역

1979 **천사의 음부**
마누엘 푸익 | 송병선 옮김 |8|

1981 **커플들, 행인들**
보토 슈트라우스 | 정항균 옮김 |7|
국내 초역

1982 **시인의 죽음**
다이허우잉 | 임우경 옮김 |6|

1991 **폴란드 기병**
안토니오 무뇨스 몰리나 | 권미선 옮김 |29, 30|
국내 초역
1991년 플라네타상 수상
1992년 스페인 국민상 소설 부문 수상

1996 **아메리카의 나치 문학**
로베르토 볼라뇨 | 김현균 옮김 |17|
국내 초역

1999 **이상한 물질**
테라지아 모라 | 최윤영 옮김 |92|
국내 초역

2001 **아우스터리츠**
W. G. 제발트 | 안미현 옮김 |19|
국내 초역
전미 비평가 협회상
브레멘상
「인디펜던트」 외국 소설상 수상
「LA타임스」, 「뉴욕」, 「엔터테인먼트 위클리」 선정 2001년 최고의 책

2002 **야쿠비얀 빌딩**
알라 알아스와니 | 김능우 옮김 |43|
국내 초역
바쉬라힐 아랍 소설상
프랑스 툴롱 축전 소설 대상
이탈리아 토리노 그린차네 카부르 번역 문학상
그리스 카바피스상

2003 **프랑스어의 실종**
아시아 제바르 | 장진영 옮김 |95|
국내 초역

2005 **우리 짜르의 사람들**
류드밀라 울리츠카야 | 박종소 옮김 |69|
국내 초역

2007 **시카고**
알라 알아스와니 | 김능우 옮김 |71|
국내 초역